HARLAN COBEN

Harlan Coben est né et a grandi dans le New Jersey, où il vit actuellement avec sa femme et ses quatre enfants. Après avoir obtenu un diplôme en sciences politiques au Amherst College, il a travaillé dans l'industrie du voyage avant de se consacrer à plein temps à l'écriture.

Il est le premier auteur à avoir reçu l'Edgar Award, le Shamus Award et l'Anthony Award, trois prix majeurs de la littérature policière aux États-Unis.

Il est l'auteur de *Ne le dis à personne...* (Belfond, 2002) – Prix des Lectrices de *ELLE* 2003, *Disparu à jamais* (2003), *Une chance de trop* (2004), *Juste un regard* (2005) et *Innocent* (2006), ainsi que de la série des aventures de l'agent Myron Bolitar : *Rupture de contrat* (Fleuve Noir, 2003), *Balle de match* (2004), *Faux rebond* (2005) et *Du sang sur le green* (2006). Son prochain roman, *Promets-moi*, qui met à nouveau en scène Myron Bolitar, vient de paraître aux éditions Belfond.

Retrouvez l'actualité d'Harlan Coben sur :
www.harlan-coben.fr

INNOCENT

HARLAN COBEN

INNOCENT

*Traduit de l'américain
par Roxane Azimi*

BELFOND

Titre original :
THE INNOCENT
publié par Dutton, a member of
Penguin Group (USA) Inc., New York

© Harlan Coben 2005. Tous droits réservés.
© Belfond, 2006, pour la traduction française.
ISBN 978-2-266-17083-3

À la mémoire de
Steven Z. Miller

À ceux d'entre nous qui ont eu la chance d'être ses amis…
Nous tâchons d'être reconnaissants pour le temps qui nous a été imparti, mais c'est drôlement dur.

Et à la famille de Steve, en particulier Jesse, Maya T. et Nico.
Quand nous en aurons la force, nous parlerons de votre père car c'était le meilleur des hommes que nous ayons jamais connus.

Prologue

VOUS N'AVEZ JAMAIS EU L'INTENTION DE LE TUER.

Votre nom est Matt Hunter. Vous avez vingt ans. Vous avez grandi dans une banlieue résidentielle du New Jersey, non loin de Manhattan. Votre quartier ne paie pas de mine, mais la ville elle-même est relativement riche. Vos parents travaillent dur et vous aiment inconditionnellement. Vous êtes leur deuxième enfant. Vous avez un grand frère que vous idolâtrez et une petite sœur que vous supportez.

Comme tous les gosses du voisinage, vous vous faites du souci pour votre avenir et vous interrogez sur l'université qui va vous accepter. Vous vous appliquez, vos notes sont bonnes, mais pas extraordinaires. Vous avez une moyenne de A –. Vous n'êtes pas dans les dix premiers, mais de peu. Vous avez d'honnêtes activités parascolaires ; entre autres, vous exercez la fonction de trésorier du lycée. Vous faites partie à la fois de l'équipe de foot et de celle de basket – vous êtes assez fort pour jouer en troisième division, mais pas suffisamment pour décrocher une bourse. Vous avez légèrement tendance à

9

la ramener et vous ne manquez pas de charme. En termes de popularité, vous vous classez juste après le peloton de tête. Quand vous vous présentez aux tests de sélection qui vont décider de votre cursus universitaire, votre conseiller d'orientation est surpris par vos bons résultats.

Vous visez l'Ivy League, mais à vrai dire vous ne faites pas le poids. Harvard et Yale vous refusent tout net. Penn et Columbia vous placent sur liste d'attente. Pour finir, vous entrez à Bowdoin, un petit établissement select de Brunswick, dans le Maine. Vous vous y sentez bien. Les classes sont petites. Vous vous faites des amis. Vous n'avez pas de copine attitrée, sans doute parce que vous n'en voulez pas. En deuxième année, vous intégrez l'équipe de foot en tant qu'arrière. En troisième, vous commencez le basket, et maintenant que leur joueur vedette a terminé ses études, vous avez de grandes chances de gagner de précieuses minutes de temps de jeu.

C'est là, en revenant sur le campus entre le premier et le deuxième semestre de cette troisième année de fac, que vous tuez quelqu'un.

Vous passez des vacances délicieusement mouvementées dans votre famille, mais il y a l'entraînement de basket. Vous embrassez donc papa et maman, et repartez avec votre meilleur copain et camarade de chambre, Duff. Duff vient de Westchester, dans l'État de New York. Il est trapu, avec des jambes comme des poteaux. Plaqueur droit dans l'équipe de foot, il joue les remplaçants dans celle de basket. C'est le plus gros buveur de tout le campus – il n'a jamais perdu un seul concours de bières.

Vous conduisez.

Duff veut s'arrêter à l'université du Massachusetts, à

Amherst. C'est sur le chemin. Un de ses vieux copains de lycée y fait partie d'une confrérie de oufs. Et ils donnent une mégafête.

Vous n'êtes pas très emballé, seulement vous n'êtes pas du style rabat-joie. Vous vous sentez plus à l'aise en petit comité, dans les réunions où vous connaissez tout le monde. Bowdoin compte environ mille six cents étudiants. Amherst, quarante mille. En ce début de janvier, il fait un froid de canard. Le sol est couvert de neige. En entrant dans la maison de la confrérie, vous pouvez voir votre haleine.

Duff et vous jetez vos manteaux sur la pile. Ce geste nonchalant, vous aurez souvent l'occasion d'y repenser dans les années à venir. Si seulement vous aviez gardé votre manteau, si vous l'aviez laissé dans la voiture, si vous l'aviez posé ailleurs…

Mais ça n'a pas été le cas.

La fête est sympa. L'ambiance est chaude, pourtant il y a là quelque chose d'un peu forcé. L'ami de Duff veut que vous passiez ensemble la nuit dans sa chambre. Vous acquiescez. Vous picolez pas mal – c'est une soirée entre étudiants, non ? –, mais certainement pas autant que Duff. La fête tire à sa fin. À un moment donné, vous allez chercher vos manteaux. Duff a une bière à la main. Il attrape son manteau et le met par-dessus son épaule.

C'est là qu'il renverse un peu de bière.

Pas beaucoup. Juste une éclaboussure. Ça suffit.

La bière atterrit sur un coupe-vent rouge. C'est l'une des choses dont vous vous souvenez. Dehors, il gèle à pierre fendre, et pourtant quelqu'un est venu avec un simple coupe-vent. Une autre chose qui continuera à vous obséder, c'est qu'un coupe-vent est imperméable. Quelques gouttes de bière risquent difficilement de l'abîmer. Ça ne tache pas, la bière. Il suffit de rincer un petit coup.

Cependant quelqu'un hurle :

— Eh !

Le propriétaire du coupe-vent rouge est un type baraqué, sans être un colosse. Duff hausse les épaules. Sans s'excuser. Le gars, M. Coupe-Vent Rouge, lui en colle une. Erreur. Car vous savez que Duff a la détente rapide. Dans chaque établissement scolaire, il y a un Duff – celui qu'on n'imagine pas perdre une bagarre.

C'est bien tout le problème. Dans chaque établissement scolaire, il y a un Duff. Et il arrive que votre Duff à vous tombe sur leur Duff à eux.

Vous tentez de vous interposer, de calmer le jeu, mais vous avez affaire à deux excités, imbibés de bibine, qui rougissent et serrent les poings. Un défi est lancé. Vous ne vous rappelez plus qui a fait ça. Tout le monde sort dans la nuit glacée et vous réalisez que vous êtes dans un sacré pétrin.

Le gaillard au coupe-vent rouge est avec des potes.

Ils sont huit ou neuf. Vous et Duff êtes seuls. Vous cherchez des yeux le copain de lycée de Duff – Mark ou Mike, vous ne savez plus –, il n'est pas là.

La bagarre démarre aussitôt.

Tête baissée à la façon d'un taureau, Duff fonce sur Coupe-Vent Rouge. Ce dernier s'écarte et le cravate. Il le frappe au visage. Sans lâcher prise, il cogne à nouveau. Puis encore. Et encore.

La tête en bas, Duff s'agite frénétiquement, sans succès. Au bout du septième ou huitième coup, il cesse de s'agiter. Les amis de Coupe-Vent Rouge l'acclament. Duff laisse retomber ses bras.

Vous voulez arrêter ça, seulement vous ne savez pas comment faire. Coupe-Vent Rouge s'acquitte de sa tâche méthodiquement, en prenant son temps, avec de grosses vannes en prime. Ses copains l'encouragent. Des « Oh ! » et des « Ah ! » saluent chaque torgnole.

Vous êtes terrorisé.

Votre ami se fait tabasser, pourtant c'est votre propre sort qui vous inquiète. Ça vous mortifie. Vous avez envie de faire quelque chose, mais vous avez peur, très peur. Vous êtes incapable de bouger. Vous avez les jambes en coton. Des fourmis dans les bras. Et vous vous en voulez à mort.

Coupe-Vent Rouge balance un nouveau coup de poing à Duff, en pleine figure. Puis desserre son étreinte. Duff s'écroule comme un paquet de linge sale. Coupe-Vent Rouge le frappe du pied dans les côtes.

Vous êtes le plus nul des amis. Vous avez trop peur pour intervenir. Jamais vous n'oublierez ce sentiment-là. La lâcheté. C'est pire qu'un passage à tabac, pensez-vous. Votre silence. Cette horrible impression de déshonneur.

Un autre coup de pied. Duff grogne et roule sur le dos. Son visage est maculé de rouge. Vous apprendrez plus tard que ses blessures étaient sans gravité. Deux yeux au beurre noir et de nombreux bleus. Ce sera à peu près tout. Mais pour le moment, il a l'air mal en point. Lui, jamais il ne serait resté les bras ballants, à vous regarder vous faire massacrer.

Vous n'en pouvez plus.

Vous émergez de la foule.

Toutes les têtes se tournent vers vous. L'espace d'un instant, personne ne bouge. Personne ne parle. Coupe-Vent Rouge halète. Vous voyez son haleine dans le froid. Vous tremblez. Vous essayez de le raisonner. Ça va, dites-vous, il a eu sa dose. Vous écartez les bras et le gratifiez d'un sourire charmeur. Il a perdu, c'est fini ; t'as gagné, dites-vous à Coupe-Vent Rouge.

Quelqu'un vous saute dessus par-derrière. Des bras se referment autour de vous, se resserrent.

Vous êtes pris au piège.

Coupe-Vent Rouge marche vers vous. Votre cœur cogne dans votre poitrine tel un oiseau dans une cage trop petite. Vous rejetez la tête en arrière. Votre crâne s'écrase sur le nez de quelqu'un. Coupe-Vent Rouge se rapproche. Vous plongez pour vous échapper. Un autre garçon surgit de la foule : un blond au teint rose. Sûrement un des potes de Coupe-Vent.

Son nom est Stephen McGrath.

Il tend la main vers vous. Vous reculez brusquement, comme un poisson ferré. D'autres arrivent. Vous paniquez. Stephen McGrath vous prend par les épaules. Vous cherchez à vous dégager. Vous pivotez fébrilement.

C'est là que vous l'empoignez par le cou.

Vous êtes-vous jeté sur lui ? Vous a-t-il tiré ou l'avez-vous poussé ? Vous n'en savez rien. L'un de vous deux a-t-il glissé sur le trottoir ? Était-ce la faute du verglas ? Vous revivrez ce moment un nombre incalculable de fois, mais la réponse ne sera jamais claire.

Quoi qu'il en soit, vous tombez tous les deux.

Vous avez les mains sur son cou. Sur sa gorge. Vous ne lâchez pas.

Vous atterrissez avec un bruit sourd. La tête de Stephen McGrath heurte la bordure du trottoir. Il y a un craquement, un bruit affreux, sinistre, quelque chose de mouillé, de trop creux, qui ne ressemble à rien de ce que vous avez entendu jusque-là.

Ce bruit marque la fin de l'existence qui vous est familière.

Vous vous en souviendrez toujours. Ce bruit atroce, il ne vous quittera plus jamais.

Tout s'arrête. Vous baissez les yeux. Ceux de Stephen McGrath sont grand ouverts et fixes. Vous savez déjà. Vous savez à la façon dont son corps s'est subitement affaissé. Vous savez à cause de ce craquement sinistre.

Les gens se dispersent. Vous ne bougez pas. Vous ne bougez pas pendant un très long moment.

Tout arrive très vite ensuite. Le service de sécurité du campus débarque. Puis la police. Vous leur expliquez la situation. Vos parents engagent une avocate réputée de la ville de New York. Elle vous dit de plaider la légitime défense. C'est ce que vous faites.

Et toujours cet affreux bruit…

Le procureur ricane. Mesdames et messieurs les jurés, dit-il, le prévenu a glissé par inadvertance avec les mains sur la gorge de Stephen McGrath ? Et il pense qu'on va le croire ?

Le procès ne se passe pas bien.

Pour vous, plus rien n'a d'importance. Autrefois, vous vous préoccupiez de vos notes et de vos loisirs. Quelle misère ! Les copains, les filles, la place dans la société, les fêtes, aller de l'avant, tous ces trucs-là. C'est du vent. Ils ont été remplacés par l'horrible bruit du crâne contre la pierre.

Au procès, vous entendez vos parents pleurer, oui, pourtant ce sont les visages de Clark et Sonya McGrath, les parents de la victime, qui vont vous hanter. Sonya McGrath ne vous quitte pas des yeux pendant toute l'audience. Elle vous défie de la regarder en face.

Vous n'y arrivez pas.

Vous essayez de vous concentrer sur le verdict du jury, mais tous ces autres bruits viennent le parasiter. Ces bruits ne cessent pas, ne vous lâchent pas, même quand le juge pose sur vous un regard sévère et prononce la sentence. La presse est là. Pas question de vous envoyer dans une prison quatre étoiles pour fils de bonne famille. Pas maintenant, en pleine année électorale.

Votre mère s'évanouit. Votre père s'efforce de tenir bon. Votre sœur quitte la salle d'audience en courant. Votre frère Bernie est cloué au sol.

On vous met des menottes et on vous embarque. Votre éducation ne vous a guère préparé à ce qui vous attend. Vous avez regardé la télé et entendu parler de ces histoires de viols en prison. Ce n'est pas ce qui arrive : on ne vous agresse pas sexuellement, mais on vous flanque une peignée dès la première semaine. Vous commettez l'erreur de dénoncer les coupables. Vous vous prenez deux nouvelles raclées et passez trois semaines à l'infirmerie. Des années plus tard, parfois, vous trouverez encore du sang dans vos urines, souvenir d'un coup de poing dans le rein.

Vous vivez dans une peur constante. Quand on vous ramène au quartier général, vous apprenez que la seule façon de survivre est de rejoindre un étrange avatar de la Nation aryenne. Ces gens-là n'ont pas vraiment d'idéaux, ni une vision grandiose du devenir de l'Amérique. Tout ce qu'ils aiment, c'est haïr.

Six mois après votre incarcération, votre père meurt d'une crise cardiaque. Vous savez que c'est votre faute. Vous avez envie de pleurer, mais vous n'y arrivez pas.

Vous passez quatre ans en prison. Quatre années – le temps de boucler un premier cycle d'études supérieures. Vous allez sur vos vingt-cinq ans. On dit que vous avez changé, vous ne voyez pas trop comment.

Quand vous sortez, vous avancez avec précaution.

Comme si le sol allait se dérober sous vos pieds. Comme si la terre risquait de s'ouvrir d'un instant à l'autre.

D'une certaine manière, vous marcherez de la sorte toute votre vie.

Votre frère Bernie vous attend au portail. Bernie vient de se marier. Sa femme Marsha porte leur premier enfant. Il vous prend dans ses bras. Vous sentez presque ces quatre dernières années partir en fumée. Votre frère lance une plaisanterie. Vous riez, vous riez de bon cœur, pour la première fois depuis très longtemps.

Vous vous trompiez... votre vie ne s'est pas arrêtée par cette froide nuit d'hiver à Amherst. Votre frère va vous aider à rentrer dans la norme. Vous allez même, en cours de route, rencontrer une jolie femme. Elle s'appelle Olivia. Elle vous rendra immensément heureux.

Vous allez l'épouser.

Un jour – neuf ans après avoir franchi ce fameux portail –, vous apprenez que votre ravissante épouse est enceinte. Vous décidez alors d'acheter des téléphones portables avec la fonction appareil photo, pour rester en contact permanent. Pendant que vous êtes au travail, le portable sonne.

Votre nom est Matt Hunter. Le portable sonne encore une fois. Et vous répondez...

1

LE COUP DE SONNETTE A TIRÉ KIMMY DALE de son sommeil sans rêves.

Elle a remué dans son lit, gémi, jeté un œil sur le réveil digital.

11 h 47.

Même s'il était déjà presque midi, la caravane était plongée dans le noir. Kimmy préférait ça. Elle travaillait la nuit et avait le sommeil léger. Du temps de sa splendeur à Las Vegas, elle avait mis des années à tester stores, volets, rideaux, masques avant de trouver la bonne combinaison pour empêcher le soleil aveuglant du Nevada de mordre sur son repos. À Reno, la lumière était plus clémente, néanmoins elle aussi cherchait à s'infiltrer par le moindre interstice.

Kimmy s'est dressée sur son grand lit à deux places. La télévision, un modèle sans marque acheté d'occasion quand le motel du coin s'était enfin décidé à renouveler son parc, marchait toujours avec le son coupé. Les images flottaient, spectrales, dans quelque monde lointain. Elle dormait seule cette fois-ci, mais ça pouvait changer d'une nuit sur l'autre. Il fut un temps où chaque visiteur, chaque compagnon potentiel, apportait de l'espoir dans ce lit, un optimiste « Ça pourrait être lui » que, avec le recul, Kimmy trouvait bien illusoire.

Aujourd'hui, elle n'espérait plus.

Elle s'est levée lentement. Sa poitrine, enflée depuis sa dernière opération de chirurgie esthétique, lui faisait mal. C'était sa troisième intervention du genre, et elle n'était plus une gamine. Elle ne voulait pas le faire, mais Chally, qui croyait s'y connaître, avait insisté. Ses pourboires étaient maigres. Sa cote était en train de baisser. Seulement, à force de la triturer, sa peau était maintenant trop tendue ; quand Kimmy s'allongeait sur le dos, ces maudits machins retombaient sur les côtés – on aurait dit des yeux de poisson.

La sonnette a retenti de nouveau.

Kimmy a regardé ses jambes d'ébène. Trente-cinq ans, jamais eu d'enfant, et pourtant les varices grossissaient comme des vers d'élevage. Trop d'années debout. Chally voudrait qu'elle répare ça aussi. Elle était toujours en forme, toujours fichtrement bien carrossée, avec un cul de rêve, mais bon, trente-cinq ans, ce n'est pas dix-huit. Il y avait un peu de cellulite. Et puis ces veines. Comme une putain de carte en relief.

Elle s'est collé une cigarette entre les lèvres. La boîte d'allumettes provenait de son lieu de travail actuel, un club de strip-tease nommé *La Chatte en folie*. Autrefois, elle avait été une vedette à Las Vegas ; son nom de scène, c'était Magie noire. Elle n'avait pas la nostalgie de cette époque-là. À vrai dire, elle n'avait pas la nostalgie de grand-chose.

Kimmy Dale a enfilé un peignoir et ouvert la porte de

sa chambre. La pièce de devant n'était pas barricadée contre le soleil. La clarté blanche l'a assaillie. Elle a mis la main en visière et cillé. Kimmy recevait peu de visites – elle ne ramenait jamais de clients à la maison –, ce devait être un témoin de Jéhovah. Contrairement à l'immense majorité de ses concitoyens du monde libre, leurs intrusions périodiques ne la gênaient pas. Elle invitait les illuminés à entrer et écoutait attentivement, envieuse de leur foi. Elle aurait bien aimé pouvoir tomber dans le panneau. Comme avec les hommes de sa vie, elle espérait que celui-ci serait différent, qu'il réussirait à la convaincre d'acheter sa camelote.

Elle a ouvert la porte sans demander au visiteur de se nommer.

— Vous êtes Kimmy Dale ?

La fille était jeune. Dix-huit, vingt ans. Non, ce n'était pas un témoin de Jéhovah. Elle n'arborait pas leur sourire décérébré. Un instant, Kimmy s'est demandé si elle ne faisait pas partie des recrues de Chally, mais non. Non pas qu'elle soit moche ni rien, simplement ce n'était pas son genre. Chally aimait tout ce qui brille.

— Qui êtes-vous ?

— Ça n'a pas d'importance.

— Pardon ?

La fille a baissé les yeux et s'est mordu la lèvre. Quelque chose dans cette attitude lui a paru vaguement familier. Kimmy a ressenti un petit frisson.

— Vous avez connu ma mère, a dit la fille.

Kimmy tripotait sa cigarette.

— Je connais des tas de mères.

— La mienne était Candace Potter.

Kimmy a grimacé en entendant cela. Il faisait plus de trente degrés dehors ; néanmoins, elle a resserré son peignoir.

— Je peux entrer ?

Kimmy a-t-elle répondu oui ? Aucune idée. Elle s'est écartée, et la fille s'est engouffrée à l'intérieur.

— Je ne comprends pas, a fait Kimmy.

— Candace Potter était ma mère. Elle a renoncé à ses droits sur moi le jour de ma naissance.

Kimmy s'efforçait de garder son calme. Elle a fermé la porte de la caravane.

— Vous voulez boire quelque chose ?

— Non, merci.

Les deux femmes se sont regardées. Kimmy a croisé les bras.

— Je ne vois pas bien ce que vous me voulez.

La fille s'est mise à parler comme si elle avait répété.

— Il y a deux ans, j'ai appris que j'avais été adoptée. J'adore ma famille adoptive, le problème n'est pas là. J'ai deux sœurs et des parents merveilleux. Ils ont été très gentils avec moi. Mais il ne s'agit pas d'eux. Quand on… quand on découvre une chose pareille, on a envie d'en savoir plus, c'est tout.

Kimmy a hoché la tête, sans bien comprendre pourquoi.

— Je suis donc partie à la pêche aux renseignements. Ça n'a pas été facile. Heureusement, il y a des associations qui aident les enfants adoptés à retrouver leurs parents biologiques.

Kimmy a sorti la cigarette de sa bouche. Sa main tremblait.

— Vous êtes au courant que Candi… je veux dire, votre mère, Candace…

— … est morte. Oui, je sais. Elle a été assassinée. J'ai appris ça la semaine dernière.

Les jambes flageolantes, Kimmy s'est assise. Les souvenirs affluaient, et ça faisait mal.

21

Candace Potter. Connue sous le nom de « Sucre Candi » dans les clubs.

— Qu'est-ce que vous me voulez ?

— J'ai parlé au policier qui avait enquêté. Il s'appelle Max Darrow. Vous vous souvenez de lui ?

Si elle se souvenait de ce bon vieux Max ? Et comment donc ! Elle le connaissait même d'avant le meurtre. Au début, l'enquêteur de police Max Darrow s'était fait tirer l'oreille. Vous parlez d'une urgence, la fin d'une effeuilleuse, pas de famille connue. Un cactus mort de plus dans le paysage, voilà ce qu'elle était, Candi, aux yeux de Darrow. Kimmy s'était impliquée personnellement, service pour service. Ainsi va le monde.

— Ouais, a-t-elle opiné. Je me souviens de lui.

— Il est à la retraite maintenant. Max Darrow, j'entends. Il dit qu'ils savent qui l'a tuée, mais ils ne savent pas où le trouver.

Kimmy a senti des larmes lui monter aux yeux.

— C'est une vieille histoire.

— Vous étiez amie avec ma maman ?

Kimmy a réussi à hocher la tête. Elle s'en souvenait comme si c'était hier. Candi avait été plus qu'une amie. Dans cette vie, rares sont les personnes sur qui on peut véritablement compter. Candi avait été l'une d'elles – la seule peut-être, depuis la mort de maman quand Kimmy avait douze ans. Elles avaient été inséparables, Kimmy et cette gosse blanche ; parfois, professionnellement du moins, elles se faisaient appeler Pic et Sayers comme dans ce vieux film, *Brian's Song*. Et puis, comme dans le film, l'amie blanche était morte.

— Est-ce qu'elle se prostituait ? a demandé la fille.

Kimmy a secoué la tête et répondu par un mensonge qu'elle ressentait comme une vérité.

— Jamais de la vie.

— Pourtant elle était strip-teaseuse.

Kimmy n'a rien dit.

— Je ne la juge pas.

— Qu'est-ce que vous voulez, alors ?

— Je veux en savoir plus sur ma mère.

— Ça ne changera pas grand-chose.

— Pour moi, si.

Kimmy se rappelait le jour où elle avait appris la nouvelle. Elle se trouvait sur scène du côté de Tahoe, en train d'exécuter un numéro lent à l'heure du déjeuner, pour la pire bande de ringards que la terre eût jamais portée, des hommes avec de la boue sur les bottes et des trous dans le cœur, que le spectacle de femmes dénudées ne faisait qu'agrandir. Elle n'avait pas vu Candi depuis trois jours, mais bon, il faut dire qu'elle était sur la route. Et là, sur cette scène, elle avait entendu la rumeur : il était arrivé quelque chose. Pourvu que ça ne concerne pas Candi.

Eh bien si, justement.

— Votre mère a eu une vie dure.

La fille buvait ses paroles.

— Candi pensait qu'on allait s'en sortir, vous savez. Au début, elle croyait que ce serait un gars du club. Quelqu'un qui nous verrait et nous emmènerait, mais tout ça, c'est du pipeau. Il y a des filles qui essaient, ça ne marche jamais. Le gars, il court après un fantasme. Pas vous. Votre mère a eu vite fait de s'en rendre compte. C'était une rêveuse, seulement elle avait un but.

Kimmy s'est interrompue, les yeux dans le vague.

— Et alors ?

— Et alors, ce salopard l'a écrabouillée comme si elle avait été une punaise.

La fille a remué sur son siège.

23

— Darrow m'a dit qu'il s'appelait Clyde Rangor.

Kimmy a hoché la tête.

— Il a aussi parlé d'une femme, une dénommée Emma Lemay. Elle était son associée, non ?

— Pour certaines choses, oui. Je ne connais pas les détails.

Kimmy n'avait pas pleuré en apprenant la nouvelle. Elle était au-delà des larmes. En revanche, elle s'était mise à table. Elle avait pris de gros risques en racontant tout ce qu'elle savait à ce satané Darrow.

Le fait est qu'on ne vient pas souvent à la barre, dans cette vie. Mais Kimmy n'allait pas trahir Candi, même s'il était trop tard. Parce que la meilleure part d'elle était morte avec Candi. Elle avait donc parlé aux flics, et tout particulièrement à Max Darrow. Ceux qui avaient fait ça – et elle était sûre que c'étaient Clyde et Emma – pouvaient lui nuire ou la tuer, elle ne reculerait pas.

Pour finir, Clyde et Emma ne s'étaient pas manifestés. Ils avaient pris la fuite.

C'était il y a dix ans.

La fille a demandé :

— Vous étiez au courant, pour moi ?

Lentement, Kimmy a fait oui de la tête.

— Votre mère me l'a dit... une seule fois. Ça lui faisait trop mal. Il faut la comprendre : Candi était jeune quand c'est arrivé. Quinze, seize ans. On vous a emportée à la seconde où vous êtes sortie. Elle n'a même pas su si vous étiez une fille ou un garçon.

Le silence était pesant dans la caravane. Kimmy aurait voulu que la fille parte.

— Qu'est-ce qu'il est devenu, à votre avis ? Je parle de Clyde Rangor.

— Il doit être mort, a fait Kimmy sans trop y croire.

Des cloportes tels que Clyde ne meurent pas. Ils se

terrent juste un peu plus et continuent à faire le mal autour d'eux.

— Je veux le retrouver, a déclaré la fille.

Kimmy l'a regardée.

— Je veux retrouver l'assassin de ma mère et l'assigner en justice. Je ne suis pas riche, mais j'ai de l'argent.

Elles se sont tues pendant un moment. L'air était lourd et moite. Kimmy se demandait comment formuler cela.

— Je peux vous dire quelque chose ?

— Bien sûr.

— Votre mère a essayé de faire face.

— Faire face à quoi ?

— Ben, la plupart des filles, elles baissent les bras. Vous saisissez ? Votre mère, jamais. Elle ne flanchait pas. Elle rêvait. Mais elle ne pouvait pas vaincre.

— Je ne comprends pas.

— Vous êtes heureuse, petite ?

— Oui.

— Toujours au lycée ?

— J'entre à l'université.

— L'université, a répété Kimmy rêveusement.

Puis :

— Vous.

— Quoi, moi ?

— La victoire de votre mère, c'est vous.

La fille n'a pas répondu.

— Candi n'aurait pas voulu vous mêler à tout ça. Vous voyez ?

— Je crois, oui.

— Une minute.

Kimmy a ouvert son tiroir. Elle était là, naturellement. Sur le dessus, même si elle ne la sortait plus guère. Sur la photo, Candi et elle affichaient un sourire éblouissant. Pic et Sayers. En regardant sa propre image, Kimmy a réalisé que la jeune fille surnommée Magie noire lui était étrangère, qu'elle aurait aussi bien pu périr sous les coups de Clyde Rangor.

— Tenez, c'est pour vous.

La fille a pris la photo comme si c'était de la porcelaine.

— Elle était belle, a-t-elle chuchoté.

— Très.

— Elle a l'air heureuse.

— Elle ne l'était pas. Mais elle le serait aujourd'hui.

La fille a relevé le menton.

— Je ne sais pas si je suis capable de faire abstraction de tout ça.

Alors, s'est dit Kimmy, *tu tiens plus de ta mère que tu ne le crois*.

Elles se sont embrassées, se promettant de rester en contact. Une fois la fille partie, Kimmy s'est habillée. Elle a pris la voiture pour se rendre chez le fleuriste acheter une douzaine de tulipes. C'étaient les fleurs préférées de Candi. Le trajet jusqu'au cimetière a duré quatre heures. Kimmy s'est agenouillée devant la tombe de son amie. Il n'y avait personne alentour. Elle a épousseté la minuscule pierre tombale. C'était elle qui avait payé la concession et la pierre. Pas de fosse commune pour Candi.

— Ta fille est venue aujourd'hui, a-t-elle dit tout haut.

Il y a eu une légère brise. Kimmy a fermé les yeux et écouté. Elle avait l'impression d'entendre la voix de Candi, une voix qui s'était tue depuis longtemps, la supplier de veiller sur sa fille.

Et là, sous le soleil du Nevada qui lui brûlait la peau, Kimmy lui en a fait la promesse.

2

Irvington, New Jersey, 20 juin

— UN TÉLÉPHONE QUI FAIT APPAREIL PHOTO, a marmonné Matt Hunter en secouant la tête.

Il a cherché des yeux un signe de la divine providence, mais la seule vision qu'il a eue a été une bouteille de bière géante.

Cette bouteille était un spectacle familier ; Matt la voyait chaque fois qu'il sortait de sa maison, une maison mitoyenne à la peinture écaillée. Avec ses cinquante-cinq mètres de hauteur, la fameuse bouteille dominait le paysage. Autrefois, il y avait eu une brasserie Pabst Blue Ribbon ici, elle avait fermé en 1985. Des années plus tôt, la bouteille avait été un magnifique château d'eau avec des plaques d'acier recouvertes de cuivre, de l'émail luisant et une capsule dorée. La nuit, des projecteurs l'illuminaient, si bien que les habitants du New Jersey pouvaient la voir à des kilomètres à la ronde.

Mais plus maintenant. Aujourd'hui, sa couleur de bière brune était en réalité de la rouille. L'étiquette avait

27

disparu depuis longtemps. Suivant son exemple, le quartier jadis prospère s'était désintégré lentement. Depuis vingt ans, la brasserie était à l'abandon. À voir sa carcasse rongée par l'érosion, on aurait dit que cela datait de plus longtemps encore.

Matt s'est arrêté sur la marche supérieure de leur perron. Olivia, l'amour de sa vie, non. Les clés de la voiture ont tinté dans sa main.

— Je ne crois pas que ce soit une bonne idée, a-t-il dit.

Olivia n'a pas ralenti le pas.

— Allez, viens. Ça va être marrant.

— Un téléphone, c'est un téléphone. Un appareil photo, c'est un appareil photo.

— Alors ça, c'est profond.

— Un machin qui fait les deux… c'est une aberration.

— Et tu t'y connais, a répliqué Olivia.

— Ha, ha ! Tu ne vois pas le danger ?

— Euh ! non.

— Un téléphone couplé à un appareil photo…

Matt s'est interrompu, cherchant ses mots.

— … c'est, je ne sais pas, moi, un croisement entre deux espèces, quand on y pense, comme dans ces films de série B où une expérience dégénère et détruit tout sur son passage.

Olivia ouvrait de grands yeux.

— Tu es bizarre, toi.

— Je doute que nous devrions acheter ces trucs-là, voilà tout.

Elle a actionné la commande à distance et les portières de la voiture se sont déverrouillées. Elle a posé la main sur la poignée. Matt a hésité.

Olivia l'a regardé.

— Quoi ? a-t-il demandé.

— Si nous avions tous les deux un portable avec appareil photo, je pourrais t'envoyer des photos coquines pendant que tu es au bureau.

Matt a ouvert la portière.

— On prend quel opérateur, Verizon ou Sprint ?

Sa poitrine résonnait du sourire d'Olivia.

— Je t'aime, tu sais, a-t-elle dit.

— Moi aussi, je t'aime.

Ils étaient tous les deux dans la voiture. Elle s'est tournée vers lui. Il l'a sentie soucieuse et a failli regarder ailleurs.

— Ça va aller, a fait Olivia. Tu le sais, n'est-ce pas ?

Il a hoché la tête en feignant de sourire. Olivia ne serait pas dupe, mais au moins il y mettait de la bonne volonté.

— Olivia ?

— Oui ?

— Parle-moi encore des photos coquines.

Elle lui a tapé sur le bras.

Le malaise a resurgi quand Matt est entré dans la boutique Sprint et a entendu mentionner l'engagement de deux ans. Le sourire du vendeur avait quelque chose de démoniaque, comme dans ces films où un garçon crédule vend son âme au diable. Lorsque le type a sorti une carte des États-Unis – les zones « non couvertes », a-t-il expliqué, étaient en rouge vif –, Matt a commencé à battre en retraite.

Quant à Olivia, il n'y avait pas moyen de calmer son excitation. Il faut dire que sa femme était enthousiaste de nature. Elle faisait partie de ces êtres rares qui se réjouissent de grandes comme de petites choses, preuve supplémentaire, dans leur cas, que les contraires s'attirent.

Le vendeur poursuivait son laïus. Matt a coupé le son, mais Olivia écoutait avec attention. Elle a posé une ou deux questions, juste pour la forme, néanmoins le vendeur savait que celle-là était non seulement ferrée et hameçonnée, mais déjà frite et dans le gosier.

— Je vais préparer les papiers, a dit Méphisto en s'éclipsant.

Olivia, radieuse, a empoigné Matt par le bras.

— C'est marrant, non ?

Il a esquissé une moue.

— Quoi ?

— Tu as vraiment employé cette expression, photos coquines ?

Elle a ri et appuyé la tête sur son épaule.

Bien entendu, ses accès d'étourdissement – et ses sourires béats – n'étaient pas dus seulement à leur changement d'opérateur de téléphonie mobile. L'achat de téléphones portables avec appareil photo intégré était seulement un symbole, un signe avant-coureur de ce qui restait à venir.

Un bébé.

Deux jours plus tôt, Olivia avait fait un test de grossesse à domicile et, en une apparition que Matt a trouvée curieusement chargée de signification religieuse, une croix rouge a fini par s'imprimer sur le bâtonnet blanc. Il était demeuré sans voix. Voilà un an qu'ils essayaient de faire un enfant… pratiquement depuis le début de leur mariage. Le stress de l'échec permanent avait transformé un acte spontané, sinon carrément magique, en une corvée bien orchestrée de prise de température, marques sur le calendrier, abstinence prolongée et ardeur concentrée.

Maintenant, tout cela était derrière eux. Il était encore tôt, l'a-t-il prévenue. Ne nous emballons pas. Mais

Olivia rayonnait d'un éclat impossible à occulter. Son optimisme était une force, une tempête, un raz de marée. Matt n'avait aucune chance d'y résister.

Ces téléphones portables équipés d'un appareil photo, affirmait-elle, permettraient à leur futur trio de profiter de la vie de famille comme jamais la génération de leurs parents n'aurait su l'imaginer. Grâce à l'appareil photo, aucun d'eux ne raterait les petits ou les grands moments de l'existence de leur enfant : le premier pas, les premiers mots, les jeux et tout le reste.

Du moins, c'était ça, le plan.

Une heure plus tard, de retour chez eux, dans la maison qu'ils partageaient avec une autre famille, Olivia lui a donné un rapide baiser et a gravi les marches.

— Eh ! l'a hélée Matt, levant son nouveau portable et arquant un sourcil. Tu veux essayer la fonction vidéo, hmm ?

— La vidéo ne dure que quinze secondes.

— Quinze secondes.

Il a réfléchi, haussé les épaules.

— Ben, on n'a qu'à prolonger les préliminaires.

Comme il fallait s'y attendre, Olivia a poussé un gémissement.

Ils habitaient un quartier que bon nombre de gens considéraient comme miteux, dans l'ombre étrangement protectrice de la bouteille de bière géante d'Irvington. Fraîchement sorti de prison, Matt avait décidé qu'il ne méritait pas mieux (ça tombait bien, vu qu'il pouvait difficilement se le permettre), et, malgré les protestations de la famille, il avait pris cette location neuf ans plus tôt déjà. D'aucuns en auraient conclu qu'il gardait de la prison un sentiment de culpabilité. Matt savait que les choses n'étaient pas aussi simples. En tout cas, il ne pouvait pas retourner dans sa banlieue. Pas encore. Le changement aurait été trop brutal, il risquait un accident de décompression.

Bref, ce quartier – la station Shell, la vieille quincaillerie, le traiteur à l'angle de la rue, les clodos sur le trottoir fissuré, les raccourcis pour l'aéroport de Newark, la taverne cachée à côté de l'ancienne brasserie Pabst –, il s'y sentait chez lui.

Quand Olivia était arrivée de Virginie, il avait cru qu'elle insisterait pour changer d'endroit. Elle était habituée sinon à mieux, du moins définitivement à autre chose. Olivia avait grandi dans une bourgade au milieu des champs, Northways, en Virginie. Alors qu'elle était toute petite, sa mère avait pris la poudre d'escampette. Son père l'avait élevée, seul.

Passablement âgé pour un nouveau papa – il avait cinquante et un ans quand sa fille était née –, Joshua Murray travaillait dur pour leur offrir un foyer décent. Médecin généraliste, il soignait tout et tous à Northways, de l'appendicite de Mary Kate Johnson, six ans, jusqu'à la goutte du vieux Riteman.

C'était, selon Olivia, un homme doux, gentil, et un merveilleux père en adoration devant son enfant, qui était aussi sa seule famille. Père et fille habitaient une maison de ville en brique à proximité de la Grand-Rue. Le cabinet médical attenant se situait à droite de l'allée. La plupart du temps, Olivia fonçait chez elle après l'école pour donner un coup de main lors des consultations. Elle réconfortait les gamins apeurés ou bavardait avec Cassie, l'infirmière-réceptionniste qui était là depuis toujours. À l'occasion, Cassie lui servait également de nounou. Quand son père était occupé, elle préparait le dîner et aidait Olivia à faire ses devoirs. Pour sa part, Olivia idolâtrait son père. Son rêve

– qu'aujourd'hui, oui, elle jugeait d'une naïveté crasse –
avait été de devenir médecin pour pouvoir travailler
avec lui.

Mais, alors qu'elle était en troisième année de fac,
tout avait basculé. Son père, le seul parent qu'elle eût
jamais connu, était mort d'un cancer du poumon. La
nouvelle avait terrassé Olivia. Sa vieille ambition de
faire médecine – pour marcher dans les pas de Joshua –
était morte avec lui. Elle avait rompu ses fiançailles avec
son chéri de l'époque, un étudiant en prépa nommé
Doug, et était retournée vivre à Northways. Sauf que
seule dans la maison vide, c'était beaucoup trop pénible.
Olivia avait fini par vendre la maison et prendre un
appartement à Charlottesville. Elle avait trouvé un poste
dans une boîte d'informatique ; elle était souvent en
déplacement, et c'est comme ça qu'elle avait renoué
avec Matt, après leur première – et trop brève – rencontre.

Irvington, New Jersey, n'avait pas grand-chose à voir
avec Northways, ni avec Charlottesville, mais Olivia
l'avait étonné. Elle avait voulu qu'ils restent ici, dans ce
quartier pourri, afin d'économiser de l'argent pour la
maison de leurs rêves, dont ils venaient de signer la
promesse de vente.

Trois jours après l'achat des téléphones portables,
Olivia est rentrée et a entrepris de monter directement.
Matt s'est servi un verre de limonade, a attrapé plusieurs
bretzels en forme de cigare. Cinq minutes plus tard, il la
rejoignait. Olivia n'était pas dans la chambre. Il a jeté un
regard dans le petit bureau. Elle était sur l'ordinateur et
lui tournait le dos.

— Olivia ?

Elle a pivoté, lui a souri. Le cliché du « sourire qui illumine la pièce », Matt, ça l'a toujours fait ricaner. Et pourtant, si la formule pouvait s'appliquer à quelqu'un, c'était bien à Olivia. Son sourire était contagieux. Un catalyseur étonnant, qui apportait couleur et texture à sa vie, qui changeait tout autour de lui.

— À quoi tu penses ? a-t-elle demandé.

— Que tu es à tomber.

— Même enceinte ?

— Surtout enceinte.

Olivia a enfoncé une touche, l'écran a disparu. Elle s'est levée et l'a embrassé doucement sur la joue.

— Je dois faire ma valise.

Elle partait pour Boston, en voyage d'affaires.

— Il est à quelle heure, ton vol ?

— Je crois que je vais prendre la voiture.

— Pourquoi ?

— Une de mes amies a fait une fausse couche après un voyage en avion. Je n'ai pas envie de courir ce risque. Ah ! au fait, demain matin, avant de partir, je vois le Dr Haddon. Il aimerait avoir une confirmation du test et s'assurer que tout se passe bien.

— Tu veux que je vienne ?

Elle a secoué la tête.

— Tu as du boulot. La prochaine fois, quand on fera l'échographie.

— OK.

Elle l'a embrassé à nouveau. Ses lèvres se sont attardées.

— Tu es heureux, dis ? a-t-elle chuchoté.

Il allait lâcher une plaisanterie, un autre sous-entendu. Mais il ne l'a pas fait. Il l'a regardée droit dans les yeux et a dit :

— Très.

34

Olivia s'est écartée, tout en le retenant prisonnier de son sourire.

— Bon, il faut que j'aille me préparer.

Matt l'a suivie des yeux. Il est resté un moment dans l'encadrement de la porte. Une sensation de légèreté lui gonflait la poitrine. Il était heureux, en effet, et ça le tétanisait. Les bonnes choses sont fragiles. Vous vous en rendez compte quand vous tuez un garçon. Quand vous passez quatre ans dans le quartier de haute sécurité.

Les bonnes choses sont tellement éphémères, tellement ténues qu'un simple souffle d'air suffit à les détruire.

Ou la sonnerie d'un téléphone.

Matt était au travail quand son portable s'est mis à vibrer.

Il a jeté un coup d'œil sur le nom de son correspondant et vu que c'était Olivia. Matt était assis derrière le bureau double, un de ceux où deux personnes peuvent se faire face. Ce bureau, son frère Bernie l'avait acheté à sa sortie de prison. Avant ce que la famille qualifiait pudiquement de « dérapage », Bernie avait eu de grands projets pour eux deux, les frères Hunter. Et il ne voulait rien y changer. Matt allait tourner la page. Le dérapage avait été un accident de parcours, sans plus, et à présent les frères Hunter étaient à nouveau dans la course.

Bernie était si convaincant que Matt avait presque fini par y croire.

Les deux frères avaient partagé ce bureau pendant six ans. Bernie exerçait le lucratif métier d'avocat d'affaires, tandis que Matt – à qui son casier judiciaire barrait l'accès à la profession – s'occupait de toutes les autres choses, là où il n'était question ni d'affaires, ni de lucre. Les associés de Bernie trouvaient leur arrangement bizarre, mais les frères n'avaient pas de secrets l'un pour l'autre. Toute leur enfance, ils avaient vécu dans la même chambre ; Bernie avait le lit du dessus, une voix là-haut, dans le noir. Et tous deux regrettaient ce temps-là… en tout cas, Matt, c'était sûr. Il ne se sentait pas bien tout seul. Il se sentait bien avec Bernie dans la même pièce.

Cela avait duré six ans.

Matt a posé les deux paumes sur le plateau d'acajou. Il aurait dû se débarrasser de ce bureau. Le côté de Bernie était vide depuis trois ans déjà, mais parfois, en levant les yeux, Matt s'attendait à le voir.

Le portable s'est remis à vibrer.

Bernie avait tout pour lui – une femme formidable, deux garçons formidables, une belle maison, une place d'associé dans un grand cabinet d'avocats, une bonne santé, il était aimé de tous –, et voilà que soudain sa famille se retrouvait à jeter de la terre sur sa tombe en essayant de comprendre. Un anévrisme au cerveau, avait dit le docteur. On se balade avec pendant des années, et un beau jour, paf ! il vous emporte.

Le portable était réglé sur le mode vibreur-sonnerie. Il a cessé de vibrer et s'est mis à jouer la vieille chanson de Batman, celle de la télé, avec des paroles extrêmement recherchées qui consistent surtout à faire « na-na-na » avant de crier : « Batman ! »

Matt a décroché l'appareil tout neuf de sa ceinture.

Il a pressé la touche « Marche », et un message l'a informé qu'une photo était « en cours de réception ». Curieux… Malgré tout son enthousiasme, Olivia n'avait pas encore appris à se servir de la fonction appareil photo.

Son poste fixe a sonné.

Rolanda Garfield – si Matt l'avait appelée secrétaire ou assistante, elle l'aurait assommé – s'est éclairci la voix.

— Matt ?

— Oui.

— Vous avez Marsha sur la deux.

Sans quitter l'écran des yeux, Matt a pris la communication pour parler à sa belle-sœur, la veuve de Bernie.

— Salut, Marsha.

— Salut. Olivia est toujours à Boston ?

— Oui. D'ailleurs, en ce moment même, elle est en train de m'envoyer une photo sur mon nouveau portable.

— Ah !

Il y a eu une brève pause.

— Tu passes quand même, aujourd'hui ?

Par souci de rapprochement familial, Matt et Olivia avaient choisi une maison non loin de Marsha et des garçons. La maison se trouvait à Livingston, la ville où ils avaient grandi, Bernie et lui.

Matt s'était interrogé sur le bien-fondé de ce retour. Les gens avaient la mémoire longue. Quel que soit le nombre d'années, il ferait toujours l'objet de murmures et de sous-entendus. D'un côté, il avait depuis long-temps dépassé le stade de ces mesquineries. D'un autre, il s'inquiétait pour Olivia et leur futur enfant. La malédiction du père retombant sur la tête du fils, toutes ces choses-là.

Olivia, elle, avait conscience des risques. Mais c'était ce qu'elle voulait.

Qui plus est, Marsha, qui avait les nerfs fragiles, connaissait – il se demandait quel euphémisme employer – quelques « soucis ». Elle avait eu une dépression passagère un an après la mort brutale de

Bernie. Elle était « partie se reposer » – encore un euphémisme – pendant deux semaines, et Matt s'était installé chez eux pour s'occuper des garçons. Marsha allait bien maintenant – tout le monde le disait –, mais Matt aimait l'idée d'être dans les parages.

Aujourd'hui, il avait rendez-vous pour un état des lieux de la nouvelle maison.

— Je m'en vais d'ici peu de temps. Pourquoi, qu'y a-t-il ?

— Tu pourrais faire un saut ?

— Chez toi ?

— Oui.

— Bien sûr.

— Si ça te pose problème…

— Non, pas du tout.

Marsha était une belle femme, avec un visage ovale qui par moments semblait ravagé par la tristesse ; elle avait cette manie de lever nerveusement les yeux comme pour s'assurer que le nuage noir était toujours là. Ce n'était qu'un tic, évidemment – il ne reflétait pas plus sa personnalité que le fait d'être balafré ou court sur pattes.

— Tout va bien ? s'est enquis Matt.

— Ça va, oui. Oh, ce n'est pas grand-chose. Il y a juste que… Pourrais-tu prendre les gosses une heure ou deux ? J'ai un truc à l'école, et Kyra est de sortie ce soir.

— Tu veux que je les emmène dîner ?

— Ce serait génial. Mais pas au McDo, d'accord ?

— Un chinois ?

— Parfait.

— Cool, j'arrive.

— Merci.

L'image commençait à se former sur l'écran du portable.

— À tout à l'heure.

Elle lui a dit au revoir et a raccroché.

Matt a reporté son attention sur le téléphone. Plissant les yeux, il a scruté l'écran. Celui-ci était minuscule : un pouce peut-être, deux tout au plus. Le soleil était fort ce jour-là, le rideau était ouvert. La lumière vive empêchait d'y voir clair. Matt a entouré l'appareil de la main et s'est penché pour faire de l'ombre. Ça a marché, plus ou moins.

Un homme est apparu à l'écran.

Une fois de plus, difficile de distinguer les détails. Il semblait avoir dans les trente-cinq ans et ses cheveux étaient d'un noir de corbeau, presque bleu. Il portait une chemise rouge boutonnée. Il avait la main en l'air, comme pour lui adresser un signe de salut. Il se trouvait dans une pièce avec des murs blancs et une fenêtre donnant sur un ciel gris. Et il ricanait, genre « Ah, ah, je t'ai bien eu ! ». Matt l'a dévisagé fixement et a cru entrevoir une lueur moqueuse dans son regard.

Cet homme, il ne le connaissait pas.

Il ignorait pourquoi sa femme l'aurait pris en photo.

L'écran est redevenu noir. Matt ne bougeait pas. Dans sa tête, il entendait comme le bruit de la mer. Les autres sons lui parvenaient aussi – un fax lointain, des voix assourdies, la circulation au-dehors –, mais à travers un filtre.

— Matt ?

C'était Rolanda, la « secrétaire/assistante ». Le cabinet n'avait pas été enchanté quand Matt l'avait embauchée. Elle faisait un peu trop « rue » pour les chemises empesées de chez Carter Sturgis. Pourtant il avait tenu bon. Rolanda avait été l'une de ses premières clientes et l'une de ses trop rares victoires.

Durant son séjour en prison, Matt avait accumulé

suffisamment d'unités de valeur pour décrocher sa licence en droit. Le diplôme de juriste, il l'avait obtenu peu de temps après sa libération. Bernie, un des moteurs du cabinet d'avocats Carter Sturgis, avait cru alors pouvoir convaincre le barreau de faire une exception pour son ex-détenu de frère.

Il s'était trompé.

Mais Bernie ne se laissait pas décourager facilement. Il avait persuadé ses associés d'engager Matt comme « assistant juridique », un merveilleux terme fourre-tout qui, en règle générale, signifiait « celui qui se tape le sale boulot ».

Les associés de chez Carter Sturgis n'avaient pas aimé ça, au départ. Pas étonnant. Un ancien détenu dans leur cabinet immaculé ? Tout simplement impensable. Mais Bernie avait fait appel à leur prétendue humanité : Matt serait excellent pour les relations publiques. Tout le monde saurait ainsi qu'ils avaient du cœur et croyaient à la seconde chance, en théorie du moins. Il était intelligent. Ce serait un bon élément. Plus précisément, Matt pourrait se charger du plus gros de l'aide juridique, permettant aux associés de se remplir les poches sans se laisser distraire par le prolétariat.

Les deux conditions : Matt ne leur coûterait pas cher en salaire – avait-il réellement le choix ? Et le frère Bernie, une grosse pointure dans le métier, claquerait la porte si jamais ils refusaient.

Les associés ont examiné la proposition – faire le bien *et* en tirer profit ? C'était le genre de logique dont s'inspirent les œuvres caritatives.

Matt ne quittait pas des yeux l'écran éteint. Son pouls valsait légèrement. Qui était ce type aux cheveux aile de corbeau ?

Rolanda a posé les mains sur les hanches.

— Allô, la Lune !

— Comment ?

Matt a sursauté, émergeant de sa prostration.

— Ça va ?

— Moi ? Oui.

Rolanda lui a lancé un drôle de regard.

Le téléphone s'est remis à vibrer. Rolanda a croisé les bras. Matt lui a jeté un coup d'œil. Elle n'a pas saisi l'allusion, ce n'était pas son style. La vibration a cédé la place à la musique de Batman.

— Vous ne répondez pas ? a dit Rolanda.

Il a regardé l'appareil. L'écran affichait à nouveau le numéro de sa femme.

— Yo, Batman !

— Oui, ça y est.

Matt a effleuré du pouce la touche verte, hésitant une fraction de seconde avant d'appuyer. L'écran s'est rallumé.

Cette fois, il s'agissait d'une vidéo.

La technologie faisait des progrès, cependant les images tremblotantes étaient généralement d'une qualité inférieure à celles de Zapruder, l'homme qui avait filmé l'assassinat de Kennedy. Pendant une seconde ou deux, Matt a eu du mal à se concentrer. La vidéo ne durerait pas longtemps, il le savait. Dix, quinze secondes à tout casser.

C'était une pièce. Ça, il le voyait. L'appareil a balayé un téléviseur sur une console. Il y avait un tableau au mur – Matt n'aurait su dire ce qu'il représentait –, mais l'impression globale était celle d'une chambre d'hôtel. L'appareil s'est arrêté sur la porte de la salle de bains.

Une femme est apparue.

Une blonde platine, qui portait des lunettes noires et une robe bleue moulante. Matt a froncé les sourcils.

C'était quoi, ce cirque ?

La femme est restée immobile un instant. Matt a eu le sentiment qu'elle ne se savait pas filmée. L'objectif l'a suivie dans son mouvement. Il y a eu un éclair lumineux, le soleil s'engouffrant par la fenêtre, puis l'image est redevenue nette.

Quand la femme s'est dirigée vers le lit, Matt a cessé de respirer.

Il connaissait cette démarche.

Il a aussi reconnu sa façon de s'asseoir, son sourire hésitant, sa manière de lever le menton, de croiser les jambes.

Il n'a pas bronché.

De l'autre côté de la pièce, il a entendu la voix de Rolanda, une voix radoucie.

— Matt ?

Il n'a pas réagi. L'appareil, sans doute posé sur un bureau, était toujours braqué sur le lit. Un homme s'est approché de la blonde platine. Matt le voyait de dos. Il avait une chemise rouge et des cheveux aile de corbeau. Sa silhouette a masqué la vue de la femme. Et le lit.

La vision de Matt commençait à se brouiller. Il a cligné les yeux. L'écran à cristaux liquides s'obscurcissait déjà. Les images ont vacillé et disparu, et il s'est retrouvé là, sous le regard curieux de Rolanda, avec les photos qui n'avaient pas bougé du bureau de son frère et la certitude – enfin, la quasi-certitude, vu la taille de l'écran – que la femme de cette chambre d'hôtel, la femme en robe moulante sur le lit, portait une perruque blond platine, qu'en fait elle était brune, se nommait Olivia et qu'il était marié avec elle.

3

Newark, New Jersey, 22 juin

LOREN MUSE, ENQUÊTRICE À LA BRIGADE CRIMINELLE du comté d'Essex, était assise dans le bureau de son boss.

— Minute, a-t-elle dit. Vous êtes en train de me raconter que la bonne sœur avait des implants mammaires ?

Ed Steinberg, le procureur du comté d'Essex, trônait derrière son bureau en frottant sa panse en forme de boule de bowling. Il était bâti de telle sorte que, vu de dos, on n'aurait jamais dit qu'il était gros, juste qu'il avait un cul plat. Se renversant sur son siège, il a croisé les mains sur sa nuque. Sa chemise arborait des auréoles jaunes sous les aisselles.

— Apparemment, oui.

— Et elle est morte d'une mort naturelle ?

— C'est ce qu'on a pensé.

— Plus maintenant ?

— Maintenant, je ne pense plus rien.

— Il y aurait une plaisanterie à faire là, patron.

— Que vous ne ferez pas.

Steinberg a soupiré et chaussé ses lunettes de lecture.

— Sœur Mary Rose, professeur de sciences sociales en classe de seconde, a été retrouvée morte dans sa chambre au couvent. Aucune trace de lutte, pas de blessures, elle était âgée de soixante-deux ans. Une mort normale, en apparence… une attaque, le cœur, quelque chose comme ça. Rien de louche.

— Mais ? a ajouté Loren.

— Mais il y a eu un rebondissement.

— À mon avis, ça s'appelle une augmentation.

— Arrêtez, vous allez me tuer.

Loren a levé les deux paumes vers le ciel.

— Je ne vois toujours pas ce que je fais ici.

— Si je vous dis que vous êtes la plus grande investigatrice de tout le… euh ! comté ?

Loren a esquissé une moue.

— Oui, bon, je pensais bien que ça ne marcherait pas. Cette bonne sœur… (Steinberg a baissé ses lunettes)… enseignait au lycée St Margaret.

Il a regardé Loren.

— Et alors ?

— Vous avez été élève là-bas, non ?

— Encore une fois : et alors ?

— La mère supérieure a des accointances en haut lieu. Elle vous a demandée.

— Mère Katherine ?

Il a consulté ses notes.

— C'est ça.

— Vous rigolez ?

— Pas du tout. Elle a sollicité la faveur de vous avoir personnellement.

Loren a secoué la tête.

— Vous la connaissez, je suppose ?

— Mère Katherine ? Seulement parce que j'étais tout le temps envoyée dans son bureau.

— Attendez, vous étiez une enfant difficile ?

Steinberg a porté la main à son cœur.

— Je suis sous le choc.

— Je ne comprends pas pourquoi elle m'a demandée, moi.

— Peut-être comptait-elle sur votre discrétion.

— J'ai détesté ce bahut.

— Pourquoi ?

— Vous n'êtes pas allé dans une école catholique, n'est-ce pas ?

Il a soulevé la plaque à son nom sur son bureau et a désigné les lettres une à une.

— Steinberg, a-t-il lu lentement. Vous remarquerez le « Stein ». Vous remarquerez le « berg ». On rencontre souvent ces noms-là dans une église ?

Loren a hoché la tête.

— Très bien, alors ce serait comme expliquer la musique à un sourd. À quel magistrat devrai-je adresser mon rapport ?

— À moi-même.

Cela l'a surprise.

— Directement ?

— Directement et à l'exclusion de toute autre personne, compris ?

Elle a acquiescé :

— Compris.

— Vous êtes prête, alors ?

— Prête à quoi ?

— Mère Katherine.

— Quoi, mère Katherine ?

Se levant, Steinberg a contourné son bureau sans hâte.

— Elle est à côté. Elle aimerait vous parler en privé.

Lorsque Loren Muse était élève au lycée de jeunes filles St Margaret, mère Katherine mesurait à peu près trois mètres de haut et avait environ cent ans. Les années l'avaient rapetissée et avaient inversé le processus de vieillissement… mais pas énormément. À l'époque, la mère supérieure avait porté l'habit. Aujourd'hui, bien qu'indéniablement pieuse, sa tenue était beaucoup plus décontractée. La version cléricale de Banana Republic, s'est dit Loren.

— Allez, je vous laisse, a déclaré Steinberg.

Mère Katherine se tenait debout, mains jointes en position de prière. La porte s'est refermée. Ni l'une ni l'autre ne disaient mot. Loren connaissait la technique, elle ne parlerait pas la première.

Quand elle était en seconde au lycée de Livingston, Loren, étiquetée « élève à problèmes », avait été envoyée à St Margaret. Elle était toute petite alors, un mètre cinquante à peine, et n'avait pas tellement grandi depuis. Les autres enquêteurs, tous des hommes et tous très malins, la surnommaient la Morveuse.

Les enquêteurs. Donnez-leur le petit doigt et ils vous bouffent toute crue.

Mais Loren n'avait pas toujours fait partie de la jeunesse dite « perturbée ». À l'école élémentaire, on l'avait connue garçon manqué, minuscule boule d'énergie qui se défonçait aux jeux de ballon et serait morte plutôt que d'enfiler quelque chose ressemblant de près ou de loin à du rose. Son père avait exercé toutes sortes de métiers, essentiellement dans le camionnage. C'était un homme calme et doux qui avait commis l'erreur de s'éprendre d'une femme trop belle pour lui.

La famille Muse vivait dans le quartier de Coventry, un environnement largement au-dessus de leurs moyens sociaux et économiques. La mère de Loren, la ravissante et exigeante Mme Muse, avait insisté là-dessus parce que, nom d'un chien, elle le valait bien. Personne – mais alors personne – n'allait regarder Carmen Muse de haut.

Elle avait poussé son mari à travailler de plus en plus dur, à cumuler les prêts, pour maintenir leur niveau de vie coûte que coûte jusqu'au moment où – deux jours exactement après le quatorzième anniversaire de Loren – son papa s'était brûlé la cervelle dans leur garage à deux places.

Avec le recul, son père était probablement maniaco-dépressif. Il y avait un déséquilibre chimique dans son cerveau. Quand un homme se suicide, on ne fait pas retomber la faute sur les autres. Pourtant, Loren avait décidé que c'était la faute de sa mère. Elle se demandait ce que serait devenu son père, si calme et si doux, s'il avait épousé quelqu'un de moins cher à entretenir que Carmen Valos de Bayonne.

La jeune Loren avait réagi au drame comme il fallait s'y attendre : par la rébellion. Elle avait bu, fumé, multi-plié les mauvaises fréquentations, couché à droite et à gauche. Il était totalement injuste que les garçons portés sur le sexe soient traités avec respect et que les filles dans le même cas passent pour des salopes. Mais la vérité – que Loren refusait de s'avouer – était que, malgré ces rassurantes revendications féministes, son niveau de promiscuité était inversement (quoique direc-tement) lié à son estime d'elle-même. En d'autres termes, plus elle se dévalorisait, moins elle était, disons, difficile. Les hommes ne semblaient pas subir le même sort, ou alors ils le cachaient bien.

Mère Katherine a rompu le silence, qui s'éternisait.

— Contente de vous voir, Loren.

— Pareillement, a répondu Loren d'une voix incer-taine qui ne lui ressemblait guère.

47

Bon sang, que lui arrivait-il ? Allait-elle se remettre à se ronger les ongles ?

— Le procureur Steinberg m'a dit que vous vouliez me voir.

— Si on s'asseyait ?

Loren a haussé les épaules, l'air de dire : « Comme vous voudrez. » Elles se sont assises. Loren a replié les bras et s'est affalée sur sa chaise. Elle a croisé ses chevilles. Soudain, elle s'est souvenue qu'elle avait un chewing-gum dans la bouche. Mère Katherine a pincé les lèvres d'un air réprobateur. Loren, qui n'était pas du genre à se laisser faire, a accéléré le rythme, si bien que la mastication au départ discrète a viré à une rumination carrément bovine.

— Pouvez-vous me dire ce qui se passe ?

— La situation est délicate, a commencé mère Katherine, elle nécessite…

Elle a levé les yeux au plafond pour solliciter l'assistance de Big Boss.

— De la délicatesse ? a suggéré Loren.

— De la délicatesse. Oui.

— OK, a fait Loren en traînant sur ce mot. C'est au sujet de la bonne sœur qui s'est fait refaire les nichons, hein ?

Mère Katherine a fermé brièvement les yeux.

— En effet. Mais l'essentiel n'est pas là.

— Où est-il, alors ?

— Nous avons perdu une merveilleuse enseignante.

— Vous voulez parler de sœur Mary Rose ?

Ajoutant mentalement : *Notre-Dame du Décolleté*.

— Oui.

— À votre avis, il s'agit d'une mort naturelle ? a demandé Loren.

— Je pense que oui.

— Eh bien ?

— C'est une conversation qui m'est très pénible.

— J'aimerais vous aider.

— Vous étiez une gentille fille, Loren.

— Non, j'étais une emmerdeuse.

Mère Katherine a réprimé un sourire.

— Oui, ça aussi.

Loren a souri à son tour.

— Il y a différentes sortes de fâcheux, a poursuivi mère Katherine. Vous étiez une rebelle, certes, mais vous avez toujours eu bon cœur, et vous n'avez jamais été méchante avec les autres. Pour moi, c'est ce qui compte. Vous vous attiriez souvent des ennuis pour défendre plus faible que vous.

Loren s'est penchée en avant et, à sa propre surprise, a pris la main de la religieuse. Mère Katherine a eu également l'air déconcertée par son geste. Son regard bleu a plongé dans les yeux de la jeune femme.

— Promettez-moi de garder pour vous ce que je m'apprête à vous dire. C'est très important. Dans ce climat, tout particulièrement. Le moindre parfum de scandale…

— Je n'ai pas l'intention de couvrir quoi que ce soit.

— Ce n'est pas ce que je vous demande, a rétorqué la mère supérieure en retrouvant son ton pieusement offusqué. Nous devons découvrir la vérité. J'ai sérieusement envisagé l'idée de… (Elle a agité la main)… de ne pas aller plus loin. Sœur Mary Rose aurait été ensevelie sans bruit, et on n'en parlait plus.

Loren n'avait pas lâché la main de la vieille femme, une main brune, comme taillée dans du bois de balsamier.

— Je ferai de mon mieux.

— Comprenez-moi. Sœur Mary Rose était l'un de nos meilleurs professeurs.

— Elle enseignait les sciences sociales ?

— Oui.

Loren a consulté sa banque de données personnelle.

— Je ne me souviens pas d'elle.

— Vous aviez déjà terminé vos études quand elle est arrivée chez nous.

— Depuis combien de temps était-elle à St Margaret ?

— Sept ans. Et je vais vous dire une chose : cette femme était une sainte. Je sais que le mot est galvaudé, mais je ne vois pas comment la décrire autrement. Sœur Mary Rose ne recherchait pas la gloire, elle n'avait aucun ego. Elle voulait juste faire le bien.

Mère Katherine a retiré sa main. Loren s'est reculée et a recroisé les jambes.

— Continuez.

— Quand nous – par « nous », j'entends deux sœurs et moi-même – l'avons trouvée le matin, sœur Mary Rose portait ses vêtements de nuit. Comme la plupart d'entre nous, c'était une femme très pudique.

Loren a hoché la tête, histoire de l'encourager.

— Nous nous sommes inquiétées, bien sûr. Elle ne respirait plus. Nous avons tenté le bouche-à-bouche et le massage cardiaque. Un agent de la police municipale était venu nous voir récemment pour enseigner aux enfants les techniques de secourisme. Du coup, nous les avons essayées. C'est moi qui ai pratiqué le massage cardiaque et…

Elle s'est tue.

— … et c'est là que vous vous êtes rendu compte que sœur Mary Rose avait des implants mammaires ?

Mère Katherine a hoché la tête.

— Vous l'avez dit aux autres sœurs ?

— Bien sûr que non.

Loren a haussé les épaules.

— Je ne vois pas vraiment où est le problème.

— Vous ne voyez pas ?

— Sœur Mary Rose a dû avoir sa propre vie avant de devenir religieuse. Qui sait ce qu'elle a vécu ?

— Justement, a répliqué mère Katherine. Elle n'a pas vécu.

— Là, j'ai bien peur de ne pas suivre.

— Sœur Mary Rose venait d'une paroisse ultra-conservatrice dans l'Oregon. Elle était orpheline et est entrée au couvent à l'âge de quinze ans.

Loren a réfléchi un instant.

— Vous n'aviez donc pas la moindre idée de…

Elle a esquissé un vague geste de va-et-vient devant sa propre poitrine.

— Absolument pas.

— Comment l'expliquez-vous, alors ?

— À mon avis… (Mère Katherine s'est mordu la lèvre). À mon avis, sœur Mary Rose est arrivée chez nous sous un faux prétexte.

— Quel genre de faux prétexte ?

— Je ne sais pas.

Mère Katherine l'a regardée d'un air interrogateur.

— C'est là, a dit Loren, que j'entre en scène ?

— Ma foi, oui.

— Vous voulez que je découvre ce qu'elle manigançait ?

— Oui.

— En toute discrétion.

— Je l'espère, Loren. Mais nous devons savoir la vérité.

— Même si elle est moche ?

— Surtout si elle est moche.

Mère Katherine s'est levée.

— C'est ce que l'on fait avec la laideur de ce monde. On l'expose à la lumière de Dieu.

— Oui, a opiné Loren. À la lumière.

— Vous n'êtes plus croyante, n'est-ce pas, Loren ?

— Je ne l'ai jamais été.

— Ça, je n'en suis pas sûre.

Loren s'est levée aussi. Mère Katherine la dominait toujours. Ouais, s'est-elle dit, trois mètres de haut.

— Vous allez m'aider ?

— Vous savez bien que oui.

4

LES SECONDES PASSAIENT. Enfin, il fallait croire que c'étaient des secondes. Matt attendait, l'œil rivé sur le téléphone. Rien, il n'y avait plus rien. Son cerveau était en état d'anesthésie totale. Et lorsqu'il s'est remis en marche, Matt a regretté que l'effet de l'anesthésie ne dure pas plus longtemps.

Le téléphone mobile… Il l'a retourné dans sa main, l'examinant comme s'il le voyait pour la première fois. L'écran, s'est-il rappelé, était petit, et l'image tressautait. Les couleurs étaient indistinctes. Et le soleil aveuglant n'avait rien arrangé.

Il a hoché la tête. Allez, continue.

Olivia n'était pas blonde.

Bien. Encore, encore…

Il la connaissait. Il l'aimait. Il n'avait certes rien d'un mari idéal, lui l'ex-détenu aux perspectives peu brillantes. Il avait tendance à se renfermer sur lui-même. Il n'accordait pas facilement son amour et sa confiance. Olivia, en revanche, avait tout pour elle. Belle et intelligente, elle était sortie avec les honneurs et félicitations du jury de l'université de Virginie. Elle avait même de l'argent qui lui venait de son père.

Avec ça, il n'était guère avancé.

Si. Parce que, malgré tout cela, Olivia l'avait quand même choisi, lui – l'ex-détenu avec zéro perspective d'avenir. Elle était la première femme à qui il avait parlé de son passé. Aucune autre n'était restée assez long-temps pour que la question se pose.

Sa réaction ?

Bon, d'accord, elle n'avait pas sauté de joie. Son fameux sourire – le sourire à tomber par terre – avait vacillé un instant. Matt aurait voulu en rester là. Il aurait voulu quitter la pièce car il ne supportait pas l'idée qu'elle cesse de sourire, même momentanément, à cause de lui. Mais ça n'avait pas duré. Très vite, le sourire était revenu, à plein régime. Soulagé, il s'était mordu la lèvre. Se penchant par-dessus la table, Olivia lui avait pris la main et, en un sens, ne l'avait plus lâchée.

Or, maintenant qu'il était assis là, Matt se remémo-rait ses premiers pas hésitants à sa sortie de prison, sa démarche circonspecte tandis qu'il franchissait le portail en cillant, le sentiment – un sentiment qui ne l'avait jamais totalement abandonné – que la fine couche de glace sous ses pieds pouvait craquer d'un instant à l'autre et le précipiter dans l'eau gelée.

Comment expliquer ce qu'il venait de voir ?

Matt comprenait la nature humaine. Correction : il comprenait la nature inhumaine. Le couperet qui s'était abattu sur lui et sur sa famille lui avait fourni une expli-cation ou, plutôt, une anti-explication à tout ce qui n'allait pas : en bref, il n'existait aucune explication.

Le monde n'est ni joyeux ni cruel. Il est simplement aléatoire, des particules qui s'entrechoquent, des sub-stances chimiques qui se mélangent et interagissent.

Aucun ordre à proprement parler. Le mal n'est pas voué à l'anathème, les justes ne seront pas épargnés.

Le chaos, vieux. Tout est affaire de chaos.

Et dans la tourmente de ce chaos, Matt n'avait qu'une seule chose : Olivia.

Alors aujourd'hui, assis dans ce bureau, avec le téléphone sous les yeux, son esprit refusait de lâcher prise. Là, tout de suite, en cette seconde même... que faisait donc Olivia dans cette chambre d'hôtel ?

Matt a fermé les yeux et cherché une porte de sortie.

Peut-être que ce n'était pas elle.

Une fois de plus, l'écran était tout petit. La vidéo tremblotait. Et Matt a continué ainsi, à égrener les arguments tous plus rationnels les uns que les autres, dans l'espoir que l'un d'entre eux taperait dans le mille.

Mais aucun ne tenait la route.

Sa poitrine s'est serrée.

Les images affluaient. Il a essayé de les combattre, hélas, elles balayaient tout sur leur passage. Le type aux cheveux aile de corbeau, avec ce putain de sourire entendu. Il a revu Olivia s'arc-boutant quand ils faisaient l'amour, se mordant la lèvre inférieure, les yeux mi-clos, les tendons saillant dans le cou. Il a imaginé les bruits. Les petits gémissements d'abord. Puis les cris de plaisir...

Stop ! Arrête ça.

Levant les yeux, il a croisé le regard de Rolanda.

— Vous vouliez quelque chose ? a-t-il demandé.

— Oui.

— Quoi ?

— À force de rester plantée là, j'ai fini par oublier.

Elle a haussé les épaules, pivoté sur elle-même puis quitté le bureau en laissant la porte ouverte.

Matt s'est levé, s'est approché de la fenêtre. Il a

contemplé la photo des fils de Bernie en complète pano-
plie de footballeurs. Bernie et Marsha avaient utilisé
cette photo pour leur carte de vœux, il y a trois ans. Le
cadre en faux bronze venait d'une quincaillerie quelconque. Sur la photo, les garçons, Paul et Ethan, avaient
cinq et trois ans et souriaient comme n'importe quel
gamin de leur âge. Ce sourire-là, ils ne l'avaient plus.
C'étaient de braves gosses, bien dans leur peau et tout,
mais toujours entourés de cette aura de tristesse latente.
Quand on y regardait de plus près, les sourires étaient
plus réservés, et l'on devinait dans leurs yeux une sorte
d'attente angoissée, comme s'ils se demandaient ce qui
allait encore leur tomber sur la tête.

Que faire maintenant ?

Matt a opté pour la solution évidente : il allait rappeler
Olivia, pour voir ce qu'il en était.

Cela semblait rationnel d'un côté, et ridicule de
l'autre. Que croyait-il découvrir ? Le premier bruit qu'il
entendrait serait-il la respiration haletante d'Olivia et
ensuite un rire d'homme en arrière-fond ? Ou alors
Olivia répondrait sur un ton enjoué, comme à son habitude, et il lui dirait… quoi ? « Salut, chérie, c'est quoi,
cette histoire de motel… » – dans son esprit, ce n'était
plus une chambre d'hôtel, mais un motel crasseux, le *h*
devenu *m* donnant un sens nouveau à la situation –
« … de perruque blond platine et de type ricanant aux
cheveux aile de corbeau ? »

Non, ça n'allait pas.

Il se laissait emporter par son imagination. Il y avait
une explication logique à tout cela. Matt ne la voyait
peut-être pas, mais elle existait. Il s'est souvenu d'émis-
sions à la télé sur les magiciens et leurs techniques de
prestidigitation. On assistait à la démonstration sans
trouver la réponse, et, une fois celle-ci dévoilée, on

s'étonnait d'avoir été stupide au point de n'avoir rien vu. C'était pareil ici.

Faute de meilleure idée, Matt a décidé d'appeler.

Le numéro du portable d'Olivia figurait en tête de son répertoire. Il a enfoncé la touche et gardé le doigt dessus. Le téléphone a sonné. Par la fenêtre, il voyait Newark. Ses sentiments pour cette ville étaient, comme toujours, mitigés. On sentait bien le potentiel, la vitalité, mais on apercevait surtout la décadence, et alors on secouait la tête. Curieusement, il a repensé au jour où Duff lui avait rendu visite en prison. Duff s'était mis à bramer, il était devenu tout rouge, comme un enfant. Matt s'était contenté de le regarder. Il n'avait rien à dire.

Le téléphone a sonné six fois avant de se connecter à la boîte vocale d'Olivia. La voix de sa femme, tellement animée, tellement familière, tellement… *sienne*, a fait battre son cœur. Il a attendu patiemment qu'elle ait fini de parler. Puis le bip a retenti.

— Salut, c'est moi.

Il s'est efforcé de lutter contre la tension qui l'habitait.

— Peux-tu me rappeler quand tu auras une seconde ?

Il a marqué une pause. Normalement, il aurait dû terminer sur un bref « Je t'aime », mais cette fois il a coupé la communication sans ajouter les mots qui d'ordinaire venaient naturellement.

Il regardait toujours par la fenêtre. En prison, ce qui l'avait achevé, ce n'étaient ni la violence ni la répulsion. C'était tout le contraire : quand ces choses-là sont devenues la norme. Au bout d'un moment, Matt a commencé à s'attacher à ses frères de la Nation aryenne dont il appréciait sincèrement la compagnie. Sans doute une forme perverse du syndrome de Stockholm. Le problème, c'est la survie. L'esprit est prêt à toutes les contorsions pour survivre. N'importe quoi finit par paraître normal. C'est ce qui l'a fait réfléchir.

Il pensait au rire d'Olivia. Ce rire qui lui faisait oublier tout le reste. Était-ce une réalité ou encore un mirage cruel qui l'aurait pris au piège de la bonté ?

Sur ce, Matt a fait quelque chose de vraiment étrange.

Tenant l'appareil à bout de bras, face à lui, il s'est photographié lui-même. Il n'a pas souri, il a juste fixé l'objectif. La photo était sur l'écran à présent. Il a regardé son propre visage, sans être bien sûr de ce qu'il voyait.

Puis il a pressé la touche avec son numéro et envoyé la photo à Olivia.

5

DEUX HEURES SE SONT ÉCOULÉES. Olivia n'a pas rappelé.

Matt a passé ces deux heures avec Ike Kier, l'un des principaux associés, un type pomponné aux cheveux gris trop longs et lissés en arrière. Ike venait d'une famille fortunée. Il avait un réseau de relations et savait l'exploiter, à défaut d'autre chose. Parfois, ça suffisait. Il possédait une Viper et deux Harley Davidson. Au bureau, on le surnommait Midi, comme le démon du même nom.

Midi était suffisamment futé pour savoir qu'il ne l'était pas tant que ça. Du coup, il recourait souvent aux services de Matt. Matt, toujours prêt à abattre le gros boulot tout en restant dans l'ombre. Ce qui permettait à Midi de faire bonne figure et de conserver une large clientèle dans le milieu des affaires. Il se doutait bien que Matt n'appréciait pas trop, mais pas au point de se rebiffer.

Les détournements de fonds, ce n'était peut-être pas bon pour l'Amérique, mais ça rapportait sacrément. En ce moment même, ils discutaient du cas Mike Sterman, le DG d'une grande firme pharmaceutique appelée Pentacol, accusé entre autres d'avoir trafiqué les comptes pour influencer les marchés boursiers.

— En somme, a résumé Midi, faisant retentir dans la pièce son plus beau baryton de prétoire, notre défense sera… ?

Il a regardé Matt, dans l'attente d'une réponse.

— Faire porter le chapeau à l'autre.

— Quel autre ?

— Un autre.

— Hein ?

— N'importe quel autre, a répondu Matt. Le directeur financier – beau-frère et ex-meilleur ami de Sterman –, le DRH, qui vous voulez : l'expert-comptable, les banques, le conseil d'administration, les employés. On dira qu'il y a des escrocs parmi eux. On dira qu'il y a eu des erreurs commises de bonne foi et qui ont fait boule de neige.

— N'est-ce pas contradictoire ? s'est enquis Midi, repliant les mains et abaissant les sourcils. Plaider escroquerie et erreurs en même temps ?

Il s'est interrompu, a levé les yeux et souri. Erreurs et escroquerie. Ça sonnait plutôt bien.

— On cherche à semer la confusion, a expliqué Matt. Si on accuse une foule de gens, aucune accusation ne tiendra. Le jury verra qu'il y a quelque chose qui cloche, mais il sera incapable de désigner le coupable. Nous les abreuverons de faits et de chiffres. Nous brandirons chaque erreur, chaque barre manquante sur les *t* et chaque point manquant sur les *i*. Nous monterons en épingle la moindre petite incohérence. Tout sera remis en question. Et tout le monde aura droit à notre scepticisme.

— Et la bar-mitsva ?

Sterman avait offert à son fils une bar-mitsva à deux millions de dollars, avec avion spécialement affrété pour les Bermudes et la participation de Beyoncé et de Ja Rule. L'enregistrement vidéo – plus exactement le DVD au son Dolby stéréo – allait être montré au jury.

— Frais de fonctionnement légitimes, a rétorqué Matt.

— Redites-moi ça ?

— Voyons qui était là-bas. Des cadres de grandes chaînes de distribution. Des acheteurs potentiels. Des fonctionnaires du gouvernement qui délivrent l'autorisation de mise sur le marché. Des médecins, des chercheurs, que sais-je… Notre client recevait ses relations d'affaires, pratique courante en Amérique depuis les premiers pow-wow. Sa boîte avait tout à y gagner.

— Et le fait que c'était une réception pour la bar-mitsva de son fils ?

Matt a haussé les épaules.

— Au fond, ça joue en sa faveur. Sterman a eu une idée de génie.

Midi a fait la moue.

— Réfléchissez un peu. Si Sterman avait dit : « Je donne une grande réception pour soigner mes clients », eh bien, ça ne l'aurait pas aidé à cultiver ses relations de façon efficace. Du coup, fine mouche, il invente un moyen plus subtil. Il invite ses interlocuteurs à la bar-mitsva de son fils. Ils sont pris au dépourvu. Ils trouvent ça sympa, ce père attentionné qui les convie à une fête familiale plutôt qu'à une réunion rébarbative. Sterman, comme tout dirigeant qui se respecte, a eu une approche créative.

Midi a arqué un sourcil et hoché lentement la tête.

— Ah, ça me plaît !

Matt s'en était douté. Il a jeté un coup d'œil sur son

portable pour s'assurer qu'il était toujours allumé. Et pour voir s'il avait eu d'autres messages ou appels en absence. Il n'y en avait pas.

Midi s'est levé.

— On peaufine ça demain ?

— Tout à fait.

Il est parti. Rolanda a passé la tête par la porte. Elle a regardé dans le couloir en direction de Midi et, enfonçant un doigt dans sa gorge, a fait mine de vomir. Matt a consulté sa montre. Il était l'heure de lever le camp.

Il a gagné à la hâte le parking de la société. Son esprit vagabondait. Tommy, le gardien, l'a salué d'un signe de la main. Toujours hébété, Matt a dû lui rendre son salut. Sa place était tout au fond, sous les tuyaux qui gouttaient. Le monde obéissait à un ordre hiérarchique, jusque dans les parkings.

Quelqu'un était en train de nettoyer la Jaguar verte appartenant à l'un des fondateurs du cabinet. Matt a bifurqué. L'une des Harley de Midi était là, recouverte d'une bâche transparente. Un chariot de supermarché gisait, abandonné, les roues en l'air. En fait de roues, il en manquait trois. Que pouvait-on faire avec trois roues de chariot ?

Le regard de Matt a effleuré les voitures dans la rue, principalement des taxis clandestins, et s'est arrêté un instant sur une Ford Taurus grise, immatriculée MLH-472 ; ça ressemblait de près à ses propres initiales, MKH, et ces choses-là constituaient une distraction.

Mais une fois dans la voiture – seul avec ses pensées –, une nouvelle angoisse l'a saisi.

Bon, s'est-il dit, s'efforçant de rester rationnel. Supposons le pire : ce qu'il avait vu sur l'écran de son téléphone était le prélude à quelque rendez-vous galant.

Pourquoi Olivia le lui aurait-elle envoyé ?

Quel était l'intérêt ? Cherchait-elle à se faire prendre la main dans le sac ? Était-ce un appel à l'aide ?

Ça ne tenait pas debout.

Soudain, il a réalisé une chose : ce n'était pas Olivia qui l'avait expédié. Ça provenait de son téléphone, oui, mais elle – en admettant qu'il s'agisse bien d'Olivia, avec une perruque blond platine – n'avait pas l'air consciente d'être filmée. Il s'en était même fait la réflexion sur le moment. Elle avait été le sujet et non l'auteur du film.

Qui l'a envoyé, alors ? M. Aile de Corbeau ? Dans ce cas, qui avait pris la première photo, celle d'Aile de Corbeau ? Lui-même ?

Réponse : non.

Aile de Corbeau avait la main levée, comme en signe de salut. Matt s'est rappelé l'arrière d'une bague sur son doigt – enfin, cela ressemblait à une bague. Il n'avait pas très envie de revoir la photo. Mais il y a repensé. Se pouvait-il que ce soit une alliance ? Non, l'anneau était sur sa main droite.

Cela étant, qui avait photographié Aile de Corbeau ?

Olivia ?

Pourquoi lui aurait-elle envoyé cette photo ? L'aurait-elle fait par inadvertance, comme quand on appuie sur la mauvaise touche d'appel automatique ?

Cela semblait peu probable.

Une tierce personne se trouvait-elle dans la chambre ?

C'était difficilement concevable. Matt avait beau tourner et retourner le problème dans sa tête, rien ne collait. Les deux appels provenaient du téléphone de sa femme. Jusque-là, ça allait. Mais si elle avait une aventure, pourquoi le lui aurait-elle fait savoir ?

La réponse – et son raisonnement commençait à se mordre la queue – était que non, elle ne l'aurait pas fait.

Qui, alors ?

Matt a revu le sourire satisfait sur le visage d'Aile de Corbeau. Et son estomac s'est noué. Plus jeune, Matt avait été hypersensible. Il lui arrivait de fondre en larmes quand il perdait un match de basket. Le moindre affront, il le ruminait des semaines durant. Tout cela avait changé avec la mort de Stephen McGrath. Si on apprend une chose en prison, c'est à se blinder. On ne laisse rien paraître. Jamais. On ne s'autorise aucune faiblesse, car vos faiblesses sont exploitées. C'est ce que Matt essayait de faire maintenant. Il essayait d'ignorer le nœud au creux de son estomac.

Ça ne marchait pas.

Les images étaient de retour, mêlées – aussi insoutenables soient-elles – aux souvenirs les plus merveilleux, ceux qui faisaient le plus mal. Le week-end qu'Olivia et lui avaient passé à Lennox, dans le Massachusetts. Il avait étalé couvertures et oreillers devant la cheminée et ouvert une bouteille de vin. Il revoyait Olivia, la façon dont elle tenait son verre, la façon dont elle le regardait, la façon dont le monde, son passé, ses premiers pas hésitants et apeurés s'estompaient peu à peu, la façon dont les flammes se reflétaient dans ses yeux verts, et puis il l'imaginait dans le même décor avec un autre homme.

Une autre pensée lui est venue à l'esprit… tellement consternante, tellement insupportable qu'il a failli perdre le contrôle de la voiture.

Olivia était enceinte.

Le feu est passé au rouge. Matt a manqué le griller. À la dernière minute, il a écrasé la pédale de frein. Un piéton qui s'était déjà engagé dans les clous a bondi en arrière et brandi le poing dans sa direction. Matt gardait les deux mains sur le volant.

Olivia avait mis longtemps à concevoir.

Tous deux avaient dépassé la trentaine, et dans la tête d'Olivia résonnait le tic-tac de l'horloge. Elle rêvait d'avoir une famille. Pendant un bon moment, leurs efforts s'étaient soldés par un échec, et Matt avait commencé à se demander – sérieusement – si ce n'était pas sa faute à lui. Il s'était quand même pris de sacrées raclées en prison. Durant sa troisième semaine de détention, quatre hommes l'avaient immobilisé et lui avaient écarté les jambes pendant qu'un cinquième lui donnait de violents coups de pied dans l'aine. La douleur lui avait fait presque perdre connaissance.

Et voilà que soudain Olivia était enceinte.

Il aurait voulu déconnecter son cerveau, mais il n'y arrivait pas. Une rage sourde l'envahissait peu à peu. C'était préférable, se disait-il, à la souffrance, au crève-cœur de savoir qu'on vous arrache ce à quoi vous tenez le plus au monde.

Il fallait qu'il la retrouve. Sans plus attendre.

Olivia était à Boston, à cinq heures de voiture d'ici. Au diable l'état des lieux. Vas-y, roule et règle ça directement avec elle.

Où était-elle descendue, déjà ?

Matt s'est mis à réfléchir. Le lui avait-elle dit ? Il était incapable de s'en souvenir. C'était un autre avantage du téléphone mobile. On n'avait plus à se préoccuper de ces choses-là. Peu importait qu'elle loge au *Hilton* ou au *Marriott*. Elle était en voyage d'affaires. Entre les réunions et les dîners, elle ne devrait pas se trouver souvent dans sa chambre.

Le plus simple serait de la joindre par téléphone.

Oui, et alors ?

Il ignorait totalement le nom de son hôtel. Si ça se trouve, ce n'était même pas sa chambre qu'il avait vue sur l'écran de son portable. C'était peut-être celle d'Aile de Corbeau. Admettons qu'il sache où était l'hôtel. Admettons qu'il se pointe, qu'il cogne à la porte, et ensuite ? Olivia lui ouvrirait en déshabillé, avec Aile de Corbeau derrière elle, une serviette nouée autour de la taille ? Que ferait-il, hein ? Il casserait la figure à l'autre ? Il pointerait le doigt et crierait : « Je te tiens ! » ?

Il a essayé de la rappeler sur son portable. Toujours pas de réponse. Il n'a pas laissé d'autre message.

Pourquoi Olivia ne lui avait-elle pas dit où elle était descendue ?

C'est évident, non, Matt, mon petit vieux ?

Un rideau rouge s'est déployé devant ses yeux.

Assez.

Il a téléphoné à son bureau, mais l'appel a été basculé directement sur sa boîte vocale : « *Bonjour, ici Olivia Hunter. Je serai absente jusqu'à vendredi. En cas d'urgence, vous pouvez contacter mon assistante, Jamie Suh, au poste six cent quarante-quatre…* »

Ce qu'il a fait. Jamie a répondu à la troisième sonnerie.

— Bureau d'Olivia Hunter.

— Salut, Jamie, c'est Matt.

— Salut, Matt.

Il utilisait le kit mains-libres, et cela faisait un drôle d'effet : on aurait dit un dingue conversant avec un interlocuteur imaginaire. Quand on parle au téléphone, il faudrait toujours en avoir un dans la main.

— J'ai une petite question pour vous.

— Je vous écoute.

— Savez-vous dans quel hôtel Olivia est descendue ?

Pas de réponse.

— Jamie ?

— Je suis là. Euh ! je peux me renseigner, si vous voulez bien patienter. Mais pourquoi n'appelez-vous pas sur son portable ? C'est le numéro qu'elle m'a laissé, si jamais un client avait une urgence.

Il ne savait comment réagir sans avoir l'air désespéré. S'il lui disait qu'il avait essayé et était tombé sur le répondeur, Jamie Suh se demanderait pourquoi il ne pouvait pas tout simplement attendre qu'elle rappelle. Il s'est gratté la tête afin de trouver quelque chose de plausible.

— Oui, je sais. En fait, j'aimerais lui envoyer des fleurs. Lui faire une surprise, quoi.

— Je vois. (Jamie ne semblait guère enthousiaste.) C'est une occasion spéciale ?

— Non.

Et, histoire d'en rajouter dans la maladresse :

— Mais bon, la lune de miel n'est pas encore finie.

Il a ri de sa pitoyable plaisanterie. Pas Jamie, ce qui n'avait rien d'étonnant.

Il y a eu un silence prolongé.

— Vous êtes toujours là ? a fait Matt.

— Oui.

— Pouvez-vous me dire le nom de son hôtel ?

— Je suis en train de chercher.

Il l'a entendue pianoter sur son clavier.

— Matt ?

— Oui.

— J'ai un autre appel. Puis-je vous rappeler quand j'aurai trouvé ?

— Bien sûr.

Il n'aimait pas ça. Il lui a donné le numéro de son portable et a raccroché.

Que se passait-il, bon sang ?

Son téléphone s'est remis à vibrer. Il a consulté le numéro. C'était le bureau. Rolanda ne s'embarrassait pas de civilités.

— On a un problème, a-t-elle dit. Où êtes-vous ?

— Je m'embarque sur la 78.

— Demi-tour. Washington Street. Eva est en train de se faire expulser.

Matt a étouffé un juron.

— Qui c'est ?

— Le pasteur Jill est là-bas, avec ses deux armoires à glace de fils. Ils ont menacé Eva.

Le pasteur Jill. Une femme qui avait obtenu son titre sur Internet et hébergeait des jeunes dans le cadre de ses œuvres « caritatives », du moment qu'ils crachaient suffisamment en bons d'alimentation. Les arnaques qu'on peut monter contre les pauvres, ça dépasse tout entendement. Matt a donné un coup de volant à droite.

— J'y vais.

Dix minutes plus tard, il s'arrêtait dans Washington Street, non loin du parc de Branch Brook. Gamin, Matt venait jouer au tennis ici. Il avait même fait de la compétition ; un week-end sur deux, ses parents l'accompagnaient aux tournois à Port Washington. Il s'était classé chez les garçons de moins de quatorze ans. Ensuite, sa famille avait cessé de fréquenter Branch Brook. Matt n'a jamais compris ce qui était arrivé à Newark. Ville autrefois prospère, où il faisait bon vivre, ses habitants les plus aisés l'avaient quittée durant l'exode vers les banlieues dans les années cinquante-soixante. C'était normal, bien sûr, un phénomène généralisé. Mais Newark a été abandonné. Ceux qui ont déménagé – même à quelques kilomètres de là – sont partis sans se retourner. Entre autres à cause des émeutes de la fin des années soixante. Ou alors par simple racisme. Pourtant il y a eu autre chose, quelque chose de bien pire, et Matt ne savait pas trop quoi.

Il est descendu de voiture. Le quartier était à forte prédominance afro-américaine. Comme la majorité de ses clients. Curieux. En prison, les insultes racistes, il en pleuvait tous les jours. Lui-même s'en était servi pour se faire accepter dans un premier temps, et peu à peu il en était arrivé à trouver ça moins abject, ce qui était en soi le comble de l'abjection.

À la fin, il avait été contraint d'abdiquer ce à quoi il avait toujours cru, le mensonge des classes moyennes libérales selon lequel la couleur de la peau n'avait aucune importance. Ici aussi, d'une tout autre manière, ça importait sacrément.

Son regard a balayé le paysage. Un graffiti intéressant l'a accroché. Sur un mur de brique ébréchée, quelqu'un avait tagué en lettres de un mètre de haut :

LES SALOPES MENTENT !

Normalement, Matt ne se serait pas arrêté pour étudier ce genre d'inscription, mais une fois n'est pas coutume. Les lettres étaient rouges et penchées. Même si on ne savait pas lire, on sentait la rage qui pointait là-dessous. Il s'est demandé ce qui avait inspiré leur auteur. Il s'est demandé aussi si cet acte de vandalisme avait apaisé son courroux… ou si ç'avait été son premier pas vers la déprédation.

Matt s'est dirigé vers l'immeuble d'Eva. La voiture du pasteur Jill, une Mercedes 560 chargée à bloc, était garée devant. Un de ses fils montait la garde, bras croisés et mine patibulaire. Matt a de nouveau scruté les environs. Les voisins vaquaient à leurs occupations. Un enfant âgé de deux ans peut-être était juché sur une vieille tondeuse à gazon. Sa mère s'en servait comme d'une poussette. Elle marmonnait dans sa barbe et avait l'air défoncée. Les gens dévisageaient Matt : un homme blanc dans le quartier restait un objet de curiosité.

Les fils du pasteur Jill l'ont regardé d'un œil torve. Autour d'eux, le silence s'est fait, comme dans un western. Le spectacle pouvait commencer.

Matt a demandé :

— Qu'est-ce que vous faites ?

Les frères auraient pu être des jumeaux. L'un continuait à fixer Matt, tandis que l'autre a entrepris de charger les affaires d'Eva dans le coffre. Matt n'a pas bronché, ne s'est pas départi de son sourire.

— J'aimerais que vous arrêtiez ça tout de suite.

— Qui êtes-vous ? a rétorqué Bras Croisés.

Le pasteur Jill est sortie. À la vue de Matt, elle s'est renfrognée elle aussi.

— Vous ne pouvez pas la jeter dehors, a insisté Matt.

Le pasteur Jill l'a toisé d'un air hautain.

— Cette résidence est à moi.

— Non, elle appartient à l'État. Vous prétendez offrir un hébergement aux jeunes de la cité.

— Eva n'a pas respecté les règles.

— Quelles règles ?

— Nous sommes une institution religieuse, nous obéissons à un code moral très strict. Et Eva l'a transgressé.

— De quelle façon ?

Le pasteur Jill a souri.

— Je ne vois pas en quoi ça vous concerne. Puis-je savoir qui vous êtes ?

Ses deux fils ont échangé un coup d'œil. Les affaires

d'Eva ont été reposées à terre. Ils se sont tournés vers lui.

Matt a indiqué la Mercedes du pasteur.

— Chouette bagnole.

Sourcils froncés, les frères se sont approchés. L'un a fait craquer son cou en marchant. L'autre serrait et desserrait les poings. Matt a senti son sang bouillonner. Étrangement, la mort de Stephen McGrath – le « dérapage » – ne l'avait pas rendu craintif. Peut-être que s'il s'était montré plus agressif cette nuit-là… mais aujourd'hui ce n'était pas ça l'essentiel. Il avait appris une leçon, une leçon précieuse, sur l'affrontement physique : rien n'est gagné d'avance. Certes, celui qui porte le premier coup a des chances de sortir vainqueur du combat. *Idem* pour le plus grand des deux. Néanmoins, une fois que c'est parti, une fois que la tornade rouge s'est emparée des combattants, tout peut arriver.

— Qui êtes-vous ? a répété Cou Qui Craque.

Matt ne voulait pas prendre de risque. En soupirant, il a sorti son téléphone portable.

— Je suis Bob Smiley, du journal télévisé de Channel Nine.

Ça les a stoppés net.

Il a braqué l'appareil sur eux et fait mine de le mettre en marche.

— Si vous n'y voyez pas d'inconvénient, je vais filmer ce que vous êtes en train de faire. L'équipe de tournage sera là dans trois minutes.

Les frères ont regardé leur mère. Le visage du pasteur Jill s'est fendu d'un sourire béat, totalement bidon.

— Nous aidons Eva à déménager, a-t-elle déclaré. Dans un meilleur logement.

— C'est ça.

— Mais si elle préfère rester ici…

71

— Elle préfère, oui…, a dit Matt.

— Milo, va remettre ses affaires dans l'appartement.

Milo, le Cou Qui Craque, a dardé sur Matt un œil de merlan frit. Matt a levé son appareil.

— Gardez la pose, Milo.

Milo et Poings Serrés ont commencé à vider le coffre. Le pasteur Jill s'est engouffrée à l'arrière de la Mercedes. Eva, qui regardait par la fenêtre, a articulé un « merci » silencieux à l'intention de Matt. Il a hoché la tête et s'est détourné.

C'est à ce moment-là, en se détournant, qu'il a aperçu la Ford Taurus grise. Arrêtée à une trentaine de mètres derrière lui. Matt s'est figé. Les Ford Taurus grises, on en comptait des milliers, c'était peut-être la voiture la plus populaire du pays. En voir deux dans la même journée n'avait rien d'extraordinaire. Il y en avait probablement une autre dans cette même rue. Ou deux, ou trois. Et il ne serait pas étonné d'apprendre que l'une d'entre elles était grise.

Oui, mais voilà… Serait-elle immatriculée MLH, presque comme MKH, ses propres initiales ?

Son œil restait scotché sur la plaque minéralogique.

MLH-472.

La voiture qu'il avait vue garée devant son bureau.

Matt s'efforçait de calmer sa respiration. Ça pouvait être une simple coïncidence. En y réfléchissant bien, il était tout à fait possible de croiser la même voiture deux fois dans la journée. Il était, quoi, à huit cents mètres de son bureau. La circulation était dense dans le coin. Pas de quoi en faire un plat.

En temps normal – notez bien, n'importe quel *autre* jour –, Matt se serait rendu à cette logique-là.

Pas aujourd'hui. Il n'a pas hésité longtemps et s'est dirigé vers la voiture.

— Eh ! a crié Milo, où allez-vous ?

— Continue donc à décharger, mon grand.

Matt n'avait pas fait cinq pas que les roues de la Ford pivotaient pour sortir de sa place de stationnement. Il s'est mis à marcher plus vite.

Sans crier gare, la Taurus a bondi en avant et a coupé la route. Les phares de recul se sont allumés ; la voiture a effectué une brusque marche arrière. Matt a compris que le conducteur entendait faire demi-tour. Ce dernier a écrasé le frein et donné un brutal coup de volant. Matt n'était plus qu'à un mètre de la lunette arrière.

— Attendez ! a-t-il hurlé.

Comme si ça allait changer quelque chose.

Il s'est précipité au-devant de la voiture.

Mauvais calcul. Dans un petit crissement, le pneu de la Taurus a mordu sur le gravier et foncé sur lui. Sans ralentir, sans hésiter une seconde. Matt a fait un bond de côté. La Ford a accéléré. Matt a décollé du sol. Le pare-chocs a accroché sa cheville. Une douleur fulgurante a transpercé l'os. Emporté par son élan, Matt a tourné en l'air et atterri en roulé-boulé face contre terre, avant de terminer sur le dos.

L'espace de quelques instants, il est resté étendu en clignant des yeux. Des gens se sont attroupés autour de lui.

— Ça va ? lui a demandé quelqu'un.

Il a hoché la tête, s'est assis et a palpé sa cheville. Bien amochée, mais pas cassée. On l'a aidé à se remettre debout.

Entre le moment où il avait aperçu la voiture et celui où elle avait tenté de l'écraser, il ne s'était écoulé que cinq ou dix secondes. Certainement pas plus. Matt avait les yeux dans le vague.

Quelqu'un était – pour le moins – en train de le filer.

Il a tâté sa poche. Le téléphone mobile était toujours là. Il est revenu en boitillant vers l'immeuble d'Eva. Le pasteur Jill et ses fils étaient partis. Il est monté s'assurer qu'Eva allait bien, puis il a regagné sa voiture et pris une profonde inspiration. Il n'y avait plus qu'une chose à faire.

Il a composé le numéro de sa ligne personnelle. Quand Celia a répondu, il a demandé :

— Tu es à ton bureau ?

— Ouais.

— J'arrive dans cinq minutes.

6

SITÔT QUE LOREN MUSE, ENQUÊTRICE À LA CRIMINELLE, a ouvert sa porte, un relent de fumée de cigarette a vogué à sa rencontre. Loren l'a laissé faire. Elle s'est arrêtée et a aspiré une grande bouffée.

Son appartement en rez-de-jardin se trouvait dans Morris Avenue, à Union, dans le New Jersey. Elle n'a jamais compris ce terme, « jardin ». C'était un trou, rien que de la brique, aucune personnalité et pas la moindre trace de verdure. Une sorte de purgatoire en somme, une station de pesage, une escale en cours d'ascension – ou de descente – le long de l'échelle sociale. De jeunes couples vivaient ici en attendant de se payer une maison. Des retraités malchanceux y retournaient, une fois que les enfants avaient quitté le nid.

Et, bien sûr, des femmes seules, vieilles filles en puissance, travaillant trop dur et recevant trop peu, finissaient là aussi.

À trente-quatre ans, Loren changeait d'homme comme de chemise et, pour citer sa mère actuellement vautrée sur le canapé, la cigarette au bec, « ne fermait jamais la boutique ». C'était comme ça quand on était dans la police. Au début, ça attirait les hommes, puis lorsque la date d'engagement approchait, ils prenaient leurs jambes à leur cou. En ce moment, elle sortait avec un dénommé Pete que sa mère avait taxé de *total loser*, et là-dessus Loren ne lui donnait pas entièrement tort.

Ses deux chats, Oscar et Felix, n'étaient nulle part en vue, mais ça, c'était normal. Sa mère, la ravissante Carmen Valos Machinchose Muse, était affalée sur le canapé et regardait *Jeopardy*. Elle avait beau suivre l'émission presque chaque jour, jusqu'à présent elle n'avait pas réussi à répondre à une seule question.

— Salut, a dit Loren.

— Cet appartement est une porcherie, a lancé sa mère.

— Eh bien, tu n'as qu'à ranger. Ou, mieux encore, déménage.

Carmen avait récemment quitté son quatrième époux. Elle était belle, bien plus belle que sa fille, qui, côté physique, tenait de son père suicidaire. Et elle était encore sexy, même s'il y avait du relâchement dans l'air. Malgré les outrages des ans, elle affichait toujours un palmarès supérieur à celui de Loren. Les hommes aimaient Carmen Valos Et Cetera Muse.

Elle s'est tournée vers la télévision et a aspiré une profonde bouffée.

— Je t'ai dit mille fois de ne pas fumer ici.

— Tu fumes bien, toi.

— Non, maman, j'ai arrêté.

Carmen a braqué sur sa fille ses immenses carreaux bruns, cillant coquettement par habitude.

— Tu as arrêté ?

— Oui.

— Oh, allez ! Deux mois ? Je n'appelle pas ça arrêter.

— Ça fait cinq mois.

— Admettons. Mais tu as fumé ici, non ?

— Et alors ?

— Alors, pas la peine d'en faire un fromage. L'odeur n'est même pas partie. On n'est pas dans une chambre d'hôtel pour non-fumeurs, que je sache.

Sa mère a inspecté Loren de la tête aux pieds ; c'était une manie chez elle. Loren s'attendait à l'inévitable conseil de beauté – « J'essaie de t'aider, c'est tout » : tu pourrais te coiffer, tu devrais porter quelque chose de plus moulant, pourquoi faut-il que tu ressembles à un garçon, as-tu vu le nouveau soutien-gorge à balconnets de chez Victoria's Secret, un peu de maquillage ne te ferait pas de mal, quand on est petite, on met des talons…

Carmen a ouvert la bouche, et le téléphone a sonné.

— Garde-moi ça au frais, a dit Loren.

Elle a décroché.

— Salut, la Morveuse, c'est bibi.

Bibi était Eldon Teak, un papy blanc de soixante-deux ans qui n'écoutait que du rap. C'était aussi le médecin légiste du comté d'Essex.

— Oui, Eldon ?

— C'est toi qui t'occupes du cas « nonne à nénés » ?

— Vous appelez ça comme ça ?

— En attendant de trouver mieux. J'aimais bien Notre-Dame du Vallon ou le Saint-Mont, mais j'étais le seul.

Elle s'est frotté délicatement les yeux avec le pouce et l'index.

— Vous avez quelque chose pour moi ?

— Oui.

— Du style ?

— Du style que la mort n'était pas accidentelle.

— Elle a été assassinée ?

— Eh oui ! Un oreiller sur le visage.

— Bon Dieu, comment ils ont fait pour ne pas s'en apercevoir ?

— Comment *qui* a fait pour ne pas s'en apercevoir ?

— N'a-t-on pas conclu au départ à une mort naturelle ?

— Si.

— C'est ça, Eldon, le sens de ma question. Comment ils ont fait pour ne pas s'en apercevoir ?

— Et moi, je te demande de qui tu parles.

— De celui qui l'a examinée le premier.

— Personne ne l'a examinée, c'est bien ça le problème.

— Pourquoi ?

— Tu rigoles ou quoi ?

— Pas du tout. Je veux dire, ça devait se voir, non ?

— Tu regardes trop la télé. Des morts, il y en a tous les jours. La femme qui trouve le mari inanimé par terre. Tu crois qu'on fait une autopsie ? Tu crois qu'on s'assure que ce n'était pas un meurtre ? La plupart du temps, les flics ne se déplacent même pas. Mon paternel a cassé sa pipe il y a, quoi, une dizaine d'années. Ma mère a appelé les pompes funèbres, un toubib a signé le certificat de décès, et on est venu l'embarquer. C'est comme ça que ça marche, en général. Une religieuse qui décède, ça va sembler naturel à quiconque ne sait pas exactement ce qu'il doit chercher. Sans l'intervention de la mère supérieure, elle n'aurait jamais atterri sur ma table.

— Vous êtes sûr, à propos de l'oreiller ?

— Voui. Son propre oreiller, du reste. Plein de fibres dans la gorge.

— Et ses ongles ?

— Impeccables.

— N'est-ce pas inhabituel ?

— Ça dépend.

Loren a secoué la tête, s'efforçant de mettre de l'ordre dans ses idées.

— Vous l'avez identifiée ?

— Qui ça ?

— La victime.

— Ben, il s'agit de sœur Silicone, non ? Qu'est-ce que tu veux identifier là-dedans ?

Loren a consulté sa montre.

— Vous êtes au bureau pour combien de temps ?

— Encore deux heures, a dit Eldon Teak.

— J'arrive tout de suite.

7

VOICI COMMENT ON RENCONTRE L'ÂME SŒUR.

Vous êtes en première année de fac. C'est le printemps, et vous êtes en vacances. La plupart de vos camarades s'en vont à Daytona Beach, mais vous, vous avez un copain de lycée, Rick, dont la mère bosse dans une agence de voyages. Elle vous décroche un séjour pour pas cher à Vegas, et vous partez avec six autres amis : cinq nuits sont réservées à l'hôtel *Flamingo*.

Le dernier soir, vous allez au night-club du *Caesar's Palace* car c'est là, paraît-il, qu'il faut être quand on est étudiant et qu'on est en vacances. L'endroit, naturellement, est bruyant et bondé. Avec trop de néons. Ce n'est pas votre tasse de thé. Vous êtes avec vos amis, et vous essayez de vous entendre par-dessus la musique assourdissante quand vous regardez de l'autre côté du bar.

C'est là que vous voyez Olivia pour la première fois.

Non, la musique ne s'arrête pas, ne se mue pas en un concert de harpes célestes. Pourtant il se passe quelque chose. Vous la sentez, cette chaleur diffuse dans votre poitrine, et on voit bien qu'elle la ressent aussi.

En temps normal, vous êtes plutôt timide, pas le genre dragueur, mais ce soir-là rien ne vous fait peur. Vous vous frayez un passage jusqu'à elle, vous vous présentez. Tout le monde, pensez-vous, vit des moments inoubliables tels que celui-ci. On arrive dans une soirée, on voit une jolie fille, elle vous regarde, vous commencez à discuter, et l'alchimie opère tant et si bien que vous vous mettez à réfléchir en termes de vie entière au lieu d'une nuit.

Vous parlez. Vous parlez des heures. Elle vous écoute comme s'il n'existait que vous au monde. Vous allez dans un endroit plus tranquille. Vous l'embrassez. Elle répond. Vous poussez un peu plus loin. Et ainsi de suite toute la nuit, cependant vous n'allez pas jusqu'au bout, ça ne vous dit trop rien. Vous l'enlacez et continuez à parler. Vous aimez son rire. Vous aimez son visage. Vous aimez tout chez elle.

Vous vous endormez dans les bras l'un de l'autre, entièrement habillés, et vous vous demandez s'il vous sera possible un jour de connaître encore le même bonheur. Ses cheveux sentent le lilas et les baies rouges. Jamais vous n'oublierez cette odeur.

Vous donneriez n'importe quoi pour que ça dure, mais vous savez que ça ne durera pas. Ces rencontres-là ne sont pas conçues pour le long terme. Vous avez votre vie, et Olivia a quelqu'un, un fiancé en fait, là-bas, dans sa ville natale. De toute façon, il ne s'agit pas de ça. Il s'agit de vous deux, de votre monde à vous, pour un temps trop bref. À elle seule, cette nuit englobe toute une tranche de vie, un cycle complet fait de découverte, de relation amoureuse et de rupture en l'espace de quelques heures.

À la fin, chacun repartira de son côté.

Vous ne prenez pas la peine d'échanger vos numéros

de téléphone – ni l'un ni l'autre n'avez envie de faire semblant –, mais elle vous accompagne à l'aéroport, et vous vous embrassez passionnément pour vous dire adieu. Elle a les yeux humides quand vous la relâchez. Vous retournez à la fac.

La vie continue, bien sûr, pourtant vous n'oubliez pas complètement cette nuit-là, ses baisers, l'odeur de ses cheveux. Elle reste avec vous. Vous pensez à elle. Pas chaque jour, peut-être même pas chaque semaine. Mais elle est là. C'est un souvenir que vous ressortez de temps à autre, quand vous vous sentez seul, sans trop savoir s'il s'agit d'un réconfort ou d'une souffrance.

Vous vous demandez si c'est pareil pour elle.

Onze années passent. Vous ne l'avez jamais revue.

Bien entendu, vous n'êtes plus le même homme. La mort de Stephen McGrath a bouleversé le cours de votre existence. Vous avez séjourné en prison. Vous êtes libre maintenant. On vous a rendu votre vie, en quelque sorte. Vous travaillez dans le cabinet d'avocats Carter Sturgis.

Un jour, vous vous connectez à Internet et cherchez son nom sur Google.

Vous savez bien que c'est stupide et immature. À l'heure qu'il est, elle a dû épouser son fiancé, elle doit avoir trois ou quatre gosses, peut-être même a-t-elle pris le nom de son mari. Mais bon, ça ne mange pas de pain. Vous n'avez pas l'intention d'aller plus loin. C'est juste de la curiosité.

Il y a plusieurs Olivia Murray.

En approfondissant la recherche, vous en trouvez une qui pourrait être la bonne. Cette Olivia Murray est chef des ventes chez DataBetter, une société de conseil qui conçoit des systèmes informatiques pour petites et moyennes entreprises. Leur site contient la biographie de leurs employés. La sienne est brève, elle mentionne toutefois qu'elle est diplômée de l'université de Virginie. Or c'est là qu'étudiait votre Olivia Murray au moment où vous l'aviez rencontrée.

Vous tâchez de ne plus y penser.

Vous n'êtes pas de ceux qui croient au destin ni à la fatalité – c'est même tout l'inverse –, mais six mois plus tard, les associés de Carter Sturgis décident que le système informatique de leur cabinet a besoin d'une remise à jour. Midi sait que vous avez étudié la programmation durant votre détention. Il propose que vous fassiez partie de la commission chargée de mettre en place un nouveau réseau. Vous suggérez de lancer un appel d'offres.

Parmi les sociétés que vous avez choisi de mettre en concurrence, il y a DataBetter.

Deux personnes de chez DataBetter arrivent au cabinet, et vous êtes pris de panique. Pour finir, vous prétextez une urgence et n'assistez pas à la présentation. C'est au-dessus de vos forces, de vous pointer comme si de rien n'était. Vous laissez aux trois autres membres de la commission le soin de mener l'entretien. Vous restez dans votre bureau, avec les jambes qui flageolent. Vous vous rongez les ongles. Vous vous sentez idiot.

À midi, on frappe à votre porte.

Vous vous retournez. C'est Olivia.

Vous l'avez reconnue au premier coup d'œil. Vous avez l'impression d'avoir été physiquement assommé. La sensation de chaleur est de retour. Vous êtes à peine capable d'aligner deux mots. Vous regardez sa main gauche : son annulaire gauche.

Rien.

Olivia sourit et vous annonce qu'elle est là, chez Carter Sturgis, pour une présentation. Vous vous efforcez de hocher la tête. Sa société doit faire un devis pour votre nouveau système informatique, explique-t-elle. Elle a repéré votre nom sur la liste des gens qu'elle était censée rencontrer et s'est demandé si vous étiez le Matt Hunter qu'elle avait connu autrefois.

Toujours en état de choc, vous lui proposez d'aller boire un café. Elle hésite, puis acquiesce. En passant devant elle, vous sentez l'odeur de ses cheveux. Le lilas et les baies rouges sont au rendez-vous, et vous craignez que vos yeux ne débordent.

Vous glissez tous les deux sur les préliminaires bidons, ce qui, au fond, vous arrange bien. Elle aussi a pensé à vous pendant toutes ces années. Le fiancé est depuis longtemps passé à la trappe. Elle ne s'est jamais mariée.

Votre cœur fait un bond alors même que vous secouez la tête. C'est impossible, vous le savez. Aucun de vous ne croit à des concepts tels que l'amour au premier regard.

Et pourtant.

Dans les semaines qui suivent, vous découvrez ce qu'est le véritable amour. C'est elle qui vous l'enseigne. Vous finissez par lui parler de votre passé. Elle l'accepte. Vous vous mariez. Elle tombe enceinte. Vous êtes heureux. Pour fêter l'événement, vous vous offrez deux téléphones portables équipés d'un appareil photo.

Puis, un jour, vous recevez un appel et voyez la femme que vous avez jadis croisée en vacances – la femme de votre vie – dans une chambre d'hôtel avec un autre homme.

Pourquoi diable lui filerait-on le train ?

Agrippé au volant, Matt passait en revue toutes sortes

de possibilités. Aucune ne tenait la route. Il avait sérieusement besoin d'aide. Donc d'aller voir Celia.

Il allait être en retard à son rendez-vous avec l'expert, pour la maison. Tant pis. Le futur dont il s'était permis de rêver – la maison, la palissade tout autour, une Olivia éternellement belle, les 2,4 gamins, le labrador – lui semblait soudain monstrueusement irréaliste. Encore une fois, il se racontait des histoires. Un type condamné pour meurtre retournant dans la banlieue de son enfance pour y fonder la famille idéale – on se serait cru dans un mauvais scénario de sitcom.

Matt a appelé Marsha, sa belle-sœur, pour la prévenir qu'il viendrait plus tard que prévu, mais il est tombé sur le répondeur. Il a laissé un message et s'est engagé dans le parking.

Logé dans un immeuble verre et acier non loin de son bureau, EDC – qui signifiait Enquêteurs Détectives de Choc – était une grosse boîte de détectives privés qui travaillait occasionnellement pour Carter Sturgis. Dans l'ensemble, Matt n'avait pas une grande passion pour les détectives privés. Dans l'imagination populaire, on les prenait pour des gars passablement cool. Dans la vie réelle, c'étaient au mieux des flics retraités, au pire des flics ratés, des qui auraient bien voulu entrer dans la police. Matt en avait connu plein parmi les gardiens de prison. Le mélange de frustration et de force brute était facilement explosif et souvent dévastateur.

Mais là, il se trouvait dans le bureau d'une exception à la règle : la ravissante et controversée Mlle Celia Shaker. Matt ne pensait pas que c'était son vrai nom. Un mètre quatre-vingts, yeux bleus et cheveux couleur miel, Celia avait un joli visage. Et un corps à provoquer l'arythmie cardiaque, à stopper net la circulation. Même Olivia avait dit « Hou là ! » quand elle l'avait rencontrée. On racontait que Celia avait été danseuse de cabaret à Radio City Music Hall, et que les autres filles l'avaient accusée de gâcher leur « symétrie ». Ce dont Matt ne doutait pas une seconde.

Celia avait posé les pieds sur son bureau. Elle portait des santiags qui lui ajoutaient cinq centimètres et un jean foncé ajusté comme un collant. Son pull noir à col roulé aurait été qualifié de moulant sur certaines, mais sur elle c'était carrément de l'incitation à la débauche.

— C'était une plaque du New Jersey, lui a répété Matt pour la troisième fois. MLH-472.

Celia n'a pas bronché. Le menton lové dans l'angle formé par le pouce et l'index, elle le regardait sans ciller.

— Quoi ?

— Au nom de quel client suis-je censée établir ma facture ?

— Nix client. Tu me l'adresses à moi.

— C'est pour toi, alors.

— Oui.

— Hmm !

Celia a reposé ses pieds par terre, s'est étirée, a souri.

— C'est donc personnel ?

— Tu es trop forte, a déclaré Matt. Je te dis : la facture, c'est pour moi, et bing ! tu en déduis que c'est personnel.

— Des années d'investigations, Hunter. Ne te laisse pas impressionner.

Il s'est efforcé de sourire.

Elle ne le quittait pas des yeux.

— Tu veux entendre l'une des dix règles du manuel d'investigation de Celia Shaker ?

— Non, pas vraiment.

— Règle numéro six : quand un homme vous demande d'identifier une plaque d'immatriculation pour des raisons personnelles, de deux choses l'une. Ou bien – Celia a levé un doigt – il croit que sa femme le trompe et il veut savoir avec qui.

— Ou bien ?

— Il n'y a pas d'autre explication. J'ai menti. Il n'y en a qu'une.

— Et ce n'est pas la bonne.

Celia a secoué la tête.

— Quoi ?

— Normalement, les ex-taulards mentent mieux que ça.

Il a préféré ne pas relever.

— OK. Admettons que je te croie. Pourquoi, dis-le-moi, vouloir des informations là-dessus ?

— C'est personnel. Tu te rappelles ? Tu m'envoies la facture, à *moi*, personnellement.

Celia s'est redressée de toute sa hauteur – ce qui n'est pas peu dire – et a posé ses mains sur ses hanches. Elle l'a toisé de haut en bas. Contrairement à Olivia, Matt n'a pas fait « Hou là ! », mais il l'a sans doute pensé.

— Considère-moi comme ton directeur de conscience, a-t-elle repris. La confession, c'est bon pour ton âme, tu sais.

— Ouais, c'est ça. La religion est la première chose qui vient à l'esprit. Tu veux bien faire ça pour moi ?

— Entendu.

Elle l'a fixé quelques instants encore. Matt n'a pas sourcillé. Celia s'est rassise et a remis ses pieds sur le bureau.

— Debout, les mains sur les hanches, en général ça fait flancher les mecs.

— Moi, je suis en béton.

— Oui, ils disent tous ça.

— Ha, ha !

Elle l'a regardé avec curiosité.

— Tu aimes Olivia, hein ?

— Je n'entrerai pas là-dedans avec toi, Celia.

— Tu n'es pas obligé de répondre. Je t'ai vu avec elle. Et elle avec toi.

— Alors tu connais la réponse.

Elle a poussé un soupir.

— Redonne-moi le numéro de cette plaque.

Cette fois, Celia l'a noté.

— Ça devrait prendre une heure maxi. Je t'appellerai sur ton portable.

— Merci.

Il s'est dirigé vers la porte.

— Matt ?

Il a fait volte-face.

— J'ai un peu d'expérience dans ce domaine-là.

— J'en suis certain.

— Ouvrir cette porte…

Celia a brandi le bout de papier avec le numéro.

— … c'est un peu comme essayer d'arrêter une bagarre. Une fois dedans, on ne sait pas comment ça va finir.

— Ce que tu peux être subtile, Celia !

Elle a écarté les bras.

— La subtilité, je l'ai perdue le jour où j'ai atteint la puberté.

— Fais ça pour moi, OK ?

— D'accord.

— Merci.

— Mais…

Elle a levé son index.

— … si tu décides d'aller plus loin, promets-moi que je pourrai t'aider.

— Je n'irai pas plus loin.

Un coup d'œil sur le visage de Celia lui a permis de mesurer l'étendue de son scepticisme.

Alors qu'il arrivait dans sa ville natale de Livingston, le téléphone portable de Matt a sonné de nouveau. C'était Jamie Suh, l'assistante d'Olivia, qui le rappelait enfin.

— Désolée, Matt, je ne trouve pas le nom de l'hôtel.

— Comment est-ce possible ? a-t-il lâché sans réfléchir.

Il y a eu une trop longue pause.

Matt a essayé de faire machine arrière.

— Je veux dire, elle laisse toujours ses coordonnées, non ? En cas d'urgence.

— Elle a son portable.

Il n'a pas su quoi répondre.

— La plupart du temps, a poursuivi Jamie, c'est moi qui lui réserve son hôtel.

— Et pas cette fois ?

— Non. Mais ça n'a rien d'extraordinaire, s'est-elle empressée d'ajouter. Olivia s'en occupe elle-même, parfois.

Il ne savait pas trop comment il devait prendre cette information.

— Vous avez eu de ses nouvelles, aujourd'hui ?

— Elle a appelé ce matin.

— Elle n'a pas dit où elle serait ?

Une nouvelle pause. Matt se doutait bien que son attitude dépassait le cadre d'une légitime curiosité conjugale, mais tant pis, le risque en valait la peine.

— Elle a juste dit qu'elle avait des rendez-vous. Rien de particulier.

— Bon, alors si elle rappelle…

— Je lui dirai que vous la cherchez.

Et Jamie a raccroché.

Un autre souvenir lui est revenu à l'esprit. Olivia et lui avaient eu une grosse dispute, une de ces engueulades monumentales où l'on sait qu'on a tort et qu'on continue à cracher son venin. Elle était partie en larmes et n'avait pas donné signe de vie pendant deux jours. Deux jours entiers. Elle n'avait pas répondu au téléphone. Il avait tenté de la retrouver, en vain. Une grande brèche s'était ouverte dans son cœur. Il s'en souvenait maintenant. L'idée de ne plus jamais la revoir était si atroce qu'il pouvait à peine respirer.

L'expert achevait sa visite quand Matt est arrivé. Neuf ans plus tôt, il sortait de prison après quatre années de détention pour avoir tué un homme. Aujourd'hui, incroyable mais vrai, il allait acheter une maison pour y vivre avec la femme qu'il aimait et élever leur enfant.

Il a secoué la tête.

La maison faisait partie d'un lotissement construit en 1965. Comme la majeure partie de Livingston, ç'avait été jadis un terrain agricole. Les logements se ressemblaient tous, mais si ça déplaisait à Olivia, elle le cachait drôlement bien. Elle avait contemplé la bâtisse avec une ferveur quasi religieuse et murmuré : « C'est parfait. » Son enthousiasme avait balayé les derniers doutes qu'il pouvait nourrir quant à leur installation ici.

Planté dans ce qui allait bientôt être son jardin, Matt essayait d'imaginer sa vie dans cette maison. Cela lui faisait bizarre : Livingston, ce n'était plus chez lui. Il l'avait su jusqu'à… enfin, jusqu'à Olivia. Et maintenant, il était de retour.

Une voiture de police s'est arrêtée derrière lui. Deux hommes en sont descendus. Le premier était en uniforme. Jeune et baraqué, il a toisé Matt d'un air suspicieux. L'autre homme était en civil.

— Salut, Matt, l'a interpellé le type en costume marron. Loin des yeux, loin du cœur.

C'était loin, oui, les années de lycée, pourtant il a reconnu Lance Banner tout de suite.

— Salut, Lance.

Ils ont claqué leurs portières comme un seul homme. Le flic en uniforme a croisé les bras sans mot dire. Lance s'est approché de Matt.

— J'habite dans cette rue, tu sais.

— Tu m'en diras tant.

— Eh oui.

Matt a gardé le silence.

— Je suis enquêteur de police maintenant.

— Félicitations.

— Merci.

Depuis combien de temps connaissait-il Lance Banner ? Depuis le cours préparatoire, au moins. Ils n'avaient jamais été amis, ni ennemis. Ils avaient joué dans la même équipe de foot trois ans d'affilée, étaient allés au même cours de gym en quatrième et s'étaient retrouvés ensemble à l'étude en seconde. Le lycée de Livingston était grand : six cents gamins par année. Ils avaient simplement évolué dans des cercles différents.

— Comment ça va, pour toi ? a demandé Lance.

— Super.

L'expert est sorti de la maison. Il avait un bloc-notes à la main.

— Comment ça se présente, Harold ? s'est enquis Lance.

Levant les yeux de son bloc-notes, Harold a hoché la tête.

— Plutôt bien, Lance.

— Vous en êtes sûr ?

Quelque chose dans sa voix a fait reculer Harold. Lance a regardé Matt.

— C'est un bon quartier ici, Matt.

— Voilà pourquoi on l'a choisi.

— Tu crois vraiment que c'est une bonne idée, Matt ?

— Quoi donc, Lance ?

— D'emménager ici ?

— J'ai payé ma dette.

— Et tu penses que ça suffit ?

Matt n'a pas répondu.

— Ce garçon que tu as tué. Il est toujours mort, non ?

— Lance…

— Je suis agent Banner maintenant.

— Agent Banner, je vais voir la maison.

— J'ai lu ton dossier. J'ai même appelé deux ou trois copains dans la police pour avoir une vue d'ensemble.

Matt l'a regardé. Les yeux de Lance étaient pailletés de gris. Il avait grossi. Les mains lui démangeaient, et Matt n'aimait pas la façon dont il lui souriait. Lance Banner venait d'une famille d'agriculteurs. Son grand-père, ou peut-être son arrière-grand-père, avait travaillé cette terre avant de la vendre pour une bouchée de pain. Les Banner considéraient Livingston comme leur propriété, c'était leur terreau natal. Le père buvait trop. Les deux frères de Lance, qui n'avaient pas inventé la poudre, *idem*. En revanche, Lance lui-même, Matt le trouvait plutôt dégourdi.

— Alors tu sais que c'était un accident, a-t-il dit.

Lance Banner a hoché lentement la tête.

— Possible.

— Dans ce cas, pourquoi me cherches-tu des poux ?

— Parce que tu as fait de la taule.

92

— Tu penses que j'aurais dû y aller ?

— Difficile à dire, a répondu Lance en se frottant le menton. Mais d'après ce que j'ai lu, j'ai l'impression que tu n'as pas eu de pot.

— Eh bien ?

— Eh bien, tu y es allé. En prison, j'entends.

— Je ne comprends pas.

— La société nous bassine avec ces conneries de réinsertion, bon, très bien. Seulement moi – il a désigné sa poitrine –, je sais que c'est bidon. Et toi – il a pointé le doigt sur Matt –, tu le sais aussi.

Matt se taisait.

— Il est possible que tu sois arrivé clean là-bas. Mais ne va pas me dire que tu es ressorti pareil.

Comme Matt n'avait pas de bonne réponse à lui donner, il a tourné les talons et s'est dirigé vers le perron.

— Ton expert va peut-être trouver quelque chose, a lâché Lance. Ça te laissera une porte de sortie.

Matt a fini de faire le tour avec l'expert. Il y avait quelques problèmes à régler – une histoire de plomberie, un broyeur surchargé –, rien de très grave. Une fois l'état des lieux terminé, il est allé chez Marsha.

Il s'est garé dans la rue bordée d'arbres où résidaient ses neveux et sa belle-sœur… Pouvait-il encore la considérer comme sa belle-sœur, alors que son frère était mort ? Ex-belle-sœur, ça n'allait sûrement pas. Les garçons, Paul et Ethan, étaient en train de se rouler dans les feuilles sur la pelouse. Kyra, la fille au pair chargée de les garder, était là aussi. Kyra Sloan suivait des cours d'été à l'université William-Patterson. Elle louait une chambre au-dessus du garage de Marsha. Quelqu'un de la paroisse l'avait chaudement recommandée à Marsha, et même si, au début, Matt avait accueilli avec scepticisme l'idée d'une jeune fille au pair, ça semblait fonctionner à merveille. Kyra était une fille formidable, une bouffée d'air pur en provenance d'un de ces États du Midwest commençant par un I, il ne se rappelait plus lequel.

Matt est descendu de voiture. Se protégeant les yeux d'une main, Kyra a agité l'autre. Il n'y avait que les jeunes de son âge pour sourire comme elle.

— Salut, Matt.

— Salut, Kyra.

En reconnaissant sa voix, les garçons ont tourné la tête tels des chiens entendant leur maître sortir une friandise. Ils se sont rués sur lui en criant :

— Oncle Matt ! Oncle Matt !

Le cœur soudain léger, Matt a senti un sourire étirer les coins de sa bouche. Ethan l'a agrippé par la jambe droite, Paul l'a visé à la ceinture.

— McNabb récupère la balle ! a déclamé Matt sur le ton d'un commentateur sportif. Attention ! Strahan franchit la ligne et…

Paul s'est arrêté.

— Je veux être Strahan ! a-t-il exigé.

Mais Ethan ne l'entendait pas de cette oreille.

— Non, moi je veux être Strahan !

— Vous n'avez qu'à être Strahan tous les deux.

Les garçons l'ont dévisagé comme s'il était mentalement retardé.

— Tu peux pas avoir deux Michael Strahan, a dit Paul.

— Ouais, a renchéri son petit frère.

Et, baissant les épaules, ils ont foncé sur lui. Matt s'est livré à un numéro, digne d'Al Pacino, du quarterback sur le point de se faire virer. Il a tricoté des pieds, cherchant désespérément un receveur invisible, puis il a mimé une passe avec sa balle imaginaire et, finalement, il s'est écroulé au ralenti sur le sol.

— *Yesss !*

Les garçons se sont tapé la main, torse contre torse. Matt s'est rassis en gémissant. Kyra se retenait de pouffer.

Paul et Ethan en étaient encore à exécuter la danse de la victoire quand Marsha est apparue sur le pas de la porte. Matt l'a trouvée très jolie. Elle avait mis une robe et s'était maquillée. Ses cheveux étaient savamment décoiffés, et elle avait déjà les clés de la voiture à la main.

À la mort de Bernie, ils avaient tous deux été tellement dévastés, tellement désespérés qu'ils avaient essayé de concocter à Matt une place de mari et de père de remplacement.

Un désastre.

Matt et Marsha avaient attendu un temps convenable – six mois – et puis, un soir, sans en avoir discuté mais sachant ce qui allait se passer, ils s'étaient soûlés ensemble. Marsha avait fait le premier pas. Elle l'avait embrassé, embrassé goulûment, avant d'éclater en sanglots. Ils en étaient restés là.

Avant le « dérapage », la famille de Matt avait été étrangement bénie, ou peut-être juste miraculeusement naïve. À ses vingt ans, ses quatre grands-parents étaient en vie et en bonne santé : deux à Miami, deux à Scottsdale. Le malheur qui frappait d'autres familles avait épargné les Hunter. Avec le « dérapage », tout avait changé, et ils étaient peu préparés à ce qui allait suivre.

Le malheur opère à sa façon : une fois qu'il s'est infiltré, il annihile toutes vos défenses pour ouvrir la porte à ses congénères. Trois des quatre grands-parents de Matt sont morts pendant son séjour en prison.

L'épreuve a tué son père, puis miné sa mère, qui s'est réfugiée en Floride. Leur sœur s'est enfuie dans l'ouest, à Seattle. Et Bernie a eu l'anévrisme.

Ils ont tous disparu, comme ça.

Matt s'est relevé et a adressé un signe de la main à Marsha. Elle lui a répondu. Kyra a demandé :

— Je peux y aller maintenant ?

Marsha a hoché la tête.

— Merci, Kyra.

— Pas de souci.

Kyra a enfilé un sac à dos.

— Bye, Matt.

— Salut, minette.

Le portable de Matt a sonné. Le numéro affiché était celui de Celia Shaker. D'un geste, il a signifié à Marsha qu'il était obligé de répondre. Sur un signe affirmatif de sa part, il s'est éloigné en direction du trottoir.

— Allô ?

— J'ai des infos sur la plaque d'immatriculation.

— Je t'écoute.

— C'est une voiture de location Avis, à l'aéroport de Newark.

— Donc, c'est mort ?

— Pour la plupart des investigateurs privés, oui. Mais tu as affaire à une légende vivante, ou presque, de la profession.

— Ou presque ?

— J'essaie d'être modeste.

— Ça ne te va pas au teint, Celia.

— Oui, bon, c'est l'intention qui compte. J'ai appelé un contact à l'aéroport. Il s'est renseigné pour moi. La voiture a été louée par un certain Charles Talley. Tu le connais ?

— Non.

— Je pensais que ce nom te dirait quelque chose.

— Ben non.

— Tu veux que je me rencarde sur lui ?

— Oui.

— Je te rappelle.

Elle a raccroché. Matt allait baisser son téléphone quand il a vu la même voiture de police s'engager dans la rue. En passant devant chez Marsha, elle a ralenti. Le flic en uniforme qui était avec Lance a louché sur Matt. Matt lui a rendu son regard, le visage en feu.

Paul et Ethan ont suivi la voiture des yeux. Matt s'est retourné vers Marsha qui l'avait vue aussi. Il s'est efforcé de sourire, de minimiser l'incident. Marsha a froncé les sourcils.

C'est là que son portable s'est remis à sonner.

Le regard toujours rivé sur Marsha, Matt a plaqué le téléphone à son oreille sans vérifier l'identité de son correspondant.

— Allô ?

— Bonsoir, chéri, c'était bien, ta journée ?

Olivia.

8

À LA TÉLÉVISION, ON A L'IMPRESSION que flics et médecins légistes passent leur temps à se retrouver autour de cadavres à la morgue. En réalité, ça arrive très rarement. Et c'est tant mieux, se disait Loren. Non pas qu'elle soit particulièrement chochotte ou quoi, mais elle tenait à ce que la mort demeure un choc permanent pour elle. Elle ne faisait pas de plaisanteries sur la scène d'un crime ni ne cherchait à occulter la chose, à se protéger par tous les moyens. Pour elle, une morgue, c'était trop banal, trop anodin quand il s'agissait d'un meurtre.

Alors qu'elle s'apprêtait à pousser la porte du bureau d'Eldon, celle-ci s'est ouverte sur Trevor Wine, un collègue de la criminelle. C'était un gros bonhomme qui faisait partie de la vieille école. Il tolérait Loren comme on tolère un charmant animal de compagnie qui pisse parfois sur le beau tapis.

— Salut, la Morveuse, a-t-il lancé.

— T'es là pour un homicide ?

— Ouais.

Trevor Wine a remonté sa ceinture. Avec toute sa graisse, elle ne tenait jamais en place.

— Deux balles dans la tête à bout portant.

— Vol, règlement de comptes ?

— Vol, peut-être. Règlement de comptes, sûrement pas. La victime était un Blanc, un retraité.

— Où a-t-on découvert le corps ?

— Près du cimetière israélite, du côté de la Quatorzième Avenue. Nous pensons que c'était un touriste.

— Un touriste, dans ce coin-là ? (Loren a esquissé une moue.) Qu'est-ce qu'il y a à voir ?

Trevor a fait mine de rire et a placé une main charnue sur son épaule.

— Je te le dirai quand je saurai.

Il n'a pas ajouté « mon petit », mais c'était tout comme.

— Allez, la Morveuse, à plus.

— C'est ça, à plus.

Il est parti. Loren a ouvert la porte.

Vêtu d'une blouse propre, Eldon était assis à son bureau. Il ne quittait jamais sa blouse. La pièce elle-même était totalement impersonnelle, sans une seule note de couleur. À son arrivée, il avait voulu remédier à ça, mais quand on vient dans cette pièce pour entendre parler de mort, on n'a pas envie de se laisser distraire. Du coup, Eldon avait opté pour un décor neutre.

— Tiens, a-t-il dit, attrape.

Il lui a lancé quelque chose. Instinctivement, Loren l'a saisi au vol. C'était un sac en plastique jauni, avec une sorte de gel à l'intérieur. Eldon tenait un sac identique à la main.

— C'est... ?

Il a hoché la tête.

— Un implant mammaire usé et bien crade.

— Je peux dire, juste pour les archives : beurk ?

— Tu peux.

Levant le sac à la lumière, Loren a froncé les sourcils.

— Je croyais qu'un implant, c'était transparent.

— Ils le sont au départ… du moins, les salins.

— Et ceux-là ne sont pas salins ?

— Non, c'est du silicone. Et ça marine dans sa poitrine depuis plus de dix ans.

Loren s'est retenue de grimacer. Arquant un sourcil, Eldon s'est mis à malaxer son sac.

— Arrêtez.

Il a haussé les sourcils.

— Bref, ceux-ci appartiennent à sœur des Roberts Immaculés.

— Et vous me les montrez parce que… ?

— Parce qu'ils nous fournissent des indices.

— Je vous écoute.

— Pour commencer, c'est du silicone.

— Vous l'avez déjà dit.

— Rappelle-toi, il y a quoi, cinq ou dix ans, quand il y a eu panique générale rapport au cancer.

— Les implants fuyaient.

— Absolument. Les fabricants ont donc dû se tourner vers les prothèses salines.

— On n'est pas en train de revenir au silicone, maintenant ?

— Si, mais le fait est qu'ils sont vieux. Très vieux. Dix ans bien tassés.

Loren a hoché la tête.

— OK, c'est un début.

— Ce n'est pas tout.

Eldon a sorti une loupe et retourné l'un des implants.

— Tu vois, là ?

Loren a pris la loupe.

— C'est une estampille.

— Tu vois ce numéro, tout en bas ?

— Oui.

— C'est le numéro de série. On en trouve sur presque toutes les prothèses médicales : genoux, hanches, seins, pacemaker, que sais-je encore. Chaque appareil doit avoir un numéro de série.

— Et le fabricant tient ses registres, a acquiescé Loren.

— Exact.

— Donc, si on appelle le fabricant et qu'on lui donne le numéro de série…

— On apprendra le vrai nom de notre mère avec ses supérieurs.

Loren a levé les yeux.

— Merci.

— Il y a un problème.

Elle s'est rassise.

— L'entreprise qui fabriquait ces implants s'appelait SurgiCo. Elle a coulé il y a huit ans.

— Et leurs archives ?

Eldon a haussé les épaules.

— On tâche de se renseigner. Écoute, il est tard. On n'obtiendra rien ce soir. J'espère que j'en saurai plus dans la matinée.

— Très bien. Autre chose ?

— Tu voulais savoir pourquoi il n'y avait pas de fibres sous ses ongles.

— Oui.

— L'analyse toxicologique est en cours. Il se peut qu'on l'ait droguée, mais je ne le crois pas.

— Vous avez une autre explication ?

— Tout à fait.

— Laquelle ?

Eldon s'est calé dans son siège et a croisé les jambes. Pivotant sur le côté, il a fixé le mur.

— Il y avait de légers hématomes à l'intérieur de ses biceps.

Loren a plissé les yeux.

— Je ne vous suis pas.

— Un homme fort et, disons, entraîné pourrait prendre par surprise une femme endormie, a-t-il commencé d'une voix chantante, comme s'il parlait à un enfant. Il pourrait la retourner sur le dos… ou peut-être qu'elle dormait dans cette position-là. Il se mettrait à califourchon sur sa poitrine, lui coincerait les bras avec ses genoux – si c'est un professionnel, il se débrouillerait pour laisser peu de traces – et l'étoufferait avec un oreiller.

La température de la pièce a chuté d'une dizaine de degrés. La voix de Loren était à peine audible.

— C'est ce qui s'est passé, d'après vous ?

— Il faut attendre le rapport d'analyse, a dit Eldon, se tournant vers elle pour la regarder en face. Mais d'après moi, oui, c'est comme ça que les choses se sont passées.

Loren se taisait.

— Il y a encore un détail qui va dans ce sens. Ça pourrait nous aider.

Eldon a posé une photographie sur le bureau. Le visage de la religieuse. Elle avait les yeux fermés, comme dans l'attente d'un nettoyage de peau. La mort avait effacé ses rides de sexagénaire.

— Tu t'y connais, en empreintes digitales sur la peau ?

— Je sais seulement que c'est dur à relever.

— Quasi impossible, à moins d'avoir un cadavre tout frais. Dans la plupart des manuels, on nous dit de relever les empreintes sur la scène du crime. Ou, du moins, les techniciens du labo doivent s'assurer que le corps a été exposé aux vapeurs de colle pour préserver les empreintes avant qu'on embarque la victime.

— Mmm, a fait Loren.

Les détails techniques, ce n'était pas son fort.

— Bref, c'était trop tard pour notre sœur Mourir.

Il a levé les yeux.

— Tu as pigé ? Sœur Mourir au lieu de sœur Sourire.

— Hilarant. Continuez.

— Voilà, j'ai envie de tenter une expérience. Par chance, le corps n'a pas été réfrigéré. La condensation qui se forme à la surface de la peau détraque tout. Alors j'ai pensé à essayer la feuille en polyéthylène téréphtalique semi-rigide. Son principe, c'est que l'électricité statique attire les particules de poussière…

— Holà !

Loren a levé la paume en un signe d'arrêt classique.

— On va garder ça pour le casting des *Experts*. Avez-vous trouvé des empreintes sur le corps ?

— Oui et non. J'ai découvert des marques sur les deux tempes ; l'une, on dirait un pouce, l'autre pourrait être un annulaire.

— Sur ses tempes ?

Eldon a hoché la tête. Il a ôté ses lunettes, les a essuyées, les a remises sur le bout de son nez puis les a remontées.

— À mon avis, l'assassin a dû empoigner son visage. À pleines paumes, comme un joueur de basket – avec le bas de la main sur le nez.

— Nom de Dieu !

— Et il a dû appuyer sur sa tête en grimpant sur elle.

— Les empreintes, vous pouvez les identifier ?

— J'en doute. Au mieux, en partie seulement. Pour la justice, ce ne sera pas assez, mais il existe un nouveau logiciel qui permet de combler les lacunes. Si jamais tu trouves quelqu'un, je pourrai peut-être confirmer ou infirmer.

— Ça peut servir.

Il s'est levé.

— Bon, j'y vais. Ça risque de prendre un jour ou deux. Je te tiens au courant.

— D'accord, a opiné Loren. C'est tout ?

Une ombre est passée sur le visage du médecin légiste.

— Eldon ?

— Non, a-t-il répondu, il y a autre chose.

— Je n'aime pas trop la façon dont vous en parlez.

— Et je n'aime pas en parler, crois-moi. Celui qui a fait ça ne s'est pas contenté de l'étouffer.

— Qu'entendez-vous par là ?

— Tu connais les armes à électrochocs ?

— Un peu.

— J'ai l'impression qu'il en a utilisé une. (Il a dégluti.) En elle.

— Vous voulez dire…

— Je veux dire exactement ce que tu penses, l'a-t-il interrompue. Moi aussi, je suis un produit de l'école catholique, OK ?

— Y a-t-il des traces de brûlures ?

— Très faibles. Quand on sait ce qu'on fait – surtout dans une zone aussi sensible –, on évite généralement d'en laisser. C'était une arme à une seule électrode, si ça peut aider. La plupart, comme celles de la police, en ont deux. Je n'ai pas fini mes analyses, mais j'ai bien peur qu'elle n'ait beaucoup souffert avant de mourir.

Loren a fermé les yeux.

— Eh, la Morveuse !

— Quoi ?

— Rends-moi un service, a demandé Eldon. Trouve-le, ce fils de pute, tu veux ?

9

OLIVIA A DIT :

— Bonsoir, chéri, c'était bien, ta journée ?

Matt tenait le téléphone collé à son oreille.

— Matt ?

— Je suis là.

La voiture de police était partie. Il a jeté un coup d'œil en arrière. Marsha se tenait debout sur le perron, les mains sur les hanches. Paul courait après Ethan, et tous deux riaient aux éclats.

— Alors, a fait Olivia comme si c'était une journée ordinaire, où es-tu ?

— Chez Marsha.

— Tout va bien ?

— J'emmène les garçons dîner.

— Pas au McDo. Leurs frites sont très mauvaises pour la santé.

— C'est sûr.

Un pas hésitant après l'autre. Le sol qui se dérobe. Matt serrait le téléphone entre ses doigts. *Je ne vais tout de même pas bondir en criant : « Ah ah, je te tiens ! »*

105

— Rien de neuf ? a demandé Olivia.

— Pas grand-chose.

Kyra était en train de monter dans sa voiture. Elle lui a adressé un grand sourire et un signe de la main, à quoi il a répondu d'un hochement du menton.

— Je t'ai appelée aujourd'hui, a-t-il lâché avec toute la nonchalance dont il était capable.

— Ah bon ?

— Oui.

— Quand ?

— Vers midi.

— C'est vrai ?

— Non, je l'ai inventé. Évidemment que c'est vrai.

— Bizarre.

— Pourquoi ?

— Je n'ai pas entendu le téléphone sonner.

— Peut-être que tu n'avais pas de réseau, a-t-il hasardé, histoire de lui offrir une échappatoire.

— Peut-être, a-t-elle répondu lentement.

— Je t'ai laissé un message.

— Bouge pas. (Il y a eu une pause.) Attends, ça dit « trois appels en absence ».

— Ça doit être moi.

— Je suis désolée, chéri. Je sais que ça paraît ridicule, mais je ne suis pas encore au point pour écouter mes messages. Sur mon ancien portable, il fallait composer six cent soixante-seize suivi de la touche étoile, mais je ne crois pas que ça marche avec celui-ci.

— Ça ne marche pas, a confirmé Matt. Ton nouveau code, ce sont les quatre derniers chiffres de ton numéro de téléphone, après quoi tu appuies sur la touche dièse.

— Ah, oui ! D'habitude, je consulte juste la liste des appels en absence.

Matt a fermé les yeux. Il n'en revenait pas, tout cela était si bête, si trivial.

— Où étais-tu ? a-t-il interrogé.

— Comment ?

— Quand j'ai appelé. Où tu étais ?

— Oh ! j'étais à un colloque.

— Où ?

— Comment ça, où ? Je suis à Boston.

— Et ça parlait de quoi ?

— D'un nouvel outil de navigation pour empêcher les employés d'utiliser Internet à des fins personnelles. Tu n'imagines pas le nombre d'heures de travail qu'on perd à surfer sur le Web.

— Mmm !

— Bon, je te laisse. Je dois dîner avec des gens.

— Des gens que je connais ?

— Non, tu ne les connais pas.

Olivia a poussé un soupir un peu trop emphatique.

— Pire, tu n'aurais même pas *envie* de les connaître.

— Des raseurs ?

— Au plus haut point.

— Tu es à quel hôtel ?

— Je ne te l'ai pas dit ?

— Non.

— Au *Ritz*. Mais je serai par monts et par vaux. Tu me joindras plus facilement sur le portable.

— Olivia ?

— Oh ! a-t-elle fait. Attends une seconde.

Il y a eu une longue pause. Marsha a traversé la pelouse dans sa direction. Elle a montré sa voiture, pour savoir si elle pouvait partir. Il lui a fait signe que oui. Fatigués de courir en rond, Ethan et Paul ont convergé vers lui. Ethan s'est cramponné à sa jambe droite, Paul à sa gauche. Matt a grimacé et désigné le téléphone, histoire de leur faire comprendre qu'il était occupé. Ils n'ont pas saisi.

— Il y a une photo sur mon téléphone, a dit Olivia. Sur quelle touche je dois appuyer, déjà ?

— Celle de droite.

— Attends. Ça vient.

Puis :

— Tiens, c'est toi. J'ai épousé un beau mec, dis donc.

Matt n'a pas pu s'empêcher de sourire… et ça faisait d'autant plus mal. Il l'aimait. Il pouvait essayer d'atténuer le coup, mais il ne pouvait l'éviter.

— Ce n'est pas moi qui vais te dire le contraire.

— Quoique ce ne soit pas ton meilleur sourire. Zut ! pas de sourire du tout. La prochaine fois, enlève ta chemise.

— Toi aussi, a-t-il répliqué.

Elle a ri, sans son insouciance habituelle pourtant.

— Mieux encore…, a ajouté Matt.

Et ensuite… avait-il vraiment eu l'intention de prononcer ces mots-là ?

— … si tu mettais une perruque blond platine ?

Silence.

Cette fois, c'est lui qui l'a rompu.

— Olivia ?

— Je suis là.

— Avant. Quand je t'ai téléphoné.

— Oui ?

— En fait, je te rappelais.

Comme s'ils avaient perçu le malaise, les garçons ont lâché ses jambes. Penchant la tête, Paul a regardé Ethan.

— Mais je ne t'ai pas appelé, a dit Olivia.

— Si. Enfin, j'ai eu un coup de fil provenant de ton téléphone.

— Quand ?

— Juste avant que j'appelle.

— Je ne comprends pas.

— J'ai reçu une photo. La photo d'un homme brun. Et après ça, une vidéo.

— Une vidéo ?

— Tu étais dans une chambre. En tout cas, on aurait dit toi. Sauf que tu portais une perruque blond platine.

Nouveau silence. Puis :

— Je ne vois pas de quoi tu parles.

La croyait-il ? Il aurait tellement voulu, tellement voulu laisser tomber…

— Aujourd'hui, a-t-il insisté, juste avant que je t'envoie ça, j'ai eu un appel venant de ton portable. C'était une photo prise avec le même appareil…

— Oui, ça, j'ai compris, mais…

— Mais quoi ?

— Oh ! attends, a déclaré Olivia. Ceci pourrait expliquer cela.

Paul et Ethan s'étaient remis à courir comme des dératés en décrivant des cercles. Inconscients, ils se rapprochaient un peu trop près de la rue. Plaquant la main sur le téléphone, Matt les a rappelés à l'ordre.

— Expliquer quoi ? a-t-il demandé.

— Je crois… bref, je ne comprends vraiment pas pourquoi je n'ai pas eu ton premier appel. J'avais le réseau. J'ai consulté la liste des appels en absence et tu sais quoi ? Jamie a appelé aussi. Ça non plus, je ne l'ai pas entendu.

— Et alors ?

— Alors, je me dis que les gars du colloque, ce sont tous de joyeux drilles, tu sais, peut-être que l'un d'eux m'a fait une blague.

— Une blague.

— Pendant le colloque, OK ? Je me suis endormie.

C'était ennuyeux à mourir. Quand je me suis réveillée, on avait déplacé mon sac. Pas de beaucoup. Mais maintenant que j'y pense, on l'avait vraiment bougé. Sur le coup, je n'ai pas fait attention.

— Et tu crois que… ?

— Qu'ils me l'ont pris, oui, ils ont fait quelque chose avec, puis ils l'ont remis en place. Ça a l'air délirant, je sais.

Matt ne savait que penser ; il lui semblait que la voix d'Olivia ne sonnait pas très juste.

— Quand est-ce que tu rentres ?

— Vendredi.

Il a changé le téléphone de main.

— Je viens te rejoindre.

— Tu n'as pas de travail ?

— Rien qui ne puisse attendre.

— Mais, a-t-elle demandé, baissant légèrement le ton, demain ce n'est pas, euh ! ton jeudi au musée ?

Il avait failli l'oublier.

— Tu ne peux pas manquer ça.

En trois ans, ça ne lui était encore jamais arrivé. Longtemps, Matt n'avait parlé à personne de son rendez-vous bimensuel au musée. Les gens n'auraient pas compris. Ce lien-là, cette aspiration étaient fondés sur le secret et la nécessité. Difficile d'en dire plus. Ces tête-à-tête étaient tout simplement trop importants.

— Je peux le reporter, a-t-il néanmoins répondu.

— Tu ne devrais pas, Matt. Tu le sais.

— Je pourrais sauter dans un avion…

— Ce n'est pas la peine. Je serai à la maison après-demain.

— Je n'ai pas envie d'attendre.

— De toute façon, je suis complètement surbookée.

Il faut que j'y aille, là. On en reparlera plus tard, d'accord ?

— Olivia ?

— À vendredi, a-t-elle dit. Je t'aime.

Et elle a raccroché.

10

— ONCLE MATT ?

Paul et Ethan étaient solidement harnachés à l'arrière de la voiture. Il avait fallu à Matt quinze bonnes minutes pour installer les rehausseurs. Qui diable avait conçu ces machins-là, la NASA ?

— Qu'est-ce qu'il y a, mon pote ?

— Tu sais ce qu'ils ont, chez McDonald's, en ce moment ?

— Je te l'ai déjà dit, on ne va pas chez McDonald's.

— Oui, je sais. Je disais ça comme ça.

— Hmm !

— Tu sais ce qu'ils ont, chez McDonald's, en ce moment ?

— Non.

— Tu connais le nouveau film *Shrek* ?

— Oui.

— Ils ont des jouets qui sont des personnages du film, a annoncé Paul.

— Chez McDonald's, a précisé Ethan.

— C'est vrai, ça ?

— Et ils sont gratuits.

— Ils ne sont pas gratuits, a corrigé Matt.

— Si. Dans le Happy Meal.

— Qui est largement surpayé.

— Sur quoi ?

— On ne va pas chez McDonald's.

— Oui, on sait.

— On disait ça comme ça.

— Ils ont des jouets gratuits, c'est tout.

— Du nouveau *Shrek*.

— Tu te rappelles, quand on a été voir le premier *Shrek*, oncle Matt ?

— Je me rappelle.

— J'aime bien l'Âne, a déclaré Ethan.

— Moi aussi, a acquiescé Matt.

— Cette semaine, le jouet, c'est l'Âne.

— On ne va pas chez McDonald's !

— Je disais ça comme ça.

— Le chinois, c'est bon aussi, a reconnu Paul.

— Même s'ils n'ont pas de jouets.

— Ben moi, j'aime bien les travers de porc.

— Et Dim Sum.

— Maman, elle aime les haricots verts.

— Beurk. Toi, t'aimes pas les haricots verts, hein, oncle Matt ?

— C'est bon pour ce que vous avez, a répondu Matt.

Ethan s'est tourné vers son frère.

— Ça veut dire « non ».

Matt a souri, s'efforçant d'oublier momentanément les tracas de la journée. La compagnie de ses neveux lui faisait du bien.

Ils sont arrivés au *Cathay*, un restaurant chinois désuet avec des plats traditionnels, des boxes en vinyle craquelé et une vieille femme bougonne au comptoir, qui vous regardait manger comme si elle craignait que vous ne lui piquiez ses couverts.

La nourriture baignait dans l'huile, mais c'était dans l'ordre des choses. Les garçons se sont empiffrés. Au McDo, ils chipotaient, se contentant d'un demi-hamburger et peut-être d'une dizaine de frites. Là, ils ont nettoyé leurs assiettes. Les restaurants chinois feraient bien d'offrir eux aussi des jouets par lots.

Ethan était animé, comme toujours. Paul, un peu plus réservé. Éduqués de la même façon, porteurs des mêmes gènes, les deux frères étaient pourtant extrêmement différents. Ethan était un boute-en-train, qui ne tenait pas en place. Vif, brouillon, il fuyait les marques d'affection. Paul, quand il coloriait un dessin, ne dépassait jamais les contours. La moindre erreur le plongeait dans le désarroi. Il était posé, réfléchi, sportif, et il adorait les câlins.

L'inné l'emportait, et de loin, sur l'acquis.

Sur le chemin du retour, ils se sont arrêtés chez Dairy Queen. Ethan a fini par avoir plus de glace à la vanille sur ses vêtements que dans son estomac. En arrivant à la maison, Matt a été surpris de constater que Marsha n'était toujours pas rentrée. Il a escorté les garçons à l'intérieur – il avait la clé – et leur a donné un bain. Il était vingt heures.

Matt leur a mis ensuite un épisode de *Fairly Odd Parents*, qui s'est révélé assez drôle du point de vue d'un adulte, puis les a convaincus, grâce à ses talents de négociateur acquis dans les plaidoiries aux quatre coins de l'État, d'aller au lit. Comme Ethan avait peur du noir, il lui a allumé la veilleuse Bob l'Éponge.

Il a consulté sa montre. Vingt heures trente. Ça ne le dérangeait pas de rester plus longtemps, mais il commençait à s'inquiéter.

Dans la cuisine, les dernières œuvres d'art signées Paul et Ethan étaient accrochées au frigo par des magnets. Il y avait des photos aussi, dans des cadres en plastique qui semblaient ne jamais les maintenir en place. La plupart des photos étaient à moitié dehors. Matt les a remises soigneusement dans leurs cadres légitimes.

Tout en haut du frigo, hors de portée des enfants (hors de leur vue ?), se trouvaient deux photos de Bernie. Matt s'est arrêté, a regardé son frère. Au bout d'un moment, il est allé décrocher le téléphone de la cuisine et a composé le numéro du portable de Marsha.

— Matt ? a répondu Marsha. J'allais justement t'appeler. Tu es à la maison ?

— Nous sommes à la maison. Les garçons sont baignés et couchés.

— Super, tu es trop fort.

— Je te remercie.

— Non, c'est moi qui te remercie.

Ils se sont tus un instant.

Matt a demandé :

— Tu préfères que je reste encore un peu ?

— Si tu veux bien.

— Pas de problème. Olivia est à Boston.

— Merci, a soufflé Marsha.

Quelque chose dans sa voix lui a fait dresser l'oreille.

— Euh ! à quelle heure crois-tu que tu vas…

— Matt ?

— Oui.

— Je t'ai menti tout à l'heure.

Silence.

— Je n'allais pas à une réunion de parents d'élèves.

Il attendait.

— J'avais un rancard.

Ne sachant pas trop quoi répondre, Matt a opté pour l'irremplaçable :

— Ah !

— J'aurais dû t'en parler plus tôt. (Elle a baissé la voix.) Ce n'est pas un premier rendez-vous.

Il a cherché du regard la photo de son frère sur le frigo.

— Mmm !

— Je sors avec quelqu'un. Ça fait presque deux mois déjà. Les garçons ne sont pas au courant, bien sûr.

— Tu n'as pas besoin de te justifier.

— Si, Matt. Si.

Il n'a pas répondu.

— Matt ?

— Je suis là.

— Ça ne t'ennuie pas de dormir à la maison ?

Il a fermé les yeux.

— Non, a-t-il dit. Ça ne m'ennuie pas du tout.

— Je serai de retour avant le réveil des garçons.

— OK.

Soudain, il a entendu renifler. Elle était en train de pleurer.

— Il n'y a aucun problème, Marsha.

— Tu es sûr ?

— Oui. À demain matin.

— Je t'aime, Matt.

— Je t'aime aussi.

Il a raccroché. C'était une bonne chose, que Marsha sorte avec un homme. Une très bonne chose. Ses yeux, cependant, sont revenus se poser sur Bernie. Matt savait qu'il avait tort, c'était injuste, mais il s'est dit que jamais l'absence de son frère ne s'était fait sentir comme en cet instant.

11

TOUT LE MONDE SEMBLE FAIRE CE RÊVE TERRIFIANT où l'on doit se présenter à un examen portant sur un cours auquel on n'a pas assisté de tout le semestre. Mais pas Matt. Sur un mode curieusement similaire, il rêvait qu'il était de nouveau en prison. Il ignorait totalement pourquoi il y était et n'avait aucun souvenir d'un crime ni d'un procès, juste la sensation qu'il s'était planté quelque part et que cette fois il ne s'en sortirait pas.

Il se réveillait en sursaut. En sueur. Les larmes aux yeux. Le corps secoué de tremblements.

Olivia avait fini par s'y habituer. Elle l'enlaçait, lui murmurait que tout allait bien, plus rien ne pourrait lui arriver. Elle avait ses propres cauchemars, sa ravissante jeune femme, pourtant elle n'avait pas l'air de vouloir ce genre de réconfort ni de le demander.

Il a dormi sur le canapé du salon. Là-haut, dans la chambre d'amis, le grand lit escamotable lui paraissait trop vaste pour une seule personne. À présent, alors qu'il fixait l'obscurité, se sentant plus seul que jamais depuis le jour où Olivia était entrée dans son bureau, Matt redoutait le sommeil. Il gardait les yeux ouverts. À quatre heures du matin, la voiture de Marsha s'est engagée dans l'allée.

En entendant la clé dans la serrure, Matt a fermé les yeux et fait mine de dormir. Marsha s'est approchée sur la pointe des pieds et l'a embrassé sur le front. Elle sentait le savon et le shampooing. Elle avait dû prendre une douche avant de rentrer. Il s'est demandé si elle s'était douchée seule. Et il s'est demandé en quoi ça le regardait.

Elle est allée dans la cuisine. Feignant toujours de dormir, Matt a entrouvert un œil. Elle était en train de préparer le casse-croûte des garçons. D'une main experte, elle a étalé la gelée. Matt a vu des larmes sur sa joue, il n'a pas moufté. Il l'a laissée finir en paix et a écouté ses pas étouffés dans l'escalier.

À sept heures du matin, il a reçu un coup de fil de Celia.

— J'ai appelé chez toi, a-t-elle dit. Tu n'y étais pas.

— Je suis chez ma belle-sœur.

— Ah !

— Je garde mes neveux.

— Je t'ai demandé quelque chose ?

Il s'est frotté le visage.

— Quoi de neuf ?

— Tu vas travailler ?

— Oui, un peu plus tard. Pourquoi ?

— J'ai retrouvé ton type. Charles Talley.

Matt s'est dressé d'un bond sur le canapé.

— Où ?

— On va en parler de vive voix, d'accord ?

— Pourquoi ?

— J'ai besoin d'effectuer quelques recherches supplémentaires.

— Sur quoi ?

— Sur Charles Talley. Rendez-vous à midi dans ton bureau, OK ?

De toute façon, il devait se rendre au musée.

— Ça marche.

— Au fait, Matt…

— Quoi ?

— Tu m'as bien dit que c'était personnel ? Ton histoire avec Talley ?

— Oui.

— Alors, tu es dans le caca jusqu'au cou.

Matt était membre du musée de Newark. Il a brandi sa carte, mais ce n'était pas utile. Les gardiens à l'entrée le connaissaient maintenant. Il les a salués d'un hochement de tête. Le hall d'accueil était quasi désert à cette heure de la matinée. Matt s'est dirigé vers la galerie d'art dans l'aile ouest. Il est passé devant la plus récente acquisition du musée, une toile colorée de Wosene Worke Kosrof, avant de prendre l'escalier menant au premier étage.

Elle était toute seule dans la salle.

Il l'a aperçue du fond du couloir : elle se tenait à sa place habituelle, devant le tableau d'Edward Hopper, la tête légèrement penchée vers la gauche. C'était une belle femme frisant la soixantaine, un mètre quatre-vingts ou presque, pommettes saillantes, le genre de blondeur qu'on rencontre seulement chez les nantis. Et, comme à son habitude, elle avait l'air élégante, soignée et policée.

Son nom était Sonya McGrath. C'était la mère de Stephen McGrath, le garçon que Matt avait tué.

Sonya attendait toujours devant le Hopper. Le tableau

s'appelait *Sheridan Theater*. C'était incroyable, cette impression de désolation et de désespoir qui se dégageait d'une simple salle de cinéma. Il existait des œuvres célèbres dépeignant les ravages de la guerre, la mort, la destruction, mais quelque chose dans ce Hopper en apparence banal, dans le spectacle de ce balcon de théâtre quasiment vide, leur parlait à tous deux plus qu'aucune autre image au monde.

Sonya McGrath l'a entendu approcher, pourtant elle ne s'est pas retournée. Matt a croisé Stan, le gardien qui travaillait à cet étage le jeudi matin. Ils ont échangé un bref sourire et un signe de tête. Matt s'est demandé ce que Stan pouvait penser de ses rendez-vous discrets avec cette femme séduisante et plus âgée que lui.

S'arrêtant à côté d'elle, Matt a regardé le Hopper. On aurait dit un miroir déformant. Leurs deux silhouettes solitaires : lui dans le rôle du placeur, elle dans celui de l'unique spectatrice. Pendant un long moment, ni l'un ni l'autre n'a ouvert la bouche. Matt a risqué un coup d'œil sur le profil de Sonya. Il l'avait vue en photo une fois, dans la rubrique « Chic » du *New York Times* du dimanche. Sonya McGrath était une mondaine. Sur la photo, son sourire vous éblouissait. Matt ne lui avait jamais vu ce sourire-là dans la vie réelle… peut-être n'existait-il que sur pellicule.

— Tu n'as pas très bonne mine, a fait remarquer Sonya.

Elle ne le regardait pas – pour autant qu'il le sache, elle ne s'était pas tournée dans sa direction ; néanmoins, il a hoché la tête. Sonya lui a fait face.

Leur relation – même si le terme ne semblait pas très adapté – avait débuté quelques années plus tôt, après que Matt était sorti de prison. Son téléphone sonnait, il décrochait : personne à l'autre bout du fil. Pourtant, ça ne raccrochait pas. Son correspondant ne disait pas un mot. Parfois, Matt croyait entendre respirer, mais la plupart du temps ce n'était que silence.

Inexplicablement, il savait qui c'était.

La cinquième fois, il a inspiré profondément et pris son courage à deux mains.

— Je suis désolé, a-t-il lâché.

Il y a eu une longue pause, puis Sonya a répondu :

— Raconte-moi comment c'est arrivé.

— Je l'ai déjà fait. Au tribunal.

— Redis-le-moi. Depuis le début.

Il a essayé. Il lui a fallu du temps. Elle se taisait. Quand il a eu fini, elle a raccroché.

Le lendemain, elle l'a rappelé.

— J'aimerais te parler de mon fils, lui a-t-elle annoncé de but en blanc.

C'est ce qu'elle a fait.

À présent, Matt savait plus de choses qu'il n'aurait voulu sur Stephen McGrath. Ce n'était plus un garçon parmi d'autres, qui s'était mêlé à une bagarre, une bûche déposée sur les rails qui avait fait dérailler la vie de Matt Hunter. McGrath avait deux jeunes sœurs qui l'adoraient. Il aimait jouer de la guitare. Il avait un côté hippie… hérité, a dit Sonya avec l'ombre d'un sourire, de sa mère. Il savait écouter comme personne, tous ses amis étaient d'accord là-dessus. Si quelqu'un avait un problème, il allait voir Stephen. Il ne cherchait pas à être le centre de l'attention. Sa place lui convenait parfaitement. Il aimait rire à vos plaisanteries. Une seule fois, il avait eu des ennuis – la police l'avait chopé, avec des copains, en train de boire derrière le lycée –, mais jamais il ne s'était battu, même quand il était gamin, et il semblait avoir une peur bleue de la violence physique.

Au cours de cette même conversation, Sonya lui a demandé :

— Tu savais que Stephen ne connaissait aucun des garçons de cette bande ?

— Oui.

Elle s'est mise alors à pleurer.

— Dans ce cas, pourquoi s'est-il interposé ?

— Je n'en sais rien.

Sonya et Matt s'étaient rencontrés pour la première fois, en chair et en os, ici, au musée de Newark, trois ans plus tôt. Ils avaient pris un café et s'étaient à peine parlé. Quelques mois plus tard, ils avaient déjeuné ensemble. Et c'était devenu un rituel, ces retrouvailles tous les jeudis en quinze, devant le Hopper. Un rendez-vous qu'aucun des deux n'avait encore jamais manqué.

Au début, personne n'était au courant. Le mari et les filles de Sonya n'auraient pas compris. Du reste, eux-mêmes ne comprenaient pas vraiment. Matt était incapable d'expliquer pourquoi ces rendez-vous avaient pris une telle importance. La plupart des gens auraient parlé de remords, qu'il le faisait pour elle ou pour se racheter. Seulement ce n'était pas ça du tout.

Pendant deux heures – le temps que duraient leurs entrevues –, Matt se sentait étrangement libre car il souffrait et donnait libre cours à ses émotions. Il ignorait ce qu'elle en retirait, mais ça devait être quelque chose de semblable. Ils parlaient de la fameuse soirée, de leur vie. Des pas hésitants, de cette impression que le sol pouvait se dérober d'un instant à l'autre. Sonya n'a jamais dit : « Je te pardonne. » Elle n'a jamais dit que ce n'était pas sa faute, que c'était un accident, qu'il avait payé sa dette.

Elle s'est engagée dans le couloir. Matt a contemplé le tableau une seconde ou deux, puis lui a emboîté le pas. Redescendus au rez-de-chaussée, ils sont allés dans le patio du musée et, ayant commandé chacun un café, se sont installés à leur table habituelle.

— Alors, a-t-elle commencé, dis-moi ce qui se passe.

Elle ne cherchait pas à être polie ni à briser la glace. Il ne s'agissait pas de comment-ça-va-bien-et-toi ? Matt lui disait tout. Il racontait à cette femme des choses qu'il ne racontait à personne d'autre. Il ne mentait pas, n'éludait pas, n'enjolivait pas.

Lorsqu'il a eu terminé, Sonya a demandé :

— Tu penses qu'Olivia te trompe ?

— Les preuves sont là, non ?

— Mais ?

— Mais j'ai appris que les preuves constituent rarement le tableau complet.

Sonya a hoché la tête.

— Tu devrais la rappeler.

— J'ai essayé.

— Et à l'hôtel ?

— Aussi.

— Elle n'était pas là ?

— Son nom ne figurait pas sur le registre des clients.

— Il y a deux *Ritz Carlton* à Boston.

— J'ai appelé les deux.

— Ah !…

Elle s'est calée dans sa chaise, la main sur le menton.

— Tu sais donc que, d'une façon ou d'une autre, Olivia ne te dit pas la vérité.

— Oui.

Sonya a réfléchi un instant. Elle n'avait jamais vu Olivia, néanmoins elle en savait plus sur leur mariage que n'importe qui. Son regard s'est fait lointain.

— Oui ? a fait Matt.

— Je tente juste de trouver une explication plausible à sa conduite.

123

— Et alors ?

— Pour le moment, je ne vois rien.

Elle a haussé les épaules et bu une gorgée de café.

— Votre couple m'a toujours paru bizarre.

— De quel point de vue ?

— Cette façon d'avoir raccroché les wagons toutes ces années après une aventure d'une nuit.

— Ce n'était pas une aventure d'une nuit. Nous n'avions pas couché ensemble à l'époque.

— Justement, c'est peut-être là, le problème.

— Je ne comprends pas.

— Si vous aviez couché ensemble, eh bien, le charme aurait probablement été rompu. On prétend que faire l'amour est la chose la plus intime au monde. En vérité, ça doit être tout le contraire.

Matt n'a pas répondu.

— Ma foi, c'est une drôle de coïncidence, a-t-elle ajouté.

— Pourquoi ?

— Clark a une maîtresse.

Matt n'a pas demandé si elle en était certaine, ni comment elle l'avait su. Il a simplement dit :

— Je suis désolé.

— Ce n'est pas ce que tu crois.

Il y a eu un silence.

— Ça n'a rien à voir avec ce qui est arrivé à notre fils.

Matt a esquissé un signe de la tête.

— Nous avons tendance à mettre tous nos problèmes sur le compte de la mort de Stephen. C'est devenu notre carte maîtresse dans le chapitre « La vie est injuste ». En fait, l'explication est beaucoup plus primaire.

— À savoir ?

— Clark est un chaud lapin.

Elle a souri. Matt s'est efforcé de sourire aussi.

— Oh ! ai-je précisé qu'elle était jeune ? La fille avec qui il couche ?

— Non.

— Trente-deux ans. Nous avons une fille du même âge.

— Je suis désolé, a répété Matt.

— Ne sois pas désolé, c'est le revers de ce qu'on a dit tout à l'heure. À propos du sexe et de l'intimité.

— Comment ça ?

— La vérité, c'est que, comme la plupart des femmes de mon âge, je ne suis pas très portée sur le sexe. Oui, je sais, *Cosmo* et compagnie te clameront le contraire, que les hommes atteignent leur apogée sexuel à dix-neuf ans, et les femmes, vers la trentaine. Mais en réalité, les hommes ont de plus gros appétits. Point. Pour moi, le sexe n'a plus rien à voir avec l'intimité. Clark, en revanche, en a besoin. C'est tout ce qu'elle est pour lui, cette jeune femme. Du sexe. L'assouvissement d'un besoin naturel.

— Et ça ne vous gêne pas ?

— Il ne s'agit pas de moi.

Matt n'a rien dit.

— Quand on y pense, c'est très simple : Clark a besoin de quelque chose que je n'ai pas envie de lui donner. Du coup, il va voir ailleurs.

En remarquant l'expression de Matt, Sonya a soupiré et posé les mains sur ses cuisses.

— Tiens, par exemple, si Clark aimait, mettons, le poker, et que je n'avais pas envie de jouer…

— Allons, Sonya, ce n'est pas la même chose.

— Tu en es sûr ?

— Le sexe et le poker ?

— D'accord, restons dans le domaine des plaisirs des sens. Un massage professionnel. Une fois par semaine,

125

Clark se fait papouiller dans son club par un masseur nommé Gary…

— Ce n'est pas pareil non plus.

— Mais si. Ne vois-tu pas ? Le sexe avec la fille n'est pas une affaire d'intimité, c'est purement physique. Comme un massage ou une poignée de main. En quoi cela pourrait-il me gêner ?

Sonya a levé les yeux sur lui, guettant sa réaction.

— Moi, ça me gênerait, a reconnu Matt.

Un petit sourire flottait sur les lèvres de Sonya. Elle aimait les jeux de l'esprit. Elle aimait les défis. Il se demandait si elle parlait sérieusement ou si elle cherchait juste à le mettre à l'épreuve.

— Qu'est-ce que tu comptes faire ? a-t-elle questionné.

— Olivia rentre demain.

— Tu crois que tu pourras attendre jusque-là ?

— Je vais essayer.

Elle ne le quittait pas du regard.

— Quoi ? a-t-il dit.

— On n'y échappera pas, hein ? Je pensais…

Elle s'est tue.

— Qu'est-ce que vous pensiez ?

Leurs yeux se sont rencontrés.

— Je sais, c'est un énorme cliché, mais tout ça avait l'air d'un cauchemar. L'annonce de la mort de Stephen. Le procès. Je m'attendais à me réveiller pour découvrir qu'il s'agissait d'une cruelle plaisanterie, que tout allait bien.

Il avait ressenti la même chose. Il était coincé dans un mauvais rêve, attendant le dénouement style « Caméra cachée » où Stephen se manifesterait sain et sauf, le sourire aux lèvres.

— Depuis, le monde a radicalement changé, n'est-ce pas, Matt ?

Il a hoché la tête.

— Au lieu de croire que le mal est un cauchemar dont on va s'éveiller, poursuivait-elle, on considère que c'est le bien qui est une illusion. Voilà ce qui s'est passé, avec cette photo reçue sur ton portable. Elle a interrompu un beau rêve.

Il n'arrivait pas à parler.

— Je sais que je ne m'en remettrai jamais, a repris Sonya McGrath. C'est tout simplement impossible. Mais je pensais… j'espérais que toi, tu pourrais t'en tirer.

Matt attendait qu'elle en révèle davantage. Non. Elle s'est levée brusquement, comme si elle en avait déjà trop dit. Ensemble, ils ont gagné la sortie. Sonya l'a embrassé sur la joue et, quand il l'a serrée dans ses bras, ils sont restés cramponnés l'un à l'autre un peu plus longtemps que d'ordinaire. Il la sentait dévastée. La mort de Stephen était là, dans chaque instant, dans chaque geste. Il les suivait pas à pas, leur sempiternel compagnon.

— Si tu as besoin de moi, a-t-elle chuchoté, tu m'appelles. N'importe quand.

— Entendu.

Matt l'a regardée partir. Il songeait à ses paroles, à la frontière mouvante entre les mauvais rêves et les bons, et, lorsqu'elle a finalement tourné au coin, il est parti à son tour.

12

ALORS QUE MATT PASSAIT DEVANT ELLE, Rolanda a dit :

— Celia vous attend dans votre bureau.

— Merci.

— Midi veut que je le prévienne à la seconde même où vous arriverez.

Rolanda a levé les yeux.

— Vous êtes arrivé ?

— Donnez-moi cinq minutes.

Elle s'est tournée vers son écran et s'est remise à taper. Matt est entré. Celia Shaker se tenait devant la fenêtre.

— Jolie vue, a-t-elle laissé tomber.

— Tu crois ?

— Nan. C'était juste histoire de causer.

— Tu fais ça très bien, a-t-il répondu.

— Je pensais que tu avais un job d'assistant juridique ici.

— C'est vrai.

— Dans ce cas, comment se fait-il que tu crèches dans un tel luxe ?

— C'était le bureau de mon frère.

— Et alors ?

— Alors, Bernie était une grosse pointure au cabinet.

— Et alors ?

Celia a pivoté vers lui.

— Je ne veux pas être désagréable, mais il est mort.

— À mon avis, tu te sous-estimes : tu sais vraiment parler aux gens, toi.

— Non, je veux dire par là qu'il est mort depuis, quoi, trois ans maintenant ? J'ai du mal à croire qu'on ait laissé un assistant, ancien taulard par-dessus le marché, disposer d'un espace comme celui-ci.

Matt a souri.

— J'avais bien compris.

— Comment tu l'expliques ?

— Peut-être ont-ils fait ça par respect pour la mémoire de mon frère.

— Des avocats ? a grimacé Celia. Allons.

— En fait, je pense qu'ils aiment bien m'avoir sous la main.

— Parce que tu es un brave garçon ?

— Parce que j'ai fait de la taule. Je suis une curiosité de la nature.

Celia a hoché la tête.

— Un peu comme quand on invite un couple de lesbiennes à une réception très prout-madame.

— Un peu, oui, mais en plus exotique. C'est drôle. En un sens, je suis l'ultime attraction. Chaque fois qu'ils ont un verre dans le nez, ils me demandent, l'air de rien, quel effet ça fait de se retrouver dans la – il a esquissé des guillemets avec ses doigts – Grande Maison.

— Tu es une sorte de célébrité locale.

— D'une certaine façon, oui.

— Raison pour laquelle ils ne te jettent pas de ce bureau…

Matt a haussé les épaules.

— Ils ont peut-être peur de toi, a ajouté Celia. Tu as tué un homme à mains nues.

Il a soupiré et s'est assis. Celia a pris un siège également.

— Excuse-moi.

Il a balayé ses excuses d'un geste de la main.

— Alors, quoi de neuf ?

Celia a croisé ses longues jambes, pour mieux impressionner son interlocuteur, Matt le savait bien. Néanmoins, il s'est demandé si ce n'était pas devenu une sorte de réflexe inconscient de sa part.

— Raconte-moi, a-t-elle commencé. Pourquoi voulais-tu faire identifier cette plaque minéralogique ?

Il a écarté les bras.

— Faut-il réexpliquer la signification de l'adjectif « personnel » ?

— Seulement si tu as envie d'entendre ce que j'ai à t'apprendre.

— Du chantage, maintenant ?

Cependant, il sentait qu'elle parlait sérieusement.

— Je pense qu'il me suivait, a lâché Matt.

— Et pourquoi tu penses ça ?

— À ton avis ? Chaque fois que j'allais quelque part, sa voiture était là.

— Et tu l'as tout de suite repéré ?

— Son numéro d'immatriculation était proche de mes initiales.

— Pardon ?

Matt a expliqué les plaques, les trois lettres presque semblables à ses initiales, la manière dont la voiture était repartie en trombe à son approche. Celia écoutait sans broncher.

Quand il a eu terminé, elle a questionné :

— Pourquoi Charles Talley te suivait-il, Matt ?

— Je l'ignore.

— Tu n'as pas une petite idée ?

Il ne s'est pas répété. À trop protester… La meilleure façon de répondre était le silence.

— Talley a un casier judiciaire.

Matt a été tenté de dire « Moi aussi », pourtant il s'est abstenu. Avoir un casier – un casier digne de l'attention de Celia – n'était pas rien. Qu'elle ne s'intéresse pas au sien était l'exception confirmant la règle. Il n'aimait pas trop raisonner en ces termes-là – Lance Banner n'avait-il pas invoqué un préjugé de ce genre ? –, mais on ne chicane pas avec la réalité.

— Agression, a repris Celia. Il s'est servi d'un coup-de-poing américain. Il n'a pas tué le pauvre bougre auquel il s'en est pris, mais vu comment il lui a éclaté la cervelle, ç'aurait été plus charitable de l'achever.

Matt a réfléchi, s'efforçant d'y voir clair.

— Combien il a pris ?

— Huit ans.

— C'est beaucoup.

— Talley n'en était pas à sa première condamnation. Et il n'avait rien d'un prisonnier modèle.

Matt essayait de comprendre. Pourquoi ce type l'aurait-il suivi ?

— Tu aimerais voir sa tête ? a demandé Celia.

— Tu as sa photo ?

— Une photo anthropométrique, oui.

Celia portait un blazer bleu par-dessus son jean. Plongeant la main dans la poche intérieure, elle a sorti les clichés, et l'univers de Matt a chaviré de nouveau.

Comment diable… ?

Il savait qu'elle l'observait, guettant sa réaction, mais ç'a été plus fort que lui. Quand il a vu les deux photos – de face et de profil, classique –, il a étouffé une exclamation. Ses mains ont agrippé le bureau. Il avait l'impression d'être en chute libre.

— Tu le reconnais donc, en a conclu Celia.

Il le reconnaissait, oui. Le même rictus. Les mêmes cheveux aile de corbeau.

Charles Talley était l'homme du téléphone portable.

13

C'ÉTAIT COMME UNE MACHINE À REMONTER LE TEMPS.

Pour Loren Muse, retourner à St Margaret, son ancienne école, a fait resurgir tous les poncifs : les couloirs semblaient plus étroits, les plafonds plus bas, les casiers plus exigus, les professeurs plus petits. À part ça, rien n'avait changé. En arrivant, Loren a franchi les portes du temps. Elle a ressenti un picotement au creux de son estomac, cette impression d'insécurité permanente, l'envie de se faire bien voir et de se rebeller tout à la fois.

Elle a frappé à la porte de mère Katherine.

— Entrez.

Une jeune fille était assise dans le bureau. Elle portait le même uniforme que Loren, à son époque : chemisier blanc et jupe écossaise. Dieu qu'elle avait détesté ça ! La fille baissait la tête ; visiblement, elle venait d'essuyer les foudres de la mère supérieure. Ses longs cheveux tombaient sur son visage à la manière d'un rideau de perles.

Mère Katherine a dit :

— Vous pouvez partir, Carla.

Épaules voûtées et nuque courbée, Carla s'est éclipsée. Loren a hoché la tête sur son passage, genre : « Je suis avec toi, frangine. » Évitant son regard, la jeune fille a fermé la porte.

Mère Katherine observait la scène d'un air à la fois perplexe et accablé, comme si elle pouvait lire dans les pensées de Loren. Des piles de bracelets, tous de couleurs différentes, jonchaient son bureau. Loren les a montrés du doigt, et la perplexité s'est évanouie.

— Ces bracelets sont à Carla ?

— Oui.

Une violation du protocole vestimentaire, a songé Loren, réprimant le désir de secouer la tête. Nom d'un chien, ils ne changeront donc jamais !

— Vous n'avez jamais entendu parler de ça ? a demandé mère Katherine.

— Entendu parler de quoi ?

— Du jeu – elle a inspiré profondément – des bracelets.

Loren a haussé les épaules.

Mère Katherine a fermé les yeux.

— C'est leur dernière… marotte, en quelque sorte.

— Mmm !

— Les différents bracelets… je ne sais même pas comment exprimer ça… les différentes couleurs correspondent à des actes de nature sexuelle. Le noir, par exemple, représente… euh ! une chose. Le rouge…

Loren a levé la main.

— Je crois que j'ai compris. Et les filles les portent pour, en quelque sorte, afficher leurs performances ?

— Pire.

Loren attendait la suite.

— Vous n'êtes pas venue pour ça.

— Non, mais ça m'intéresse.

— Les filles mettent ces bracelets quand elles sont avec des garçons. Si un garçon arrive à arracher un bracelet du bras de la fille, elle est censée, eh bien, accomplir l'acte correspondant à la couleur du bracelet.

— Vous plaisantez, j'espère !

Mère Katherine lui a décoché un regard lourd comme l'éternité.

— Quel âge a Carla ? a questionné Loren.

— Seize ans.

Mère Katherine a désigné un autre jeu de bracelets, semblant presque avoir peur de les toucher.

— Ceux-là, je les ai confisqués à une élève de quatrième.

Il n'y avait rien à répondre à cela.

La mère supérieure s'est retournée pour prendre quelque chose.

— Voici les relevés téléphoniques que vous avez demandés.

Le bâtiment avait toujours cette odeur de poussière et de craie que jusque-là Loren avait associée à une certaine candeur de l'adolescence. Mère Katherine lui a tendu une petite liasse de feuillets.

— Nous sommes dix-huit à nous partager trois téléphones.

— Six par téléphone, donc ?

Mère Katherine a souri.

— Et on prétend que l'enseignement des maths laisse à désirer…

En contemplant le crucifix au-dessus d'elle, Loren s'est rappelé une vieille blague, entendue à son arrivée ici. « Un garçon a de si mauvaises notes en maths que ses parents décident de l'envoyer dans une école catholique. Sur son premier bulletin, ils découvrent, stupéfaits, que leur fils a récolté uniquement des A. Interrogé, il répond : "Quand je suis allé dans la chapelle et que j'ai vu ce gars cloué sur un signe plus, j'ai compris qu'ils ne rigolaient pas." »

Mère Katherine s'est éclairci la voix.

— Puis-je poser une question ?

— Allez-y.

— Sait-on comment sœur Mary Rose est morte ?

— Les analyses sont en cours. C'est tout ce que je peux vous dire pour le moment.

— Je comprends.

Mère Katherine a détourné les yeux.

— Vous en savez davantage, a fait observer Loren.

— À quel sujet ?

— Au sujet de sœur Mary Rose. De ce qui lui est arrivé.

— Avez-vous découvert son identité ?

— Non, mais ça va venir. On saura d'ici ce soir, j'imagine.

Mère Katherine s'est redressée.

— Ce sera un bon début.

— Vous n'avez rien d'autre à me dire ?

— Tout à fait, Loren.

Loren a attendu une fraction de seconde. La vieille femme… « mentait » serait un terme trop fort. Sauf peut-être par omission.

— Vous avez consulté la liste des appels, ma mère ?

— Oui. Et j'ai demandé aux cinq sœurs qui partageaient le téléphone avec elle de le faire également. La plupart ont appelé des membres de leur famille – frères, sœurs, parents – et quelques amis. Il y a eu aussi des commandes de pizzas. Et de nourriture chinoise.

— Je croyais que les religieuses étaient obligées de manger au réfectoire du couvent.

— Ce en quoi vous aviez tort.

— En effet, a dit Loren. Y a-t-il des numéros qui sont ressortis ?

— Juste un.

Les lunettes de mère Katherine pendaient au bout d'une chaînette. Les mettant sur son nez, elle a fait signe à Loren de lui passer les papiers. Elle a examiné la première page, humecté son doigt, tourné la deuxième. Puis elle a pris un stylo et a entouré quelque chose.

— Tenez.

Elle a rendu la feuille à Loren. L'indicatif de zone était 973, donc le New Jersey, dans un rayon de cinquante kilomètres, pas plus. Le coup de fil remontait à trois semaines et avait duré six minutes.

Ce n'était probablement pas important.

Loren a repéré l'ordinateur sur une console derrière le bureau. C'était étrange, d'imaginer la mère supérieure surfant sur le Net, mais bon, il n'existait plus beaucoup de barrières entre elles.

— Puis-je utiliser votre ordinateur ?

— Bien sûr.

Loren a essayé une simple recherche par le biais de Google. Sans résultat.

— Vous cherchez le numéro ? s'est enquise mère Katherine.

— Oui.

— D'après le lien sur le site de Verizon, il est sur liste rouge.

Loren lui a lancé un regard.

— Vous vous êtes déjà renseignée ?

— J'ai vérifié tous les numéros.

— Je vois.

— Histoire de m'assurer qu'on n'a rien oublié.

— C'est très consciencieux de votre part.

Mère Katherine a acquiescé, la tête haute.

— Je suppose que vous avez les moyens d'accéder aux numéros sur liste rouge.

— C'est exact.

— Vous voulez voir où logeait sœur Mary Rose ?

— Oui.

La chambre était telle qu'elle aurait dû être : petite, nue, crépi blanc sur les murs, grand crucifix au-dessus du lit, une seule fenêtre. Une cellule monacale. Sans aucune touche personnelle, rien qui puisse dévoiler le caractère de son occupante, presque comme si ç'avait été le but recherché par sœur Mary Rose.

— Les techniciens de la police seront là dans une heure environ, a dit Loren. Ils vont relever les empreintes, ramasser des cheveux, s'il y en a, ce genre de choses.

Lentement, mère Katherine a porté la main à sa bouche.

— Vous pensez donc que sœur Mary Rose a été… ?

— N'extrapolons pas, OK ?

Le portable de Loren s'est mis à sonner. Eldon Teak.

— Salut, ma puce, tu passes aujourd'hui ? a-t-il demandé.

— Dans une heure. Pourquoi, qu'y a-t-il ?

— J'ai retrouvé le propriétaire actuel de notre fabricant de seins en silicone. SurgiCo fait maintenant partie du groupe Lockwood.

— Le géant de Wilmington ?

— Quelque part dans le Delaware, oui.

— Vous les avez contactés ?

— Oui.

— Et ?

— Un flop.

— Comment ça ?

— Je leur ai dit qu'on avait un cadavre avec un numéro de série sur un implant mammaire et qu'on avait besoin de l'identifier.

— Et ?

— Ils refusent de donner l'information.

— Pourquoi ?

— Je n'en sais rien. J'ai eu droit à tout un bla-bla où, toutes les deux phrases, il était question de secret professionnel.

— C'est des conne…

Mère Katherine a pincé les lèvres. Loren s'est reprise.

— Bon, je vais demander une commission rogatoire.

— C'est une très grosse boîte.

— Ils finiront par se dégonfler. Tout ce qu'ils veulent, c'est une couverture juridique.

— Ça va prendre du temps.

Eldon avait raison. Le siège social de Lockwood était situé dans un autre État. Loren allait sans doute devoir passer par un juge fédéral.

— Autre chose, a continué Eldon.

— Quoi ?

— Au début, ma demande ne semblait pas leur poser de problème. J'ai parlé à une femme qui a promis de me retrouver le numéro de série. Je ne prétends pas que c'est la routine, mais normalement ça n'aurait pas dû être un souci.

— Sauf que ?

— Sauf qu'ensuite un avocat avec un nom ronflant m'a rappelé pour m'opposer un refus catégorique.

Loren a réfléchi un instant.

— Wilmington est à, quoi, deux heures d'ici ?

— Vu la façon dont tu conduis, je dirais un quart d'heure.

— On va voir ça. Vous avez le nom de maître Ronflant ?

— Je dois l'avoir quelque part. Ah oui ! attends… Randal Horne de chez Horne, Buckman et Pierce.

— Appelez M. Horne. Prévenez-le que j'arrive avec un mandat.

— Tu n'en as pas, de mandat.

— Ça, vous ne le savez pas.

— D'accord, pigé.

Aussitôt après, elle a donné un autre coup de téléphone. Une femme lui a répondu. Loren a dit :

— J'ai besoin d'un numéro sur liste rouge.

— Nom et numéro de plaque, je vous prie.

Loren les lui a dictés, suivis du numéro de téléphone qu'avait appelé sœur Mary Rose.

— Ne quittez pas, s'il vous plaît.

Mère Katherine faisait mine d'être occupée. Elle regardait en l'air, à travers la chambre, en tripotant son chapelet. Dans le téléphone, Loren a entendu le cliquetis d'un clavier. Puis :

— Vous avez un stylo ?

Elle a attrapé un gros crayon dans sa poche. Sortant une facture de gaz, elle a griffonné au dos.

— Allez-y.

— Le numéro que vous demandez est attribué à Marsha Hunter, 38, Darby Terrace, Livingston, New Jersey.

14

— MATT ?

Il regardait fixement les deux photos anthropométriques de Charles Talley. Le petit sourire entendu, le même que sur l'écran de son téléphone portable. À nouveau, Matt a eu l'impression de tomber dans un gouffre, mais il a tenu bon.

— Tu le connais, n'est-ce pas ? a dit Celia.

— Je voudrais que tu me rendes un service.

— Je n'en rends pas. Ceci est mon boulot. Que je compte bien te facturer, d'ailleurs.

— Encore mieux.

Il a levé les yeux sur elle.

— Il faudrait que tu me trouves un max d'infos sur Charles Talley. Je veux tout savoir sur lui.

— Et que dois-je chercher, au juste ?

Bonne question. Matt s'est demandé quelle explication il pourrait bien lui donner.

— Raconte-moi, a ordonné Celia.

Il a sorti son téléphone portable. Il hésitait, mais franchement, à quoi bon garder le secret plus longtemps ? Il l'a ouvert, a activé la fonction appareil photo et appuyé sur la flèche jusqu'à ce que la photo de Talley, prise dans la chambre d'hôtel, apparaisse à l'écran. Pas de doute, c'était le même homme. Il l'a contemplée un moment.

— Matt ?

Il a répondu avec une lenteur délibérée :

— Hier, j'ai eu un appel provenant du portable d'Olivia.

Il lui a tendu son téléphone.

— Avec ça dessus.

Celia a pris l'appareil. Ses yeux ont trouvé l'écran. Matt les a vus s'agrandir de surprise. Son regard est allé de la photo sur l'appareil aux photos d'identité en face d'eux. Finalement, elle s'est tournée vers lui.

— C'est quoi, ce bordel ?

— Appuie sur la touche pour avancer.

— Celle de droite ?

— Oui. Ça va lancer la vidéo qui est arrivée immédiatement après la photo.

Les traits de Celia formaient un masque de concentration. Une fois la vidéo terminée, elle a demandé :

— Si j'appuie sur la touche retour, là, ça va recommencer ?

— Oui.

Elle a visionné le petit film deux fois, avant de poser soigneusement l'appareil sur la table.

— Comment tu expliques ça ?

— Je ne l'explique pas.

Celia a réfléchi une poignée de secondes.

— Je n'ai rencontré Olivia qu'une fois.

— Je sais.

— J'aurais du mal à dire si c'est elle ou pas.

— Je pense que c'est elle.

— Tu penses ?

142

— On ne distingue pas bien le visage.

Celia a mâchonné sa lèvre inférieure. Puis elle a attrapé son sac et s'est mise à fourrager dedans.

— Tu n'es pas le seul à maîtriser les nouvelles technologies.

Et elle a sorti un minuscule ordinateur de poche, à peine plus grand que le téléphone de Matt.

— C'est un Palm Pilot ?

— Un PC de poche haut de gamme, a-t-elle rectifié.

Celia a pris un câble, l'a branché sur le téléphone d'un côté et sur son ordinateur de l'autre.

— Tu permets que je télécharge la photo et la vidéo ?

— Pour quoi faire ?

— Je vais les rapporter au bureau. Nous avons toutes sortes de logiciels pour agrandir les images plan par plan, améliorer la résolution et faire une analyse complète.

— Cela reste entre nous.

— Entendu.

Deux minutes plus tard, ayant fini de télécharger, Celia a rendu le téléphone à Matt.

— Une dernière chose.

— Je t'écoute.

— Recueillir des infos sur notre ami Charles Talley ne nous mènera pas forcément là où nous voulons aller.

Elle s'est penchée en avant.

— Nous devons nous fixer un cadre. Établir le lien entre Talley et…

— … Olivia, a-t-il achevé à sa place.

— Oui.

— Tu veux enquêter sur ma femme.

Se laissant aller en arrière, elle a recroisé les jambes.

— S'il s'agissait d'une banale histoire de fesses, ce ne serait probablement pas utile. Ils auraient pu se

143

rencontrer ces jours-ci. Il l'aurait branchée dans un bar, je ne sais pas, moi. Seulement voilà, Talley te file le train. Et il te nargue en t'envoyant ces images.

— Ce qui signifie ?

— Qu'il y a autre chose là-dessous. Je voudrais te poser une question, mais ne le prends pas mal, OK ?

— OK.

Elle a changé de position sur sa chaise. Chacun de ses mouvements, volontaire ou non, semblait empreint d'ambiguïté.

— Que sais-tu réellement d'Olivia ? Je parle de son passé.

— À peu près tout : d'où elle vient, où elle a fait ses études…

— Et sa famille ?

— Sa mère est partie alors qu'elle était bébé, et son père est mort quand elle avait vingt et un ans.

— Frères et sœurs ?

— Elle était fille unique.

— Donc, son père l'a élevée tout seul ?

— Pratiquement. Et alors ?

Celia n'avait pas fini.

— Où a-t-elle grandi ?

— À Northways, en Virginie.

Elle a pris note.

— C'est là qu'elle est allée à la fac ?

Matt a hoché la tête.

— À l'université de Virginie.

— Quoi d'autre ?

— Comment ça, quoi d'autre ? Que veux-tu qu'il y ait d'autre ? Elle a travaillé huit ans chez DataBetter. Sa couleur préférée est le bleu. Elle a des yeux verts. Elle lit plus que n'importe quel être humain de ma connaissance. Elle adore voir en cachette les films à l'eau de rose. Et, au risque de te faire gerber, quand je me réveille avec Olivia à mes côtés, je sais, je *sais* qu'il n'existe pas d'homme plus heureux sur terre. Ça y est, tu as tout noté ?

La porte du bureau s'est ouverte à la volée. Ils se sont retournés. C'était Midi.

— Oh ! pardon, je ne voulais pas déranger.

— C'est bon, a fait Matt.

D'un geste ostensible, Midi a consulté sa montre.

— Il faut absolument qu'on revoie l'affaire Sterman, tous les deux.

— J'allais vous appeler, a acquiescé Matt.

L'un et l'autre ont regardé Celia. Elle s'est levée. Machinalement, Midi a rajusté sa cravate et lissé ses cheveux.

— Ike Kier, s'est-il présenté, la main tendue.

— Ouais, a fait Celia, se retenant de lever les yeux au ciel, enchantée.

Elle a pivoté vers Matt.

— On en reparle.

— Merci.

Elle l'a dévisagé un peu plus longuement que nécessaire et a tourné les talons. Midi s'est écarté de son passage. Après son départ, il s'est installé sur son siège et a émis un sifflement.

— Ça alors, qui c'est ?

— Celia Shaker. Elle travaille chez EDC.

— Vous voulez dire qu'elle fait des enquéquettes ?

Il a ri à son propre calembour. Comme Matt n'avait pas l'air de trouver ça drôle, il a fait mine de tousser et a croisé ses jambes. Une raie bien nette séparait ses cheveux gris. Les cheveux gris constituent un atout pour un avocat – à condition qu'ils soient suffisamment fournis. Ça lui confère un certain poids auprès des jurés.

Ouvrant le tiroir de son bureau, Matt a sorti le dossier Sterman. La discussion a duré trois heures, autour de l'affaire elle-même, de l'instruction en cours, de la réaction possible du parquet. Ils avaient presque épuisé le sujet quand le portable de Matt a sonné. Il a voulu voir qui l'appelait. L'écran affichait : « Numéro masqué ». Matt a collé le téléphone contre son oreille.

— Allô ?

— Salut, a chuchoté une voix d'homme. Devine ce que je suis en train de faire à ta femme.

15

CE JOUR-LÀ, L'IMPRESSION DE DÉJÀ-VU semblait coller aux baskets de Loren Muse.

Elle s'est garée devant chez Marsha Hunter, au 38, Darby Terrace à Livingston, New Jersey. Livingston était la ville natale de Loren. Grandir, se disait-elle, n'est jamais facile. Où que l'on vive, l'adolescence est une zone de combats. Une ville aussi accueillante que Livingston est censée amortir les coups. Loren avait habité là après que son père avait décidé que sa place n'était nulle part, pas même auprès de sa fille, et pourtant les coups faisaient encore mal.

Livingston avait tout pour plaire : d'excellentes écoles, d'excellents équipements sportifs, d'excellentes associations de parents d'élèves, d'excellents spectacles scolaires. À l'époque de Loren, les petits juifs raflaient tous les premiers prix. Aujourd'hui, c'étaient les Indiens et les Asiatiques, la nouvelle génération d'immigrés, avide de réussite. L'endroit s'y prêtait. Vous arrivez, vous achetez une maison, vous payez des impôts, et le rêve américain est à vous.

Mais vous savez ce qu'on dit : attention à ce que vous souhaitez.

Loren a frappé à la porte de Marsha Hunter. Elle ne voyait aucun lien entre une mère célibataire – phénomène plutôt rare à Livingston – et sœur Mary Rose, en dehors de ce coup de téléphone de six minutes. Elle aurait peut-être dû se renseigner d'abord, histoire de déblayer le terrain, sauf que le temps pressait. Elle se retrouvait donc ici, sur ce perron en plein soleil, quand la porte s'est ouverte.

— Marsha Hunter ?

La femme, dotée d'un physique agréable dans le registre passe-partout, a hoché la tête.

— Oui, c'est moi.

Loren lui a montré sa plaque.

— Loren Muse, enquêtrice auprès du bureau du procureur du comté d'Essex. Auriez-vous quelques minutes à me consacrer ?

Marsha Hunter a cillé, déconcertée.

— C'est à quel sujet ?

Loren a essayé un sourire désarmant.

— Puis-je entrer ?

— Oh oui ! bien sûr.

Elle s'est écartée. Loren a pénétré dans la maison et vlan ! encore une bouffée de déjà-vu. Tous les intérieurs se ressemblent, et celui-ci pouvait très bien se situer quelque part entre 1964 et maintenant. Il n'y avait pas de changement. La télévision était peut-être plus sophistiquée, la moquette un peu moins épaisse, les couleurs se faisaient plus discrètes, mais l'impression de retomber dans le monde incongru de son enfance flottait toujours dans l'air.

Elle a jeté un regard sur les murs, cherchant un crucifix, une Madone, une trace quelconque d'appartenance à la religion catholique pouvant facilement expliquer le coup de fil de la pseudo-sœur Mary Rose. Rien. Loren a remarqué une couverture et un drap pliés au bord du canapé, comme si quelqu'un avait récemment dormi ici.

Il y avait une jeune femme dans la pièce, âgée d'une vingtaine d'années, et deux petits garçons.

— Paul, Ethan, a dit leur mère. Voici l'inspecteur Muse.

Bien élevés, les garçons sont venus lui serrer la main, allant même jusqu'à la regarder dans les yeux.

Le plus jeune – Ethan, a-t-elle cru se rappeler – a demandé :

— Vous êtes policière ?

— On dit femme policier, a rectifié Loren machinalement. Oui, en quelque sorte. Je suis enquêtrice auprès du bureau du procureur. C'est la même chose qu'un fonctionnaire de police.

— Vous avez un pistolet ?

— Ethan ! a coupé Marsha.

Loren lui aurait répondu, le lui aurait même montré, mais elle savait que certaines mères renâclaient devant ces choses-là. C'était compréhensible – tout pour préserver le petit trésor de la notion de violence –, pourtant, à long terme, le déni se révélait tristement inadéquat.

— Et voici Kyra Sloan, a poursuivi Marsha. Elle m'aide avec les enfants.

Occupée à ramasser un jouet, la dénommée Kyra lui a adressé un signe de la main à travers la pièce. Loren a fait de même.

— Kyra, tu veux bien emmener les garçons dehors ?

— Bien sûr.

La jeune femme s'est tournée vers eux.

149

— Ça vous dirait, une partie de base-ball ?

— C'est moi qui commence !

— Non, c'était déjà toi la dernière fois. C'est mon tour !

Ils sont sortis tout en se disputant pour savoir qui serait le batteur. Marsha a dévisagé Loren.

— Il est arrivé quelque chose ?

— Non, pas du tout.

— Alors pourquoi êtes-vous venue ?

— Simple investigation de routine relative à une enquête en cours.

La formule était fumeuse, certes, mais Loren la trouvait particulièrement efficace.

— Quelle enquête ?

— Madame Hunter…

— Je vous en prie, appelez-moi Marsha.

— OK, désolée. Marsha, êtes-vous catholique ?

— Je vous demande pardon ?

— Je ne cherche pas à être indiscrète. Ce n'est pas vraiment une question religieuse. J'essaie simplement de voir si vous êtes liée d'une manière ou d'une autre à la paroisse St Margaret à East Orange.

— St Margaret ?

— Oui. En faites-vous partie ?

— Non. Nous sommes à St Philomena, à Livingston. Pourquoi me demandez-vous ça ?

— Entretenez-vous un lien quelconque avec St Margaret ?

— Non.

Puis :

— Qu'entendez-vous par « lien » ?

Loren ne voulait pas perdre le rythme.

— Connaissez-vous quelqu'un qui est élève là-bas ?

— À St Margaret ? Non, je ne crois pas.

150

— Connaissez-vous l'un des professeurs ?

— Je ne crois pas.

— Et sœur Mary Rose ?

— Qui ?

— Vous ne connaissez aucune religieuse à St Margaret ?

— Non. J'en connais plusieurs à St Phil, mais pas de sœur Mary Rose.

— Le nom de sœur Mary Rose ne vous évoque donc rien ?

— Rien du tout. De quoi s'agit-il, au juste ?

Loren ne la quittait pas des yeux, guettant le fameux « signe » qui la trahirait. Jusque-là, Marsha Hunter n'avait pas bronché, seulement ça ne voulait pas dire grand-chose.

— Vous et vos enfants vivez seuls ici ?

— Oui. Enfin, Kyra a une chambre au-dessus du garage, mais elle n'est pas du coin.

— Quand même, elle habite chez vous ?

— Elle me donne un coup de main. Et elle suit des cours à l'université William-Patterson.

— Vous êtes divorcée ?

— Veuve.

À la façon dont elle a répondu, deux ou trois points sont devenus plus clairs. Pas tous, loin de là. Ce n'était même pas un début. Loren se serait giflée. Elle aurait dû préparer le terrain d'abord.

Marsha a croisé les bras.

— De quoi s'agit-il ?

— Une certaine sœur Mary Rose est décédée récemment.

— Et elle travaillait dans cette école ?

— Oui, elle était enseignante. À St Margaret.

— Je ne vois toujours pas ce que…

— En consultant les archives téléphoniques, nous avons trouvé un coup de fil qu'elle a passé et que nous n'arrivons pas à nous expliquer.

— Elle a appelé ici ?

— Oui.

Marsha Hunter avait l'air perplexe.

— Quand ?

— Il y a trois semaines. Le 2 juin plus exactement.

Marsha a secoué la tête.

— Elle a pu se tromper de numéro.

— Pendant six minutes ?

Marsha a marqué une pause.

— Quel jour avez-vous dit, déjà ?

— Le 2 juin. À vingt heures.

— Je peux regarder sur mon calendrier, si vous voulez.

— Très volontiers.

— Il est là-haut. Je reviens tout de suite. Mais je suis sûre qu'aucun de nous n'a parlé à cette bonne sœur.

— Aucun de nous ?

— Pardon ?

— Vous avez dit « nous ». À qui pensiez-vous ?

— Je ne sais pas, à tous ceux qui vivent dans cette maison, sans doute.

Loren n'a pas fait de commentaire.

— Vous permettez que je pose quelques questions à votre baby-sitter ?

Marsha a hésité.

— Ce n'est pas un problème, je suppose.

Elle s'est forcée à sourire.

— Mais n'employez pas ce mot, « baby-sitter », devant les garçons. Ça va les faire hurler.

— Je m'en souviendrai.

— Je reviens.

152

Loren s'est dirigée vers la porte de la cuisine et a jeté un coup d'œil par la fenêtre. Kyra venait de lancer la balle à Ethan, le prenant de court. Il a brandi convulsivement sa batte et l'a manquée. Kyra s'est rapprochée et, se baissant, l'a lancée de nouveau. Cette fois, Ethan a réussi à la toucher.

Loren était déjà presque à la porte quand quelque chose l'a arrêtée.

Le réfrigérateur.

Elle n'était pas mariée, n'avait pas d'enfants, n'avait pas grandi dans un foyer où tout était douceur et harmonie, mais s'il existait une chose emblématique de la famille américaine, c'était bien une porte de frigo. Ses amies avaient des réfrigérateurs comme celui-ci. Pas elle, ça, c'était pitoyable. Loren avait deux chats et pas de vraie famille, sauf si on voulait tenir compte de son extravagante et égocentrique mère.

Dans la plupart des foyers américains, pour tout savoir sur la personnalité des membres de la famille, c'était là qu'il fallait regarder, sur la porte du frigo. Il y avait là des dessins d'enfants. Des rédactions scolaires, ornées d'étoiles récompensant une médiocrité qui passait pour de l'excellence. Il y avait des cartons d'invitation à des anniversaires. Des formulaires pour des voyages scolaires, des vaccins, des clubs de foot.

Et, bien entendu, on y trouvait des photos de famille.

Loren avait été enfant unique, et cet étalage de sourires aimantés – si familier soit-il – lui semblait légèrement surréaliste, comme une mauvaise série télé ou une carte de vœux ringarde.

Elle s'est approchée de la photo qui avait attiré son regard. D'autres pièces commençaient à se mettre en place.

Comment cela avait-il pu lui échapper ?

Elle aurait dû percuter tout de suite. Hunter… Le nom n'était pas rare, mais pas tellement répandu non plus. Ses yeux ont glissé sur les autres photos pour revenir à la première, celle de gauche, prise, semblait-il, lors d'un match de base-ball. Loren l'examinait toujours quand Marsha est réapparue.

— Tout va bien, inspecteur Muse ?

Le son de sa voix l'a fait sursauter. Elle a essayé de se remémorer les détails, mais seule une vague image s'est formée dans son esprit.

— Vous avez retrouvé votre calendrier ?

— Il n'y a rien là-dessus. Je ne me souviens vraiment pas de ce que j'ai fait ce jour-là.

Loren a hoché la tête et s'est tournée vers le réfrigérateur.

— Cet homme…

Elle l'a montré du doigt avant de regarder Marsha.

— C'est bien Matt Hunter, non ?

Le visage de Marsha s'est fermé comme un portail en fer.

— Madame Hunter ?

— Qu'est-ce que vous voulez ?

S'il y avait eu un soupçon de chaleur auparavant, il n'en restait plus rien.

— Je l'ai connu, a dit Loren. Il y a longtemps.

Silence.

— À l'école élémentaire. On était tous les deux à Burnet Hill.

Marsha a croisé les bras. Ça ne prenait pas avec elle.

— Quel est votre lien de parenté ?

— C'est mon beau-frère. Quelqu'un de bien.

Mais oui, c'est ça, a pensé Loren. Un vrai prince. Elle avait lu dans la presse qu'il avait été condamné pour meurtre. Et incarcéré dans un quartier de haute sécurité.

Il avait dû en baver sacrément. Elle s'est rappelé la couverture et les draps pliés sur le canapé.

— Est-ce que Matt vient souvent ici ? Vu que les garçons sont ses neveux et tout.

— Inspecteur Muse ?

— Oui ?

— J'aimerais que vous partiez maintenant.

— Pourquoi ?

— Matt Hunter n'est pas un criminel. Ce qui est arrivé était un accident et il a largement payé pour ça.

Loren se tenait coite, espérant en entendre davantage. Mais Marsha s'est tue. Au bout d'un moment, elle s'est rendu compte que cette approche ne la mènerait nulle part. Mieux valait emprunter une voie moins offensive.

— Moi, je l'aimais bien, a-t-elle reconnu.

— Pardon ?

— Quand nous étions gamins, il était gentil.

Ce qui était vrai, du reste. Matt Hunter avait été un brave garçon, de ceux qui avaient cherché à s'intégrer à tout prix à Livingston, ce en quoi il avait probablement eu tort.

— Je vais vous laisser, a repris Loren.

— Merci.

— Si jamais vous entendez parler de ce coup de fil du 2 juin…

— Je vous avertirai.

— Ça vous ennuie que je dise deux mots à votre fille au pair, en passant ?

Marsha a soupiré, haussé les épaules.

— Merci.

Loren a posé la main sur la poignée de la porte.

— Je peux vous demander quelque chose ? lui a lancé Marsha.

Loren a fait volte-face.

— Cette religieuse, est-ce qu'elle a été assassinée ?

— Pourquoi cette question ?

Nouveau haussement d'épaules.

— Ce serait normal, non ? Sinon, pourquoi seriez-vous ici ?

— Il m'est impossible d'entrer dans les détails. Désolée.

Marsha n'a pas insisté. Loren a ouvert la porte et est sortie dans la cour. Le soleil était encore haut dans le ciel ; les journées de juin étaient longues. Les garçons couraient et jouaient avec un merveilleux abandon. Aucun adulte ne pourrait jouer ainsi. C'était impensable. Loren a repensé à son enfance de garçon manqué, au temps où l'on pouvait galoper avec le ballon d'une base à l'autre pendant des heures et des heures, sans jamais se lasser. Elle s'est demandé s'il arrivait à Marsha Hunter de jouer avec ses fils, et à cette pensée elle a ressenti un nouveau pincement au cœur.

Mais ce n'était pas le moment.

Marsha devait l'observer par la fenêtre de la cuisine. Il fallait faire vite. Loren s'est approchée de la fille – c'était quoi, son nom ? Kylie ? Kyra ? Kelsey ? – et lui a adressé un petit signe de la main.

La fille a cillé, les mains sur les yeux. Elle était mignonne, avec des reflets blonds dans les cheveux qui semblaient l'apanage de la jeunesse ou des produits cosmétiques.

Loren n'a pas perdu de temps en préliminaires.

— Matt Hunter vient-il souvent ici ?

— Matt ? Bien sûr.

La fille avait répondu sans hésitation. Loren a réprimé un sourire. Ah, la jeunesse !

— Tous les combien ?

Kyra – c'était bien ça – s'est dandinée d'un pied sur

l'autre, davantage sur ses gardes. Mais elle était jeune, et du moment que Loren représentait l'autorité, elle parlerait.

— Je ne sais pas. Plusieurs fois par semaine.

— Il est sympa ?

— Comment ?

— Matt Hunter. Est-ce qu'il est sympa ?

Kyra a poussé un énorme sourire.

— Il est super.

— Et avec les gamins ?

— C'est le meilleur.

Loren a acquiescé, feignant l'indifférence.

— Il était là, hier soir ? s'est-elle enquise aussi nonchalamment que possible.

Mais Kyra a penché la tête sur le côté.

— Vous n'avez pas posé ces questions à Mme Hunter ?

— C'est juste pour reconfirmer. Il était là, n'est-ce pas ?

— Oui.

— Et il est resté pour la nuit ?

— J'étais en ville avec des amis. Je ne suis pas au courant.

— Il y avait des draps sur le canapé. Qui a dormi dessus ?

Kyra a haussé les épaules.

— Ça doit être Matt.

Loren a risqué un coup d'œil en arrière. Marsha Hunter s'est écartée de la fenêtre. Pour gagner la porte, sûrement. Kyra n'allait pas se souvenir du 2 juin. Loren en avait appris suffisamment, même si elle ne voyait pas du tout où ça la menait.

— Vous savez où il habite, Matt ?

— À Irvington, je crois.

La porte de la cuisine s'est ouverte. *Assez*, a pensé Loren. Trouver Matt Hunter ne devrait pas poser de problème. Elle a souri et s'est éloignée, faisant de son mieux pour ne pas fournir à Marsha une raison d'appeler son beau-frère afin de le mettre en garde. Elle s'efforçait de marcher sans hâte, a salué Marsha de la main ; celle-ci ne s'est pas empressée de répondre.

Arrivée dans l'allée, Loren s'est dirigée vers sa voiture, mais une autre figure de son lointain passé – bon sang ! c'était en train de virer à « Loren Muse, ceci est ta vie » – l'attendait près de son véhicule, adossée au capot, une cigarette au bec.

— Salut, Loren.

— Ça alors ! Agent Lance Banner.

— En chair et en os.

Il a jeté son mégot et l'a écrasé du pied.

— Je pourrais te consigner pour ça, a fait Loren.

— Je croyais que tu étais à la criminelle.

— La cigarette tue. Tu ne lis pas les paquets ?

Lance Banner l'a gratifiée d'un sourire oblique. Sa voiture, banalisée quoique très clairement un véhicule de police, était garée en face.

— Ça fait un bail.

— Le congrès sur la sécurité des armes à feu à Trenton, a répondu Loren. Il y a quoi, six, sept ans ?

— Quelque chose comme ça.

Il a replié les bras, sans décoller de son capot.

— Tu es là pour le boulot ?

— Oui.

— Et ça concerne un de nos anciens camarades d'école ?

— Peut-être bien.

— Tu veux m'en parler ?

— Tu veux me dire ce que tu fais ici ?

— J'habite à côté.

— Et alors ?

— Alors, en voyant le macaron de la police judiciaire, j'ai pensé que je pourrais me rendre utile.

— Comment ça ?

— Matt Hunter veut revenir s'installer ici, a annoncé Lance. Il a repéré une maison dans le quartier.

Loren n'a rien dit.

— Cela a un rapport avec ton affaire ?

— Je ne vois pas lequel.

Souriant, Lance a traversé la rue et ouvert la portière de sa voiture.

— Si tu me mettais au parfum ? À nous deux, on pourrait peut-être en trouver un.

16

— SALUT, DEVINE CE QUE JE SUIS EN TRAIN DE FAIRE À TA FEMME.

Matt écrasait le téléphone contre son oreille.

L'homme a chuchoté :

— Matt ? T'es toujours là ?

Matt n'a pas répondu.

— Dis donc, t'aurais pas bavé sur moi ? T'aurais pas parlé à ta femme des photos que je t'ai envoyées ?

Il était incapable de bouger.

— Parce que Olivia fait beaucoup plus gaffe à son téléphone. Remarque, ça l'empêche pas de baiser avec moi. Elle risque pas d'arrêter. Elle est accro, tu vois ce que je veux dire ?

Ses yeux se sont fermés.

— Mais subitement, elle veut faire plus attention. Du coup, je me demande, hein ! entre nous : lui as-tu raconté quelque chose ? Lui as-tu révélé notre petit secret ?

La main de Matt s'est resserrée, si fort qu'il a cru que le téléphone allait craquer. Il a essayé de se calmer, de respirer profondément, pourtant sa poitrine continuait à se soulever de manière convulsive. Recouvrant sa voix, il a rétorqué :

— Quand je t'aurai retrouvé, Charles Talley, je t'arracherai la tête et je te chierai dessus.

Silence.

— Tu es toujours là, Charles ?

La voix dans le téléphone a murmuré :

— Faut que je te laisse. La revoilà.

Et il a raccroché.

Matt a demandé à Rolanda d'annuler ses rendez-vous de l'après-midi.

— Mais vous n'avez pas de rendez-vous, lui a-t-elle répondu.

— Ne faites donc pas la maligne.

— Vous voulez m'expliquer ce qui ne va pas ?

— Plus tard.

Il a repris le chemin de la maison, avec le téléphone portable toujours à la main. Il a attendu d'arriver devant chez lui, à Irvington. L'herbe, déjà clairsemée, s'était ratatinée sous l'effet de la sécheresse : il n'avait pas plu sur la côte est depuis trois semaines. Dans des banlieues comme Livingston, l'état d'une pelouse était pris très au sérieux. La négliger, regarder, les bras ballants, le vert virer au jaune causaient bien des grincements de dents parmi le voisinage. Ici, à Irvington, tout le monde s'en fichait.

Les pelouses, c'était un passe-temps de riches.

Matt est descendu de voiture. Olivia et lui occupaient une maison mitoyenne décatie, dont les deux moitiés étaient réunies par un revêtement extérieur en aluminium. Ils avaient la partie de droite, et les Owen, une famille afro-américaine de cinq personnes, celle de gauche. Chaque partie comprenait deux chambres, une salle de bains et un cabinet de toilette.

Il a gravi le perron deux à deux. Une fois à l'intérieur, il a appuyé sur la touche 1 de son téléphone pour appeler Olivia. Il est tombé sur sa boîte vocale, ce qui ne l'a pas surpris, et a attendu le bip.

— Je sais que tu n'es pas au *Ritz*. Je sais que c'était toi, avec la perruque blonde. Je sais que ce n'est pas une blague. Je suis même au courant pour Charles Talley. Alors rappelle et explique-toi.

Matt a raccroché et regardé par la fenêtre la station Shell à l'angle de la rue. Il l'a contemplée. Son souffle était bref et saccadé. Il s'est efforcé de respirer plus régulièrement. Puis il a attrapé une valise dans la penderie, l'a jetée sur le lit, a entrepris de la remplir.

Stop. Faire sa valise. Un réflexe absurde, mélodramatique. On arrête tout.

Olivia serait là demain.

Et si elle ne rentrait pas ?

Pas la peine d'y penser. Elle reviendrait. Tout allait s'éclaircir, d'une manière ou d'une autre, d'ici quelques heures.

Mais il pouvait toujours fouiner, ça ne lui posait plus de problème. Matt a commencé par les tiroirs d'Olivia. Il ne s'en voulait même pas, cette voix au téléphone l'avait fait dérailler. Dans le meilleur des cas, Olivia lui cachait quelque chose. Autant savoir ce que c'était.

Il n'a rien trouvé.

Ni dans les tiroirs, ni dans les placards. Il songeait à toutes les autres cachettes possibles quand il a eu une idée.

L'ordinateur.

Il est monté, a pressé l'interrupteur. L'ordinateur a mis un temps fou à démarrer. La jambe droite de Matt a été prise d'un tremblement. Pour l'arrêter, il a posé la main sur son genou.

Ils avaient fini par s'offrir une connexion par câble, si bien qu'une poignée de secondes plus tard, il était sur le Net. Il connaissait le mot de passe d'Olivia – jamais il n'aurait imaginé s'en servir de la sorte. Il a ouvert sa boîte aux lettres et consulté ses e-mails. Les nouveaux messages étaient sans surprise. Il a essayé les anciens.

La boîte de réception était vide.

Il est allé voir dans le dossier « Messages envoyés ». Pareil, tout avait été effacé. Il a cliqué sur « Messages supprimés ». Ce dossier-là aussi avait été vidé. Il est allé dans l'« Historique » du moteur de recherche, espérant découvrir sur quels sites Olivia avait surfé récemment. Là non plus, il n'y avait rien.

Matt s'est redressé. La conclusion était évidente : Olivia effaçait toutes les traces. Et la question qui se posait en toute logique était : pourquoi ?

Il restait encore un domaine à explorer : les cookies.

Souvent, les gens supprimaient l'historique de leur navigation sur Internet ou le contenu de leur boîte aux lettres, mais les cookies, c'était autre chose. Si Olivia les avait effacés, Matt aurait compris sur-le-champ qu'il y avait anguille sous roche. Sa page d'accueil Yahoo ! ne s'afficherait pas automatiquement, par exemple. Amazon ne saurait pas qui il était. Quelqu'un qui cherche à brouiller les pistes ne ferait donc pas cela.

Éliminer les cookies serait beaucoup trop visible.

En inspectant Explorer, il a trouvé le dossier contenant les cookies. Il y en avait des tonnes. Il a cliqué sur le bouton « Date » pour les classer par ordre chronologique. Son regard a parcouru la liste. La plupart d'entre eux lui étaient familiers – Google, OfficeMax, Shutterfly –, mais il en a trouvé deux qu'il ne connaissait pas.

Il les a notés et, après avoir réduit la fenêtre Explorer, est retourné sur le Net.

Il a tapé la première adresse et appuyé sur la touche « Retour ». C'était le *Nevada Sun News*, un journal qui exigeait un code d'accès pour pouvoir consulter ses archives en ligne, dont le siège était situé à Las Vegas. Matt a jeté un œil sur le « profil personnel ». Olivia s'était inscrite sous un faux nom en donnant une adresse e-mail bidon. Jusque-là, rien d'étonnant. Ils le faisaient tous les deux, pour échapper aux courriers indésirables et protéger leur vie privée.

Que cherchait-elle ?

Allez donc savoir.

C'était peut-être étrange, mais la seconde adresse Internet l'était encore plus.

Il a fallu un moment au Net pour reconnaître ce qu'il avait rentré. L'adresse a rebondi d'un site à un autre avant d'atterrir sur quelque chose qui s'appelait :

Stripper-Fandom.com.

Matt a froncé les sourcils. La page d'accueil comportait un avertissement déconseillant aux mineurs d'aller plus loin. Il a cliqué sur l'icône « Entrer ». Les images qui sont apparues étaient, comme on pouvait s'y attendre, suggestives. Stripper-Fandom était un site d'« évaluation » pour…

… pour des strip-teaseuses ?

Matt a secoué la tête. Se trouvaient là quantité d'onglets de femmes aux seins nus. Il a cliqué sur l'un d'eux. Chacune des filles avait droit à sa bio :

« *Bunny a débuté sa carrière de danseuse exotique à Atlantic City, mais ses chorégraphies impressionnantes et ses tenues moulantes lui ont très vite valu la célébrité et l'installation à Vegas. "J'adore vivre ici ! Et j'adore les hommes riches !" La spécialité de Bunny est de*

164

porter des oreilles de lapin et de sautiller en dansant
autour de la barre… »

Matt a cliqué sur le lien. Une adresse e-mail est apparue, au cas où l'on aurait envie de contacter Bunny et de demander les tarifs d'une audience privée. C'était écrit tel quel – « audience privée ». Comme si Bunny avait été le pape.

C'était quoi, ce délire ?

Matt a exploré le site des amateurs de strip-tease jusqu'à plus soif, sans rien relever. Rien de pertinent. Cela n'a fait qu'ajouter à sa confusion. Peut-être ce site n'avait-il aucune importance. La plupart des effeuilleuses étaient originaires de Vegas. Sans doute Olivia avait-elle atterri là en cliquant sur un lien publicitaire dans le journal du Nevada. Sans savoir que ce lien allait la mener sur un site de strip-tease.

Mais pourquoi était-elle allée sur le site de ce journal, d'abord ? Pourquoi avait-elle effacé tous ses e-mails ?

Pas de réponse.

Matt a repensé à Charles Talley. Il a entré son nom sur Google. Sans intérêt. Il a refermé le moteur de recherche et est redescendu ; la voix, dans le téléphone, murmurait toujours à son oreille, annihilant toute faculté de raisonnement :

« Salut, devine ce que je suis en train de faire à ta femme. »

Il était temps d'aller prendre l'air. L'air et quelque chose d'un peu plus consistant.

En sortant, il s'est dirigé vers South Orange Avenue. De la route à quatre voies, on ne pouvait manquer la bouteille géante de bière brune qui dominait le paysage. Mais lorsqu'on empruntait ce tronçon, ce que l'on remarquait également – plus encore que le vieux réservoir d'eau –, c'était le cimetière, étalé de part et d'autre

165

de la chaussée. La route passait en plein milieu de la nécropole. À droite comme à gauche, on était cerné par d'interminables rangées de pierres tombales usées par les intempéries. Cependant, au lieu de couper le cimetière en deux, on avait plutôt l'impression de le ravauder, de le réunir en un tout. Et là, pas si loin, se dressait l'étrange bouteille, telle une sentinelle silencieuse veillant les habitants de ce monde souterrain, à moins qu'elle ne les ait nargués.

L'état de la brasserie elle-même ne cessait d'intriguer. Chaque fenêtre n'était qu'en partie cassée, et non totalement défoncée, comme si quelqu'un avait pris le temps de lancer un pavé, et un seul, dans chaque vitre du bâtiment haut de douze étages. On trouvait des éclats de verre partout. Chaque ouverture béante était une menace. Le robuste squelette aux dents manquantes et aux yeux crevés – mélange d'érosion et de fierté – conférait à l'ensemble une curieuse allure de guerrier terrassé.

Bientôt, l'ancienne fabrique serait démolie et remplacée par un centre commercial haut de gamme. Exactement ce qu'il leur fallait, dans le Jersey, pensait Matt, un centre commercial de plus.

Il s'est engagé dans la ruelle et s'est dirigé vers une porte peinte en rouge passé. Le troquet n'avait pas de nom. L'unique fenêtre s'ornait de l'enseigne fluo de Pabst Blue Ribbon. Comme la brasserie – comme la ville elle-même ? –, l'enseigne n'était plus éclairée.

Matt a poussé la porte, et le soleil a pénétré dans un intérieur baigné d'obscurité. Les hommes – une seule femme se trouvait là-dedans, et elle vous aurait giflé si vous l'aviez appelée « madame » – ont cligné les yeux telles des chauves-souris exposées au faisceau d'une torche électrique. Il n'y avait pas de juke-box, pas de musique du tout. Les conversations étaient aussi basses que l'éclairage.

Mel était toujours au bar. Voilà deux ou trois ans que Matt n'avait pas mis les pieds ici, mais Mel se souvenait de son nom. C'était une gargote comme on en trouve des milliers dans tous les États-Unis : les hommes – pour la plupart, en tout cas – avaient fini leur journée de boulot et cherchaient à s'éclater, ce qui comportait une certaine dose de batifolage et de forfanterie. Bref, ces lieux-là se prêtaient davantage à la soûlographie qu'au réconfort ou à la discussion.

Avant son séjour en prison, Matt n'aurait jamais fréquenté un tel bouge. Aujourd'hui, il aimait les ambiances glauques. Allez savoir pourquoi. Ici, les hommes étaient grands, à la musculature mal définie. L'automne et l'hiver, ils portaient des chemises en flanelle ; au printemps et en été, des tee-shirts qui faisaient ressortir leur bedaine. Et ils ne quittaient pas leur jean de toute l'année. Les bagarres étaient rares, toutefois, mieux valait ne pas entrer là-dedans si on ne savait pas utiliser ses poings.

Matt s'est perché sur un tabouret. Mel l'a salué d'un hochement de tête.

— Bière ?

— Vodka.

Mel lui a servi un verre. Matt l'a pris, l'a regardé, a secoué la tête. Noyer ses soucis dans l'alcool. Y avait-il pire comme cliché ? Il a éclusé la vodka et laissé la chaleur se répandre à travers son corps. Puis il a fait signe à Mel, mais celui-ci avait prévu le coup. Matt a vidé le deuxième verre aussi.

Il commençait à se sentir mieux. Ou, pour formuler ça différemment, il commençait à ressentir moins. Ses yeux ont pivoté lentement de gauche à droite. Comme presque partout ailleurs, il avait l'impression de n'être pas à sa place, sorte d'espion en territoire ennemi. Il n'était plus à l'aise nulle part, ni dans son ancien monde, plus doux, ni dans le nouveau, le dur. Du coup, il se tenait à cheval entre les deux. À vrai dire, il ne se sentait bien – c'était ça, le plus pathétique – qu'avec Olivia.

Que le diable l'emporte.

Un troisième verre dans le gosier. Ça s'est mis à bourdonner à la base de son crâne.

Regardez-moi ça, l'homme, le vrai, en train de se biturer.

Déjà, il se sentait un peu flageolant. C'était le but du jeu. Pour se libérer. Pas définitivement, non. Il ne cherchait pas à noyer son cafard. Il le repoussait, juste une soirée de plus, jusqu'à ce qu'Olivia rentre et lui explique ce qu'elle faisait dans une chambre de motel avec un autre mec, pourquoi elle lui avait menti, comment ce type avait su qu'il lui avait parlé des photos.

Des petites choses de ce style.

Il a refait signe. Mel, qui n'était pas du genre bavard ni à se mêler des affaires des autres, l'a resservi.

— T'es quelqu'un de beau, Mel.

— Ben, merci, Matt. J'entends ça souvent, mais ça me fait toujours quelque chose.

Matt a souri et contemplé son verre. Juste pour un soir. Laisse aller, c'est une valse.

Un gros veau qui sortait des toilettes l'a bousculé par inadvertance au passage. Matt a sursauté, l'a regardé d'un œil torve.

— Eh, fais attention !

Le veau a marmonné des excuses, c'en était presque décevant. On aurait cru Matt plus intelligent – lui, mieux que quiconque, savait à quel point il pouvait être dangereux d'en venir aux mains –, eh bien non, pas ce soir. Ce soir, les coups de poing auraient été les bienvenus, oui, monsieur.

Et tant pis pour les conséquences.

Il a cherché des yeux le fantôme de Stephen McGrath. Souvent, Stephen était assis sur le tabouret d'à côté. Mais aujourd'hui, il n'était pas là. Parfait.

Matt ne savait pas boire, il en était conscient. Il ne tenait pas bien l'alcool. Déjà, il était passablement bourré. L'essentiel, évidemment, était de savoir s'arrêter à temps – de savourer la sensation d'ivresse sans en payer les frais. Cette frontière-là, beaucoup de gens tentaient de la délimiter. Et la franchissaient plus souvent que de raison.

Ce soir, la frontière, il s'en fichait.

— Une autre.

La voix était pâteuse. Il l'entendait lui-même. Et le ton agressif. La vodka le mettait en colère ou, plus vraisemblablement, l'aidait à se lâcher. Maintenant, il souhaitait une altercation, tout autant qu'il la craignait. La colère favorisait la concentration. Du moins, il avait envie de le croire. Il n'avait plus l'esprit brouillé, il savait ce qu'il voulait : il voulait taper sur quelqu'un. Il voulait une confrontation physique. Quels que soient les dégâts, pour lui ou pour les autres.

Il s'en fichait.

Ça faisait question, ce goût de la violence. D'où lui venait-il ? Peut-être que son vieux pote, l'agent Lance Banner, avait raison. La prison, ça vous change un homme. Quand on y entre, on est comme ci ou comme ça, même si on est innocent, mais quand on en sort…

Agent Lance Banner.

Le gardien des portes de Livingston, cette espèce de sale plouc à la masse.

Le temps a passé. Impossible de dire combien.

Finalement, il a fait signe à Mel de lui apporter la note. Lorsqu'il a sauté du tabouret, l'intérieur de son crâne a gémi en guise de protestation. Il s'est retenu au bar, a ramassé ses affaires.

— Allez, à plus, Mel.

— Content de t'avoir vu, Matt.

Il a gagné la sortie en zigzaguant. Un nom, un seul, résonnait dans sa tête.

Agent Lance Banner.

Matt s'est rappelé un incident à l'école élémentaire, quand Lance et lui avaient sept ans. En jouant dans la cour de récréation, Lance avait craqué son pantalon. Le pire – de quoi vous traumatiser un gosse –, c'était que ce jour-là il ne portait pas de slip. D'où un surnom dont il n'avait pu se défaire jusqu'au cours moyen : « Range-moi ça, Lance. »

Matt a rigolé tout haut.

Soudain, il a entendu Lance dire : *« C'est un bon quartier ici. »*

— Et alors ? a riposté Matt, toujours à voix haute. C'est parce que les mômes portent tous des slips, maintenant ?

Il a ri à sa propre vanne. Le son a cascadé entre les murs du troquet, mais personne n'a levé la tête.

Il a poussé la porte. Dehors, il faisait nuit. Il est sorti, toujours en ricanant. Sa voiture était garée devant chez lui. À côté se tenaient deux de ses quasi-voisins, buvant dans des sacs en papier brun.

L'un des deux… SDF était le terme politiquement correct de nos jours, mais ces gars-là lui préféraient le traditionnel « clochard », l'a interpellé :

— Yo, Matt.

— Comment va, Lawrence ?

— Ça baigne.

Il lui a tendu son sac.

— Tu veux boire un coup ?

— Nan.

— Ben…

Lawrence a agité la main dans sa direction.

— On dirait que t'es déjà plein, de toute façon.

Matt a souri. Il a fouillé dans sa poche et en a tiré un billet de vingt.

— Allez, faites-vous plaisir tous les deux. C'est moi qui régale.

Le visage du clochard s'est fendu d'un large sourire.

— T'es un mec bien, Matt.

— Ouais. Je suis quelqu'un d'exceptionnel.

Lawrence a ri comme s'il assistait à une émission spéciale consacrée au comique Richard Pryor. Avec un petit signe de la main, Matt a tourné les talons. Il a sorti ses clés de voiture. Il les a regardées, puis la voiture, et s'est arrêté.

Ben oui, il était beurré.

Il était irrationnel, à présent. Irrationnel et stupide. Il avait très envie de casser la figure à quelqu'un – Lance Banner étant le numéro deux sur sa liste (Charles Talley était le numéro un, mais il ne savait pas où le trouver). Toutefois, il n'était pas stupide *à ce point-là*. Pas question de conduire dans cet état.

— Yo, Matt, tu veux te joindre à nous ? a dit Lawrence.

— Peut-être plus tard, les gars.

Matt a fait volte-face et rebroussé chemin vers Grove Street. Le bus 70 allait à Livingston. Il a attendu à l'arrêt, oscillant avec le vent. Seul. La plupart des gens voyageaient en sens inverse : des employés de maison harassés, quittant les quartiers riches pour regagner leur humble demeure.

171

Bienvenue en banlieue côté arrière-cour.

Quand le 70 est arrivé, Matt a regardé les femmes épuisées descendre tels des zombies. Personne ne parlait. Personne ne souriait. Personne n'était là pour les accueillir.

Le trajet était de quinze kilomètres environ, mais quels quinze kilomètres ! On quittait le décor délabré de Newark et d'Irvington, et soudain on pénétrait dans un autre univers. Le changement était instantané. Il y avait Maplewood, Milburn, Short Hills et, pour finir, Livingston. Matt a repensé à la distance, à la géographie, à la frontière la plus ténue qui soit.

Il a appuyé la tête contre la vitre du bus ; les vibrations agissaient comme une sorte de massage insolite. Il songeait à Stephen McGrath, à cette nuit de cauchemar à Amherst, Massachusetts. Ses mains autour du cou de Stephen. L'avait-il serré si fort que ça ? Et s'il l'avait lâché en tombant, cela aurait-il changé quelque chose ? Mais peut-être, seulement peut-être, qu'il avait accentué son emprise.

Ces questions, il se les posait très souvent.

Matt est descendu au rond-point sur la route 10 et s'est dirigé vers le bar le plus fréquenté de Livingston, le *Landmark*. Le parking sur Northfield Avenue était rempli de monospaces. Matt a grimacé. Pas de frontière ici. On n'était pas chez Mel. Ici, c'était un bar à chochottes. Il a poussé la porte.

À tous les coups, il allait tomber sur Lance Banner.

Le *Landmark* n'avait bien sûr rien à voir avec la gargote de Mel. La salle était brillamment éclairée et assez bruyante. Outkast chantait une chanson sur les roses qui sentaient la crotte – une musique de ghetto lyophilisée. Point de vinyle craquelé, de peinture écaillée, de sciure sur le sol. Les enseignes Heineken fonctionnaient. Tout comme l'horloge Budweiser, avec ses chevaux de Clydesdale en mouvement. Ici, on servait peu d'alcool fort. Des pichets de bière s'alignaient sur les tables. Les hommes étaient vêtus pour la moitié de maillots de softball ornés de logos de leurs sponsors ; ils étaient là pour fêter la fin du match en compagnie de leur équipe et de l'équipe adverse, indifféremment. Il y avait aussi toute une flopée d'étudiants qui rentraient de Princeton, de Rutgers, voire – sortez les mouchoirs – de l'ancienne université de Matt, Bowdoin.

Lorsque Matt est entré, personne ne s'est retourné. Au début, du moins. Tout le monde riait. Tout le monde était rouge, exubérant et débordant de vitalité. Tout le monde parlait en même temps. Tout le monde souriait, jurait avec désinvolture et avait l'air pacifique.

Soudain, il a vu son frère Bernie.

Sauf que, naturellement, ce n'était pas Bernie, puisqu'il était mort. Mais c'est fou ce qu'il lui ressemblait. De dos, en tout cas. Matt et Bernie venaient ici avec de faux papiers d'identité. Ils riaient, exubérants, parlaient en même temps, juraient avec désinvolture. Ils observaient les autres clients, les joueurs de softball, en les écoutant évoquer l'agrandissement de leur cuisine, leur carrière, leurs mômes, leur loge au Yankee Stadium, leur expérience d'entraîneur, leur vie sexuelle en chute libre.

Pendant qu'il restait planté là en pensant à son frère, l'atmosphère du lieu a changé. Quelqu'un l'a reconnu. Une houle a parcouru l'assistance, suivie de murmures, de têtes qui se tournent. Matt a regardé autour de lui, cherchant Lance Banner. Il ne l'a pas vu. Mais il a repéré une tablée de flics – impossible de se tromper là-dessus – et, parmi eux, le blanc-bec que Lance s'était coltiné la veille.

Toujours considérablement éméché, Matt s'est efforcé de raffermir son pas. Les flics ont dardé sur lui leurs regards-lasers. Ça ne l'impressionnait pas, il avait vu bien pire. Le silence s'est fait autour de la table.

Matt s'est arrêté devant le jeune agent. Le blanc-bec n'a pas bronché. Matt faisait de son mieux pour ne pas vaciller.

— Où est Lance ?

— Qui le demande ?

— Elle est bonne, celle-là. (Matt a hoché la tête.) Qui c'est qui t'écrit ton texte ?

— Comment ?

— « Qui le demande ? » Franchement, c'est trop drôle. Enfin, quoi, je suis là, devant toi, et toi tu me sors, ni une ni deux : « Qui le demande ? »

Matt s'est rapproché.

— C'est moi, là… Alors, qui le demande, à ton avis, hein ?

Il a entendu des pieds de chaises racler le plancher, mais il n'a pas tourné la tête. Le blanc-bec a jeté un coup d'œil vers ses collègues.

— Vous êtes ivre.

— Et puis ?

Son visage était tout près de celui de Matt.

— Vous voulez qu'on descende au poste et que je vous fasse souffler dans le ballon ?

— Primo… (Matt a levé son index)… vu où se trouve le commissariat de Livingston, je dirais plutôt « monter » que « descendre ». Tu as trop regardé *NYPD Blue*. Deuzio, je ne conduis pas, espèce de truffe – je ne vois donc pas ce qu'un ballon vient faire là-dedans. Et puisqu'on en est à parler de souffle et que tu es juste en face de moi, sache que j'ai des pastilles à la menthe dans

174

ma poche. Je vais les sortir tout doucement ; comme ça tu pourras en avoir une. Et même tout le paquet.

Un autre flic s'est levé.

— Tire-toi, Hunter.

Se retournant, Matt a plissé les yeux. Il lui a fallu une seconde pour reconnaître l'homme à la tête de furet.

— Ça alors, c'est Fleisher, non ? Tu es le petit frère de Dougie.

— On ne veut pas de toi, ici.

— Vous ne voulez pas… ?

Matt les a regardés l'un après l'autre.

— Vous êtes sérieux, les gars ? Vous allez me chasser de la ville ? Toi…, a-t-il sifflé en pointant le doigt, le petit frère de Fleisher, c'est quoi ton prénom, déjà ?

L'autre n'a pas répondu.

— Peu importe. Ton frère Dougie était le plus gros consommateur de pétards de ma classe. Il dealait à tout le monde. On l'appelait même Marie-Jeanne, à la fin.

— Tu racontes des saloperies sur mon frère ?

— Je ne raconte pas de saloperies, je dis la vérité.

— Tu veux passer la nuit en taule ?

— En quel honneur, espèce de trouduc ? Tu veux m'arrêter pour un motif bidon ? Allez, vas-y. Je bosse dans un cabinet d'avocats et je vais te coller un procès au cul… Là, tu oublieras pour de bon comment tu t'appelles.

Nouveaux raclements de chaises. Un troisième flic s'est levé. Puis un quatrième. Le cœur de Matt s'est mis à battre la chamade. Quelqu'un l'a alors agrippé par le poignet. Il s'est dégagé. Sa main droite a formé un poing.

— Matt ?

La voix, douce, lui a paru vaguement familière. Il a

jeté un œil derrière le bar : Pete Appel. Un vieux copain de lycée avec qui il s'amusait au parc de Riker Hill. Ce parc était une ancienne base de lancement de missiles datant de la guerre froide. Pete et lui jouaient aux spationautes sur les rampes en béton fissuré. Ces choses-là, ça ne pouvait exister que dans le New Jersey.

Pete lui a souri. Matt a desserré les doigts. Les flics n'ont pas bougé.

— Salut, Pete.

— Salut, Matt.

— Content de te voir, vieux.

— Moi aussi, a dit Pete. Tu sais quoi, j'ai fini ma journée. Tu veux que je te dépose chez toi ?

Matt a regardé les flics. Plusieurs d'entre eux étaient rouges, prêts à démarrer au quart de tour. Il s'est retourné vers Pete.

— C'est bon, Pete. Je connais le chemin.

— T'es sûr ?

— Ouais. Excuse-moi, si je t'ai causé des ennuis.

Pete a hoché la tête.

— C'est super de te voir.

— Toi aussi.

Matt a attendu. Deux flics se sont écartés. Il est sorti sur le parking sans un coup d'œil en arrière. Il a inhalé l'air nocturne avant de se mettre à marcher, puis à courir.

Il avait une destination précise en tête.

17

LANCE BANNER CONTINUAIT À SOURIRE.

LANCE BANNER CONTINUAIT À SOURIRE.

— Allez, monte. Qu'on puisse causer.

Après un dernier regard sur la maison de Marsha Hunter, Loren s'est glissée sur le siège du passager. Lance s'est mis à sillonner les rues du vieux quartier.

— Alors, qu'est-ce que tu lui voulais, à la belle-sœur de Matt ?

Elle lui a fait jurer le secret, et cependant ne lui a livré que le strict nécessaire : elle enquêtait sur la mort suspecte de sœur Mary Rose, ils n'étaient même pas sûrs qu'il s'agissait d'un meurtre, et sœur Mary Rose avait peut-être téléphoné chez Marsha Hunter. Elle n'a mentionné ni les implants, ni le fait qu'ils ignoraient la véritable identité de la religieuse.

Pour sa part, Lance l'a informée que Matt Hunter s'était marié et occupait actuellement un poste « merdique » d'assistant juridique dans l'ancien cabinet d'avocats de son frère. Sa femme, a expliqué Lance, était originaire de la Virginie ou du Maryland, il ne se rappelait plus. Et il a ajouté, avec un peu trop d'enthousiasme, qu'il serait heureux d'assister Loren dans ses investigations.

Elle lui a dit de ne pas s'inquiéter, c'était son enquête, mais s'il pensait à quelque chose, qu'il la prévienne. Lance a hoché la tête et l'a ramenée à sa propre voiture.

Au moment de descendre, Loren a demandé :

— Tu te souviens de lui ? Quand il était gamin, j'entends.

— Hunter ? (Lance a froncé les sourcils.) Bien sûr que je me souviens de lui.

— Il avait l'air d'un garçon tout à fait normal.

— Comme beaucoup d'assassins.

Secouant la tête, Loren a posé la main sur la poignée de la portière.

— Tu le penses réellement ?

Il n'a rien répondu.

— J'ai lu un truc l'autre jour, a-t-elle repris. Je ne me rappelle pas les détails, mais le postulat de base était qu'à l'âge de cinq ans notre future personnalité est déjà pratiquement formée : notre réussite scolaire, si en grandissant on risque de devenir un criminel, notre capacité à aimer. Tu y crois, toi, Lance ?

— Je n'en sais rien. Et je m'en tape.

— Des malfaiteurs, tu en as épinglé un certain nombre, non ?

— Exact.

— Et tu ne regardes jamais dans leur passé ?

— Ça m'arrive.

— Moi, a fait Loren, je trouve toujours quelque chose. En général, on a affaire à un cas assez flagrant de psychose ou de traumatisme. Aux infos, on entend les voisins qui disent : « Ça alors, je ne me doutais pas qu'il découpait les petits enfants en rondelles – il avait l'air si poli, si gentil. » Mais quand on fouille, qu'on interroge ses profs, ses amis d'enfance, on découvre tout autre chose. Eux, ça ne les surprend pas.

Lance a hoché la tête.

— Eh bien ? a-t-elle demandé. Qu'y aurait-il dans son passé qui, d'après toi, ferait de Matt Hunter un tueur ?

Lance a réfléchi à sa question.

— Si tout était joué avant cinq ans, on n'aurait plus de boulot.

— Ce n'est pas une réponse.

— Je ne peux pas faire mieux. Va établir un profil à partir de la façon dont un gosse de CP jouait dans la cage à poules. On est foutus d'avance.

Il n'avait pas tort. Cependant, d'une manière ou d'une autre, Loren ne devait pas perdre de vue son objectif… et il fallait qu'elle commence par retrouver Matt Hunter. Elle est remontée dans sa voiture et a pris la route du sud. Elle avait suffisamment de temps devant elle pour arriver à Wilmington, Delaware, avant la tombée de la nuit.

Loren a essayé de joindre Matt Hunter à son travail, mais il était absent pour la journée. Elle a appelé chez lui et laissé un message sur son répondeur : « Matt, ici Loren Muse. Je suis enquêtrice auprès du bureau du procureur. On était ensemble, toi et moi, à Burnet Hill, il y a une éternité. Peux-tu me rappeler dès que possible ? »

Elle lui a donné son numéro de portable et celui de son bureau avant de raccrocher.

Le trajet, qui normalement durait deux heures, lui a pris une heure et vingt minutes. Loren n'a pas utilisé la sirène, seulement le petit gyrophare amovible. Elle aimait la vitesse ; à quoi bon être dans la police si on ne peut pas rouler vite et porter une arme ?

179

Le cabinet de Randal Horne était d'une banalité remarquable. Il occupait trois étages d'un immeuble de bureaux, monotone alignement de cages en verre que rien ne distinguait les unes des autres.

La réceptionniste de chez Horne, Buckman et Pierce, une sorte de dragon ayant largement dépassé sa date de péremption, a dévisagé Loren comme si elle l'avait reconnue d'après un avis de recherche de délinquant sexuel. La mine renfrognée, le dragon lui a dit de s'asseoir.

Randal Horne l'a fait attendre une bonne vingtaine de minutes… tactique traditionnelle, sinon transparente, chez les gens de sa profession. Pour passer le temps, elle a étudié le passionnant choix de revues qui se composait de numéros de *La Troisième Branche*, le bulletin des tribunaux fédéraux, et du *Journal du barreau américain*. Loren a poussé un soupir. Que n'aurait-elle pas donné pour quelque chose avec Brad Pitt en couverture !

Finalement, Horne a débarqué à la réception et s'est arrêté pile au-dessus d'elle. Il était plus jeune qu'elle ne l'avait imaginé, malgré le genre de trogne luisante que Loren associait généralement au Botox ou à Jermaine Jackson. Ses cheveux, un brin trop longs et lissés en arrière, bouclaient dans le cou. Son costume était impeccable… hormis les revers qui avaient l'air un peu trop larges. Mais peut-être cela revenait-il à la mode.

Il a sauté les présentations :

— Je ne vois vraiment pas ce que nous avons à nous dire, madame Muse.

Horne se tenait tellement près qu'elle ne pouvait même pas se relever. Soit. Il lui faisait le coup de « Je te regarde de haut ». Avec son mètre cinquante-trois, Loren en avait l'habitude. Elle lui aurait bien mis la main aux valseuses, histoire de le faire reculer, mais bon, qu'il fasse le malin si ça lui chantait.

Le dragon de la réception – avec quinze ans de moins, elle aurait été parfaite en matonne dans un film de série B – observait la scène avec un petit sourire plaqué sur ses lèvres gercées, plâtrées de rouge.

— Il me faut l'identité de la femme qui a acquis les implants mammaires portant le numéro de série 89783348.

— Tout d'abord, a répliqué Horne, ces archives-là sont très vieilles. SurgiCo n'a pas conservé la fiche de la patiente. Seul le médecin qui a pratiqué l'intervention doit connaître son nom.

— Parfait, ça m'ira très bien.

Horne a croisé les bras.

— Avez-vous une commission rogatoire ?

— Elle est en route.

Il a pris son air le plus suffisant, ce qui n'était pas peu dire.

— Dans ce cas, je retourne dans mon bureau. Vous n'avez qu'à prévenir Tiffany, à l'accueil, une fois que vous l'aurez, hein ?

Le dragon s'est rengorgé, a souri largement. Loren a pointé le doigt dans sa direction.

— Vous avez du rouge à lèvres sur les dents.

Puis elle a regardé Randal Horne.

— Vous voulez bien m'expliquer pourquoi vous avez besoin d'une commission rogatoire ?

— Il y a toutes sortes de nouvelles lois relatives au secret professionnel. Et chez Lockwood, nous tenons à les respecter.

— Cette femme est décédée.

— N'empêche.

— Il n'y a aucun secret médical ici. Nous savons

qu'elle avait des implants. Nous cherchons juste à identifier le corps.

— Il doit y avoir d'autres moyens.

— On a tout essayé, croyez-moi. Mais jusqu'à présent…

Loren a haussé les épaules.

— Malheureusement, cela ne changera pas notre position.

— Cette position, sauf votre respect, est un peu fluctuante, monsieur Horne.

— Je crains de ne pas très bien saisir.

— Ne bougez pas.

Loren a entrepris de sortir des papiers pliés de ses poches.

— Pendant le trajet, j'ai eu le temps de consulter les dossiers du New Jersey. Il semblerait que votre société a toujours coopéré avec les forces de l'ordre dans le passé. Vous avez communiqué les données concernant un cadavre découvert en juillet dernier dans le comté de Somerset. M. Hampton Wheeler, soixante-six ans, avait eu la tête et les doigts tranchés pour empêcher qu'on l'identifie, mais l'assassin avait oublié qu'il portait un pacemaker. Votre société a permis son identification. Il y a eu une autre affaire…

— Agent… Muse, c'est ça ?

— Inspecteur.

— Inspecteur Muse. J'ai beaucoup de travail. Installez-vous donc confortablement. Quand la commission rogatoire arrivera, n'hésitez pas à prévenir Tiffany.

— Attendez.

Loren a jeté un œil sur le dragon.

— Tiffany… ça ne peut pas être son vrai nom, hein ?

— Si vous voulez bien m'excuser…

182

— Monsieur Horne, vous savez que je n'attends pas de commission rogatoire… j'ai bluffé.

Randal Horne n'a rien dit.

Baissant les yeux, Loren a repéré un numéro de *La Troisième Branche*. Un magazine de la cour fédérale. Elle a froncé les sourcils. Cette fois, elle s'est levée.

— Vous ne pensiez pas que c'était du bluff. (Les mots venaient lentement.) Vous le saviez.

Horne a fait un pas en arrière.

— En réalité, a poursuivi Loren, qui réfléchissait tout haut plus qu'elle ne lui parlait, ç'aurait pu être vrai. Le timing était un peu serré, certes, mais j'aurais très bien pu contacter un juge fédéral en chemin. Une commission rogatoire, ça ne mange pas de pain. Un coup de tampon, et le tour est joué. Aucun magistrat normalement constitué ne me l'aurait refusée, à moins que…

Randal Horne attendait. On aurait presque cru qu'il espérait la voir arriver à sa conclusion.

— … à moins que quelqu'un au niveau fédéral – le FBI ou le bureau du procureur général – ne soit intervenu pour vous faire taire.

Horne s'est éclairci la voix et a regardé sa montre.

— Il faut vraiment que j'y aille.

— La société que vous représentez collaborait avec nous au début. C'est ce qu'Eldon m'a dit. Et tout à coup, ça cesse. Pourquoi ? Pourquoi auriez-vous subitement changé d'avis, sauf si les ordres venaient du FBI ?

Elle a levé les yeux.

— En quoi ce dossier intéresse-t-il le FBI ?

— Ça, ce n'est pas notre affaire.

Horne a porté la main à sa bouche, comme atterré par sa propre indiscrétion. Leurs regards se sont croisés, et elle a compris qu'il lui avait fait une fleur. Il n'en dirait pas davantage. Mais c'était suffisant.

183

Le FBI. Voilà d'où venait l'obstruction.

Et Loren croyait savoir pourquoi.

De retour à la voiture, elle a retourné le problème dans sa tête.

Qui connaissait-elle au FBI ?

Elle avait bien quelques relations là-bas, personne toutefois qui puisse l'aider à ce niveau. Un frémissement l'a parcourue, le frémissement du limier qui vient de flairer une piste. C'était gros, aucun doute là-dessus. Le FBI était mêlé à l'affaire. Pour une raison ou une autre, ils voulaient retrouver celle qui se faisait appeler sœur Mary Rose, semant des cartes de visite partout, même auprès de la société qui lui avait fourni ses implants mammaires.

Loren a hoché la tête. D'accord, ce n'étaient que des suppositions, mais elles tenaient la route. Commençons par la victime : sœur Mary Rose devait être une sorte de témoin ou une fugitive. Quelqu'un qui avait de la valeur aux yeux du FBI.

C'est bien. Continue.

Il y a longtemps, sœur Mary Rose (ou quel que soit son véritable nom) s'est enfuie. Difficile de dire depuis quand au juste, mais d'après mère Katherine, cela faisait sept ans qu'elle enseignait à St Margaret. Donc, cela datait d'au moins sept ans.

Loren s'est arrêtée, réfléchissant à ce que cela impliquait. Sœur Mary Rose était en cavale depuis au moins sept ans. Était-elle recherchée pendant tout ce temps par le FBI ?

Ça tombait sous le sens.

Sœur Mary Rose avait pris soin de se trouver une bonne planque. Elle avait changé d'identité, c'était certain. Elle avait probablement débuté dans l'Oregon, dans ce couvent conservateur dont avait parlé mère Katherine. Qui sait combien de temps elle y était restée ?

Peu importe. L'important, c'est que, sept ans plus tôt, elle avait choisi de venir s'installer dans l'Est.

Loren s'est frotté les mains. Oh ! c'était bon, ça.

Donc, sœur Mary Rose arrive dans le New Jersey et commence à donner des cours à St Margaret. D'après tout le monde, c'est une enseignante et une religieuse exemplaires, dévouée et attentive aux autres, qui mène une vie sans histoire. Sept années passent. Peut-être se sent-elle en sécurité maintenant. Peut-être commet-elle une imprudence et tente-t-elle de joindre quelqu'un qui faisait partie de son ancienne existence…

Bref, d'une façon ou d'une autre, son passé la rattrape. On découvre sa cachette. Quelqu'un s'introduit dans sa petite cellule, la torture, puis l'étouffe avec un oreiller.

Loren a marqué une pause, presque comme pour observer une minute de silence à la mémoire de la défunte.

D'accord, et ensuite ?

Loren avait besoin de connaître son identité.

Mais comment soutirer l'info au FBI ?

Elle ne voyait qu'un seul moyen : le classique renvoi d'ascenseur. Qu'avait-elle à leur proposer ?

Matt Hunter, pour commencer.

Les fédéraux devaient avoir un jour ou deux de retard sur elle. Avaient-ils déjà consulté les registres du téléphone ? C'était peu probable. Ou alors, si oui, s'ils étaient au courant pour le coup de fil chez Marsha Hunter, auraient-ils établi le lien avec Matt Hunter ?

Très peu probable.

En s'engageant sur l'autoroute, Loren a saisi son

portable. Il était hors service. Elle a insulté le fichu engin. L'un des plus gros mensonges – au même titre que « Le chèque a été posté » et « Vous avez bien fait de téléphoner » –, c'est la durée de vie supposée de la batterie d'un téléphone mobile. La sienne était censée être de une semaine en veille. Si elle tenait trente-six heures, Loren avait de la chance.

Elle a ouvert la boîte à gants et sorti le chargeur. Elle l'a branché d'un côté sur l'allume-cigare, de l'autre sur son téléphone. L'écran s'est éclairé, l'informant qu'elle avait trois messages en attente.

Le premier était de sa mère. « Bonjour, chérie », disait-elle d'une voix étrangement tendre. C'était sa voix publique, celle qu'elle adoptait généralement quand elle pensait qu'on pouvait l'entendre et la juger sur sa fibre maternelle. « J'avais envie de nous commander une pizza chez Renato et de louer un film – le dernier Russell Crowe est sorti en DVD. Je ne sais pas, on pourrait se faire une soirée entre filles, rien que toi et moi. Ça te tente ? »

Loren a secoué la tête, s'efforçant de ne pas craquer, mais les larmes étaient là, affleurant sous les paupières. Sa maman. Chaque fois qu'elle essayait de l'écarter, de la rayer de sa vie, de lui en vouloir, de la rendre responsable une fois pour toutes de la mort de papa, elle sortait un truc complètement inattendu et s'éloignait ainsi du bord.

— Oui, a chuchoté Loren dans sa voiture. Ça me tente, et comment !

Cependant le deuxième et le troisième message ont étouffé le projet dans l'œuf. Ils émanaient tous deux de son patron, le procureur Ed Steinberg, et ils étaient brefs et concis. Le premier disait : « Rappelez-moi tout de suite. » Et le second : « Où diable êtes-vous passée ?

Rappelez-moi. Quelle que soit l'heure. Ça sent le roussi. »

Ed Steinberg n'était pas homme à dramatiser ni à recevoir des appels à toute heure. De ce point de vue-là, il était plutôt de la vieille école. Même si Loren avait le numéro de son domicile – malheureusement, pas sur elle –, elle ne s'en était jamais servie. Steinberg n'aimait pas être dérangé en dehors de ses heures de travail. Sa devise était : « Vis ta vie, il n'y a pas le feu. » D'ordinaire, il partait à cinq heures, et elle ne se souvenait guère l'avoir vu au bureau après six heures.

Là, il était six heures et demie. Elle a décidé d'essayer au bureau d'abord. Thelma, sa secrétaire, y était peut-être encore. Elle saurait où le joindre. Dès la première sonnerie, le téléphone a été décroché, par Ed Steinberg en personne.

Ce n'était pas bon signe.

— Où êtes-vous ? a-t-il demandé.

— Je rentre du Delaware.

— Venez directement ici. On a un problème.

18

Las Vegas, Nevada
Antenne du FBI
Immeuble John Lawrence Bailey
Bureau du responsable des services secrets

POUR ADAM YATES, LA JOURNÉE AVAIT COMMENCÉ NORMALEMENT.

Du moins, c'était ce qu'il avait envie de croire. Au sens large, aucune de ses journées n'était pareille aux autres, surtout ces dix dernières années. Chaque jour était un jour de gagné sur toute une éternité à attendre que l'épée de Damoclès s'abatte sur sa tête. Aujourd'hui encore, alors qu'on pouvait raisonnablement supposer qu'il avait réussi à tourner la page sur ses erreurs passées, la peur continuait à le hanter, à lui ronger insidieusement l'esprit.

En ce temps-là, celui de sa jeunesse, Yates avait travaillé comme agent secret. À présent, dix ans plus tard, c'était lui le chef des services secrets de tout le

Nevada, un des postes clés au sein du FBI. Il avait gravi les échelons, sans l'ombre d'une menace à l'horizon.

Ce matin donc, quand il est arrivé au travail, semblait être un matin comme les autres.

Mais lorsque son principal conseiller Cal Dollinger est entré dans son bureau, et bien qu'ils n'aient pratiquement jamais évoqué l'incident au cours de ces dix années, en voyant le visage de son vieil ami, Yates a compris que son heure avait sonné, et que ce jour-là n'était en fait que l'aboutissement de tous les autres.

Son regard a effleuré la photo sur son bureau. C'était une photo de famille : Bess, lui et les trois gosses. Les filles étaient adolescentes maintenant – on a beau s'y préparer, on se sent passablement démuni dans ces moments-là. Yates ne s'est pas levé de son siège. Il portait sa tenue de tous les jours : pantalon kaki, polo bleu vif, pas de chaussettes.

Cal Dollinger s'est arrêté devant le bureau. C'était un colosse d'un mètre quatre-vingt-dix-sept et de presque cent cinquante kilos. Leur amitié n'était pas récente ; ils s'étaient connus à l'âge de huit ans, dans la classe de Mme Colbert à l'école élémentaire de Collingwood. D'aucuns les surnommaient Lenny et George, en référence aux personnages du roman de Steinbeck *Des souris et des hommes*. Ce n'était pas dénué de fondement – Cal était grand et d'une force inouïe –, mais contrairement à Lenny, il n'y avait pas une once de douceur chez lui. C'était un roc, à la fois physiquement et émotionnellement. Il pouvait en effet tuer un lapin rien qu'en le caressant, ce qui ne lui aurait fait ni chaud ni froid.

Leur lien, toutefois, était bien plus solide. Quand on se connaît depuis tant d'années, qu'on s'est sortis mutuellement de tant de mauvais pas, on finit par ne faire qu'un. Cal pouvait se montrer cruel, là-dessus il n'y avait aucun doute. Comme la plupart des hommes violents, il voyait les choses en noir et blanc. Ceux qui peuplaient sa minuscule zone blanche – sa femme, ses enfants, Adam, la famille d'Adam –, il les aurait défendus jusqu'à son dernier souffle. Le reste du monde était noir et inanimé, une vague et distante toile de fond.

Adam Yates attendait, mais Cal était capable d'attendre plus longtemps encore.

— Qu'est-ce que c'est ? a finalement demandé Adam.

Cal a balayé la pièce des yeux. Il craignait les écoutes.

— Elle est morte, a-t-il lâché.

— Laquelle ?

— La plus âgée.

— Tu en es sûr ?

— Son corps a été retrouvé dans le New Jersey. Nous l'avons identifiée grâce au numéro de série sur ses implants chirurgicaux. Elle était bonne sœur dans un couvent.

— Tu rigoles ou quoi ?

Cal n'a pas souri. Non, Cal ne rigolait pas.

— Et en ce qui concerne – Yates ne voulait même pas prononcer le nom de Clyde – l'autre ?

Cal a haussé les épaules.

— Aucune idée.

— Et la cassette ?

Cal a secoué la tête. Adam Yates s'y attendait. Ce n'était pas fini. Ça ne finirait jamais. Il a jeté un dernier coup d'œil à la photo de sa femme et de ses enfants. Il a contemplé son bureau spacieux, les distinctions qui ornaient les murs, la plaque à son nom sur la table. Tout ceci – sa famille, sa carrière, sa vie entière – lui semblait immatériel maintenant, comme vouloir garder de la fumée au creux de la main.

— Il faudrait qu'on aille dans le New Jersey, a-t-il déclaré.

19

SONYA MCGRATH A ÉTÉ SURPRISE d'entendre la clé dans la serrure.

Aujourd'hui, plus de dix ans après la mort de son fils, les photos de Stephen étaient toujours dans les mêmes cadres sur les mêmes consoles. D'autres photos s'y ajoutaient, bien sûr. Celles du mariage de Michelle, leur fille aînée, qui avait eu lieu l'année dernière. Plusieurs trônaient au-dessus de la cheminée. Mais aucune photographie de Stephen n'avait été retirée. Remiser ses affaires, repeindre sa chambre, donner ses vêtements aux bonnes œuvres, revendre sa vieille voiture, d'accord, mais jamais Clark et Sonya ne toucheraient à ces clichés-là.

Sa fille Michelle, comme la plupart des jeunes mariées, avait choisi de faire la traditionnelle photo de groupe avant la cérémonie. Le marié, un gentil garçon nommé Jonathan, était d'une grande famille aux innombrables ramifications. Tout le monde a pris les portraits d'usage. Sonya et Clark avaient posé de bonne grâce – avec leur fille, avec leur fille et leur futur gendre, avec les parents de Jonathan et les mariés, mais ils ont regimbé lorsque le photographe avait voulu prendre la photo de la « famille McGrath », à savoir Sonya, Clark, Michelle et sa jeune sœur Cora, car malgré la joie qui régnait ce jour-là, ils auraient toujours vu un trou géant dans ce portrait de famille dont Stephen faisait toujours partie.

La grande maison était silencieuse. Il en était ainsi depuis que Cora était entrée à la fac. Clark « travaillait tard » une fois de plus… un euphémisme pour dire qu'il couchait avec sa poupée, mais Sonya s'en moquait. Elle ne le harcelait pas sur ses horaires car leur foyer était encore plus solitaire, plus silencieux quand Clark était là.

Sonya a fait tourner le cognac dans le verre ballon. Assise seule dans le noir, dans leur nouvelle salle vidéo, elle s'apprêtait à regarder un DVD. Elle avait loué un film avec Tom Hanks – sa présence, même dans un navet, la réconfortait étrangement –, cependant elle n'avait toujours pas appuyé sur le bouton de mise en marche.

Mon Dieu, pensait-elle, suis-je à ce point pitoyable ?

Toute sa vie, Sonya avait été très entourée. Elle avait beaucoup d'amis formidables. Il serait facile de leur faire porter le chapeau, de prétendre qu'ils l'avaient lâchée peu à peu après la mort de Stephen, qu'ils avaient essayé de remplir leur devoir, mais que, toute patience ayant ses limites, sous un prétexte puis un autre, ils avaient fini par couper les ponts.

Seulement, ce ne serait pas juste vis-à-vis d'eux.

C'était probablement fondé pour une toute petite part – les liens s'étaient distendus, à n'en pas douter –, pourtant Sonya était la vraie responsable. Elle avait fait le vide autour d'elle et ne voulait pas de réconfort. Elle ne voulait aucune compagnie, pas de complicité, pas de commisération. Elle n'avait pas envie d'être malheureuse non plus, mais peut-être que c'était la solution la plus simple, donc la meilleure.

La porte d'entrée s'est ouverte.

Sonya a allumé une petite lampe à côté de son fauteuil inclinable. Il faisait nuit dehors ; dans cette pièce confinée, ça n'avait pas d'importance. Les stores baissés ne laissaient pas passer la lumière. Elle a entendu des pas dans le vestibule en marbre, puis sur le parquet verni. Les pas venaient dans sa direction.

Elle a attendu.

Une minute plus tard, Clark entrait dans la pièce. Il n'a pas prononcé un mot. Elle l'a examiné un instant. Son mari semblait avoir vieilli, ou alors elle n'avait pas depuis longtemps regardé de près l'homme qu'elle avait épousé. Plutôt que de grisonner élégamment, il avait choisi de se teindre les cheveux. C'était fait, comme pour tout ce qui le concernait, avec le plus grand soin, et cependant le résultat n'était pas terrible. Il avait le teint cireux. Et il avait maigri.

— J'allais regarder un film, a-t-elle dit.

Il l'a dévisagée.

— Clark ?

— Je suis au courant.

Il ne parlait pas du film. Non, il parlait de tout autre chose. Sonya n'a pas demandé d'éclaircissements. Ce n'était pas utile. Elle s'est tenue coite.

— Je suis au courant pour tes visites au musée. Ça fait un moment déjà.

Comment répondre à cela ? Parer d'un « Moi aussi, je suis au courant » était la première réaction qui venait à l'esprit, mais ç'aurait été à la fois trop défensif et totalement hors de propos. Ici, il ne s'agissait pas d'une liaison extraconjugale.

Debout, les bras ballants, Clark se retenait de serrer les poings.

— Tu le sais depuis combien de temps ?

— Quelques mois.

— Comment se fait-il alors que tu n'as rien dit jusqu'à maintenant ?

Il a haussé les épaules.

— Comment l'as-tu appris ?

— Je t'ai fait suivre.

— Suivre ? Quoi, par un détective privé ?

— Oui.

Elle a croisé les jambes.

— Pourquoi ?

Sa voix est montée d'un cran : cette étrange trahison l'avait piquée au vif.

— Tu as cru que je te trompais ?

— Il a tué Stephen.

— C'était un accident.

— Ah oui ? C'est ce qu'il te raconte pendant vos déjeuners en tête à tête ? Il t'explique comment il a accidentellement assassiné mon fils ?

— Notre fils, a-t-elle rectifié.

Il lui a lancé un regard, un regard qu'elle lui avait déjà vu, mais jamais dirigé contre elle.

— Comment as-tu pu ?

— Comment ai-je pu quoi, Clark ?

— Le revoir. Lui offrir le pardon…

— Je n'ai rien offert de tel.

— Le réconfort, alors.

— Il ne s'agit pas de ça.

— De quoi s'agit-il, dans ce cas ?

— Je ne sais pas.

Sonya s'est levée.

— Clark, écoute-moi : ce qui est arrivé à Stephen était un accident.

Il a émis un bruit de dérision.

— C'est de cette façon que tu te consoles, Sonya ? En te disant que c'était un accident ?

— Que je me console ?

Un frisson glacé lui a parcouru l'échine.

— Il n'y a pas de consolation, Clark. Pas une seconde. Meurtre, accident – d'une manière ou d'une autre, Stephen est mort.

Il n'a pas répondu.

— C'était un accident, Clark.

— Il a réussi à te convaincre, hein ?

— Pour ne rien te cacher, c'est tout le contraire.

— Ce qui veut dire ?

— Il n'en est plus sûr lui-même. Il culpabilise énormément.

— Pauvre chéri, a grimacé Clark. Comment peux-tu être aussi naïve ?

— Laisse-moi te poser une question, a dit Sonya, se rapprochant de lui. S'ils étaient tombés autrement, dans une position différente, et si c'était Matt Hunter qui s'était cogné la tête contre le trottoir…

— Ne commence pas avec ça.

— Non, Clark, écoute-moi.

Elle a fait un autre pas vers son mari.

— Si les choses s'étaient passées différemment, si Matt Hunter avait trouvé la mort et que Stephen ait été découvert à côté de lui…

— Je ne suis pas d'humeur à échafauder des hypothèses, Sonya. Tout cela n'a aucune importance.

— Pour moi, si.

— Pourquoi ? a reparti Clark. Tu viens de dire

toi-même que, d'une façon ou d'une autre, Stephen est mort.

Elle a gardé le silence.

Clark a traversé la pièce, prenant garde à ne pas la frôler. Il s'est effondré dans le fauteuil et a caché son visage dans ses mains. Elle a attendu.

— Tu te rappelles l'histoire de cette mère qui a noyé ses gosses au Texas ? lui a-t-il demandé.

— Je ne vois pas le rapport.

— Un peu de patience, s'il te plaît. Tu te souviens de cette affaire ? Cette mère surmenée a noyé ses gosses dans la baignoire. Je crois qu'ils étaient quatre ou cinq. Une histoire horrible. La défense a plaidé un coup de folie. Son mari a pris son parti. Tu te souviens… aux actualités ?

— Oui.

— Qu'en penses-tu ?

Silence.

— Moi, je vais te dire ce que j'ai pensé. J'ai pensé : quelle importance ? Pas parce que je m'en fiche. Mais enfin, ça change quoi, que cette mère soit reconnue folle et passe les cinquante prochaines années dans un asile, ou qu'elle soit déclarée coupable et envoyée pour le restant de ses jours en prison ou dans le couloir de la mort… quelle importance ? D'une façon ou d'une autre, elle a tué ses propres enfants. Sa vie est finie, non ?

Sonya a fermé les yeux.

— C'est pareil pour moi, en ce qui concerne Matt Hunter. Il a tué notre fils. Intentionnellement ou par accident, tout ce que je sais, c'est que notre garçon est mort. Le reste est sans importance. Tu comprends ça ?

Plus qu'il ne saurait l'imaginer.

Sonya a senti des larmes s'échapper de sous ses paupières. Clark souffrait tellement. Va-t'en, avait-elle envie de lui lancer. Consacre-toi à ton travail, à ta maîtresse, à ce que tu voudras. Mais s'il te plaît, va-t'en.

— Je ne cherche pas à te faire du mal.

Il a hoché la tête.

— Tu préfères que j'arrête de le voir ?

— Et si je te disais oui ?

Elle n'a pas répondu.

Clark s'est levé. Peu après, Sonya a entendu la porte se refermer. Elle était à nouveau seule.

LOREN MUSE A MIS ENCORE MOINS DE TEMPS pour faire
Wilmington-Newark. Ed Steinberg était seul dans son
bureau au troisième étage du palais de justice du comté.

— Fermez la porte, a-t-il ordonné.

Son patron avait l'air débraillé : cravate dénouée, col
déboutonné, une manche roulée plus haut que l'autre ;
cela dit, il se baladait toujours dans cette tenue. Loren
aimait bien Steinberg. C'était un type intelligent et
carré. Il détestait l'aspect politique de son boulot, mais
comprenait la nécessité de jouer le jeu. Et il le jouait
bien.

Loren le trouvait sexy, avec son côté nounours velu/
ancien du Vietnam juché sur sa Harley. Steinberg était
marié, évidemment, deux gosses à l'université. C'était
bateau et pourtant vrai : les meilleurs étaient toujours
pris.

Quand elle était jeune, sa mère la mettait en garde :
« Ne te marie pas trop tôt », articulait Carmen, la voix
pâteuse de tout le vin qu'elle avait avalé dans la journée.
Bien qu'elle n'eût pas consciemment suivi ce conseil,

Loren s'est rendu compte à un moment donné à quel point c'était idiot. Les hommes valables, ceux qui étaient prêts à s'engager et à fonder une famille, étaient ferrés en premier. Au fil des ans, le champ d'action se rétrécissait de plus en plus. Aujourd'hui, Loren devait se contenter de ce qu'une de ses amies appelait « les rechapés » : divorcés rondouillards cherchant à compenser les années de brimades à l'école, ceux qui se remettaient péniblement de l'échec de leur premier mariage, ou alors des types plus ou moins dignes d'intérêt, attirés – et pourquoi pas ? – par une jeune et frêle créature qui saurait les idolâtrer.

— Que faisiez-vous dans le Delaware ? s'est enquis Steinberg.

— Je suivais une piste pour essayer d'identifier notre bonne sœur.

— Vous pensez qu'elle était de là-bas ?

— Non.

Loren lui a expliqué rapidement l'histoire de l'identification des implants, la volonté de coopérer d'abord, l'obstruction ensuite, le lien avec le FBI. Steinberg caressait sa moustache comme si ç'avait été un petit animal. Lorsqu'elle a eu terminé, il a déclaré :

— Le responsable des services secrets, dans la région, se nomme Pistillo. Je l'appellerai demain matin pour voir ce qu'il a à me dire.

— Merci.

Sans cesser de caresser sa moustache, Steinberg a laissé vagabonder son regard.

— C'est pour ça que vous vouliez me voir ? a demandé Loren. Au sujet de l'affaire sœur Mary Rose ?

— Oui.

— Et ?

— Les gars du labo ont saupoudré sa cellule.

— Exact.

— Ils ont relevé huit types d'empreintes. L'un d'eux correspondait à sœur Mary Rose. Six autres, à différentes religieuses et employées de St Margaret. Nous sommes en train de les vérifier, au cas où quelqu'un aurait un passé judiciaire qui nous aurait échappé.

Il s'est interrompu.

Loren s'est approchée du bureau, a pris un siège.

— Je suppose, a-t-elle avancé, que le huitième type vous a appris des choses.

— En effet.

Leurs regards se sont rencontrés.

— C'est pour ça que je vous ai convoquée ici.

Elle a écarté les mains.

— Je suis tout ouïe.

— Ces empreintes appartiennent à Max Darrow.

Elle a attendu la suite. Comme il se taisait, elle a dit :

— Et ce Darrow est fiché par la police, c'est ça ?

— Non.

— Alors comment l'avez-vous trouvé ?

— Il a servi dans les forces armées.

Au loin, on entendait un téléphone sonner. Personne ne décrochait. Steinberg s'est calé dans son gros fauteuil en cuir.

Il a renversé la tête pour regarder le plafond.

— Max Darrow n'est pas d'ici.

— Ah ?

— Il habitait Raleigh Heights, dans le Nevada. C'est à côté de Reno.

— Et drôlement loin d'une école catholique à East Orange, New Jersey, a fait observer Loren.

— Certes.

Steinberg fixait toujours le plafond.

— Il a fait partie de la maison.

201

— Darrow était flic ?

Steinberg a hoché la tête.

— À la retraite. Il a travaillé vingt-cinq ans à la brigade criminelle de Vegas.

Loren a repensé à sa précédente hypothèse, comme quoi sœur Mary Rose aurait été une fugitive. Peut-être venait-elle de la région de Vegas ou de Reno. Peut-être, à un moment, sa route avait-elle croisé celle de Max Darrow.

L'étape suivante semblait aller de soi.

— Il faut localiser ce Max Darrow.

Steinberg a répondu d'une voix douce :

— C'est fait.

— Et alors ?

— Darrow est mort.

Ils se sont regardés, et une autre pièce du puzzle s'est emboîtée dans le tableau. Elle voyait presque Trevor Wine remonter sa ceinture. Comment son m'as-tu-vu de collègue avait-il décrit la victime du meurtre, déjà ?

« Un Blanc, retraité… Un touriste. »

Steinberg s'est redressé dans son fauteuil.

— On a découvert le corps de Darrow à Newark, près du cimetière de la Quatorzième Avenue. Il a été tué de deux balles dans la tête.

21

FINALEMENT, IL S'EST MIS À PLEUVOIR.

Matt Hunter était sorti en titubant du *Landmark* et remontait Northfield Avenue. Personne ne l'avait suivi. Il était tard, il faisait nuit, et Matt était soûl, mais ça n'avait pas d'importance. On se repère toujours dans les rues du quartier où l'on a grandi.

Il a tourné à droite dans Hillside Avenue. Dix minutes plus tard, il était arrivé. Le panneau de l'agence immobilière était toujours là : « À VENDRE. » Dans quelques jours, cette maison serait à lui. Matt s'est assis sur le trottoir pour mieux la regarder. De lentes gouttes d'eau, grosses comme des cerises, ruisselaient sur lui.

La pluie lui rappelait la prison. Elle rendait le monde gris, hostile, difforme. La pluie avait la couleur du bitume carcéral. Depuis l'âge de seize ans, Matt portait des lentilles de contact, mais en prison il avait gardé ses lunettes, qu'il ne mettait pas souvent. C'était bien mieux ainsi : le décor apparaissait plus flou, la grisaille, plus uniforme.

Son regard restait rivé sur la maison qu'il comptait

acheter… cette maison « au charme rustique », indiquait l'annonce. Bientôt, il emménagerait là avec Olivia, sa jolie femme enceinte, et ils auraient un bébé. D'autres suivraient à coup sûr. Olivia en voulait trois.

Il n'y avait pas de palissade devant, mais c'était sans importance. Et le sous-sol n'était pas terminé. Matt était bricoleur, il ferait les travaux lui-même. La balançoire, tout au fond, était vieille et rouillée, bonne à jeter. Pour la remplacer, Olivia avait choisi le modèle depuis deux ans déjà : quelque chose en cèdre parce que c'était garanti sans échardes.

Matt essayait d'imaginer tout ça, cet avenir-là. Lui dans cette maison avec trois chambres et une cuisine qui avait besoin d'être rénovée, une bonne flambée, des rires autour de la table, la petite venant se réfugier dans leur lit à cause d'un cauchemar, le visage d'Olivia le matin. Il le voyait presque, comme si l'un des fantômes du Scrooge de Dickens lui montrait le chemin, et l'espace d'une seconde, il a failli sourire.

La vision n'a pas duré. Matt a secoué la tête sous la pluie.

À qui voulait-il faire gober ça ?

Il ignorait ce qui se passait avec Olivia, mais une chose était sûre : c'était le commencement de la fin. Fini, le conte de fées. Comme l'avait dit Sonya McGrath, ces photos reçues par téléphone l'avaient tiré de son rêve. Bienvenue sur la planète Terre. Au fond de lui, il l'avait toujours su.

On ne revient pas de là-bas.

Stephen McGrath n'était pas prêt à le lâcher. Chaque fois que Matt prenait de la distance, le mort le rattrapait, lui tapait sur l'épaule.

« Je suis là, Matt. Avec toi… »

Assis sous la pluie, il s'est demandé indolemment quelle heure il était. Oh, et puis qu'importe ! Il a songé à cette satanée photo de Charles Talley, le mystérieux individu aux cheveux aile de corbeau, à ses murmures moqueurs dans l'appareil. Dans quel but ? Le hic, c'est qu'il n'arrivait pas à se l'expliquer. Ivre ou pas, dans l'intimité de son foyer ou dehors sous une pluie battante, marquant la fin de la sécheresse…

Soudain, il a eu comme une illumination.

La pluie.

Matt a levé la tête pour accueillir les gouttes avec gratitude. La pluie. Enfin. Il pleuvait. La sécheresse s'était dissoute dans le déluge.

La solution pouvait-elle être aussi simple ?

Matt réfléchissait. Avant toute chose, il fallait qu'il rentre chez lui. Qu'il appelle Celia. Tant pis pour l'heure. Elle comprendrait.

— Matt ?

Il n'avait pas entendu la voiture mais cette voix, même maintenant, même dans ces circonstances, l'a fait sourire. Il n'a pas bougé du trottoir.

— Salut, Lance.

Il a levé les yeux au moment où Lance Banner descendait d'un monospace.

— Tu me cherchais, paraît-il.

— C'est vrai.

— Pourquoi ?

— Pour te taper dessus.

Ç'a été au tour de Lance de sourire.

— Je doute que ce soit une bonne idée.

— Tu crois que j'ai peur ?

— Je n'ai pas dit ça.

— Je t'aurais bien botté le cul.

— Ça prouve seulement que j'avais raison.

— À propos de quoi ?

— Du fait que la prison, ça vous change un homme, a répliqué Lance. Avant ça, je t'aurais battu avec les deux bras cassés.

Ce n'était pas entièrement faux. Matt restait assis. Il se sentait encore pompette et n'avait pas envie de combattre cette sensation.

— Tu es toujours dans les parages, Lance.

— Exact.

— Toujours prêt à rendre service. (Matt a fait claquer ses doigts.) Eh, Lance, tu sais à qui tu me fais penser ? À Mamy Blue.

Lance n'a pas bronché.

— Tu te souviens de Mamy Blue, celle qui habitait à Darby Terrace ?

— Mme Sweeney.

— C'est ça. Mme S. Toujours en train de guetter à la fenêtre, quelle que soit l'heure. La gueule qu'elle tirait quand des gamins coupaient à travers sa cour !

Matt a pointé le doigt sur lui.

— Voilà ce que tu es, Lance. Une grosse énorme Mamy Blue.

— Tu as bu, Matt ?

— Ouais. Ça pose un problème ?

— En soi, non.

— Alors, qu'est-ce que tu fous tout le temps dehors, Lance ?

Il a haussé les épaules.

— J'essaie d'éloigner le malheur.

— Tu crois que tu peux ?

À cela, Lance n'a pas répondu.

— Tu crois sérieusement que tes monospaces et tes écoles vont créer une espèce de champ de force, une protection contre le mal ?

206

Matt était plié de rire.

— Bon sang, Lance, regarde-moi ! Ce sont des conneries, j'en suis la preuve vivante. Je devrais t'accompagner dans ta tournée des collèges, tu sais, comme quand on était lycéens et que les flics nous montraient la bagnole écrabouillée par un chauffard ivre. C'est à ça que je devrais servir. À mettre les jeunes en garde. Sauf que je ne vois pas bien contre quoi.

— Le fait de se mêler aux bagarres, déjà.

— Je ne me suis pas mêlé à la bagarre, j'ai essayé de l'arrêter.

Lance a ravalé un soupir.

— Tu veux qu'on refasse ton procès ici, sous la pluie, Matt ?

— Non.

— Bien. Et si je te ramenais chez toi ?

— Tu ne m'embarques pas ?

— Une autre fois, peut-être.

Matt a jeté un dernier regard sur la maison.

— Si ça se trouve, c'est toi qui as raison.

— À propos de quoi ?

— De mon appartenance.

— Allez, viens, Matt, ça mouille. Je te reconduis chez toi.

Le contournant, Lance l'a pris sous les aisselles et l'a remis sur ses pieds. Ce gars-là était fort comme un bœuf. Flageolant, Matt s'est efforcé de tenir debout. La tête lui tournait. Son estomac gargouillait. Lance l'a aidé à monter dans son monospace.

— Si tu t'avises d'être malade dans ma voiture, a-t-il dit, tu regretteras que je ne t'aie pas arrêté.

— Ouh là, j'ai peur.

Matt a baissé légèrement la vitre, juste pour laisser entrer l'air, mais pas la pluie. Il a levé le nez vers l'ouverture, à la manière d'un chien. Ça lui a fait du bien. Fermant les yeux, il a appuyé la tête contre la vitre. Celle-ci était fraîche au contact de sa joue.

— Alors, pourquoi cette tournée des bars, Matt ?

— Comme ça, j'en avais envie.

— Ça t'arrive souvent ? De te soûler la gueule ?

— T'es aussi conseiller chez les Alcooliques anonymes, Lance ? Parallèlement à ton trip de Mamy Blue ?

Lance a hoché la tête.

— Tu as raison. On change de sujet.

La pluie tombait un peu moins dru, à présent. Les essuie-glaces ont ralenti leur va-et-vient. Lance gardait les deux mains sur le volant.

— Ma fille aînée a treize ans. Tu imagines ?

— Tu as combien de gosses, Lance ?

— Trois. Deux filles et un garçon.

Il a ôté une main du volant et cherché à tâtons son portefeuille. Il en a sorti trois photographies, qu'il a tendues à Matt. Ce dernier les a examinées, guettant selon son habitude un trait de ressemblance avec les parents.

— Ton fils, quel âge a-t-il ?

— Six ans.

— On dirait toi au même âge.

Lance a souri.

— Devin. Nous l'appelons Diablo. C'est un sacré numéro.

— Comme son père.

— Peut-être bien.

Ils se sont tus. Lance allait allumer la radio, puis il a changé d'avis.

— Ma fille, l'aînée, je pense la mettre dans une école catholique.

— Elle est à Heritage en ce moment ?

Heritage était le nom du collège qu'ils avaient fréquenté l'un et l'autre.

— Oui, mais elle a des problèmes avec la discipline. Il paraît que St Margaret, à East Orange, est une école réputée.

Matt a regardé par la fenêtre.

— Tu connais, toi ?

— Les écoles catholiques ?

— Oui. Et St Margaret en particulier.

— Non.

Lance avait remis les deux mains sur le volant.

— Au fait, tu sais qui a été là-bas ?

— Où ?

— À St Margaret.

— Non.

— Tu te rappelles Loren Muse ?

Oui, Matt se souvenait d'elle. C'est comme ça avec tous les gens qu'on a connus à l'école primaire. Leur nom et leur visage vous reviennent instantanément.

— Tout à fait. Genre garçon manqué… pendant un moment, elle a fait partie de la bande. Puis je l'ai perdue de vue. Son père est mort quand on était gamins, c'est bien ça ?

— Tu n'es pas au courant ?

— Au courant de quoi ?

— Son vieux s'est suicidé. Il s'est brûlé la cervelle dans leur garage quand elle était en quatrième, il me semble. Ç'a été tenu secret.

— Mon Dieu ! c'est affreux.

— Elle s'en est sortie plutôt bien. Elle bosse au bureau du procureur, à Newark.

— Elle est avocate ?

Lance a secoué la tête.

— Enquêtrice. Après ce qui est arrivé à son père, Loren elle aussi a traversé un moment difficile. St Margaret lui a fait du bien, je pense.

Matt n'a fait aucun commentaire.

— Toi, tu ne connais personne qui soit allé à St Margaret ?

— Lance ?

— Oui ?

— L'approche subtile, ça ne marche pas vraiment. Que cherches-tu à savoir, au juste ?

— Je te demande si St Margaret, ça t'évoque quelque chose.

— Tu veux une lettre de recommandation pour ta fille ?

— Non.

— Alors pourquoi toutes ces questions ?

— Et sœur Mary Rose ? Elle était prof de sciences sociales là-bas. Son nom ne te dit rien ?

Matt a pivoté sur son siège de manière à lui faire face.

— Suis-je soupçonné d'un crime quelconque ?

— Comment ? C'est une simple conversation entre amis.

— Je n'ai pas entendu un « non », Lance.

— Tu souffres d'un complexe de culpabilité.

— Et toi, tu continues à éluder ma question.

— Tu ne veux pas me dire comment tu as connu sœur Mary Rose ?

Matt a fermé les yeux. Ils n'étaient plus très loin d'Irvington. Il s'est laissé aller contre l'appui-tête.

— Parle-moi encore de tes gosses, Lance.

Lance n'a pas répondu. Les yeux clos, Matt a écouté tomber la pluie. Ce bruit l'a ramené à ce qu'il était en train de penser avant l'apparition de Lance Banner. Il devait appeler Celia, le plus rapidement possible.

Car, aussi étrange que cela puisse paraître, la pluie était peut-être la clé de l'énigme Olivia.

22

MATT A REMERCIÉ LANCE DE L'AVOIR RACCOMPAGNÉ et l'a regardé repartir.

Sitôt le monospace disparu, il s'est précipité dans la maison, a attrapé son téléphone et entrepris de composer le numéro de Celia. Il a vérifié l'heure. Presque onze heures. Pourvu qu'elle ne soit pas encore couchée. Mais bon, même si elle l'était, une fois qu'il lui aurait expliqué, elle comprendrait sûrement.

Au bout de la quatrième sonnerie, il est tombé sur l'annonce de son répondeur, réduite à sa plus simple expression :

— Moi. Vous. Bip.

Zut.

Il lui a laissé un message :

— Rappelle-moi, c'est urgent.

Puis il a pressé la touche « Autres options » et rentré le numéro de son domicile. Peut-être que ça lui parviendrait.

Il aurait voulu télécharger les photos de son téléphone portable sur son disque dur mais, comme un imbécile, il avait oublié le cordon USB au bureau. Il a fouillé la pièce de l'ordinateur à la recherche du cordon qui allait avec le téléphone d'Olivia, en vain.

C'est alors qu'il a aperçu le voyant clignotant de son répondeur. Il a décroché le combiné. Un seul message. Après la journée qu'il venait de passer, il n'en a pas été trop surpris.

« *Matt, ici Loren Muse. Je suis enquêtrice auprès du bureau du procureur. On était ensemble, toi et moi, à Burnet Hill, il y a une éternité. Peux-tu me rappeler dès que possible ?* »

Elle avait laissé deux numéros : bureau et portable.

Matt a reposé le combiné sur son support. Ainsi, Lance cherchait à doubler sa collègue de la police judiciaire. Ou bien ils s'étaient concertés. Peu lui importait. Il s'est demandé ce qu'ils lui voulaient. Lance avait parlé de St Margaret, à East Orange, et d'une religieuse de là-bas.

Quel rapport avec lui ?

De toute manière, cela ne présageait rien de bon.

Il n'avait pas envie de se perdre en suppositions. Et il n'avait pas envie de se laisser prendre au dépourvu. Il a donc lancé la recherche classique sur Google. En tapant St Margaret à East Orange, il a eu trop de réponses. Il a essayé de se remémorer le nom de la bonne sœur. Sœur Mary Quelque Chose. Il l'a ajouté à sa requête. « Sœur Mary » « St Margaret » « East Orange ».

Aucune réponse pertinente.

Se redressant sur son siège, il a réfléchi. Rien ne venait. Il n'allait pas rappeler Loren. Pas tout de suite. Ça pouvait attendre demain matin. Il dirait qu'il était sorti boire un verre – Lance serait là pour le confirmer – et avait oublié de consulter ses messages.

Le brouillard commençait à se dissiper. Quelle était la

prochaine étape ? Bien que seul dans la maison, Matt a jeté un regard dans le couloir et fermé la porte. Puis il a ouvert le placard, fourragé au fond et sorti le coffret en métal. Celui-ci se fermait à l'aide d'une combinaison : Matt avait choisi le 878 parce que ces chiffres n'avaient absolument aucun lien avec sa vie. Il les avait pris au hasard.

Dans le coffret se trouvait une arme.

Matt l'a contemplée. C'était un semi-automatique, un Mauser M2. Il l'avait acheté dans la rue – ce n'était pas bien difficile – à sa sortie de prison. Il ne l'avait dit à personne, ni à Bernie, ni à Olivia, ni à Sonya McGrath. Il n'était pas sûr de pouvoir expliquer son geste. On aurait pourtant cru que son passé lui avait enseigné le danger d'une telle acquisition. Quelque part, c'était vrai… à une restriction près. Oui, bon, maintenant qu'Olivia était enceinte, il allait devoir s'en débarrasser. Sauf qu'il n'était pas certain d'y arriver.

Le système carcéral fait l'objet d'innombrables critiques. La plupart des problèmes sont évidents et, dans une certaine mesure, intrinsèques, puisqu'on enferme des criminels avec d'autres criminels. Pourtant une chose est vraie là-dedans : la prison vous enseigne tous les mauvais réflexes. Pour survivre, on s'isole, on garde ses distances, on se méfie de toute forme d'alliance. On ne vous apprend pas à vous intégrer, à être productif – c'est même tout le contraire. On découvre qu'on ne peut faire confiance à personne, que le seul être humain sur qui on peut réellement compter, c'est soi, et qu'on doit être prêt à parer à toute éventualité.

Matt se sentait rassuré d'avoir cette arme chez lui.

Il savait bien qu'il avait tort. Au lieu d'assurer sa protection, ça risquait de finir très mal. Mais c'était comme ça. Et maintenant que le ciel lui était tombé sur la tête, il lorgnait son pistolet pour la première fois depuis le jour où il l'avait acheté.

La sonnerie du téléphone l'a fait tressaillir. Vite, il a refermé le coffret, comme si on l'avait pris la main dans le sac, et a saisi le combiné.

— Allô ?

— Devine ce que j'étais en train de faire quand tu as appelé.

C'était Celia.

— Désolé, a fait Matt. Je sais, il est tard.

— Non, non. Devine. Bon, allez, laisse tomber, je vais te le dire. Je m'étais mise en frais pour Hank. Avec lui, ça dure une éternité. Je m'ennuyais tellement que j'ai failli décrocher, euh ! en pleine action. Seulement, les hommes sont de petites choses fragiles, pas vrai ?

— Celia ?

— Quoi ?

— Ces photos que tu as téléchargées à partir de mon téléphone.

— Eh bien ?

— Tu les as ?

— Les fichiers, tu veux dire ? Ils sont au bureau.

— Tu les as fait agrandir ?

— Mon technicien s'en est occupé, mais je n'ai pas eu le temps de les étudier.

— Il faut que je les voie, a fait Matt. Les agrandissements.

— Pourquoi ?

— J'ai eu une idée.

— Tiens, tiens.

— Eh oui. Écoute, je sais qu'il est vraiment tard, mais si on pouvait se retrouver dans ton bureau…

— Maintenant ?

— Oui.

— J'arrive.

— Je te le revaudrai.

— Et plutôt deux fois qu'une, a acquiescé Celia. Rendez-vous dans trois quarts d'heure.

Matt a attrapé ses clés – il avait suffisamment dessoûlé pour pouvoir conduire –, fourré son téléphone portable et son portefeuille dans sa poche avant de se diriger vers la porte. Soudain, il s'est souvenu du Mauser, toujours sur la table.

Après un instant de réflexion, il a pris le pistolet.

Il y a une chose qu'on ne vous dira jamais : tenir une arme dans la main est une sensation extraordinaire. À la télé, un individu lambda renâcle généralement quand on lui tend un pistolet. « Je ne veux pas de ce truc-là ! » déclare-t-il avec une grimace. En réalité, avoir une arme dans sa main – le contact de l'acier froid sur votre peau, le poids dans votre paume, la forme même, la façon dont votre main se referme d'elle-même sur la poignée, votre index qui se glisse dans la sous-garde –, ça paraît non seulement agréable, mais aussi juste, voire naturel.

Non. Non, il ne fallait pas.

Si jamais il se faisait prendre en possession d'une arme à feu, au vu de son casier judiciaire, il risquait de gros ennuis. Il en était conscient.

Néanmoins, il a enfoncé le pistolet dans la ceinture de son pantalon.

Lorsque Matt a ouvert sa porte d'entrée, elle était en train de gravir le perron. Leurs regards se sont rencontrés.

L'aurait-il reconnue s'il n'avait pas entendu son nom dans la bouche de Lance et écouté son message sur son répondeur ? Difficile à dire. Elle avait toujours les cheveux courts. Et cette allure de garçon manqué. En fait, elle n'avait pas beaucoup changé. Encore une fois, c'était drôle comme, en tombant sur quelqu'un qu'on n'avait pas revu depuis la petite école, on pouvait le reconnaître car on voyait l'enfant à travers l'adulte qu'il était devenu.

— Salut, Matt, a lancé Loren Muse.

— Salut, Loren.

— Ça fait un bail.

— Ouais.

Elle a esquissé un sourire.

— Tu as une seconde ? J'ai deux ou trois questions à te poser.

23

SANS BOUGER DU PERRON, MATT HUNTER A DEMANDÉ :

— C'est au sujet de cette bonne sœur à St Margaret ?

Ça lui en a bouché un coin, à Loren. Matt a levé la main.

— On se calme. Si je suis au courant, c'est parce que Lance m'a déjà interrogé.

Elle aurait dû s'en douter.

— Bon, alors, tu veux m'en parler ?

Il a haussé les épaules en silence. Loren s'est engouffrée dans la maison et a jeté un coup d'œil autour d'elle. Il y avait des livres partout. Certaines piles s'étaient écroulées, comme des tours en ruine. Sur la console de l'entrée, on voyait des photos encadrées. Loren les a regardées, en a pris une.

— C'est ta femme ?

— Oui.

— Elle est mignonne.

— Oui.

Elle a reposé la photo et s'est tournée vers lui. Il aurait été trivial de dire que le passé de Matt était écrit sur sa figure, que la prison l'avait transformé non seulement de l'intérieur, mais aussi physiquement. Loren n'aimait pas les idées reçues. Elle ne pensait pas que les yeux étaient les fenêtres de l'âme. Elle avait vu des assassins avec de beaux yeux expressifs et avait croisé des gens brillants au regard totalement absent. Elle avait entendu des jurés affirmer : « Dès qu'il est entré dans la salle d'audience, j'ai su qu'il était innocent… ça se voit tout de suite », ce qui était totalement, monstrueusement faux.

Cependant, il y avait quelque chose dans la posture de Matt Hunter, dans l'inclinaison de son menton peut-être, dans le pli de sa bouche… Il respirait la dévastation, la méfiance. Elle n'arrivait pas à mettre le doigt dessus, mais c'était bien là. Même si elle n'avait pas su qu'il avait fait de la prison après une enfance sans histoires, l'aurait-elle perçue quand même, cette vibration incontestable ?

La réponse était probablement oui.

Loren n'a pas pu s'empêcher de repenser à Matt enfant, un gamin naïf, gentil, confiant, et son cœur s'est serré.

— Qu'as-tu raconté à Lance ? a-t-elle questionné.

— Je lui ai demandé si j'étais suspecté.

— Suspecté de quoi ?

— De quelque chose.

— Et qu'a-t-il répondu ?

— Il est resté évasif.

— Tu n'es pas suspecté, a-t-elle affirmé. En tout cas, pas pour le moment.

— Hou là !

— C'était de l'ironie ?

Matt a haussé les épaules.

— Tu peux faire vite, avec tes questions ? Je dois aller quelque part.

— Aller quelque part ? a-t-elle répété en consultant ostensiblement sa montre. À cette heure-ci ?

— J'aime faire la fête, a-t-il opiné, ressortant sur le perron.

— J'ai un peu de mal à te croire.

Loren l'a suivi. Son regard a balayé les environs. Non loin, deux hommes buvaient dans des gobelets en carton brun, en chantant un vieux standard de la Motown.

— Les Temptations ? a-t-elle hasardé.

— Four Tops, a répondu Matt.

— Je les confonds toujours.

Elle a pivoté vers lui et il a écarté les bras.

— Ce n'est pas vraiment Livingston, ici, hein ? a-t-il fait.

— Il paraît que tu veux retourner vivre là-bas.

— C'est un endroit sympa pour élever ses gosses.

— Tu crois ?

— Pas toi ?

Elle a secoué la tête.

— Moi, je n'y retournerais pas.

— Est-ce une menace ?

— Non, je parle au sens propre. Je – moi, Loren Muse – ne voudrais jamais revivre là-bas.

— Chacun ses goûts. (Il a poussé un soupir.) C'est fini, les politesses ?

— Je pense que oui.

— Parfait. Alors, qu'est-il arrivé à cette bonne sœur, Loren ?

— Nous ne le savons pas encore.

— Pardon ?

— Tu la connaissais ?

— Je ne me souviens même plus du nom que Lance m'a cité. Sœur Mary Quelque Chose.

— Sœur Mary Rose.

— Que lui est-il arrivé ?

— Elle est morte.

— Je vois. Et qu'est-ce que je viens faire là-dedans ?

Loren a hésité sur l'attitude à prendre.

— À ton avis ?

Avec un nouveau soupir, il a commencé à descendre les marches.

— Bonne nuit, Loren.

— Attends, d'accord, c'était nul. Excuse-moi.

Matt s'est tourné vers elle.

— Le registre du téléphone.

— Oui, et alors ?

— Sœur Mary Rose a donné un coup de fil que nous ne parvenons pas à nous expliquer.

L'expression de Matt ne laissait rien paraître.

— La connaissais-tu, oui ou non ?

Il a secoué la tête.

— D'après ce registre, elle a téléphoné chez ta belle-sœur, à Livingston.

Matt a froncé les sourcils.

— Elle a appelé Marsha ?

— Ta belle-sœur nie avoir reçu un quelconque coup de fil provenant de St Margaret. J'ai aussi discuté avec Kylie, la fille au pair.

— Kyra.

— Comment ?

— Son prénom, c'est Kyra, pas Kylie.

— Oui, si tu veux. Bref, on m'a dit que tu passes beaucoup de temps là-bas. Je sais que tu y as dormi la nuit dernière.

— Et tu en as déduit – roulement de tambour, s'il vous plaît – que c'est moi que cette bonne sœur avait appelé.

Loren a haussé les épaules.

— Possible.

Matt a pris une grande inspiration.

— Quoi ?

— N'est-ce pas le moment où je me mets en colère et réplique que tout ça repose sur un préjugé, parce que je suis un ancien taulard, bien que j'aie purgé ma peine et payé ma dette à la société ?

Ça a fait sourire Loren.

— Comment, tu fais l'impasse sur l'indignation pour embrayer direct sur le déni ?

— Je veux juste accélérer les choses.

— Tu ne connais donc pas sœur Mary Rose ?

— Non. J'avoue que je ne connais aucune sœur Mary Rose. Je ne pense pas connaître de religieuses en général. Je ne connais personne à St Margaret, sauf… enfin, d'après Lance, tu as fait tes études là-bas, du coup il n'y a que toi. J'ignore totalement pourquoi sœur Mary Rose aurait téléphoné chez Marsha, si tant est qu'elle ait téléphoné chez Marsha.

Loren a décidé de changer de sujet.

— Tu connais un homme qui s'appelle Max Darrow ?

— Lui aussi a téléphoné à Marsha ?

— Si tu me répondais directement, Matt ? Connais-tu Max Darrow, de Raleigh Heights dans le Nevada, oui ou non ?

Un tressaillement. Loren l'a remarqué. Une réaction à peine perceptible – les yeux qui s'agrandissent légèrement. Il s'est repris aussitôt.

— Non, a-t-il lâché.

— Jamais entendu parler de lui ?

— Jamais. Qui est-ce ?

— Tu le sauras en lisant le journal demain matin. Ça

ne t'ennuie pas de me dire où tu étais hier ? Avant d'aller chez Marsha, j'entends.

— Si, ça m'ennuie.

— Mais tu peux me le dire quand même, non ?

Il a tourné la tête, fermé brièvement les yeux.

— Cela commence à ressembler à un interrogatoire en bonne et due forme, madame l'enquêtrice.

— Inspecteur.

— Quoi qu'il en soit, j'ai répondu à assez de questions pour ce soir, je pense.

— Alors, tu refuses ?

— Non, je m'en vais.

Ç'a été au tour de Matt de consulter sa montre.

— Il faut vraiment que j'y aille.

— Et je suppose que tu ne vas pas me dévoiler ta destination ?

— Bien vu.

— Je peux toujours te suivre, a observé Loren avec un haussement d'épaules.

— Je vais t'épargner cette peine : j'ai rendez-vous au siège d'EDC à Newark. Ce que j'ai à faire là-dedans ne regarde que moi. Passe une bonne soirée.

Il a descendu les marches.

— Matt ?

— Quoi ?

— Cela peut paraître bizarre, a dit Loren, mais ça m'a fait plaisir de te revoir. Enfin, j'aurais préféré que ce soit dans d'autres circonstances.

Il a presque souri.

— Pareillement.

24

LE NEVADA, PENSAIT MATT. Loren Muse avait parlé d'un homme du Nevada.

Vingt minutes après avoir laissé Loren sur le perron de sa maison, il était dans le bureau de Celia. Pendant tout le trajet, il s'était passé et repassé l'interrogatoire dans la tête. Un seul mot revenait :

Le Nevada.

Max Darrow, et Dieu sait ce qu'il pouvait être, était du Nevada.

Or Olivia avait visité le site d'un journal nommé le *Nevada Sun News*.

Coïncidence ?

Ben voyons.

Tout était silencieux au siège d'EDC. Vêtue d'un jogging noir, Celia était assise à son bureau. Ses cheveux étaient noués en une longue queue-de-cheval. Elle a allumé son ordinateur.

— Tu as entendu parler de la mort d'une bonne sœur à St Margaret ? lui a-t-il demandé.

Celia a froncé les sourcils.

— C'est l'église à East Orange ?

— Oui. Et une école aussi.

— Non.

— Et quelque chose concernant un type nommé Max Darrow ?

— Genre ?

Matt lui a répété les questions de ses anciens camarades de classe, Lance Banner et Loren Muse. Celia a soupiré et pris des notes. Elle n'a rien dit, juste haussé un sourcil lorsqu'il a parlé du cookie trouvé sur l'ordinateur, qui l'avait conduit sur un site de strip-tease.

— Je vais y jeter un œil.

— Merci.

Elle a fait pivoter l'écran de sorte qu'ils puissent le regarder tous les deux.

— OK, qu'est-ce que tu veux voir ?

— Tu peux agrandir la photo de Charles Talley reçue sur mon téléphone portable ?

Elle a actionné la souris et cliqué.

— Que je t'explique un truc en deux mots.

— Je t'écoute.

— Ce logiciel graphique opère quelquefois des miracles, et quelquefois c'est de la merde. Quand tu prends une photo numérique, la qualité dépend du nombre de pixels. C'est pour ça qu'on choisit un appareil avec le plus de pixels possible. Les pixels sont des points. Plus il y a de points, plus l'image est nette.

— Je sais tout ça.

— Ton téléphone portable a une définition merdique.

— Ça aussi, je le sais.

— Tu sais donc que plus on agrandit l'image, plus elle devient floue. Ce programme utilise une sorte d'algorithme... oui, d'accord, c'est un gros mot. Plus simplement, il déchiffre l'information à partir d'indices qui lui sont fournis. Les couleurs, les nuances, les bords, les contours, ce que tu veux. C'est loin d'être précis. Il y a beaucoup d'erreurs et d'approximations. Cela dit…

Elle a sorti la photo de Charles Talley. Cette fois, Matt a ignoré les cheveux aile de corbeau, le rictus, le visage lui-même. Il a zappé la chemise rouge et les murs blancs. Il n'avait d'yeux que pour une seule chose.

Il l'a pointée du doigt.

— Tu vois ça ?

Celia a chaussé une paire de lunettes et, plissant les paupières, l'a regardé.

— Oui, Matt, a-t-elle répondu, imperturbable. On appelle ça une fenêtre.

— Peux-tu l'agrandir ou améliorer la qualité de l'image ?

— Je vais essayer. Pourquoi, tu penses qu'il y a quelque chose derrière cette fenêtre ?

— Pas exactement. Fais-le, s'il te plaît.

Elle a haussé les épaules et fait glisser le curseur par-dessus. À présent, la fenêtre occupait la moitié de l'écran.

— Tu peux la rendre un peu plus nette ?

Celia a cliqué sur « Réglage ». Elle a levé les yeux sur Matt, qui lui a souri.

— Tu ne vois pas ?

— Je ne vois pas quoi ?

— Il fait gris. Ça, je l'avais déjà remarqué sur l'écran de mon portable. Maintenant, regarde. On distingue des gouttes de pluie sur la vitre.

— Et alors ?

— Cette photo m'a été envoyée hier. Est-ce qu'il a plu hier ? Ou avant-hier ?

226

— Attends un peu, Olivia est censée se trouver à Boston, non ?

— Peut-être, et peut-être pas. Mais il n'a pas plu à Boston non plus. Il n'y a pas eu de pluie dans tout le Nord-Est.

Celia s'est redressée.

— Qu'est-ce que ça signifie ?

— Minute, on va vérifier autre chose d'abord, a coupé Matt. Sors-moi la vidéo et repasse-la au ralenti.

Celia a réduit la photo de Charles Talley et s'est remise à cliquer sur des icônes. Matt se sentait fébrile et sa jambe a commencé à tressauter. Mais ses idées étaient en train de s'éclaircir.

Quand la vidéo est apparue sur l'écran, il a scruté la femme à la perruque blond platine. Plus tard, il l'examinerait peut-être en détail, pour s'assurer que c'était bien Olivia, même s'il en était pratiquement certain. Mais le problème n'était pas là.

Il a attendu que la femme bouge, attendu l'éclair lumineux.

— Appuie sur pause.

Rapide, Celia a arrêté l'image alors que le rai de lumière était toujours là.

— Regarde, a-t-il dit.

Elle a hoché la tête.

— Ben, ça alors !

Le soleil entrait à flots par la fenêtre.

— La photo et la vidéo n'ont pas été faites le même jour.

— Exactement, a-t-il acquiescé.

— Je ne pige toujours pas.

— Moi non plus, je ne suis pas sûr de comprendre. Mais… relance la vidéo. Au ralenti.

Celia s'est exécutée.

— Stop ! (Il a regardé l'écran.) Zoome sur la main gauche du type.

La main avait été filmée côté paume. Une fois de plus, elle est ressortie floue à l'agrandissement. Celia s'est servie de son logiciel pour mettre l'image au point.

— Rien que de la peau, a constaté Matt.

— Oui, eh bien ?

— Pas de bague ni d'alliance. Reviens à notre photo de Charles Talley.

Là, c'était plus facile. La photo avait une meilleure résolution. La silhouette de Talley était plus grande. Il levait la main, paume grande ouverte, presque comme pour arrêter la circulation.

L'anneau était clairement visible.

— Mon Dieu ! a dit Celia. C'est un coup monté.

Matt a hoché la tête.

— Je ne sais pas ce qui se passe sur cette vidéo, mais on cherche à te faire croire que ce type, Talley, est l'amant d'Olivia. Pourquoi, à ton avis ?

— Aucune idée. Tu as découvert d'autres choses sur Talley ?

— Attends, je consulte mes e-mails. Il devrait y avoir un truc, à l'heure qu'il est.

Pendant qu'elle se connectait à son serveur, Matt a sorti son portable et appuyé sur le numéro d'Olivia. Une chaleur diffuse s'est propagée dans sa poitrine. Il a souri. Oui, il restait encore bien des interrogations – Olivia était toujours dans une chambre d'hôtel avec un inconnu –, et bon, il planait peut-être encore un peu, avec toute la vodka qu'il avait ingurgitée, mais maintenant il y avait de l'espoir. Le voile noir était en train de se dissiper.

Cette fois, la voix enregistrée d'Olivia a résonné

comme une musique à ses oreilles. Il a attendu le bip puis :

— Je sais que tu n'as rien fait de mal. S'il te plaît, rappelle-moi.

Il a jeté un regard en direction de Celia. Elle faisait mine de ne pas écouter.

— Je t'aime, a-t-il terminé.

— Mon Dieu que c'est chou ! a fait Celia.

Une voix masculine a braillé dans l'ordinateur :

— Vous avez du courrier !

Matt a demandé :

— Alors ?

— Donne-moi une seconde.

Elle a parcouru ses messages.

— Pas grand-chose pour le moment, mais c'est toujours ça de pris. Talley a eu trois condamnations pour agression, puis il a été arrêté encore à deux reprises, arrêté et relaxé. Il a été suspecté – nom d'un chien, ça fout les jetons – d'avoir battu à mort le propriétaire de son logement. Il a purgé sa dernière peine dans une prison d'État du nom de – tiens-toi bien – Lovelock.

— Ça me dit quelque chose. Où est-ce ?

— On ne le précise pas. Attends, je fais une recherche rapide.

Celia a pianoté sur son clavier, tapé sur « Retour ».

— Nom de Dieu !

— Quoi ?

Elle a levé les yeux.

— C'est à Lovelock, dans le Nevada.

Le Nevada. Matt a senti le sol se dérober sous ses pieds. Le portable de Celia s'est mis à gazouiller. Elle l'a attrapé, a regardé l'écran.

— Une seconde, tu permets ?

Matt ne savait même plus si oui ou non il avait hoché la tête, son cerveau était engourdi.

Le Nevada.

Soudain, une autre pensée vagabonde lui a traversé l'esprit, une autre possibilité insensée : lorsqu'il était étudiant, n'était-il pas allé avec des copains dans le Nevada ?

À Las Vegas, pour être plus précis.

C'était là, au cours de ce voyage qui remontait au déluge, qu'il avait rencontré la femme de sa vie…

Il a secoué la tête. Non, non et non. C'est vaste, le Nevada.

Celia avait fini de parler et s'était remise à taper.

— Alors ?

Son regard était rivé sur l'écran.

— Charles Talley.

— Quoi, Charles Talley ?

— Nous savons où il est.

— Où ?

Elle a pressé la touche « Retour » et plissé les yeux.

— D'après Mapquest, à six kilomètres d'ici.

Elle a ôté ses lunettes.

— Talley est descendu au *Howard Johnson*, à côté de l'aéroport de Newark.

25

— TU EN ES SÛRE ? S'EST ENQUIS MATT.

Celia a acquiescé.

— Ça fait au moins deux nuits qu'il y est. Chambre 515.

Matt s'est efforcé d'y voir clair. Sans grand succès.

— Tu as le numéro de téléphone ?

— Du *Howard Johnson* ? Je peux regarder sur Internet.

— Vas-y.

— Tu comptes l'appeler ?

— Oui.

— Pour lui dire quoi ?

— Rien, pour le moment. Je veux juste voir si c'est la même voix.

— La même que quoi ?

— Que celle du type qui m'a téléphoné pour me demander en chuchotant de deviner ce qu'il était en train de faire à Olivia. Je veux savoir si c'était bien Charles Talley.

— Et si c'est lui ?

— Eh, tu crois que j'ai tout prévu de A à Z ? lui a rétorqué Matt. J'ai déjà assez de mal à improviser.

— Sers-toi de mon téléphone. Le numéro ne s'affichera pas.

Matt a décroché le combiné. Celia lui a dicté le numéro. Le standard a pris son appel à la troisième sonnerie.

— *Howard Johnson*, aéroport de Newark.

— Chambre 515, s'il vous plaît.

— Un moment.

Dès la première sonnerie, les battements de son cœur se sont accélérés. La troisième a été coupée en plein milieu. Une voix a dit :

— Ouais ?

Calmement, Matt a reposé le combiné.

Celia l'a regardé.

— Alors ?

— C'est lui, a-t-il confirmé. C'est le même gars.

Elle a froncé les sourcils, croisé les bras.

— Et maintenant ?

— On pourrait étudier la photo et la vidéo plus en détail.

— Sûr.

— Mais je ne vois pas à quoi ça nous avancerait. Admettons que je me trompe. Que ce soit Talley sur les deux, sur la photo et la vidéo. Dans ce cas, on doit lui parler. Maintenant, admettons qu'il s'agisse de deux individus distincts…

— On doit lui parler quand même, a terminé Celia.

— Oui. Il n'y a pas trop le choix. Je dois aller là-bas.

— *Nous* devons aller là-bas.

— Je préférerais y aller tout seul.

— Et moi, je préférerais prendre ma douche avec Hugh Grant, a riposté Celia en se levant.

232

Elle a ôté l'élastique de ses cheveux pour resserrer sa queue-de-cheval.

— Je t'accompagne.

Continuer à discuter plus longtemps n'aurait fait que retarder l'inévitable.

— OK, seulement, tu restes dans la voiture. D'homme à homme, j'arriverai peut-être à tirer quelque chose de lui.

— Comme tu voudras. (Celia était déjà à la porte.) C'est moi qui conduis.

Le trajet en voiture a duré cinq minutes.

Le *Howard Johnson* n'aurait guère pu être plus mal situé, sinon à côté d'une décharge publique. D'ailleurs, c'était peut-être le cas. D'un côté de Frontage Road se trouvait le péage de la sortie 14 de l'autoroute du New Jersey. De l'autre côté, le parking réservé au personnel de Continental Airlines. Encore quelques dizaines de mètres et on arrivait à la prison de Northern State, commodément située – plus commodément même que l'hôtel – à proximité de l'aéroport de Newark. Très pratique pour disparaître rapidement.

Celia s'est arrêtée devant l'entrée.

— Tu es sûr que tu veux y aller seul ?

— Oui.

— File-moi ton portable d'abord, a-t-elle réclamé.

— Pour quoi faire ?

— J'ai un ami… un magnat de la finance à Park Avenue. C'est lui qui m'a montré ce truc. Tu allumes ton portable. Tu m'appelles sur le mien. Tu laisses les deux en communication. Je mets le mien en mode silencieux. Du coup, c'est comme un Interphone en sens

233

unique. Je peux entendre tout ce que tu dis. Si jamais il y a un problème, tu cries.

Matt a froncé les sourcils.

— Un magnat de la finance recourt à ces choses-là ?

— Tu n'as pas besoin d'en savoir plus.

Celia a pris le portable de Matt, composé son propre numéro et, après avoir répondu, le lui a rendu.

— Accroche-le à ta ceinture. Si tu as des ennuis, appelle au secours.

— Ça marche.

Le hall de l'hôtel était vide. Vu l'heure, ce n'était guère surprenant. Une cloche a tinté quand la porte vitrée s'est ouverte. Le réceptionniste de nuit, un gros mal rasé qui ressemblait à un sac bourré de linge sale, est sorti à sa rencontre en titubant. Matt lui a adressé un signe de la main en passant, comme s'il habitait l'hôtel. Le bonhomme lui a rendu son salut avant de retourner dans son trou.

Arrivé à l'ascenseur, Matt a pressé le bouton. Un seul ascenseur semblait fonctionner. Il l'a entendu se mettre en branle, mais la cabine était lente à descendre. Les images défilaient dans sa tête. La vidéo. La perruque blond platine. Il ne savait toujours pas, mais alors pas du tout, ce que cela signifiait.

La veille, Celia avait comparé sa situation au fait de se jeter dans une bagarre – on ne pouvait pas prédire l'issue d'avance. Pourtant, il était là, sur le point de pousser une porte au sens propre du terme, sans se douter le moins du monde de ce qu'il allait trouver derrière.

Une minute plus tard, il était devant la chambre 515.

Il avait toujours le pistolet sur lui. Il a hésité à le sortir et à le cacher dans son dos, mais non, si Talley s'en apercevait, ça risquait de mal tourner. Matt a frappé. Écouté.

Il y a eu un bruit au fond du couloir, une porte qui s'ouvrait, peut-être. Il s'est retourné.

Personne.

Il a frappé plus fort cette fois.

— Talley ? a-t-il crié. Tu es là ?

Pas de réponse.

— S'il te plaît, ouvre-moi, Talley ! Je veux juste te parler, c'est tout.

Une voix lui est parvenue soudain, la même que celle qu'il avait entendue sur son téléphone portable.

— Une seconde.

La porte de la chambre 515 s'est ouverte.

Devant lui, avec ses cheveux aile de corbeau et son sourire ricanant, se tenait Charles Talley.

Il était en train de parler dans son téléphone mobile.

— OK, a-t-il dit à son interlocuteur invisible. OK, d'accord.

D'un geste du menton, il a fait signe à Matt d'entrer.

Alors Matt est entré.

26

LOREN PENSAIT À CE PETIT TRESSAILLEMENT.

Matt avait essayé de s'en cacher, mais à l'évidence il avait réagi au nom de Max Darrow. La question, tout naturellement, était d'en connaître la raison.

Elle avait bel et bien relevé le défi et l'avait à moitié suivi… En fait, elle l'avait devancé et s'était mise en planque à proximité du siège d'EDC. Le patron de ce cabinet de détectives privés était un ancien agent fédéral, réputé pour sa discrétion, mais bon, peut-être qu'ils réussiraient à lui tirer les vers du nez.

Quand Matt est arrivé – exactement comme il l'avait dit –, il y avait deux autres voitures sur le parking. Loren a relevé les numéros d'immatriculation. Il était tard. Elle n'avait plus de raison de traîner par ici.

Vingt minutes après, elle était chez elle. Oscar, le plus âgé de ses chats, est venu se lover contre elle pour quémander un gratouillis derrière l'oreille. Loren s'est obligeamment exécutée, mais le chat s'est lassé très vite et, avec un miaulement impatient, s'est coulé dans l'obscurité. Il fut un temps où Oscar disparaissait d'un bond, seulement l'âge et des problèmes de hanches ne permettaient plus ce genre d'exercice. Le véto, lors de leur dernière visite, avait regardé Loren, l'air de dire : « Commencez à vous préparer. » Elle faisait un blocage là-dessus. Au cinéma, on voyait toujours des gosses dévastés par la perte d'un animal familier. Dans la vie réelle, les gosses se désintéressent rapidement d'un animal, et ce sont les adultes esseulés qui souffrent le plus. Des gens comme Loren.

Il faisait un froid de canard dans l'appartement. Le climatiseur, qui gouttait et gargouillait contre le rebord de fenêtre, maintenait la pièce à une température idéale pour stocker de la viande. Sa mère dormait sur le canapé. La télévision marchait toujours, vantant les mérites d'un appareil censé vous fabriquer des abdos en béton. Loren a coupé l'air conditionné. Sa mère n'a pas bronché.

Debout sur le pas de la porte, Loren a écouté ses ronflements gras de fumeuse. Ce bruit de raclement avait quelque chose de rassurant – il la freinait dans son désir d'allumer une cigarette à son tour. Loren n'a pas réveillé Carmen. Elle n'a pas rajusté son oreiller ni posé une couverture sur elle. Elle s'est contentée de la regarder en se demandant pour la énième fois ce qu'elle ressentait pour cette femme.

Ensuite, elle est allée se préparer un sandwich au jambon, qu'elle a englouti au-dessus de l'évier de la cuisine, puis elle s'est versé un verre de chablis d'une bouteille en forme de carafe. La poubelle, a-t-elle remarqué, n'avait pas été sortie. Le sac débordait, ce qui n'empêchait pas sa mère de continuer à y entasser des trucs.

Loren a rincé l'assiette sous le robinet et, en soupi-rant, a soulevé le sac-poubelle. Sa mère ne bougeait toujours pas ; ses ronflements se succédaient avec une régularité d'horloge. Elle est sortie jeter le sac dans le conteneur sur le trottoir. L'air nocturne était moite. Les criquets stridulaient. Elle a balancé le sac sur la pile d'ordures.

Quand elle est revenue dans l'appartement, sa mère était réveillée.

— Où étais-tu ? a demandé Carmen.

— J'ai dû travailler tard.

— Et tu ne pouvais pas appeler ?

— Je suis désolée.

— J'étais folle d'inquiétude.

— Ouais, a opiné Loren. J'ai bien vu à quel point ça a affecté ton sommeil.

— Que veux-tu dire par là, au juste ?

— Rien. Bonne nuit.

— Tu es tellement égoïste. Comment as-tu pu ne pas appeler ? J'ai attendu, attendu…

Loren a secoué la tête.

— Ça commence à me fatiguer, maman.

— Quoi ?

— Tes continuelles leçons de morale.

— Tu veux me jeter dehors ?

— Je n'ai pas dit ça.

— Mais c'est ton souhait, n'est-ce pas ? Que je m'en aille d'ici ?

— Oui.

Carmen a ouvert la bouche et porté la main à sa poitrine. Autrefois, ce genre de comédie devait avoir un effet sur les hommes. Loren s'est rappelé les photographies de la jeune Carmen – tellement ravissante, tellement malheureuse, tellement convaincue qu'elle méritait mieux.

— Tu jetterais ta propre mère à la rue ?

238

— Non. Tu m'as demandé si j'en avais envie. Oui, j'en ai envie, mais je ne le ferai pas.

— Suis-je si horrible que ça ?

— Simplement… lâche-moi les baskets, OK ?

— Je voudrais que tu sois heureuse.

— C'est ça.

— Je voudrais que tu te trouves quelqu'un.

— Un homme, tu veux dire ?

— Évidemment.

Les hommes, pour Carmen, étaient la solution à tout. Loren a failli rétorquer : « Mais oui, maman, regarde comme les hommes t'ont rendue heureuse », cependant elle s'est abstenue.

— Je ne veux pas que tu restes seule, a poursuivi sa mère.

— Comme toi, maman.

Loren l'a regretté aussitôt. Sans attendre la réponse, elle est allée dans la salle de bains afin de se préparer pour la nuit. Quand elle est ressortie, sa mère avait réinvesti le canapé. La télévision était éteinte. L'air conditionné s'était remis en marche.

— Excuse-moi.

Sa mère n'a pas répondu.

— Il y a eu des messages ? a questionné Loren.

— Tom Cruise a appelé deux fois.

— D'accord, bonne nuit.

— Quoi, tu penses que ton petit copain a téléphoné ?

— Bonne nuit, maman.

Une fois dans la chambre, Loren a allumé son ordinateur portable. Le temps qu'il démarre, elle a décidé de voir qui avait appelé. Non, Pete, son nouveau mec, n'avait pas téléphoné… À vrai dire, cela faisait trois jours déjà. En dehors des appels provenant de son bureau, elle n'avait eu aucun coup de fil.

Dieu que c'était pathétique !

Pete était un brave garçon, avec quelques kilos en trop et une certaine tendance à transpirer. Il occupait un poste administratif au siège régional des magasins Stop-n-Shop. Loren ne savait pas vraiment ce qu'il faisait, et à la vérité ça ne l'intéressait pas beaucoup. Leur relation n'était ni stable ni sérieuse ; elle semblait glisser sur des rails en vertu du principe que le mouvement engendre le mouvement. En même temps, la moindre friction était susceptible de l'arrêter.

Elle a jeté un œil sur la pièce, sur le vilain papier aux murs, le bureau anonyme, la table de nuit en kit achetée à l'hypermarché.

Est-ce que c'était une vie, ça ?

Loren se sentait vieille, sans avenir. Peut-être devrait-elle bouger, partir dans l'ouest, en Arizona ou bien au Nouveau-Mexique, dans une région neuve et ensoleillée. Recommencer de zéro quelque part où il fait beau. Mais à la vérité, elle n'aimait pas trop le grand air. Elle aimait le temps froid et pluvieux car il lui fournissait une excuse pour rester chez elle à regarder un film ou à lire sans culpabiliser.

L'ordinateur s'était mis en marche. Elle a regardé ses e-mails. Il y avait un message d'Ed Steinberg, envoyé dans l'heure :

Loren,

Je ne veux pas mettre mon nez dans le dossier de Trevor Wine sur Max Darrow sans le consulter. On fera ça demain matin. Voici les préliminaires. Dormez bien, et rendez-vous demain à neuf heures.

Chef

Il lui avait joint un fichier. Loren l'a téléchargé et a décidé de l'imprimer. Lire un texte trop long sur l'écran lui donnait mal aux yeux. Elle a sorti les feuilles de l'imprimante puis s'est glissée sous les couvertures. Oscar a réussi à sauter sur le lit, mais on voyait que l'effort lui coûtait. Le vieux chat s'est blotti contre Loren, qui aimait bien ça.

En parcourant le document, elle a été surprise de constater que Trevor Wine avait déjà échafaudé une hypothèse valable pour expliquer le crime. D'après les notes, Max Darrow, ancien enquêteur de police à Las Vegas et résidant actuellement à Raleigh Heights, dans le Nevada, avait été trouvé mort dans une voiture de location près du cimetière israélite à Newark. Le rapport spécifiait que Darrow était descendu à l'hôtel de l'aéroport, le *Howard Johnson*. Il avait loué une voiture dans une agence appelée LuxDrive. Le véhicule, une Ford Taurus, avait parcouru, conformément au relevé du compteur, seize kilomètres dans les deux jours où il avait été en sa possession.

Loren a tourné la page. Là, ça devenait intéressant.

Max Darrow avait été abattu sur le siège du conducteur de la voiture de location. Personne n'avait donné l'alerte. C'était une voiture de police qui avait repéré des traces de sang sur la vitre. Darrow avait le pantalon et le caleçon sur les chevilles, et son portefeuille avait disparu. Selon le rapport, il ne portait pas de bijoux quand il a été découvert, à croire que ceux-ci avaient été volés également.

D'après les notes préliminaires – à ce stade-là, tout était préliminaire –, le sang trouvé dans la voiture, surtout la trajectoire sur la vitre avant et le pare-brise, montrait que Darrow avait été tué alors qu'il était assis au volant. On avait relevé des éclaboussures à l'intérieur du caleçon et du pantalon ; il aurait donc été déshabillé avant le coup de feu, et pas après.

L'hypothèse de travail était évidente : Max Darrow avait décidé de prendre du bon temps ou, plus exactement, de se le payer. Il était tombé sur la mauvaise prostituée, qui avait attendu le moment propice – le pantalon baissé – pour le dévaliser. C'est là que ça s'était gâté, même s'il était difficile de dire comment. Peut-être Darrow, ancien flic, avait-il essayé de jouer les héros. À moins que la prostituée ait été trop à cran. Quoi qu'il en soit, elle a fini par tirer sur Darrow. Puis elle a pris tout ce qu'elle a pu trouver – portefeuille, bijoux – et elle a mis les voiles.

L'équipe d'investigation, en collaboration avec la police de Newark, passerait au peigne fin le milieu de la prostitution. Quelqu'un saurait et finirait par parler.

Affaire résolue.

Loren a reposé le rapport. L'hypothèse de Wine tenait la route, si l'on ignorait la découverte des empreintes de Darrow dans la chambre de sœur Mary Rose. Mais maintenant que la principale piste se révélait bouchée, que lui restait-il ? Eh bien, pour commencer, il devait s'agir d'une ingénieuse mise en scène.

Voyons un peu le topo.

Vous voulez tuer Darrow. Vous montez dans sa voiture. Vous lui collez un pistolet contre la tempe. Vous l'obligez à se rendre dans un quartier pourri et à baisser son pantalon – quiconque a suivi une enquête criminelle à la télé doit savoir que si on baisse le pantalon après le coup de feu, ça va se voir aux traces de sang. Puis vous lui tirez dans la tête et vous prenez son argent et ses bijoux pour faire croire à un crime crapuleux.

Trevor Wine a marché.

Sans aucun autre élément à sa disposition, Loren serait probablement parvenue à la même conclusion.

Alors, quelle serait, logiquement, l'étape suivante ?

Elle s'est assise sur son lit.

Wine partait du principe que Max Darrow était allé faire un tour en voiture et avait ramassé la fille qu'il ne fallait pas. Or, si ce n'était pas le cas – et ça, Loren en était convaincue –, comment l'assassin était-il monté dans la voiture de Darrow ? Ne serait-il pas plus logique de penser que quand Darrow a pris la voiture, il se trouvait déjà en compagnie de son meurtrier ?

Donc qu'il connaissait ce dernier. Ou, tout au moins, qu'il ne le jugeait pas dangereux.

Elle a vérifié le kilométrage. Seulement seize kilomètres. À supposer qu'il ait utilisé la voiture la veille, ma foi, il n'avait pas roulé beaucoup.

Il y avait encore un facteur à prendre en considération : d'autres empreintes avaient été relevées dans la chambre de sœur Mary Rose, plus précisément sur son corps.

OK, s'est dit Loren, peut-être que Darrow travaillait avec quelqu'un. Peut-être qu'il avait un complice. En ce cas, ils logeraient au même endroit, non ? Ou en tout cas à proximité l'un de l'autre.

Darrow était descendu au *Howard Johnson*.

Elle a consulté le document. LuxDrive, le loueur de voitures, avait une agence dans l'hôtel.

C'était donc là que tout avait commencé. Au *Howard Johnson*.

La plupart des hôtels sont équipés de caméras de surveillance. Trevor Wine avait-il pensé à examiner celles du *Howard Johnson* ?

Difficile à dire, mais ça vaudrait assurément le coup d'y jeter un coup d'œil.

D'une manière ou d'une autre, cette affaire pourrait attendre demain matin.

Elle a essayé de trouver le sommeil. Allongée sur le lit, elle a fermé les yeux. Elle a tenu ainsi plus d'une heure. De la pièce voisine lui parvenaient les ronflements de sa mère. La température était en train de monter. Loren sentait son sang bouillonner. Repoussant les couvertures, elle s'est levée. Impossible de dormir alors qu'un indice se profilait à l'horizon. Et puis, demain, elle aurait d'autres chats à fouetter, avec Ed Steinberg qui allait contacter le FBI et mettre Trevor Wine au parfum.

Si ça se trouve, on allait lui retirer l'enquête.

Loren a enfilé un survêtement, attrapé son portefeuille et sa plaque. Elle est sortie sur la pointe des pieds, a mis sa voiture en marche et démarré, direction le *Howard Johnson*.

27

IL N'Y A RIEN DE PIRE QUE DU PORNO MERDIQUE.

C'est ce que pensait Charles Talley, couché sur le lit de sa chambre d'hôtel, avant que le téléphone ne sonne. Il était en train de regarder un film porno bizarrement ficelé sur la chaîne payante Spectravision. Ça lui avait coûté douze dollars quatre-vingt-quinze, et en plus ils avaient coupé le meilleur, tous les plans rapprochés et… enfin, les organes génitaux, quoi, à la fois masculins et féminins.

Vous parlez d'une grosse daube.

Pire, pour meubler, le film repassait les mêmes séquences, encore et encore. Bon, alors la fille se laisse glisser à genoux, puis ils montrent le gars qui renverse la tête, puis la fille qui se laisse glisser, puis la tête du gars, puis la fille…

Horripilant.

Talley était à deux doigts d'appeler la réception pour leur cracher le fond de sa pensée. Ils étaient aux États-Unis d'Amérique, bordel ! Un homme avait le droit de regarder un film porno dans l'intimité de sa chambre d'hôtel. Un vrai porno. Du hard. Pas ce genre de bouillie. C'était bon pour Disney Channel, ça.

À ce moment-là, le téléphone a sonné. Talley a regardé sa montre.

Il était temps. Ça faisait des heures qu'il attendait ce coup de fil.

Il a décroché, collé le combiné contre son oreille. Sur l'écran, la fille haletait exactement de la même façon depuis dix bonnes minutes. Franchement, c'était une daube.

— Ouais.

Clic. Et la tonalité. On avait raccroché. Talley a contemplé l'appareil comme s'il pouvait lui fournir une réponse. Il a reposé le combiné et, se rasseyant, a attendu que ça sonne à nouveau. Au bout de cinq minutes, il a commencé à s'inquiéter.

Que se passait-il ?

Rien ne s'était déroulé comme prévu. Il était arrivé de Reno depuis, quoi, trois jours ? Il ne se rappelait plus très bien. Sa mission avait été simple et claire : suivre un gars nommé Matt Hunter, lui filer le train.

Pourquoi ?

Il n'en avait pas la moindre idée. On lui avait fixé le point de départ – sur le parking d'un immeuble abritant un gros cabinet d'avocats à Newark. À partir de là, il devait suivre Hunter partout où il allait.

Seulement ce type, Matt Hunter, l'avait repéré presque tout de suite.

Comment ?

Hunter était un amateur. Quelque chose là-dedans ne tournait pas rond. D'abord, Hunter l'avait découvert, puis – beaucoup plus grave –, quand Talley l'avait joint tantôt, Matt Hunter savait qui il était.

Il l'avait appelé par son nom, bon sang de bonsoir !

Talley était largué.

Et il ignorait comment gérer ça. Il avait donné quelques coups de fil pour essayer de comprendre ce qui se passait, mais personne n'avait répondu.

Ça l'avait perturbé encore plus.

Talley avait peu de talents. Il connaissait les effeuilleuses et savait comment les traiter et il savait cogner. C'était à peu près tout. D'ailleurs, quand on y pense, les deux allaient de pair. Si on voulait faire marcher une boîte à strip-tease, il fallait savoir cogner.

Du coup, lorsque les choses se gâtaient – comme c'était le cas en ce moment –, il choisissait toujours la même position de repli. La violence. Cogner et cogner fort. Il avait été condamné trois fois pour coups et blessures, mais, dans sa vie il avait dû en arranger une bonne cinquantaine. Dont deux étaient morts.

Ses outils de travail préférés étaient l'arme de défense électrique et le coup-de-poing américain. Talley a fouillé dans son sac. D'abord, il a sorti son arme flambant neuve. On appelait ça le téléphone factice électrochoc et il avait l'exacte apparence d'un téléphone mobile. Ce joujou-là lui avait coûté soixante-neuf dollars sur Internet. On pouvait l'emporter n'importe où. On pouvait faire semblant de parler dedans, puis paf ! on pressait un bouton et l'« antenne » envoyait à votre ennemi une décharge de cent quatre-vingt mille volts.

Ensuite, il a récupéré son coup-de-poing américain. Il préférait les modèles récents, avec une plus grande étendue d'impact. Non seulement ils augmentaient la surface de collision, mais ils amortissaient le choc quand on tapait sur quelque chose de dur.

Talley a posé le faux téléphone et le coup-de-poing sur la table de nuit. Puis il est retourné à son film, dans l'espoir que ça allait s'améliorer. De temps à autre, il jetait un coup d'œil sur ses armes. Ça aussi, c'était bandant, aucun doute.

Il a essayé de réfléchir à sa situation.

Vingt minutes plus tard, on a frappé à sa porte. Il a regardé le réveil à son chevet : presque une heure du matin. Sans bruit, il a glissé du lit.

On a frappé à nouveau, avec plus d'insistance.

À pas de loup, il s'est approché de la porte.

— Talley ? Tu es là ?

Il a risqué un coup d'œil dans l'œilleton. *Nom de… !* Matt Hunter !

Une vague de panique l'a submergé. Comment diable Hunter avait-il fait pour le retrouver ?

— S'il te plaît, ouvre-moi, Talley ! Je veux juste te parler, c'est tout.

Talley n'a pas réfléchi. Il a réagi au quart de tour.

— Une seconde.

Toujours tout doucement, il est retourné près de son lit et a enfilé le coup-de-poing sur sa main gauche. Dans la droite, il tenait le téléphone portable comme s'il était en pleine conversation.

Avant d'abaisser la poignée de la porte, il a regardé à nouveau dans l'œilleton.

Matt Hunter n'avait pas bougé.

Talley a planifié les trois mouvements suivants. C'est ce que faisaient les grands : ils planifiaient tout.

Il allait ouvrir la porte, tout en feignant de parler au téléphone. Il ferait signe à Hunter d'avancer. Puis, dès qu'il serait à portée de main, il le frapperait avec son arme. Il viserait à la poitrine – une cible facile à toucher. Au même moment, de la main gauche, il lui assènerait un crochet dans les côtes.

Charles Talley a ouvert la porte.

— OK, a-t-il dit dans son faux téléphone. OK, d'accord.

D'un geste du menton, il a fait signe à Hunter d'entrer.

Et Hunter est entré.

28

MATT A HÉSITÉ À L'ENTRÉE DE LA CHAMBRE 515, mais peu de temps.

Il n'avait pas vraiment le choix. Il ne pouvait pas lui parler dans le couloir. Il a donc pénétré dans la chambre, ignorant encore comment présenter les choses, ni quel rôle Talley jouait là-dedans. Il avait décidé d'y aller franco et de voir ce que ça donnerait. Talley avait-il aidé à monter ce coup contre lui ? Était-il l'homme sur la vidéo… Et si oui, pourquoi cette photo prise à un autre moment ?

Matt est entré.

Charles Talley continuait à parler au téléphone. En fermant la porte, Matt a dit :

— Je crois qu'on pourrait se rendre service mutuellement.

C'est là que Talley a touché sa poitrine avec le téléphone portable.

Son corps tout entier a été comme court-circuité. Sa colonne vertébrale s'est étirée. Ses doigts se sont écartés. Ses orteils se sont raidis. Ses yeux se sont écarquillés.

Il voulait que ce téléphone s'éloigne. Il voulait le repousser. Seulement il était incapable de bouger. Son cerveau hurlait mais son corps refusait d'écouter.

Le flingue, a-t-il pensé. Sors ton flingue.

Charles Talley a levé le poing. Matt le voyait clairement. À nouveau, il a essayé de réagir, ne serait-ce que pour reculer, mais l'électrochoc avait dû couper le contact entre certaines synapses du cerveau. Son corps ne lui obéissait plus.

Talley l'a frappé à la base de la cage thoracique.

Ç'a été comme un coup de massue dans l'os. Foudroyé par la douleur, Matt est tombé à la renverse. Il a cligné des yeux et, à travers les larmes, a regardé le visage souriant de Charles Talley.

Le flingue… Sors ce putain de flingue…

Ses muscles étaient tétanisés.

Calme-toi. Allez, on se détend…

Debout au-dessus de lui, Talley tenait le téléphone portable dans une main. Sur l'autre, il portait un coup-de-poing américain.

Matt a songé vaguement à son propre portable. Celui qu'il avait à la ceinture. En bas, Celia était à l'écoute. Il a ouvert la bouche pour l'appeler.

Talley l'a frappé encore une fois avec ce qui devait être une arme électrique. Les volts se sont propagés à travers son système nerveux. Ses muscles, y compris ceux des mâchoires, se sont contractés, pris de tremblements incontrôlables.

Son cri, son appel au secours, n'a jamais franchi ses lèvres.

Souriant, Charles Talley lui a montré son poing gainé de cuivre. Impuissant, Matt ne pouvait que l'observer.

En prison, certains gardiens portaient des armes de défense électriques. Elles provoquaient, avait-il appris, la surcharge et donc l'interruption du système de communication interne. Le courant copiait les impulsions électriques du corps, semant la confusion, donnant l'ordre aux muscles de fonctionner à leur maximum.

La victime se retrouvait paralysée.

Matt a regardé Talley brandir le poing. Il avait envie d'attraper son Mauser pour exploser cet enfant de salaud. Le pistolet était là, tout près, dans sa ceinture, mais il aurait aussi bien pu se trouver dans un autre État.

Le poing a fondu sur lui.

Matt aurait voulu lever le bras, rouler sur le côté, faire quelque chose, n'importe quoi. Il ne pouvait pas. Le coup le visait à la poitrine. Il l'a vu arriver comme au ralenti.

Le métal lui a écrasé le sternum.

Il a eu l'impression que ses os lui rentraient dans le cœur. Que son sternum était fait de polystyrène. Matt a ouvert la bouche en un cri de détresse muette, le souffle coupé. Ses yeux se sont révulsés.

Quand enfin il a réussi à y voir clair, le coup-de-poing prenait la direction de son visage.

Matt s'est débattu, seulement il était faible. Trop faible. Ses muscles ne réagissaient toujours pas. Son réseau de communication interne ne s'était pas reconnecté. Pourtant quelque chose de primitif, un instinct animal de survie, lui a permis de détourner la tête.

Le coup-de-poing lui a éraflé l'arrière du crâne. La peau a éclaté. La douleur lui a transpercé la tête. Ses yeux se sont fermés. Cette fois, il ne les a pas rouverts. Quelque part à distance, il a entendu une voix, une voix familière, crier :

— Non !

Mais il l'avait probablement rêvé. Entre les coups et les électrochocs, son cerveau avait dû disjoncter.

Talley a frappé encore. Et encore. Il a peut-être continué à frapper, difficile de savoir : Matt était beaucoup trop loin pour s'en apercevoir.

29

— TALLEY ? TU ES LÀ ?

En entendant la voix de Matt dans le téléphone portable, Celia Shaker s'est ragaillardie. Le son n'était pas terrible, mais au moins on comprenait ce qu'il disait.

— S'il te plaît, ouvre-moi, Talley ! Je veux juste te parler, c'est tout.

La réponse, étouffée, lui est parvenue indistinctement. Celia s'est efforcée d'y voir clair, de se concentrer. Elle était garée en double file devant l'entrée de l'hôtel. Vu l'heure, personne n'irait l'enquiquiner.

Et si elle y allait à son tour ? Voilà qui serait malin. Matt se trouvait déjà au cinquième étage, à en juger par la voix étouffée. Si jamais ça tournait mal, il lui faudrait un moment pour arriver là-haut. Mais Matt avait été catégorique. Il pensait que la meilleure solution serait d'affronter Talley seul à seul. Si elle se faisait repérer avant qu'ils n'aient l'occasion de s'expliquer, ça risquait fort de compliquer les choses.

D'après ce qu'elle pouvait voir, il n'y avait personne dans le hall. Celia a décidé d'y aller.

La surveillance n'était pas sa tasse de thé. Tout simplement parce qu'elle se faisait trop remarquer. Elle n'avait jamais été Rockette ni danseuse quelconque – ben oui, elle connaissait les rumeurs –, mais elle avait renoncé depuis longtemps à essayer de passer inaperçue. Celia avait grandi vite. À douze ans, elle en paraissait facilement dix-huit. Aimée des garçons, détestée des filles. Avec le recul, c'était plutôt normal.

Aucune de ces attitudes ne la dérangeait vraiment. Ce qui la gênait, surtout dans sa jeunesse, c'étaient les regards des hommes plus âgés, y compris des membres de sa famille, des hommes qu'elle aimait et en qui elle avait confiance. Non, il ne s'était rien passé. Sinon qu'on apprend de bonne heure les effets pervers que le désir et la concupiscence peuvent avoir sur l'esprit. Et c'est rarement joli à voir.

Au moment de pénétrer dans le hall, Celia a entendu un bruit bizarre dans son téléphone.

Qu'est-ce que ça pouvait bien être ?

Les portes vitrées ont coulissé devant elle. Une clochette a tinté. Celia gardait le téléphone collé à son oreille. Rien. Aucun son, personne ne parlait.

Ce n'était pas bon signe.

Un bruit fracassant a retenti dans l'écouteur, la faisant tressaillir. Celia s'est précipitée vers les ascenseurs.

Le gars derrière le comptoir est sorti en traînant les pieds. À sa vue, il a rentré sa bedaine et souri.

— Puis-je vous aider ?

Elle a appuyé sur le bouton d'appel.

— Mademoiselle ?

C'était le veilleur de nuit.

Aucun écho de conversation ne provenait de son téléphone. Elle a senti un souffle glacé dans son cou. Tant pis, elle prenait le risque. Celia a rapproché l'appareil de sa bouche.

— Matt ?

Pas de réponse.

Zut ! elle avait oublié qu'elle avait coupé le son.

Un autre bruit étrange… comme une espèce de grognement. Mais en plus sourd. Une sorte de suffocation.

Que diable faisait ce fichu ascenseur ?

Et où diable était la touche pour remettre le son ?

Elle a trouvé la touche d'abord, tout en bas, à droite. Son pouce a tâtonné avant de l'enfoncer. Lorsque la petite icône silencieuse a disparu de l'écran, elle a porté le téléphone à sa bouche.

— Matt ? a-t-elle crié. Matt, tout va bien ?

Nouveau cri étranglé. Puis une voix – pas celle de Matt – a dit :

— Mais qu'est-ce qui… ?

Derrière elle, le veilleur de nuit a demandé :

— Un problème, mademoiselle ?

Celia continuait à presser le bouton d'appel de l'ascenseur. *Allez, allez…*

Dans le téléphone :

— Matt, tu es là ?

Clic. Et ensuite le silence. Un silence total. Son cœur battait comme s'il avait voulu s'échapper.

Que faire ?

— Mademoiselle, je dois vous prier…

La porte de l'ascenseur s'est ouverte. Celia s'est ruée dans la cabine. Le veilleur de nuit a tendu la main pour empêcher la porte de se refermer. Celia portait son arme dans un étui sous son bras. Pour la toute première fois de sa carrière, elle l'a dégainée.

— Lâchez cette porte.

L'homme a retiré sa main comme si elle ne lui appartenait pas.

— Appelez la police ! a-t-elle lancé. Dites-leur que vous avez une urgence au cinquième étage.

La porte s'est fermée. Elle a appuyé sur le bouton du cinquième. Matt ne serait peut-être pas ravi qu'on ait prévenu la police, mais à partir de maintenant c'est elle qui menait le jeu. La cabine a gémi et s'est mise à gravir les étages poussivement.

Celia tenait son arme dans sa main droite. L'index en l'air, elle s'acharnait sur le bouton du cinquième. Comme si cela pouvait changer quelque chose. Comme si l'ascenseur, sentant qu'elle était pressée, allait monter plus vite.

Dans sa main gauche, elle serrait son téléphone. À la hâte, elle a composé le numéro de Matt.

Pas de sonnerie, juste sa boîte vocale : « *Je ne suis pas disponible pour le moment… * »

Celia a lâché un juron. Elle s'est placée pile devant l'ouverture, afin de ne pas avoir à attendre que la porte s'ouvre complètement pour sortir aussi vite que possible. À chaque étage, la cabine émettait un signal sonore, à l'intention des aveugles ; finalement, elle s'est immobilisée dans un tintement.

Celia s'est courbée tel un sprinteur démarrant en position debout. Quand les portes ont commencé à coulisser, elle les a écartées avec les deux mains et s'est extirpée dehors.

Elle était dans le couloir.

Personne en vue, mais elle a entendu des pas : quelqu'un s'enfuyait en courant.

— Halte !

L'autre n'a pas ralenti. Elle non plus. Elle a foncé

257

dans le couloir, l'arme à la main, même s'il n'était pas question de tirer.

Depuis combien de temps avait-elle perdu le contact avec Matt ?

Une lourde porte a claqué au fond du couloir. La sortie de secours, à coup sûr. Donnant sur l'escalier.

Tout en courant, Celia comptait les numéros des chambres. Arrivée à la 511, elle a vu que la porte de la 515 – deux chambres plus loin – était grande ouverte.

Elle a hésité – fallait-il suivre le fuyard dans l'escalier ou aller voir ce qu'il se passait chambre 515 ? –, pas très longtemps.

Celia a accéléré le pas, le pistolet à la main.

Les yeux clos, Matt gisait inanimé sur le dos. Mais ce n'est pas ça qui l'a choquée.

Ce qui l'a choquée, c'est la personne agenouillée auprès de lui.

Celia a failli lâcher son arme.

Elle s'est arrêtée un instant, l'air incrédule. Puis elle a pénétré dans la chambre. Matt ne bougeait toujours pas. Une flaque de sang s'était formée derrière sa tête.

Celia avait le regard rivé sur l'autre personne dans la pièce.

La personne penchée au-dessus de Matt.

Elle avait les yeux rouges et son visage était maculé de larmes.

Celia l'avait reconnue tout de suite.

Olivia.

30

LOREN MUSE A PRIS LA SORTIE FRONTAGE ROAD et s'est engagée sur le parking du *Howard Johnson*. Une voiture était garée en double file devant l'entrée de l'hôtel.

Elle a écrasé la pédale du frein.

Cette voiture-là, une Lexus, elle l'avait vue sur le parking d'EDC moins de une heure plus tôt.

Il ne pouvait s'agir d'une coïncidence.

Elle a effectué une manœuvre pour se garer devant la porte et a fixé son arme à sa ceinture. Le bouclier y était déjà. Les menottes pendaient dans son dos. Loren s'est hâtée vers la voiture : personne à l'intérieur. Les clés étaient sur le tableau de bord. Les portières n'étaient pas verrouillées.

Elle a ouvert la portière de la Lexus.

Était-ce légal ? On pourrait dire que oui. La voiture était ouverte, avec la clé dessus, au vu et au su de tout le monde. Si elle intervenait, c'était pour protéger son propriétaire. Ce qui légitimait son action, non ?

Loren a rabattu ses manches sur ses mains, formant des mitaines improvisées pour ne pas laisser d'empreintes. Puis elle a essayé de fouiller parmi les papiers dans la boîte à gants. Ça n'a pas été long. C'était une voiture de société, appartenant à EDC. Mais une facture de chez Midas indiquait qu'elle avait été déposée par une certaine Celia Shaker.

Loren connaissait ce nom. Les gars du bureau parlaient d'elle avec un peu trop d'enthousiasme. Avec un corps pareil, prétendaient-ils, elle pouvait faire basculer un film de la catégorie « contrôle parental souhaité » à « interdit aux moins de seize ans ».

Quel était son lien avec Hunter ?

Loren a embarqué les clés : pas question de laisser filer Mlle Shaker sans lui avoir dit deux mots d'abord. Elle est entrée dans l'hôtel et s'est dirigée vers la réception. L'homme derrière le comptoir pantelait comme s'il avait couru.

— Vous êtes revenus ? s'est-il enquis.

— Revenus ?

Ce n'était pas la meilleure façon d'entamer un interrogatoire, mais bon, c'était un début.

— Les autres flics sont partis avec l'ambulance, il y a une heure environ.

— Quels autres flics ?

— Vous n'êtes pas avec eux ?

Loren s'est approchée.

— Vous vous appelez comment ?

— Ernie.

— Ernie, si vous me racontiez ce qui s'est passé ici ?

— Ben, c'est comme je l'ai dit aux autres.

— Maintenant, répétez-le pour moi.

Ernie a poussé un soupir théâtral.

— Bon, alors voilà. D'abord, ce gars qui fait irruption dans l'hôtel.

— Quand ? l'a interrompu Loren.

— Quoi ?

— Quelle heure était-il ?

— Je ne sais pas. Ça devait être il y a deux heures. Vous n'êtes pas au courant ?

— Continuez.

— Donc, ce gars, il prend l'ascenseur et monte. Quelques minutes plus tard, voilà la grande perche qui débarque et qui fonce vers les ascenseurs.

Il a toussoté dans son poing.

— Moi, je l'interpelle. Je lui demande s'il y a un problème. Je fais mon boulot, quoi.

— Et à l'homme, vous lui avez demandé s'il y avait un problème ?

— Hein ? Non.

— Mais vous l'avez demandé à la... (Loren a dessiné des guillemets avec ses doigts)... grande perche.

— Attendez une minute. Ce n'était pas vraiment une grande perche. Je ne voudrais pas que vous me compreniez de travers. Elle était grande, oui. Mais c'est tout. Grande et svelte. Comme ces nanas dans les films d'amazones, vous voyez le genre ?

— Tout à fait, Ernie.

Ça ressemblait bien à Celia Shaker.

— Vous avez donc demandé à Mlle l'Amazone s'il y avait un problème ?

— Ouais, quelque chose dans le genre. Et la fille, cette *grande* fille, elle a sorti un flingue – un flingue ! – et m'a dit d'appeler les flics.

Il a marqué une pause, s'attendant à une réaction horrifiée.

— C'est ce que vous avez fait ?

— Bon Dieu, oui ! Enfin quoi, elle m'a menacé avec son arme ! Vous imaginez un peu ?

— J'essaie, Ernie. Et ensuite ?

— Elle est dans l'ascenseur, OK ? Avec le flingue braqué sur moi jusqu'à ce que les portes se ferment. Du coup, j'ai appelé les flics. Il y avait deux gars de Newark qui mangeaient à côté. Ils sont arrivés en un rien de temps. Je leur ai dit qu'elle était montée au cinquième. Alors ils y sont allés.

— Vous n'avez pas parlé d'une ambulance ?

— Ils ont dû en appeler une.

— Qui, les flics ?

— Nan. Enfin, peut-être. À mon avis, c'est plutôt les femmes qui ont téléphoné de la chambre.

— Quelle chambre ?

— Écoutez, je ne suis pas monté là-haut et je n'ai rien vu, moi.

Les yeux d'Ernie se sont étrécis, jusqu'à former deux fentes étroites.

— Ce que vous me demandez là, c'est des infos de seconde main. N'êtes-vous pas censée m'interroger sur ce que j'ai vu de mes propres yeux ou ce dont j'ai une connaissance directe ?

— Nous ne sommes pas au tribunal, a-t-elle riposté sèchement. Que s'est-il passé là-haut ?

— Je ne sais pas. Quelqu'un s'est fait tabasser.

— Qui ?

— Je viens de le dire : je ne sais pas.

— Homme, femme, Blanc, Noir ?

— Oh ! je vois. Mais il y a un truc que je ne pige pas. Pourquoi me demander à moi ? Pourquoi vous ne… ?

— Répondez-moi, Ernie. Je n'ai pas le temps de téléphoner à droite et à gauche.

— Pas forcément à droite et à gauche, vous pourriez simplement contacter par radio les flics qui étaient là tout à l'heure, les gars de Newark…

Une note métallique perçait dans la voix de Loren.

— Ernie.

— OK, OK, relax ! C'était un homme, d'accord ? Blanc. La trentaine, à peu près. On l'a sorti sur une civière.

— Que lui est-il arrivé ?

— Quelqu'un l'a tabassé, je crois.

— Et tout cela s'est passé au cinquième étage ?

— Ouais, j'en ai bien l'impression.

— Ces femmes dont vous avez parlé. Celles qui auraient appelé l'ambulance.

— Oui, j'ai dit ça.

Il a souri, comme s'il était fier de lui. Loren aussi a eu envie de sortir son arme.

— Combien étaient-elles, Ernie ?

— Comment ? Oh ! deux.

— L'une d'elles était la grande fille qui vous avait menacé avec son arme ?

— Ouais.

— Et la seconde ?

Ernie a regardé d'un côté, puis de l'autre. Enfin, se penchant, il a chuchoté :

— Je pense que c'était la femme du type.

— Celui qui s'est fait tabasser ?

— Oui.

— Pourquoi pensez-vous ça ?

Il a continué à parler à voix basse :

— Parce qu'elle est partie avec lui. Dans l'ambulance.

— Et pourquoi sommes-nous en train de chuchoter ?

— Ben, j'essaie d'être, comme qui dirait, discret.

Loren lui a demandé, sur le même ton :

— Pourquoi, Ernie ? Pourquoi faut-il qu'on soit, comme qui dirait, discrets ?

— Parce que l'autre femme – l'épouse – était là depuis deux nuits déjà. Mais pas le mari.

Il s'est penché par-dessus le comptoir. Loren a humé un relent, comme qui dirait, de mauvaise haleine chronique.

— Tout à coup, le mari débarque, il y a une bagarre…

Il s'est interrompu, haussant les sourcils, comme si l'explication était évidente.

— Et qu'est-il arrivé à notre amazone ?

— Celle qui m'a menacé avec le flingue ?

— Oui, Ernie, a acquiescé Loren, réprimant difficilement son impatience. Celle qui vous a menacé avec le flingue.

— Les flics l'ont arrêtée. Lui ont passé les menottes et tout.

— Cette femme que vous pensez être l'épouse, celle qui était là depuis deux jours, vous avez son nom ?

Il a secoué la tête.

— Non, désolé, je ne l'ai jamais entendu.

— Il ne figure pas dans le registre de l'hôtel ?

Le regard d'Ernie s'est illuminé.

— Si. Si, bien sûr. On prend également l'empreinte de la carte de crédit et tout.

— Parfait.

Loren s'est frotté l'arête du nez avec le pouce et l'index.

— Alors, à tout hasard, Ernie… si vous me trouviez son nom ?

— Pas de problème, je peux faire ça. Voyons voir…

Il s'est tourné vers l'ordinateur et s'est mis à taper.

— Elle était dans la chambre 522, il me semble. Attendez, ça y est.

Il a fait pivoter le moniteur vers Loren.

L'occupante de la chambre 522 se nommait Olivia Hunter. Pendant un moment, Loren s'est contentée de fixer l'écran.

Ernie a indiqué l'inscription.

— C'est marqué Olivia Hunter.

— Oui, je vois ça. Dans quel hôpital sont-ils allés ?

— Beth Israel, je crois.

Loren lui a tendu sa carte avec le numéro de son téléphone portable.

— Appelez-moi si vous pensez à quelque chose d'autre.

— Entendu.

Puis elle a foncé à l'hôpital.

31

MATT HUNTER S'EST RÉVEILLÉ.

Face à lui, le visage d'Olivia.

Pas de doute, il était bien réel. Matt n'était pas dans un de ces états où l'on se demande si l'on rêve ou non. Le visage de sa femme était dénué de couleur. Ses yeux étaient rouges. On voyait bien qu'elle avait peur, et la seule pensée – qui n'avait rien à voir avec des réponses ou des explications –, la seule pensée cohérente qu'il a eue a été : « Qu'est-ce que je peux faire pour la rassurer ? »

La pièce était brillamment éclairée. Le visage d'Olivia, toujours aussi beau, était encadré par quelque chose de blanc qui ressemblait à un rideau de douche. Il a essayé de lui sourire. Son crâne l'élançait comme un pouce qui se serait pris un coup de marteau.

Elle était en train de l'observer. Il a vu ses yeux s'emplir de larmes.

— Je suis désolée, a-t-elle murmuré.

— Je vais bien.

Il se sentait planer un peu. Les antalgiques, vraisemblablement. Morphine et compagnie. Ses côtes lui faisaient mal, mais c'était une douleur sourde. Il s'est souvenu de l'homme dans la chambre d'hôtel, Talley, l'homme aux cheveux aile de corbeau. Il s'est souvenu de la sensation paralysante, de la chute, du coup-de-poing américain.

— Où sommes-nous ? a-t-il demandé.

— Aux urgences de l'hôpital Beth Israel.

Il a souri, réellement cette fois.

— Je suis né ici, tu sais.

C'était sûr et certain, on avait dû lui administrer une substance quelconque : un calmant, un myorelaxant, n'importe.

— Qu'est-il arrivé à Talley ? s'est-il enquis.

— Il a pris la fuite.

— Tu étais dans sa chambre ?

— Non. J'étais dans le couloir.

Il a fermé les yeux, juste une fraction de seconde. La dernière phrase ne cadrait pas – elle était dans le couloir ? Du coup, il s'est efforcé de remettre de l'ordre dans ses idées.

— Matt ?

Il a cillé à plusieurs reprises, cherchant à ré-accommoder.

— Tu étais dans le couloir ?

— Oui. Je t'ai vu entrer dans sa chambre, alors j'ai suivi.

— Tu logeais dans cet hôtel ?

Mais avant qu'elle ne puisse répondre, le rideau s'est écarté.

— Ah ! a fait le médecin.

Il avait un accent – pakistanais ou peut-être indien.

— Comment nous sentons-nous ?

— En pleine forme, a dit Matt.

Le médecin leur a souri. Sur sa blouse, on lisait son nom : Patel.

— Votre femme m'a dit que vous vous étiez fait agresser… elle pense que l'agresseur s'est servi d'une arme à électrochocs.

— Je crois, oui.

— En un sens, tant mieux. Ces armes-là ne causent pas de dégâts permanents. Elles ne font que vous neutraliser pour un temps.

— Super, a acquiescé Matt. Je vis sous une bonne étoile.

Patel s'est esclaffé, a vérifié quelque chose sur sa feuille de température.

— Vous avez subi une commotion. La côte est probablement fêlée, on en sera sûr une fois que vous aurez passé une radio. Ça n'a pas grande importance : contusion ou fracture, le seul traitement, c'est le repos. Je vous ai déjà donné quelque chose contre la douleur. Mais il vous en faudra peut-être plus.

— OK.

— Je vous garde pour la nuit.

— Non.

Patel a levé les yeux.

— Non ?

— Je veux rentrer chez moi. Ma femme me soignera.

Patel a regardé Olivia, qui a hoché la tête.

— Vous vous doutez bien que ce n'est pas recommandé ?

— Oui, on sait, a opiné Olivia.

À la télé, le médecin se bagarre toujours avec le patient qui veut rentrer chez lui. Patel, lui, s'est contenté de hausser les épaules.

— Très bien, vous n'avez plus qu'à signer le formulaire de sortie, et vous êtes libre.

— Merci, docteur, a fait Matt.

Nouveau haussement d'épaules.

— Portez-vous bien, alors.

— Vous aussi.

Il a tourné les talons.

— La police est là ? a demandé Matt.

— Ils viennent de partir, mais ils reviendront.

— Qu'est-ce que tu leur as dit ?

— Pas grand-chose. Ils ont cru qu'il s'agissait d'une querelle conjugale. Que tu m'avais surprise avec un autre homme.

— Et Celia, où est-elle ?

— Elle a été arrêtée.

— Quoi ?

— Elle avait sorti son arme pour que le réceptionniste la laisse passer.

Matt a secoué sa tête endolorie.

— On va devoir la tirer de là.

— Elle a dit que ce n'était pas la peine, elle se débrouillerait.

Il a entrepris de s'asseoir. La douleur lui a transpercé la nuque à la manière d'une lame chauffée à blanc.

— Matt ?

— Ça va aller.

Et c'était vrai. Il avait déjà connu pire, en matière de raclée. Bien pire que ça. Il arriverait à gérer. Il a fini de s'asseoir et a regardé Olivia dans les yeux. Elle avait l'air de quelqu'un qui s'attend à être frappé.

— C'est grave, hein ? a dit Matt.

La poitrine d'Olivia s'est soulevée convulsivement. Ses yeux ont débordé.

— Je ne sais pas encore, a-t-elle répondu. Mais oui, c'est assez grave.

— Faut-il y mêler la police ?

— Non.

Les larmes commençaient à couler sur ses joues.

— Pas avant que je t'aie tout raconté.

Il a basculé ses jambes hors du lit.

— Alors fichons le camp d'ici, vite.

Loren a compté six personnes dans la file d'attente au service des urgences. Lorsqu'elle les a doublées, toutes les six se sont mises à râler. Sans leur prêter attention, elle a jeté sa plaque sur le bureau d'accueil.

— On vous a amené un patient il y a quelque temps.

— Vous plaisantez.

La femme assise derrière le bureau a levé les yeux par-dessus ses demi-lunes et promené son regard sur la salle d'attente bondée.

— Un patient, dites-vous ?

Elle était en train de mâcher un chewing-gum.

— Ben oui, j'avoue, vous nous avez pris la main dans le sac. On nous a amené un patient il y a quelque temps.

La file d'attente a ricané. Loren s'est empourprée.

— Il a été victime d'une agression. Au *Howard Johnson*.

— Ah ! celui-là. Il est parti.

— Parti ?

— Il y a cinq minutes, oui.

— Où est-il allé ?

La femme lui a fait les gros yeux.

— OK, a dit Loren. Peu importe.

Son portable a sonné. Elle l'a ouvert et a aboyé :

— Muse.

— Euh… c'est vous, la femme policier qui est passée tout à l'heure ?

Elle a reconnu la voix.

270

— Oui, Ernie. Qu'y a-t-il ?

Il a gémi tout bas.

— Il faut que vous reveniez.

— De quoi s'agit-il ? Ernie ?

— Il est arrivé quelque chose. Je crois… je crois qu'il est mort.

32

MATT ET OLIVIA AVAIENT REMPLI TOUS LES PAPIERS NÉCES-SAIRES, mais ni l'un ni l'autre n'avait de voiture. Celle de Matt était garée devant chez EDC. Celle d'Olivia, au *Howard Johnson*. Ils ont appelé un taxi et attendu devant l'entrée.

Matt était assis dans un fauteuil roulant. Debout à côté de lui, Olivia regardait droit devant elle. Il faisait chaud et moite, et cependant elle avait croisé les bras, serrant ses épaules. Elle portait un chemisier sans manches et un pantalon kaki. Ses bras étaient fermes et bronzés.

Le taxi est arrivé. Matt s'est levé avec effort. Olivia a voulu l'aider, mais il l'a repoussée d'un geste. Ils se sont installés à l'arrière. Leurs corps ne se touchaient pas. Ils ne se tenaient pas par la main.

— Bonsoir, a dit le chauffeur, regardant dans le rétroviseur. C'est pour aller où ?

Il avait la peau foncée et parlait avec une sorte d'accent africain. Matt lui a donné leur adresse à Irvington. Le chauffeur était bavard. Il venait du Ghana, leur a-t-il annoncé, et avait six enfants. Deux vivaient ici avec lui, les autres étaient restés au pays avec sa femme.

Matt faisait de son mieux pour entretenir la conversation, Olivia, elle, regardait par la fenêtre en silence. À un moment, il lui a pris la main. Elle s'est laissé faire, mais sa main était inerte.

— Tu as vu le Dr Haddon ? lui a-t-il demandé.

— Oui.

— Et ?

— Tout va bien. La grossesse devrait se dérouler normalement.

Du siège avant, le chauffeur s'est exclamé :

— La grossesse ? Vous allez avoir un bébé ?

— Eh oui ! a répondu Matt.

— Votre premier ?

— Oui.

— C'est une telle bénédiction, mon ami.

— Merci.

Ils se trouvaient à présent à Irvington, dans Clinton Avenue. Devant eux, le feu est passé au rouge. Le chauffeur s'est arrêté.

— C'est ici qu'on tourne à droite, hein ?

Matt a jeté un coup d'œil par la vitre, s'apprêtant à opiner, quand quelque chose a accroché son regard. Leur maison se trouvait en effet un peu plus loin à droite. Mais ce n'est pas ça qui a attiré son attention.

Une voiture de police était garée dans la rue.

— Une seconde, a-t-il dit.

— Pardon ?

Il a entrouvert la vitre. Le moteur de la voiture de police tournait au ralenti. Bizarre… Il a regardé en direction du carrefour. Lawrence le clodo était en train de tituber avec son inséparable sac de papier brun, en chantant le vieux classique des Four Tops, *Bernadette*.

Matt s'est penché au-dehors.

— Eh, Lawrence !

— « … et je ne trouverai jamais l'amour que j'ai trouvé dans ton… »

S'interrompant en pleine phrase, Lawrence a mis une main en visière et plissé les yeux. Le visage fendu d'un sourire, il s'est approché d'un pas chancelant.

— Dis donc, Matt ! Regardez-moi ça, on roule en taxi maintenant.

— Ben oui.

— T'étais sorti boire un coup, non ? Je m'en souviens. Tu voulais pas boire et conduire, pas vrai ?

— C'est bien ça, Lawrence.

— Ouh là !

Il a désigné le bandage sur la tête de Matt.

— Qu'est-ce qui t'est arrivé ? Tu sais à qui tu me fais penser, avec la tête bandée ?

— Lawrence…

— Au bonhomme qui défile sur ce vieux tableau, celui qui joue de la flûte. Ou du tambour ? Je me rappelle jamais. Il a un bandage sur la tête, exactement comme toi. C'est quoi, le nom du tableau, déjà ?

Matt a essayé de réorienter la conversation.

— Lawrence, tu vois le flic dans la voiture, là-bas ?

— Quoi… (Il s'est penché plus près)… c'est lui qui t'a fait ça ?

— Non, non, pas du tout. Je vais bien.

Lawrence était parfaitement positionné pour masquer le visage de Matt à l'occupant de la voiture de police. Si jamais le flic regardait par là, il pourrait croire que Lawrence faisait la manche.

— Ça fait combien de temps qu'il est garé ici ? a demandé Matt.

— J'en sais rien. Un quart d'heure, vingt minutes. Le

temps file, Matt. Plus on vieillit, plus il passe vite. Fais confiance à Lawrence.

— Est-ce qu'il est sorti de la voiture ?

— Qui ça ?

— Le flic.

— Ah çà ! oui. Même qu'il est allé frapper chez toi.

Lawrence a souri.

— Oh ! je vois. T'as des ennuis, hein, Matt ?

— Moi ? Je suis bien trop gentil !

Ça a bien plu à Lawrence.

— Je sais. En tout cas, bonne nuit à toi, Matt.

Il s'est penché un peu plus par la vitre.

— À toi aussi, Liv.

Olivia a répondu :

— Merci, Lawrence.

En voyant son visage, Lawrence a marqué une pause. Il a regardé Matt et s'est redressé. Puis il a ajouté doucement :

— Faites attention, vous deux.

— Merci, Lawrence.

Matt a tapoté sur l'épaule du chauffeur.

— Changement de destination.

— Je ne vais pas avoir de problèmes à cause de ça ? a fait le chauffeur.

— Absolument pas. J'ai eu un accident, et ils veulent que je leur raconte comment c'est arrivé. Nous, on préfère attendre demain matin.

Le chauffeur n'était pas convaincu, mais il n'avait pas l'intention de discuter non plus. Le feu est passé au vert. Le taxi a redémarré, tout droit au lieu de tourner à droite.

— Alors, on va où ?

Matt lui a donné l'adresse d'EDC à Newark. Comme ça, s'ils récupéraient sa voiture, ils pourraient aller parler quelque part. La question était de savoir où. Il a consulté sa montre : trois heures du matin.

Le chauffeur s'est engagé sur le parking.

— Ça va, ici ?

— Parfait, merci.

Ils sont descendus. Matt a réglé la course.

— Je prends le volant, a déclaré Olivia.

— Je me sens bien.

— Mais oui, c'est ça. Tu viens juste de te faire démolir et tu es complètement shooté aux médicaments.

Elle a tendu la main.

— Donne-moi tes clés.

Il a obtempéré. Ils sont montés dans la voiture et se sont dirigés vers la sortie.

— Où allons-nous ? a demandé Olivia.

— J'appelle Marsha, pour voir si on ne peut pas crécher chez elle.

— Tu vas réveiller les gosses.

Il a réussi à esquisser un petit sourire.

— Une grenade sous l'oreiller ne les réveillerait pas, ces deux-là.

— Et Marsha ?

— Elle sera d'accord.

Soudain, il a hésité. Le problème n'était pas de réveiller Marsha – il leur était arrivé plus d'une fois de se téléphoner tard dans la nuit –, mais peut-être qu'elle n'était pas toute seule, peut-être qu'il risquait de tomber à un mauvais moment. Une autre pensée alarmante, et d'autant plus incongrue, lui a traversé alors l'esprit.

Et si Marsha se remariait ?

Paul et Ethan étaient encore jeunes. Allaient-ils appeler ce gars-là papa ? Matt n'était pas certain de pouvoir supporter cela. Qui plus est, quel rôle oncle Matt jouerait-il dans cette nouvelle vie, cette nouvelle famille ? Tout ça était stupide, bien sûr. Il se faisait du souci pour rien. Et puis, il avait des choses plus pressantes, à régler. Pourtant les questions étaient là, se bousculant dans sa tête, refusant de retourner dans leur placard.

Matt a sorti son portable et appuyé sur la touche 2. Tandis qu'ils tournaient dans Washington Avenue, il a remarqué deux voitures arrivant en sens inverse. Il les a regardées entrer dans le parking. C'étaient des véhicules de la police judiciaire, même marque et même modèle que celui de Loren.

Mauvais signe.

On a décroché dès la seconde sonnerie.

— Je suis contente que tu aies appelé.

S'il l'avait tirée de son sommeil, Marsha le cachait drôlement bien.

— Tu es toute seule ?

— Quoi ?

— Je veux dire… je sais que les gosses sont là…

— Je suis seule, Matt.

— Je ne veux pas être indiscret. C'était juste pour m'assurer que je ne te dérangeais pas.

— Tu ne me déranges jamais.

Voilà qui aurait dû le rasséréner une bonne fois pour toutes.

— Ça ne t'ennuie pas de nous héberger, Olivia et moi, pour cette nuit ?

— Bien sûr que non.

— C'est une longue histoire. En deux mots, je me suis fait agresser…

— Tu vas bien ?

La douleur recommençait à lui tarauder le crâne et les côtes.

277

— Quelques bleus et bosses, ça va aller. Le hic, c'est que la police veut nous interroger, et on n'est pas tout à fait prêts pour ça.

— Ton histoire a quelque chose à voir avec cette bonne sœur ? a demandé Marsha.

— Quelle bonne sœur ?

Olivia a tourné la tête d'un geste brusque.

— Une enquêtrice de la police judiciaire est passée à la maison. J'aurais dû te prévenir, mais j'espérais que ce n'était pas important. Attends, j'ai sa carte quelque part…

Broyé de fatigue, le cerveau de Matt a raccroché les wagons.

— Loren Muse.

— Oui, c'est ça. Elle disait qu'une bonne sœur avait appelé chez nous.

— Je suis au courant.

— Muse t'a contacté ?

— Oui.

— Je m'en doutais. On était là en train de discuter, et tout à coup elle a repéré ta photo sur le frigo et nous a bombardées de questions, Kyra et moi, pour savoir si tu venais souvent.

— Ne t'inquiète pas, j'ai éclairci ça avec elle. Bon, on arrive dans vingt minutes.

— Je vais préparer la chambre d'amis.

— Ne te donne pas trop de peine.

— Aucun problème. À tout à l'heure.

Elle a raccroché.

— C'est quoi, cette histoire de bonne sœur ? a demandé Olivia.

Matt lui a parlé de la visite de Loren. Le visage d'Olivia a perdu encore plus de sa couleur. Le temps de finir, ils étaient arrivés à Livingston. Les routes étaient complètement désertes. Pas un chat dehors. Les seules lumières dans les maisons provenaient d'appareils d'éclairage réglés sur un minuteur pour dissuader les cambrioleurs.

En s'engageant dans l'allée devant chez Marsha, Olivia a gardé le silence. À travers le rideau au rez-de-chaussée, Matt a distingué la silhouette de sa belle-sœur. De la lumière filtrait au-dessus du garage. Kyra était réveillée. Matt l'a vue regarder dehors. Il a baissé la vitre et lui a adressé un signe de la main. Elle a agité la main à son tour.

Olivia a coupé le contact. Matt a contemplé sa figure dans le rétroviseur. Il avait une tête de déterré. Lawrence avait raison : avec ce bandage autour de la tête, il ressemblait au fifre dans le tableau de Willard, *Spirit of 76*.

— Olivia ?

Elle se taisait.

— Tu la connais, cette sœur Mary Rose ?

— Peut-être.

Elle est sortie de la voiture. Matt a fait de même. L'éclairage extérieur – il avait aidé Bernie à installer les détecteurs de mouvement – s'est mis en marche. S'approchant de lui, Olivia lui a pris la main et l'a serrée avec force.

— Avant d'aller plus loin, a-t-elle murmuré, il faut que tu saches quelque chose.

Matt l'écoutait.

— Je t'aime. Tu es le seul homme que j'aie jamais aimé. Quoi qu'il puisse arriver, tu m'as fait découvrir une joie et un bonheur que je ne croyais pas possibles.

— Olivia…

Elle a posé un doigt sur ses lèvres.

— Je ne veux qu'une seule chose : que tu me prennes dans tes bras. Là, tout de suite. Juste une minute ou deux. Car quand je t'aurai dit la vérité, je ne suis pas sûre que tu voudras encore me toucher.

33

ARRIVÉE AU COMMISSARIAT DE POLICE, CELIA a appelé son patron, Malcolm Seward, le président d'Enquêteurs Détectives de Choc. Ancien agent du FBI, Seward avait créé le cabinet dix ans plus tôt et gagnait une petite fortune.

Il a été moyennement ravi de recevoir un coup de téléphone en pleine nuit.

— Vous avez menacé quelqu'un avec une arme ?

— De toute façon, je n'aurais pas tiré.

— Vous me rassurez, a soupiré Seward. Bon, j'appelle qui de droit. Dans une heure, vous serez dehors.

— Vous êtes le meilleur des chefs.

Il a raccroché.

Elle n'avait plus qu'à attendre dans sa cellule de garde à vue. Un policier de haute taille est venu déverrouiller la porte.

— Celia Shaker.

— Présente.

— Suivez-moi, je vous prie.

— Où vous voudrez, mon joli.

Il l'a précédée dans le couloir. Elle pensait que c'était fini – on avait signé la mise en liberté sous caution –, mais elle se trompait.

— Tournez-vous, s'il vous plaît, a-t-il ordonné.

Celia a arqué un sourcil.

— Vous ne m'invitez pas à dîner d'abord ?

— Tournez-vous, s'il vous plaît.

Elle a obéi. Il lui a mis des menottes.

— Qu'est-ce que vous faites ?

Le policier n'a pas répondu. Il l'a escortée dehors, a ouvert la portière d'une voiture de police et l'a poussée sur la banquette arrière.

— Où allons-nous ?

— Au nouveau palais de justice.

— Celui qui est dans West Market ?

— Oui, madame.

Le trajet était court, à peine quinze cents mètres. Ils ont pris l'ascenseur jusqu'au troisième étage. Les mots BUREAU DU PROCUREUR DU COMTÉ D'ESSEX étaient écrits au pochoir sur la vitre. À côté de la porte trônait une grosse armoire à trophées, comme on peut en voir dans les écoles. Celia s'est demandé ce qu'une armoire à trophées faisait dans le bureau d'un procureur. On a affaire à des tueurs, à des violeurs, à des trafiquants de drogue, et la première chose qu'on voit en entrant, c'est une collection de trophées célébrant des victoires au softball. Bizarre.

— Par ici.

Ils ont traversé l'espace réservé aux visiteurs et franchi les portes battantes. Quand ils se sont arrêtés, Celia a risqué un coup d'œil dans une petite pièce sans fenêtre.

— Une salle d'interrogatoire ?

Il s'est contenté de lui tenir la porte. Elle a haussé les épaules et est entrée.

Le temps a passé. Beaucoup de temps, en fait. Comme on lui avait confisqué tous ses objets personnels, y compris sa montre, elle n'aurait su dire combien. Pas non plus de glace sans tain, comme on en voit à la télé. À la place, ils utilisaient une caméra. Il y en avait une dans un coin. Depuis la salle de surveillance, on pouvait zoomer ou changer d'angle, au choix. Il y avait aussi une feuille de papier scotchée sur la table, curieusement de travers. C'était le repère, Celia le savait : on plaçait là la déposition afin que la caméra puisse vous filmer en train de signer.

Quand la porte s'est enfin ouverte, une femme, qui devait faire partie de la police judiciaire, est entrée dans la pièce. Elle était petite, un mètre cinquante et des poussières, cinquante-cinq kilos toute mouillée. D'ailleurs, elle était en nage. On aurait dit qu'elle sortait d'un hammam. La veste de son jogging lui collait à la peau, laissant voir des auréoles d'humidité sous ses bras. Un fin voile de sueur faisait reluire son visage. Elle portait une arme à la ceinture et une chemise en carton à la main.

— Je suis l'inspecteur Loren Muse.

Ben, ils n'avaient pas chômé. Celia a reconnu le nom : Muse était celle qui avait interrogé Matt plus tôt dans la soirée.

— Celia Shaker.

— Oui, je sais. J'ai quelques questions à vous poser.

— Et moi, je choisis de ne pas y répondre maintenant.

Loren n'avait pas entièrement repris son souffle.

— Pourquoi ?

— J'ai une enquête privée en cours.

— Qui est votre client ?

— Je n'ai pas à vous le dire.

— Il n'y a pas de clause de secret professionnel, dans votre cas.

— Je connais la loi.

— Et alors ?

— Alors, je choisis de ne pas répondre aux questions pour le moment.

Loren a jeté la chemise en carton sur la table.

— Vous refusez de coopérer avec le bureau du procureur ?

— Pas du tout.

— Dans ce cas, répondez à ma question. Qui est votre client ?

Se laissant aller en arrière, Celia a étendu les jambes et croisé ses chevilles.

— Vous êtes tombée dans une piscine ou quoi ?

— Parce que je suis mouillée ? Ah ! elle est bonne, celle-là ! Dois-je sortir un stylo, si jamais vous avez d'autres perles en stock ?

— Pas la peine.

Celia a désigné la caméra.

— Vous n'aurez qu'à visionner la bande.

— Elle ne marche pas.

— Ah bon ?

— Si j'avais voulu enregistrer ceci, j'aurais dû vous faire signer une autorisation.

— Il y a quelqu'un dans la salle de contrôle ?

Loren a haussé les épaules et répondu par une autre question :

— Vous n'êtes pas curieuse de savoir comment va M. Hunter ?

Celia n'a pas mordu à l'hameçon.

— J'ai une proposition à vous faire : je ne vous pose pas de questions si vous ne m'en posez pas.

— Sûrement pas.

— Écoutez, inspecteur… Muse, c'est ça ?

— Oui.

— Pourquoi tout ce cirque ? C'était une simple agression. Dans cet hôtel, ils doivent en avoir trois par semaine, facile.

— Néanmoins, a dit Loren, vous l'avez prise suffisamment au sérieux pour sortir votre arme ?

— Je voulais juste monter avant que ça se gâte.

— Comment le saviez-vous ?

— Pardon ?

— La bagarre a eu lieu au cinquième étage. Vous étiez dehors, dans votre voiture. Comment avez-vous su que la situation était en train de dégénérer ?

— Je crois que nous n'avons plus rien à nous dire.

— Non, Celia. Moi, je ne le crois pas.

Leurs regards se sont rencontrés. Et Celia n'a pas aimé ce qu'elle a vu. Loren a tiré une chaise, s'est assise.

— Je viens de passer une demi-heure dans la cage d'escalier du *Howard Johnson*. Qui n'est pas climatisée. Il y fait une chaleur à crever. C'est pour ça que je suis dans cet état.

— Suis-je censée comprendre de quoi vous parlez ?

— Ce n'était pas une simple agression, Celia.

Celia a louché sur la chemise en carton.

— C'est quoi, ça ?

Loren a vidé la chemise sur la table. Elle contenait des photos. Celia a soupiré, en a pris une et s'est figée.

— Vous le reconnaissez, je suppose ?

Celia regardait fixement les deux photographies. Sur la première, on ne voyait que la tête. Aucun doute possible, le mort était bien Charles Talley. Son visage

285

avait été réduit en bouillie. La seconde photo le représentait en entier. Le corps gisait sur une espèce d'escalier en métal.

— Qu'est-ce qui s'est passé ?

— Deux coups tirés en pleine figure.

— Nom de Dieu !

— Vous avez envie de parler maintenant, Celia ?

— Je ne suis au courant de rien.

— Son nom est Charles Talley. Mais vous le saviez,
n'est-ce pas ?

— Nom de Dieu ! a répété Celia.

Elle s'efforçait d'y voir clair. Talley était mort.
Comment ? N'avait-il pas agressé Matt quelques
minutes plus tôt ?

Loren a rangé les photos dans la chemise en carton.
Joignant ensuite les mains, elle s'est penchée en avant.

— Je sais que vous travaillez pour Matt Hunter. Je
sais aussi qu'avant de vous rendre à cet hôtel, vous vous
êtes donné rendez-vous tard le soir dans votre bureau.
Voulez-vous m'expliquer de quoi vous avez discuté ?

Celia a secoué la tête.

— Avez-vous tué cet homme, mademoiselle
Shaker ?

— Quoi ? Bien sûr que non.

— Et M. Hunter ? Est-ce qu'il l'a tué ?

— Non.

— Comment le savez-vous ?

— Pardon ?

— Je ne vous ai même pas dit à quel moment il a été
tué.

Loren a incliné la tête.

— Comment pouvez-vous savoir qu'il n'est pas
impliqué dans la mort de cet homme ?

— Ce n'est pas ce que j'ai voulu dire.

— Et que vouliez-vous dire ?

Celia a repris sa respiration. Loren non.

— Si on parlait de l'enquêteur de police à la retraite Max Darrow ?

— Qui ?

Mais Celia se souvenait de ce nom ; Matt l'avait chargée de se renseigner sur lui.

— Un autre mort. L'avez-vous tué ? Ou serait-ce Hunter ?

— Je ne sais pas ce que…

Celia s'est tue, a croisé les bras.

— Il faut que je sorte d'ici.

— Ce n'est pas à l'ordre du jour, Celia.

— Je suis accusée de quelque chose ?

— Pour ne rien vous cacher, oui. Vous avez menacé un homme avec une arme chargée.

Celia a essayé de se ressaisir.

— Ce n'est pas franchement un scoop.

— Peut-être, pourtant vous n'allez pas vous en tirer à bon compte. Vous passerez la nuit en garde à vue et, dès demain matin, vous serez traduite en justice. À partir de là, la procédure légale suivra son cours. Avec un peu de chance, vous n'y perdrez que votre licence, cependant j'ai bien l'impression que vous allez écoper d'une peine de prison.

Celia se taisait.

— Qui a agressé M. Hunter cette nuit ?

— Pourquoi ne pas lui demander à lui ?

— Ah ! mais je n'y manquerai pas. Parce que – c'est ça qui est intéressant – quand on a découvert le cadavre de M. Talley, il avait sur lui une arme à électrochocs et un coup-de-poing américain. Et, sur ce coup-de-poing, on a trouvé du sang frais.

Penchant à nouveau la tête, Loren s'est rapprochée.

287

— Lorsqu'on aura effectué les analyses d'ADN, ce sang, il va correspondre à qui, d'après vous ?

On a frappé à la porte. Le regard de Loren Muse s'est attardé encore un peu sur Celia, puis elle est allée ouvrir. C'était l'homme qui avait escorté Celia depuis le commissariat. Il avait un téléphone mobile à la main.

— Pour elle, a-t-il dit en la désignant.

Celia a regardé Loren, qui n'a pas bronché. Celia a pris le téléphone et l'a collé contre son oreille.

— Allô ?

— Mettez-vous à table.

C'était son patron, Malcolm Seward.

— C'est un dossier sensible.

— Je suis sur l'ordinateur, a fait Seward. Le numéro du dossier ?

— Il n'a pas encore de numéro.

— Comment ?

— Sauf votre respect, monsieur, je ne me sens pas très à l'aise pour parler en présence des autorités.

Elle l'a entendu soupirer.

— Devinez qui vient de m'appeler, Celia. Devinez qui m'a appelé chez moi à trois heures du matin.

— Monsieur Seward…

— Ou plutôt non, je vais vous le dire, vu qu'il est plus de trois heures et que je suis trop fatigué pour jouer aux devinettes. Ed Steinberg. Ed Steinberg en personne m'a téléphoné. Vous savez qui c'est ?

— Oui.

— Ed Steinberg est le procureur du comté d'Essex.

— Je sais.

— C'est aussi un ami à moi. Depuis vingt-huit ans.

— Je suis au courant.

— Parfait, Celia, alors on est sur la même longueur d'onde. EDC est une entreprise. Une entreprise qui

288

marche bien, du moins j'ai envie de le croire. Or une bonne part de notre réussite – la mienne et la vôtre – repose sur notre collaboration avec ces gens-là. Par conséquent, quand Ed Steinberg m'appelle chez moi à trois heures du matin et m'apprend qu'il enquête sur un triple homicide…

— Minute, l'a-t-elle interrompu. Vous avez dit triple ?

— Vous voyez ? Vous ne savez même pas jusqu'où ça va, cette histoire de fous. Ed Steinberg, mon vieux pote, a absolument besoin de votre coopération. Ce qui signifie que moi, votre chef, j'ai absolument besoin de votre coopération. Me suis-je bien fait comprendre ?

— Je suppose, oui.

— Vous supposez, Celia ? Me serais-je montré trop subtil, là ?

— Il y a des circonstances atténuantes.

— D'après Steinberg, aucune. Il paraît que ça concerne un ancien taulard. C'est vrai ?

— Il travaille chez Carter Sturgis.

— Il est avocat ?

— Assistant juridique.

— Et il a été condamné pour homicide ?

— Oui, mais…

— Alors, il n'y a pas à discuter. Pas de secret professionnel qui tienne. Donnez-leur tout ce qu'ils veulent.

— Je ne peux pas.

— Vous ne pouvez pas ?

La voix de Seward était devenue cassante.

— Je n'aime pas beaucoup ça.

— Ce n'est pas aussi simple, monsieur Seward.

— Eh bien, je vais vous le simplifier, Celia. Vous avez le choix : ou vous parlez ou vous prenez la porte. Allez, au revoir.

289

Il a raccroché. Celia a jeté un coup d'œil sur Loren. Qui lui a souri.

— Tout va bien, mademoiselle Shaker ?

— Ça baigne.

— Tant mieux, car pendant que nous causons, nos techniciens sont en route pour le siège d'EDC. Ils vont passer au peigne fin votre disque dur. Ils vont étudier de près chacun de vos documents. Le procureur Steinberg est en train de rappeler votre patron. Il trouvera tous les fichiers auxquels vous avez eu accès récemment, toutes les personnes à qui vous avez parlé, les adresses où vous êtes allée, les affaires que vous avez suivies.

Celia s'est levée lentement, la dominant de toute sa hauteur. Loren n'a pas bougé d'un pouce.

— Je n'ai plus rien à dire.

— Celia ?

— Quoi ?

— Asseyez-vous, bon sang.

— Je préfère rester debout.

— OK. Alors écoutez bien car nous arrivons à la fin de notre entretien. Saviez-vous que j'ai été à l'école avec Matt Hunter ? École élémentaire, plus précisément. Je l'aimais bien. C'était un gentil garçon. Et, s'il est innocent, je serai la première à tout mettre en œuvre pour le disculper. Mais votre mutisme, Celia, laisse croire que vous avez quelque chose à cacher. Nous avons le coup-de-poing américain de Talley. Nous savons que Matt Hunter était présent sur la scène du crime. Nous savons qu'il a été mêlé à une bagarre dans la chambre 515 – la chambre de M. Talley. Nous savons également que M. Hunter est sorti boire dans deux bars différents. Nous savons que les analyses d'ADN vont prouver que le sang sur le coup-de-poing est le sien. Et bien sûr, nous savons que M. Hunter, qui a un lourd passé, a tendance à prendre part à des bagarres se terminant par la mort d'un homme.

Celia a poussé un soupir.

— Y a-t-il un sens à tout cela ?

— Mais oui, Celia, et le voici : croyez-vous vraiment que j'ai besoin de votre aide pour l'épingler ?

Celia s'est mise à taper du pied, cherchant une échappatoire.

— Alors qu'attendez-vous de moi ?

— Votre aide.

— Mon aide pour quoi ?

— Dites-moi la vérité, a rétorqué Loren. C'est tout ce que je vous demande. Hunter est à deux doigts de faire l'objet d'une inculpation. Une fois la machine en marche, eh bien, vous savez ce qui lui pend au nez.

Oui, Celia le savait. Matt allait craquer. Il péterait les plombs si jamais on l'enfermait… Son pire cauchemar serait devenu réalité.

Loren s'est rapprochée légèrement.

— Si vous possédez des éléments qui pourraient l'aider, c'est le moment de me les communiquer.

Celia réfléchissait. Cette petite fliquette lui inspirait confiance… presque. Mais pas complètement. Muse lui faisait le coup du chaud et froid. Son jeu était transparent, même pour un amateur. Et elle avait failli se laisser piéger !

Tout était dans ce « presque ».

D'un autre côté, une fois qu'ils auraient accédé à son ordinateur, ce serait le début des ennuis. Car elle y avait stocké les photographies du téléphone portable de Matt. Celles de la victime du meurtre. Et la vidéo de la victime en compagnie de la femme de Matt.

Bref, la corde pour le faire pendre.

Comme l'inspecteur Muse l'avait fait remarquer, ils

avaient accumulé suffisamment de preuves matérielles. Ces photos leur fourniraient un élément de plus : le mobile.

Et puis, Celia devait songer à sa propre carrière. Au départ, il s'agissait de rendre service à un ami. Mais jusqu'où serait-elle prête à aller ? Jusqu'à quel sacrifice ? Et si Matt n'avait rien à voir dans le meurtre de Charles Talley, le fait de coopérer d'entrée de jeu n'aiderait-il pas à établir la vérité ?

Celia s'est rassise.

— Vous avez une déclaration à faire ? a demandé Loren.

— Je veux téléphoner à mon avocat. Après ça, je vous dirai tout ce que je sais.

34

— JE NE VOUS ACCUSE DE RIEN, A DÉCLARÉ LOREN.

Celia a croisé les bras.

— Ne jouons pas sur les mots, OK ? J'ai demandé mon avocat. Cet entretien est terminé. *Finito*.

— Si vous le dites.

— Je le dis. Passez-moi le téléphone, s'il vous plaît.

— Vous avez le droit d'appeler un avocat.

— C'est ce que j'ai l'intention de faire.

Loren hésitait. Elle ne voulait pas que Celia prévienne Hunter.

— Vous permettez que je compose le numéro à votre place ?

— Comme il vous plaira, a répondu Celia. Mais il me faut un annuaire.

— Vous ne connaissez pas le numéro personnel de votre avocat par cœur ?

— Non, désolée.

Ça a pris cinq minutes de plus. Loren a composé le numéro et lui a tendu l'appareil. Elle pourrait toujours consulter la liste des appels plus tard, pour s'assurer que

Celia n'avait pas triché. Elle a coupé le micro et s'est postée dans la salle de surveillance. Celia, qui s'y connaissait en caméras, a tourné le dos à l'objectif, histoire d'empêcher qu'on lise sur ses lèvres.

Loren a entrepris de donner des coups de fil. Tout d'abord, elle a contacté le flic stationné devant le domicile de Hunter, à Irvington. Il l'a informée que Matt et Olivia Hunter n'étaient toujours pas rentrés. Ça ne présageait rien de bon. Elle a commencé à se renseigner discrètement ; inutile de sonner l'alarme trop vite.

Elle aurait besoin d'une commission rogatoire pour contrôler les dernières transactions que les Hunter effectueraient à l'aide de leurs cartes de crédit. Si jamais ils étaient en cavale, ils allaient probablement retirer de l'argent dans un distributeur ou descendre dans un motel, qui sait.

Sur l'écran de surveillance, Loren s'est aperçue que Celia avait fini de téléphoner. Elle a levé le téléphone vers la caméra, faisant signe qu'on rallume le micro. Loren s'est exécutée.

— Oui ?

— Mon avocat arrive, a dit Celia.

— Ne bougez pas, alors.

Loren a éteint l'Interphone et s'est calée contre le dossier de sa chaise. La fatigue commençait à se faire sentir. Elle n'était pas loin du point de rupture. Si elle ne s'offrait pas un petit somme, son cerveau allait déconnecter. L'avocat de Celia ne serait pas là avant une bonne demi-heure. Elle a croisé les bras, posé les pieds sur le bureau et fermé les yeux, espérant arracher quelques minutes de sommeil.

Son portable s'est mis à sonner. Elle a sursauté et l'a porté à son oreille.

C'était Ed Steinberg.

— Ça va ?

— Ça va, a-t-elle réussi à articuler.

— Votre détective privée a craché le morceau ?

— Pas encore. Elle attend son avocat.

— Qu'elle attende, alors. Qu'ils attendent tous les deux.

— Pourquoi, qu'est-ce qui se passe ?

— Le FBI, Loren.

— Eh bien ?

— On a rendez-vous dans une heure.

— Avec qui ?

— Joan Thurston.

Elle en a laissé retomber ses pieds par terre.

— Le procureur fédéral ?

— En personne. Et un gros bonnet du Nevada. On se retrouve au bureau de Thurston pour parler de votre pseudo-bonne sœur.

Loren a consulté la pendule.

— Il est quatre heures du matin.

— Merci d'enfoncer les portes ouvertes.

— Non, je veux dire, ça m'étonne que vous ayez appelé le procureur fédéral à une heure pareille.

— Je n'ai pas eu à le faire, a lâché Steinberg. C'est elle qui m'a appelé.

En arrivant, Ed Steinberg a regardé Loren et secoué la tête. Ses cheveux frisottaient sous l'effet de l'humidité. La transpiration avait séché, mais elle était toujours passablement débraillée.

— Vous ressemblez, a-t-il commenté, à quelque chose que j'aurais oublié au fond de mon casier de gym.

— Voilà qui est très flatteur, merci.

Il lui a fait signe avec les deux mains. Ses index dessinaient des ronds.

— Vous ne pouvez pas... je ne sais pas, moi... arranger un peu votre coiffure ?

— C'est un rendez-vous galant ou quoi ?

— Certainement pas.

Le bureau du procureur fédéral était situé trois rues plus loin. Ils sont entrés par un parking souterrain extrêmement bien gardé. À cette heure-ci, il y avait très peu de voitures. L'ascenseur les a déposés au septième étage. Sur la porte vitrée, on lisait :

PROCUREUR FÉDÉRAL DES ÉTATS-UNIS
DISTRICT DU NEW JERSEY
JOAN THURSTON
PROCUREUR FÉDÉRAL DES ÉTATS-UNIS

Steinberg a indiqué la première ligne, puis la dernière.

— Un brin redondant, non ?

Malgré le prestige du lieu, la salle d'attente était décorée dans le style dentiste américain d'autrefois. La moquette était usée jusqu'à la trame, le mobilier n'était ni élégant ni fonctionnel. Sur la table basse traînaient une douzaine de numéros de *Sport Illustrated*, rien d'autre. Les murs avaient besoin d'un bon coup de peinture. Ils étaient nus et tachés, à l'exception des photos des procureurs précédents, remarquable leçon de ce qu'il ne faut pas porter et comment ne pas poser quand on se fait immortaliser pour la postérité.

Vu l'heure, l'accueil était désert. Ils ont frappé, et aussitôt les portes du sanctuaire se sont ouvertes. C'était beaucoup plus joli à l'intérieur, une atmosphère totalement différente, comme s'ils avaient franchi un mur pour se retrouver dans le Chemin de Traverse.

Tournant à droite, ils se sont dirigés vers le bureau du fond. Un colosse se tenait dans le couloir, les cheveux coupés ras et la mine renfrognée. Parfaitement immobile, il aurait très bien pu postuler un emploi sur un court de squash. Steinberg lui a tendu la main.

— Ed Steinberg, le procureur du comté.

L'air tout sauf enchanté, Court de Squash lui a néanmoins serré la main.

— Cal Dollinger, FBI. On vous attend.

Fin de la conversation. Cal Dollinger n'a pas bougé du couloir. Ils ont tourné à l'angle. Joan Thurston les a accueillis à la porte.

Malgré l'heure matinale, le procureur fédéral était resplendissante dans un tailleur gris anthracite créé dans quelque atelier céleste. Âgée d'une quarantaine d'années, Thurston était, aux yeux de Loren, une femme suprêmement séduisante. Elle avait des cheveux auburn, des épaules carrées, une taille de guêpe. Ses deux fils venaient à peine d'entrer dans l'adolescence. Son mari travaillait chez Morgan Stanley, à Manhattan. Ils habitaient le quartier chic de Short Hills et possédaient une maison de vacances à Long Island.

En un mot, Joan Thurston représentait ce que Loren voulait être quand elle serait grande.

— Bonjour, a dit Thurston, mot qui sonnait bizarrement, vu que derrière les fenêtres le ciel était d'un noir d'encre.

Elle a gratifié Loren d'une poignée de main ferme et d'un regard direct, adouci d'un sourire. Steinberg a eu droit à une accolade et à un baiser sur la joue.

— Je vous présente Adam Yates, responsable du bureau du FBI à Las Vegas.

Adam Yates portait un pantalon kaki tout juste sorti du pressing et une chemise rose bonbon qui était peut-être la norme dans Worth Avenue, à Palm Beach, mais sûrement pas sur Broad Street à Newark. Les jambes nonchalamment croisées, il avait des mocassins aux pieds, sans chaussettes. C'était le portrait type du digne descendant du Vieux Monde, des pères fondateurs du *Mayflower*, avec ses cheveux clairsemés d'un blond cendré, ses hautes pommettes, ses yeux d'un bleu glacier à se demander s'il ne portait pas de lentilles. Son eau de toilette sentait l'herbe fraîchement coupée. Loren aimait bien.

— Asseyez-vous, je vous prie, a fait Thurston.

Elle disposait d'un vaste bureau d'angle. Sur l'un des murs – le moins apparent – était pendu tout un assortiment de diplômes et de prix. On les avait accrochés à l'écart, presque comme pour dire : « Oui, bon, je suis obligée de les mettre, mais je n'ai pas envie de la ramener. » Le reste du bureau était plus personnel. Elle avait des photos de son mari et de ses enfants, qui – grosse surprise – étaient tous magnifiques. Y compris le chien. Une guitare blanche dédicacée par Bruce Springsteen était suspendue au-dessus de sa tête. Les étagères contenaient la collection habituelle d'ouvrages juridiques, ainsi que des balles de base-ball et de foot dédicacées. Toutes les équipes locales, évidemment. Toutefois, aucune photo de Joan Thurston elle-même, aucune coupure de presse ni la moindre récompense moulée dans un bloc de Plexiglas.

Loren s'est assise avec précaution. Normalement, elle repliait ses jambes sous elle pour gagner quelques centimètres, mais elle avait lu dans un livre de développement personnel comment certaines femmes sabotaient leur carrière en s'asseyant sur leurs talons. Ça ne faisait pas très professionnel. Loren avait tendance à oublier cette règle. La vue de Joan Thurston a eu vite fait de la lui remettre à l'esprit.

Thurston a fait le tour et s'est perchée à demi sur le bord de son bureau. Bras croisés, elle a concentré son attention sur Loren.

— Racontez-moi où vous en êtes aujourd'hui.

Loren a jeté un coup d'œil sur Ed Steinberg. Il a hoché la tête.

— Nous avons trois homicides sur les bras. La première victime, eh bien, nous ignorons son véritable nom. C'est pour ça que nous sommes ici.

— Vous voulez parler de sœur Mary Rose ?

— Oui.

— Comment en êtes-vous venue à vous pencher sur son cas ?

— Pardon ?

— J'ai cru comprendre que, à l'origine, on avait conclu à une mort naturelle. Qu'est-ce qui vous a poussée à vous y intéresser de plus près ?

Steinberg a répondu à sa place :

— La mère supérieure a sollicité personnellement l'intervention de l'inspecteur Muse.

— Pourquoi ?

— Loren est une ancienne élève de St Margaret.

— J'entends bien, mais qu'est-ce qui a incité cette mère supérieure… comment s'appelle-t-elle ?

— Mère Katherine, a dit Loren.

— Mère Katherine, c'est ça. Qu'est-ce qui lui a fait soupçonner un acte criminel ?

— Je ne pense pas qu'elle ait soupçonné quoi que ce soit, a répliqué Loren. Quand elle a découvert le corps de sœur Mary Rose, mère Katherine a essayé de la ranimer à l'aide d'un massage cardiaque, et là elle s'est aperçue que sœur Mary Rose avait des prothèses mammaires. Ce qui ne collait pas vraiment avec son histoire.

— Elle est donc venue vous voir, pour savoir de quoi il retournait ?

— Plus ou moins, oui.

Thurston a hoché la tête.

— Et le deuxième cadavre ?

— Max Darrow. Un ancien policier de Vegas qui avait pris sa retraite et vivait à Reno.

Tout le monde a regardé Adam Yates. Il n'a pas bronché. C'était donc ça, a compris Loren. Ils allaient ramper à plat ventre et peut-être, peut-être, les agents fédéraux leur jetteraient un os à ronger.

Thurston a demandé :

— Comment avez-vous fait le lien entre Max Darrow et sœur Mary Rose ?

— Les empreintes digitales, a répondu Loren. On a relevé les empreintes de Darrow dans les appartements de la sœur.

— Autre chose ?

— Darrow a été trouvé mort dans sa voiture. Abattu de deux coups de feu tirés à bout portant. Il avait le pantalon sur les chevilles. Nous pensons que l'assassin voulait faire passer ça pour le crime d'une prostituée.

— Bien, nous verrons les détails ultérieurement, a déclaré Thurston. Dites-nous ce qui relie Max Darrow à la troisième victime.

— La troisième victime est Charles Talley. Pour commencer, tous les deux, Talley et Darrow, habitaient dans la région de Reno. Ensuite, ils étaient descendus tous deux à l'hôtel *Howard Johnson* près de l'aéroport de Newark. Leurs chambres étaient voisines.

— C'est là que vous avez découvert le corps de Talley ? À l'hôtel ?

— Moi, non. C'est le veilleur de nuit qui l'a trouvé dans l'escalier. Tué de deux balles.

— Pareil que Darrow ?

— Même genre, oui.

— Heure du décès ?

— On y travaille, mais quelque part entre vingt-trois heures et deux heures du matin. La cage d'escalier n'a ni air conditionné, ni fenêtres, ni ventilation – il doit faire plus de trente degrés là-dedans.

— C'est pour ça que l'inspecteur Muse est dans cet état-là, a ajouté Steinberg en esquissant un geste de dégoût, comme s'il portait un objet maculé du bout des doigts. Elle sort de cette étuve.

Loren lui a décoché un regard noir, se retenant de se lisser les cheveux.

— La chaleur complique la tâche à notre médecin légiste ; il a plus de difficulté à établir un créneau horaire.

— Quoi d'autre ? a questionné Thurston.

Loren a hésité. Thurston et Yates savaient probablement – ou n'auraient aucun mal à apprendre – l'essentiel de ce qu'elle venait de leur raconter. Jusque-là, il s'était surtout agi de reculer pour mieux sauter. Tout ce qu'il lui restait – et qu'ils ignoraient sans doute –, c'était Matt Hunter.

Steinberg a levé la main.

— Puis-je faire une suggestion ?

Thurston s'est tournée vers lui.

— Bien sûr, Ed.

— Je ne veux pas d'embrouilles juridiques dans cette affaire.

— Nous non plus.

— Alors pourquoi ne pas mettre nos efforts en commun ? Transparence absolue dans les deux sens. On vous dit ce qu'on sait, vous nous dites ce que vous savez. Pas de cachotteries entre nous.

Thurston a lancé un coup d'œil à Yates, qui s'est éclairci la voix.

— Aucun problème.

— Connaissez-vous la véritable identité de sœur Mary Rose ? a demandé Steinberg.

— Oui, a acquiescé Yates.

Loren attendait. Adam Yates a pris son temps. Il a décroisé les jambes, tiré sur les pans de sa chemise comme s'il avait besoin d'air.

— Votre bonne sœur – qui n'avait pas grand-chose d'une bonne sœur, au demeurant – s'appelait Emma Lemay.

Ce nom-là n'évoquait rien à Loren. Elle a regardé Steinberg. Lui non plus n'avait pas réagi.

— Emma Lemay et son compagnon, un abruti nommé Clyde Rangor, ont quitté Vegas il y a dix ans, destination inconnue. Nous avons lancé des recherches à grande échelle, sans succès. Ils s'étaient volatilisés, du jour au lendemain.

— Comment avez-vous su, a fait Steinberg, que nous avions découvert le corps de Lemay ?

— Ses implants en silicone étaient répertoriés dans les archives du groupe Lockwood. Aujourd'hui, le CIPJ conserve tout ce qu'il peut dans sa base de données. Les empreintes digitales, ça, vous le savez. L'ADN et les signalements y sont depuis un moment. Actuellement, nous sommes en train de mettre en place un fichier national d'appareils médicaux – prothèses en tout genre, implants chirurgicaux, anus artificiels, pacemakers –, principalement pour aider à l'identification de cadavres anonymes. Vous avez le numéro du modèle, vous l'entrez dans la machine. C'est tout nouveau, on en est encore au stade expérimental. On teste le système sur quelques individus isolés, que nous tenons absolument à localiser.

— Et cette Emma Lemay, a dit Loren, vous teniez absolument à la localiser ?

Yates a fait un beau sourire.

— Oh oui !

— Pourquoi ?

— Il y a dix ans, Lemay et Rangor ont accepté de livrer un sale type, l'un des dix criminels les plus recherchés par la police, un certain Tom Busher, dit Moumoute.

— Moumoute ?

— C'est comme ça qu'on l'appelait depuis des années, quoique jamais en face. Quand il a commencé à se dégarnir, il a pris l'habitude de rabattre ses cheveux sur son crâne pour masquer sa calvitie. Et, vu qu'ils continuaient à pousser, il les entortillait tout autour – on aurait dit qu'il avait de la crème fouettée sur la tête.

Yates s'est esclaffé. Personne d'autre n'a ri.

— Vous étiez en train de parler de Lemay et Rangor, a repris Thurston.

— Tout à fait. Bon, alors, nous avons épinglé le couple pour une grosse affaire de drogue, on les a cuisinés et, pour une fois, on a réussi à en retourner un. Clyde a commencé à travailler pour nous, à enregistrer des conversations, à recueillir des pièces à conviction. Et puis...

Yates a haussé les épaules.

— Que s'est-il passé, d'après vous ?

— Le scénario le plus plausible, c'est que Moumoute a eu vent de la chose et les a liquidés tous les deux. Mais on n'y a jamais vraiment cru.

— Pourquoi ?

— Parce qu'on a eu des preuves – quantité de preuves – que, de son côté, Moumoute recherchait aussi Lemay et Rangor. Avec encore plus de zèle que nous. Pendant un moment, ç'a été la course… à qui les trouverait le premier, en quelque sorte. Mais comme ils ne se sont jamais manifestés, ma foi, on a décidé qu'on avait perdu.

— Ce Moumoute, il est toujours dehors ?

— Oui.

— Et Clyde Rangor ?

— Nous n'avons strictement aucune idée de ce qu'il est devenu.

Yates a changé de position sur son siège.

— Clyde Rangor était une grosse brute. Il gérait deux ou trois boîtes de strip-tease pour le compte de Moumoute et avait la réputation d'aimer, euh ! les séances musclées.

— Musclées comment ?

Joignant les mains, Yates les a posées sur ses genoux.

— On soupçonne que certaines filles ne s'en sont jamais remises.

— Quand vous dites « ne s'en sont jamais remises »…

— Une a fini à l'état de légume. Une autre – la dernière, selon nous – en est morte.

Loren a grimacé.

— Et vous aviez conclu un marché avec ce type-là ?

— Pourquoi, vous auriez préféré quelqu'un de plus gentil ? a-t-il riposté sèchement.

— Je…

— Dois-je vous expliquer comment ça marche, ce genre de négociations, inspecteur Muse ?

Steinberg est intervenu alors :

— Certainement pas.

— Je ne voulais pas dire…

Rougissante, Loren a ravalé ses excuses, mortifiée d'avoir réagi ainsi, en amateur.

— Continuez.

— Qu'y aurait-il à ajouter ? Nous ignorons où est Clyde Rangor, mais nous pensons qu'il est toujours en mesure de nous fournir des renseignements précieux et, peut-être, de nous aider à faire tomber Moumoute.

— Et qu'en est-il de Charles Talley et de l'ex-policier Max Darrow ? Que viennent-ils faire là-dedans, vous avez une idée ?

— Charles Talley était un truand connu pour sa violence. Il surveillait les filles dans les clubs, histoire qu'elles filent doux, ne volent pas trop et partagent leurs pourboires avec la maison. La dernière fois qu'on a entendu parler de lui, il travaillait dans une boîte de Reno appelée *La Chatte en folie*. À tous les coups, Talley a été engagé pour éliminer Emma Lemay.

— Par votre Moumoute ?

— Oui. Il a dû découvrir d'une façon ou d'une autre qu'Emma Lemay vivait ici sous le nom de sœur Mary Rose, alors il a envoyé Talley pour la tuer.

— Et Max Darrow ? a demandé Loren. Lui aussi s'est trouvé dans la chambre de Lemay. Quel était son rôle ?

Yates s'est redressé.

— D'une part, bien qu'il ait été un bon flic, nous pensons que Darrow était peut-être un ripou.

Sa voix s'est cassée. Il s'est raclé la gorge.

— Et d'autre part ? a soufflé Loren.

Yates a inspiré profondément. Il a regardé Thurston, qui n'a pas bougé, mais Loren a eu l'impression que, comme elle-même avec Steinberg, il guettait son approbation.

— Disons simplement que Max Darrow est lié à cette affaire d'une autre manière.

Les secondes s'égrenaient. Finalement, Loren a laissé tomber :

— Comment ?

Yates s'est frotté le visage avec les deux mains ; il avait l'air épuisé.

— Comme je l'ai dit tout à l'heure, Clyde Rangor était une brute.

Loren a hoché la tête.

— Et nous le soupçonnons d'avoir tué sa dernière victime.

— Oui ?

— C'était une strip-teaseuse à la petite semaine, qui devait aussi se prostituer à l'occasion. Elle s'appelait… attendez, j'ai son nom ici…

Sortant un calepin relié de cuir de sa poche, Yates s'est humecté le doigt pour tourner les pages.

— Elle s'appelait Candace Potter, alias Sucre Candi.

Il a refermé le calepin d'un coup sec.

— Emma Lemay et Clyde Rangor ont disparu peu après la découverte de son corps.

— Quel rapport avec Darrow ?

— Max Darrow était le policier chargé de mener l'enquête.

Silence général dans la pièce.

— Attendez une minute, a résumé Ed Steinberg. Donc, ce Clyde Rangor tue une strip-teaseuse. Darrow enquête sur le meurtre. Quelques jours plus tard, Rangor et sa copine Lemay s'évanouissent dans la nature. Et aujourd'hui, dix ans après, nous trouvons les empreintes de Darrow sur le lieu de l'assassinat d'Emma Lemay ?

— Oui, en gros, c'est bien ça.

Pendant la pause qui a suivi, Loren s'est efforcée de digérer cette information.

— L'important, a repris Yates, se penchant en avant, c'est que si Emma Lemay avait toujours des documents en sa possession – ou si elle a laissé des informations sur les faits et gestes de Clyde Rangor –, nous pensons que l'inspecteur Muse est la mieux placée pour les retrouver.

— Moi ?

Yates s'est tourné vers elle.

— Vous êtes introduite dans ce milieu-là. Lemay a vécu sept ans au sein d'une même congrégation. La mère supérieure vous fait visiblement confiance. Nous avons besoin de vous pour découvrir ce que Lemay savait ou ce qu'elle pouvait posséder.

Steinberg a regardé Loren et haussé les épaules. Joan Thurston a fait le tour de son bureau. Elle a ouvert un minibar.

— Quelqu'un a soif ?

Personne n'a répondu. Thurston a sorti une bouteille et l'a secouée.

— Et vous, Adam ? Vous voulez quelque chose ?

— Juste de l'eau.

Elle lui a lancé une bouteille.

— Ed ? Loren ?

Ils ont fait non de la tête. Joan Thurston a dévissé le bouchon et bu une grande gorgée. Puis elle est revenue se poster devant son bureau.

— OK, il est temps de finir le bal. Qu'avez-vous appris d'autre, Loren ?

Loren. Déjà, elle l'appelait Loren. Une fois de plus, elle a interrogé Steinberg du regard qui, une fois de plus, a hoché la tête.

— Nous avons trouvé plusieurs liens entre tout cela et un ancien détenu nommé Matt Hunter, a lâché Loren.

307

Thurston a plissé les yeux.

— Ce nom me dit quelque chose.

— C'est quelqu'un d'ici, de Livingston. On a parlé de son procès dans les journaux. Il y a des années, il a pris part à une bagarre d'étudiants…

— Ça y est, je me rappelle, l'a interrompue Thurston, j'ai connu son frère, Bernie. Excellent avocat, mort beaucoup trop jeune. Il me semble que Bernie lui avait trouvé un job chez Carter Sturgis, à sa sortie de prison.

— Matt Hunter y travaille toujours.

— Et il serait mêlé à cette histoire ?

— Il existe un certain nombre de liens, oui.

— Par exemple ?

Elle leur a parlé du coup de fil en provenance de St Margaret au domicile de Marsha Hunter. Ça n'a pas eu l'air de les impressionner. Mais quand elle a entrepris de leur expliquer ce qu'elle avait découvert cette nuit même, à savoir que Matt Hunter s'était, selon toute apparence, battu avec Charles Talley, ils ont dressé l'oreille. Pour la première fois, Yates s'est mis à griffonner des notes dans son calepin en cuir.

Lorsqu'elle a eu terminé, Thurston a demandé :

— Qu'en déduisez-vous, Loren ?

— Vous voulez la vérité ? Pour l'instant, je n'en ai pas la moindre idée.

— Il faudrait se renseigner sur le séjour de ce Hunter en prison, a suggéré Yates. Talley était un familier du système pénitentiaire. Peut-être qu'ils se sont croisés là-bas. Ou peut-être que Hunter a eu partie liée avec les hommes de Moumoute.

— Possible, a acquiescé Thurston. Et il serait chargé de faire le ménage pour le compte de Moumoute.

Loren se taisait.

— Vous n'êtes pas d'accord, Loren ?

— Je ne sais pas.

— Où est le problème ?

— Ça va vous paraître d'une naïveté crasse, mais je ne pense pas que Matt Hunter travaille comme homme de main. Bon, c'est vrai, il a un casier, seulement il s'agit d'une bagarre d'étudiants vieille de presque quinze ans. Il n'avait pas d'antécédents, et on ne lui connaît aucun souci avec la justice depuis.

Elle n'a pas précisé qu'ils étaient allés à l'école ensemble, ni que, dans ses « tripes », cette thèse lui semblait erronée. Venant d'autres investigateurs, ce genre d'arguments lui aurait donné envie de vomir.

— Alors comment expliquez-vous que Hunter soit mêlé à cela ? a questionné Thurston.

— Je ne sais pas. Ça pourrait être un problème d'ordre personnel. D'après le réceptionniste, sa femme était descendue à l'hôtel sans lui.

— Vous songez à une querelle d'amoureux ?

— Pourquoi pas ?

Thurston avait l'air sceptique.

— D'une manière ou d'une autre, nous sommes tous d'accord que Matt Hunter est impliqué ?

Steinberg a dit :

— Tout à fait.

Yates a hoché vigoureusement la tête. Loren n'a pas moufté.

— Aujourd'hui, a poursuivi Thurston, nous avons largement de quoi l'appréhender et le mettre en examen. Il y a la bagarre, le coup de fil… Et on aura bientôt les résultats des tests ADN établissant un lien entre lui et l'homme assassiné.

Loren a hésité. Ed Steinberg, non.

— Ça suffit pour l'arrêter.

— Et vu son passé, il y a des chances qu'on lui refuse

la mise en liberté sous caution. On peut donc le garder au frais un petit moment, hein, Ed ?

— Sans problème.

— Bon, alors, allez le chercher, a décrété Joan Thurston. Qu'on nous réexpédie Hunter derrière les barreaux, vite fait bien fait.

35

MATT ET OLIVIA ÉTAIENT SEULS dans la chambre d'amis de Marsha.

Neuf ans plus tôt, Matt avait passé ici même sa première nuit d'homme libre. Bernie l'avait ramené chez lui. Marsha s'était montrée polie mais, à la réflexion, elle avait dû nourrir de sacrées réserves à son égard. Quand on s'installe dans une telle maison, c'est justement pour échapper à des gens comme Matt. Même si on sait qu'il est innocent, que c'est un brave gars malchanceux, on ne tient pas à ce qu'il fasse partie de votre vie. C'est un virus, porteur d'un fluide néfaste. Vous avez des enfants et vous voulez les protéger. Vous avez envie de croire, à l'instar d'un Lance Banner, que les pelouses immaculées éloignent les éléments indésirables.

Il a repensé à son vieux copain de fac, Duff. À une époque, Matt s'était imaginé que Duff était un dur. Maintenant, il savait que c'était faux. Aujourd'hui, il pourrait botter le cul à Duff sans verser une goutte de sueur. Il ne s'en vantait pas. Il n'en tirait aucune fierté.

C'était un simple constat. Ses potes qui jouaient les gros durs – tous les Duff de la terre –, nom d'un chien, ils étaient loin du compte.

Cependant, même s'il s'était endurci, Matt avait passé sa première nuit de liberté ici, dans cette chambre, à pleurer. Il n'aurait pas su dire pourquoi. Il n'avait jamais pleuré en prison. D'aucuns répondraient que c'était pour ne pas manifester sa faiblesse dans cet endroit sinistre. Peut-être, en partie. Peut-être que c'était juste une soupape de sécurité, pour évacuer le trop-plein de détresse accumulée depuis quatre ans.

Mais Matt ne le pensait pas.

La véritable raison, soupçonnait-il, tenait davantage de la peur et de l'incrédulité. Il n'admettait pas qu'il était réellement libre, que la prison était réellement derrière lui. Tout cela ressemblait à un cruel canular. Il avait l'impression que ce lit chaud était juste une illusion : bientôt on viendrait le chercher pour l'enfermer jusqu'à la fin de ses jours.

Il avait lu comment des tortionnaires et des preneurs d'otages cherchaient à briser les esprits en organisant des exécutions factices. Ça marchait sans doute, pourtant ce qui serait plus efficace, pensait Matt, ce qui ferait indéniablement craquer un homme, c'était tout le contraire – lui faire croire qu'on allait le libérer. On habille le gars, on lui dit que tout a été arrangé, on lui fait ses adieux, on lui met un bandeau, on lui fait faire un tour en voiture puis on le ramène, on lui retire le bandeau et il s'aperçoit qu'il est revenu à son point de départ, que tout n'était qu'une plaisanterie malsaine.

Il ressentait cela, en ce moment.

Matt était assis sur le même grand lit double. Olivia lui tournait le dos. Elle baissait la tête, mais ses épaules demeuraient droites ; elle avait gardé son port altier. Il aimait ses épaules, la courbe sinueuse de son dos, la souplesse des muscles, la douceur de sa peau.

Au fond de lui, il était tenté – fortement tenté – de déclarer : « N'en parlons plus. Je n'ai pas besoin de savoir. Tu viens de me dire que tu m'aimais, que j'étais le seul homme que tu aies jamais aimé. Ça me suffit. »

À leur arrivée, Kyra était sortie à leur rencontre, inquiète. Matt s'est rappelé le jour où elle avait emménagé au-dessus du garage. C'est drôle, les choses qui vous passent par la tête quand vous êtes angoissé. Marsha aussi s'était inquiétée, surtout en voyant ses bandages et sa démarche hésitante. Toutefois, elle le connaissait suffisamment pour savoir que ce n'était pas le moment de poser des questions.

Olivia a rompu le silence.

— Je peux te demander quelque chose ?

— Bien sûr.

— Tu as parlé de photos reçues sur ton portable.

— Oui.

— Je peux les voir ?

Il a sorti son téléphone et le lui a tendu. Olivia s'est retournée et l'a pris sans lui effleurer la main. Il observait son visage. Elle avait cet air concentré qu'il lui connaissait si bien quand elle était perplexe, la tête penchée de côté.

— Je ne comprends pas, a-t-elle dit.

— C'est toi, là ? Avec la perruque ?

— Oui. Mais ce n'était pas comme ça.

— Comme quoi ?

Les yeux rivés sur l'écran, elle a appuyé sur la touche « Bis » pour repasser la scène, puis elle a secoué la tête.

— Quoi que tu veuilles penser de moi, je ne t'ai jamais trompé. Cet homme que j'ai rencontré, lui aussi portait une perruque. Pour pouvoir ressembler au gars de la photo, j'imagine.

— Je m'en suis douté.

— Comment ?

Matt lui a montré la fenêtre, le ciel gris, l'alliance au doigt. Il a expliqué l'histoire de la sécheresse et les agrandissements réalisés dans le bureau de Celia.

Olivia s'est assise sur le lit à côté de lui. Elle était belle à se damner.

— Donc, tu savais.

— Je savais quoi ?

— Au fond de ton cœur, et malgré ces images, tu savais que je ne te tromperais jamais.

Il a eu envie de la prendre dans ses bras. Un hoquet a secoué la poitrine d'Olivia ; elle faisait de son mieux pour tenir bon.

— J'aimerais te poser deux questions, a soufflé Matt, avant que tu ne commences.

Elle a hoché la tête.

— Est-ce que tu es enceinte ?

— Oui. Et la réponse à la seconde question est oui, il est de toi.

— Alors, je me fiche du reste. Si tu ne veux pas me le dire, ne le fais pas. Ça n'a aucune importance. On n'a qu'à partir, c'est tout.

— Je n'ai plus envie de fuir, Matt.

Elle avait l'air épuisée.

— Et toi non plus, tu ne peux pas faire ça. Pense à Paul et à Ethan. Pense à Marsha.

Elle avait raison, bien entendu. Il ne savait pas comment lui dire. Il a haussé les épaules :

— Je ne veux pas que ça change, tu comprends.

— Moi non plus. Si seulement j'avais une solution

pour nous tirer de là, je n'hésiterais pas une seconde. J'ai peur, Matt. Je n'ai jamais eu aussi peur de ma vie.

Elle a placé la main derrière sa nuque et, se penchant, l'a embrassé avec force. Il connaissait ce baiser. C'était un prélude. Malgré tout ce qui s'était passé, son corps a réagi, s'est mis à chanter. Elle l'embrassait de plus en plus avidement. Se rapprochant, elle s'est collée à lui. Il a senti ses yeux se révulser.

Ils ont pivoté légèrement, et soudain ses côtes ont protesté. La douleur lui a transpercé le flanc. Matt s'est raidi, un cri sourd lui a échappé. Le charme était rompu. Olivia s'est écartée, a baissé les yeux.

— Depuis le début, a-t-elle commencé, je t'ai menti sur moi.

Il ne s'attendait pas à cela… il ne savait pas très bien à quoi il s'attendait. Du coup, il a gardé le silence.

— Je n'ai pas grandi à Northways, en Virginie. Je n'ai pas fait d'études universitaires – je ne suis même pas allée au lycée. Mon père n'était pas médecin généraliste ; je ne sais pas qui était mon père. Je n'ai jamais eu une nounou nommée Cassie, ni rien de tout cela. J'ai tout inventé.

Dehors, une voiture a tourné dans la rue. La lumière des phares a balayé le mur. Matt était assis, figé comme une statue.

— Ma vraie mère était une droguée perpétuellement en manque, qui m'a remise aux services sociaux lorsque j'avais trois ans. Elle est morte d'une overdose deux ans après. J'ai été trimbalée de famille d'accueil en famille d'accueil. Je préfère ne pas en parler. Ça a duré jusqu'à ce que je fugue, à l'âge de seize ans. J'ai atterri du côté de Las Vegas.

— Quand tu avais seize ans ?

— Oui.

315

La voix d'Olivia avait pris une inflexion étrangement monotone. Ses yeux étaient limpides, pourtant elle regardait droit devant elle, deux mètres au-dessus de la tête de Matt. Elle semblait attendre sa réaction. Lui tâtonnait toujours, essayant de comprendre.

— Donc, toutes ces histoires à propos du Dr Joshua Murray… ?

— Tu veux dire la petite fille orpheline de mère, élevée par son gentil papa et qui faisait du cheval ?

Elle a souri presque.

— Allons, Matt. J'ai piqué ça dans un livre que j'avais lu à huit ans.

Il a ouvert la bouche, mais aucun son n'est sorti. Il a réessayé.

— Pourquoi ?

— Pourquoi j'ai menti ?

— Oui.

— Je n'ai pas tant voulu mentir que…

S'interrompant, elle a levé les yeux.

— … que mourir. On dirait du mauvais mélo, je sais. Mais devenir Olivia Murray, c'était plus qu'un nouveau départ. C'est comme si je n'avais jamais été cette autre personne. L'enfant abandonnée était morte. Olivia Murray de Northways, Virginie, avait pris sa place.

— Donc, tout… (Il a levé les mains)… était faux ?

— Pas nous, a-t-elle répondu. Pas ce que je ressens pour toi. Pas ce que je fais avec toi. Entre nous, rien n'a été faux. Pas un baiser. Pas une étreinte. Pas une émotion. Tu n'as pas aimé un mensonge. Tu m'as aimée, moi.

Aimée, avait-elle dit. Tu m'as aimée. Elle avait employé le passé.

— Alors, quand on s'est rencontrés à Las Vegas, tu n'étais pas étudiante ?

— Non.

— Et ce soir-là ? En boîte ?

Elle l'a regardé dans les yeux.

— J'étais censée travailler.

— Je ne comprends pas.

— Si, Matt. Tu as très bien compris.

Il s'est rappelé le site Web. Le site des effeuilleuses.

— Tu dansais ?

— Dansais ? Oui… enfin, le terme politiquement correct est « danseuse exotique ». Toutes les filles l'utilisent. En fait, j'étais strip-teaseuse. Et quelquefois, quand on m'obligeait…

Olivia a secoué la tête. Ses yeux se sont embués.

— On ne s'en remet jamais, de ça.

— Et cette nuit-là, s'est exclamé Matt, en proie à une brusque bouffée de colère, j'avais l'air d'avoir de l'argent, moi ?

— Ce n'est pas drôle.

— Je ne cherche pas à être drôle.

La voix d'Olivia a pris une note métallique.

— Tu n'imagines pas ce que cette nuit a représenté pour moi. Elle a changé ma vie. Tu n'as jamais compris ça, Matt.

— Jamais compris quoi ?

— Ton monde, a-t-elle répondu. Ça vaut le coup de se battre pour lui.

Il n'était pas sûr d'avoir bien saisi… ni s'il avait vraiment envie de savoir ce qu'elle voulait dire.

— Tu as parlé de familles d'accueil.

— Oui.

— Et tu as fugué ?

— Dans ma dernière famille, on encourageait ce genre d'activité. Tu ne peux pas te figurer à quel point j'avais hâte d'en partir. La sœur de la femme dirigeait une boîte. Elle nous a obtenu de faux papiers.

Il a secoué la tête.

— Je ne vois toujours pas pourquoi tu ne m'as pas dit la vérité.

— Quand, Matt ?

— Quoi, quand ?

— Quand aurais-je dû te le dire ? Cette première nuit à Las Vegas ? Ou le jour où je suis arrivée dans ton bureau ? À notre deuxième rendez-vous ? Au moment de nos fiançailles ? Quand ?

— Je ne sais pas.

— Ce n'est pas si facile.

— Ce n'était pas facile de te parler de mon séjour en prison.

— Ma situation ne concerne pas que moi. J'ai conclu un pacte.

— Quelle sorte de pacte ?

— Il faut que tu comprennes. J'aurais peut-être pris ce risque si j'avais été toute seule. Mais je ne pouvais pas, à cause d'elle.

— Qui ?

Détournant les yeux, Olivia s'est tue longuement. Puis elle a sorti une feuille de papier de sa poche arrière, l'a dépliée lentement et la lui a tendue. Et, à nouveau, elle a regardé ailleurs.

C'était un court article relevé sur le site Web du *Nevada Sun News*.

UNE FEMME VICTIME D'UN MEURTRE

Las Vegas, Nevada. Candace Potter, 23 ans, a été retrouvée assassinée dans un camp de caravanes près de la route 15. La mort est survenue par strangulation. La police se refuse à tout commentaire concernant une éventuelle agression sexuelle. Mlle Potter travaillait comme danseuse au *Louloute*, une boîte de nuit des environs, sous le nom de scène Sucre Candi. Une enquête est en cours, et les autorités disent avoir découvert quelques pistes prometteuses.

Matt a levé les yeux.

— Je ne comprends toujours pas.

Olivia lui cachait toujours son visage.

— Tu as promis à cette Candace ?

Elle a eu un rire sans joie.

— Non.

— À qui, alors ?

— Ce que je t'ai dit tout à l'heure, à propos du fait de ne pas avoir vraiment menti. Plutôt comme si j'étais morte.

Olivia a fait volte-face.

— C'est moi. J'ai été Candace Potter.

DE RETOUR AU BUREAU, LOREN A TROUVÉ BILL DONOVAN,
l'un des techniciens qui s'étaient rendus chez Celia,
assis, les pieds sur la table et les mains derrière la tête.

— Ça va, tu te sens à l'aise ? a-t-elle demandé.

Il a eu un large sourire.

— *Yes*.

— On dirait le chat qui vient de s'avaler un canari.

Le sourire n'a pas vacillé.

— Je ne suis pas sûr pour le chat, mais encore une
fois : *yes*.

— Qu'est-ce que c'est ?

Les mains toujours derrière la tête, Donovan a
désigné l'ordinateur portable.

— Jette un œil là-dessus.

— Sur le portable ?

— *Yes*.

Elle a bougé la souris. L'écran noir s'est éclairé. Et là,
emplissant tout l'espace, il y avait une photo de Charles
Talley. La main en l'air. Les cheveux aile de corbeau. Le
sourire insolent.

— Tu as copié ça sur l'ordinateur de Celia Shaker ?

— *Yes*. Ça vient d'un téléphone mobile.

— Beau travail.

— Attends un peu.

— Quoi ?

Donovan a souri de plus belle.

— Comme le chantaient Bachman-Turner Overdrive, t'as encore rien vu.

— Quoi ? a répété Loren.

— Appuie sur la flèche. Celle de droite.

Loren a obéi. Une vidéo tremblotante s'est mise en route. Une femme avec une perruque blond platine est sortie de la salle de bains. S'est dirigée vers le lit. Une fois la vidéo terminée, Donovan a lâché :

— Des commentaires ?

— Un seul.

Il a tendu la main vers elle.

— Aboule.

Loren lui a tapé dans la paume.

— *Yesss !*

37

— C'ÉTAIT PLUSIEURS ANNÉES APRÈS NOTRE RENCONTRE.

Olivia était debout au fond de la pièce. Son visage avait repris des couleurs. Elle se tenait plus droite, comme si le fait de parler lui avait redonné des forces. Pour sa part, Matt s'abstenait de réfléchir, d'analyser. Il voulait juste assimiler.

— J'avais vingt-trois ans, à l'époque. La plupart des filles vivaient dans de vieilles caravanes. Le directeur du club, une espèce d'ordure nommée Clyde Rangor, possédait un bout de terrain à quelques centaines de mètres de là. En plein désert. Il l'avait entouré d'un grillage, avait installé trois ou quatre roulottes archi-pourries, et c'est là qu'on habitait. Les filles allaient et venaient, mais à ce moment-là, je partageais ma caravane avec deux autres. L'une était nouvelle, elle s'appelait Cassandra Meadows. Elle devait avoir dans les seize, dix-sept ans. L'autre était Kimmy Dale. Kimmy était absente ce jour-là. Tu comprends, Clyde nous envoyait en tournée. On dansait dans des patelins, on faisait trois spectacles par jour. De l'argent facile pour lui. De gros pourboires pour nous, même s'il en récupérait une bonne partie.

Matt s'efforçait en vain de reprendre pied.

— Tu avais quel âge, quand tu as commencé ?

— Seize ans.

Il a failli fermer les yeux.

— Je ne comprends pas comment ce truc a pu fonctionner.

— Clyde avait des relations. On lui recrutait des filles fauchées dans des familles d'accueil de l'Idaho.

— C'est de là que tu viens ?

Elle a hoché la tête.

— Il avait des contacts dans d'autres États aussi. Dans l'Oklahoma. Cassandra, elle, venait du Kansas, je crois. Les filles étaient toutes envoyées chez Clyde. Il leur fournissait de faux papiers et les mettait au turbin. Ce n'était pas compliqué. Personne ne s'intéresse aux pauvres, mais au moins les petits enfants suscitent de la sympathie, eux, ils peuvent être adoptés. Nous, on n'était que des ados rebelles et livrées à elles-mêmes.

— OK, continue, a coupé Matt.

— Clyde avait une amie nommée Emma Lemay. C'était une sorte de figure maternelle pour nous toutes. Je sais que ça paraît aberrant, pourtant quand on réfléchit à ce qu'on avait connu jusque-là, ça devient presque plausible. Clyde la battait comme plâtre. Quand il passait simplement, on voyait Emma tressaillir. Je n'en étais pas consciente, à l'époque, mais cette maltraitance… a dû créer des liens entre nous. Kimmy et moi, on l'aimait bien. On parlait de s'en sortir un jour, d'ailleurs, on ne parlait que de ça. Je leur ai raconté, à Kimmy et à elle, ma rencontre avec toi. Et ce que cette nuit-là a représenté pour moi. Elles m'ont écoutée. Nous savions toutes que c'était impossible, mais elles ont écouté quand même.

Un bruit s'est fait entendre à l'extérieur de la chambre. Un petit cri. Olivia s'est tournée.

— C'est Ethan, a dit Matt.

— Ça lui arrive souvent ?

— Oui.

Ils ont attendu. La maison était redevenue silencieuse.

— Un jour, je ne me sentais pas bien.

La voix d'Olivia avait repris un ton distant, mono-corde.

— Généralement, on ne nous laissait pas sortir du club, mais j'avais tellement mal au cœur que je tenais à peine debout, et une fille qui vomit sur scène, ce n'est pas très vendeur. Clyde et Emma n'étaient pas dans les parages ; j'ai donc demandé au portier. Il m'a dit que je pouvais m'en aller. Je suis retournée à l'Enclos – c'était le nom du camp de caravanes. Il était trois heures de l'après-midi, le soleil tapait fort. J'avais l'impression de cuire en marchant.

Elle a eu un sourire mélancolique.

— Tu sais ce qui est bizarre ? Enfin, je veux dire, tout est bizarre dans cette histoire, mais tu sais ce qui me frappe le plus ?

— Quoi ?

— Les degrés. Pas la température, non, les degrés qui changent tout. Les petits « si » qui deviennent grands. Tu es bien placé pour le savoir. Si seulement tu étais rentré directement à Bowdoin. Si seulement Duff n'avait pas renversé sa bière. Tu comprends ?

— Complètement.

— C'est pareil ici. Si je n'avais pas été malade, j'aurais dansé comme tous les autres jours… Mes « si » m'ont sauvé la vie.

Elle se tenait près de la porte. Et elle louchait sur la poignée comme si elle avait des idées de fuite.

— Que s'est-il passé à ton retour à l'Enclos ? a demandé Matt.

— L'endroit était désert. La plupart des filles étaient déjà au club ou en ville. Normalement, on finissait vers trois heures du matin et on dormait jusqu'à midi. C'était tellement déprimant dans l'Enclos qu'on y passait le moins de temps possible. Donc, quand je suis revenue, tout était silencieux. J'ai poussé la porte de ma caravane et la première chose que j'ai vue, c'était du sang par terre.

Il ne la quittait pas des yeux. Olivia respirait plus profondément à présent, pourtant son visage demeurait lisse, serein.

— J'ai appelé. C'était stupide, je m'en doute. J'aurais dû hurler et prendre mes jambes à mon cou. Encore un « si », hein ? Puis j'ai regardé autour de moi. Il y avait deux pièces dans chaque caravane, et comme elles étaient stationnées à l'envers, on entrait directement dans la chambre où on dormait toutes les trois. J'avais la couchette du bas, Kimmy celle du haut, et Cassandra, la nouvelle, la couchette du fond. Kimmy était une maniaque de la propreté. Elle nous engueulait tout le temps parce qu'on ne rangeait pas assez. D'accord, on était des déchets, répétait-elle, mais ce n'était pas une raison pour vivre dans une poubelle.

« Là, tout était sens dessus dessous. Tous les tiroirs avaient été vidés, des fringues traînaient partout. Et, près du lit de Cassandra, là où conduisaient les traces de sang, j'ai aperçu deux jambes par terre. Je me suis précipitée, puis je me suis arrêtée net.

Olivia a planté son regard dans celui de Matt.

— Cassandra était morte. Ce n'était même pas la

peine de chercher son pouls. Elle était couchée sur le côté, presque en position fœtale. Ses yeux étaient ouverts et fixes ; son visage, tuméfié. Il y avait des brûlures de cigarette sur ses bras. Ses mains étaient liées dans son dos avec du ruban adhésif. Rappelle-toi, Matt, j'avais vingt-trois ans. J'étais peut-être plus mûre, je faisais peut-être plus que mon âge. J'avais déjà beaucoup vécu. Mais réfléchis deux minutes. J'étais là, face à un cadavre. Tétanisée. Incapable de bouger. Même quand j'ai entendu du bruit dans l'autre pièce, même quand j'ai entendu Emma crier : « Clyde, non ! »

Elle s'est tue, a fermé les yeux, exhalé un profond soupir.

— Je me suis retournée juste à temps pour voir un poing m'arriver en plein visage. Il était trop tard pour réagir. Le coup m'a touchée au nez. Je l'ai plus entendu que senti craquer. Ma tête est partie en arrière. Je suis tombée à la renverse… sur Cassandra. C'était ça, le pire, d'avoir atterri sur son cadavre. Sa peau était toute moite. J'ai voulu m'écarter. Le sang me coulait dans la bouche.

Olivia a inspiré convulsivement, s'efforçant de reprendre son souffle. Jamais Matt ne s'était senti aussi impuissant. Il n'a pas prononcé un mot, n'a pas esquissé un geste vers elle. Il a juste attendu qu'elle se ressaisisse.

— Clyde s'est rué sur moi. Son visage… D'ordinaire, il avait toujours ce petit sourire aux lèvres. Je l'avais déjà vu gifler Emma plein de fois. Ça te paraît aberrant, je sais. Pourquoi ne réagissait-on pas ? Pourquoi se laissait-on faire ? Il faut que tu comprennes une chose : c'était normal qu'il nous frappe. On avait l'habitude. On ne connaissait pas d'autre mode de fonctionnement.

Matt a hoché la tête, ce qui était totalement inadapté, mais il comprenait bien ce type de raisonnement. Les prisons en regorgeaient : chacun commettait des horreurs et l'horreur semblait être devenue la norme.

— Bref, a poursuivi Olivia, là il ne souriait plus. Si tu crois qu'un serpent à sonnette, c'est méchant, alors tu n'as jamais rencontré Clyde Rangor. Mais en cet instant, il avait l'air paniqué. Il pantelait. Il y avait du sang sur sa chemise. Derrière lui – ça, je ne l'oublierai jamais – se tenait Emma, la tête basse. Moi, couverte de sang, je ne regardais pas cette espèce de taré avec ses poings serrés, je regardais son autre victime. Sa véritable victime, probablement.

« Où est la cassette ? » m'a demandé Clyde. Je ne voyais absolument pas de quoi il parlait. Il m'a écrasé le pied. J'ai hurlé de douleur. Et il a crié : « Tu me mènes en bateau, salope ? Où est-elle ? »

« J'ai voulu me dégager, seulement je me suis retrouvée coincée contre le mur. Clyde a repoussé le corps de Cassandra d'un coup de pied. J'étais prise au piège. À distance, j'ai entendu Emma qui bêlait : "Non, Clyde. S'il te plaît." Sans me quitter des yeux, il a pivoté et l'a giflée de toutes ses forces. Il lui a ouvert la joue. Elle s'est écroulée. Cette diversion m'a permis de réagir. Je lui ai envoyé mon pied dans le genou. Au bon endroit. Sa jambe a fléchi. Je me suis relevée et j'ai roulé par-dessus le lit. J'avais une idée en tête. Vois-tu, Kimmy gardait une arme dans la chambre. Je n'aimais pas trop ça, mais si moi j'en ai bavé, Kimmy avait connu bien pire. Du coup, elle était toujours armée. Elle en avait même deux : un mini-revolver, un vingt-deux, qu'elle cachait dans sa botte, même sur scène, et un pistolet sous son matelas.

Olivia lui a souri.

— Quoi ? a dit Matt.

— Comme toi.

— De quoi tu parles ?

— Tu crois que je ne suis pas au courant, pour ton pistolet ?

Il l'avait complètement oublié. Il a fouillé dans son pantalon. On le lui avait retiré à l'hôpital. Tranquillement, Olivia a ouvert son sac à main.

— Tiens.

Et elle lui a rendu l'arme.

— Je ne voulais pas qu'il tombe entre les mains de la police.

— Merci, a-t-il répondu bêtement.

Il a regardé le pistolet, avant de le ranger.

— Pourquoi gardes-tu ça ? a-t-elle demandé.

— Je ne sais pas.

— À mon avis, Kimmy ne savait pas non plus. Mais bon, il était là. Et quand Clyde est tombé, je me suis précipitée dessus. Je n'avais pas beaucoup de temps – quelques secondes à peine. J'ai plongé la main sous le matelas. J'entendais Clyde hurler : « Je vais te tuer, sale pute ! » J'étais sûre qu'il allait le faire ; j'avais vu son visage, j'avais vu Cassandra. S'il m'attrapait, si je ne récupérais pas ce pistolet, j'étais morte.

Le regard d'Olivia s'était perdu au loin ; elle avait levé la main comme si, de retour dans la roulotte, elle était en train de chercher le fameux pistolet.

— Je sentais presque son souffle dans mon cou. J'avais la main sous le matelas et je ne trouvais rien. Clyde m'a empoignée par les cheveux. Soudain, j'ai touché un objet en métal. Je l'ai saisi, Clyde m'a tirée en arrière, et le pistolet est venu avec. Je ne le tenais pas bien, j'avais juste le pouce et l'index sur la crosse. J'ai essayé de repérer la détente, mais il m'a agrippé le poignet. Je me suis débattue. Il était trop fort pour moi. Pourtant je n'ai pas lâché prise. Du coup, il m'a planté

328

l'ongle du pouce dans la peau. Il avait les ongles longs, longs et acérés. Tu vois ceci ?

Olivia lui a montré une cicatrice blanche en forme de croissant à l'intérieur de son poignet. Matt l'avait déjà remarquée. Elle lui avait expliqué, une éternité plus tôt, qu'elle était tombée de cheval.

— C'est Clyde Rangor qui m'a fait ça. Il a enfoncé l'ongle si profondément que le sang a jailli. J'ai lâché le pistolet. Il me tenait toujours par les cheveux. Il m'a jetée sur le lit, puis il a bondi sur moi et a commencé à me serrer le cou. Et il pleurait. Je me souviens de ça. Clyde en train de m'étrangler tout en pleurant. Pas parce qu'il avait de la peine, non. Parce qu'il avait peur. J'étouffais et je l'entendais me supplier : « Dis-moi où elle est. Dis-le-moi… »

Doucement, Olivia a porté la main à sa gorge.

— J'ai lutté. J'ai donné des coups de pied, je me suis débattue, mais je sentais mes forces m'abandonner. Mes coups tombaient dans le vide. Son pouce s'enfonçait dans ma gorge. J'allais mourir. Et soudain, il y a eu cette détonation.

Elle a laissé retomber sa main. L'horloge ancienne dans la salle à manger, cadeau de mariage de Bernie et Marsha, s'est mise à carillonner. Olivia a attendu qu'elle s'arrête.

— Ce n'était pas très fort. Plutôt comme le claquement d'une batte. Sans doute parce que c'était un vingt-deux, je ne sais pas. Une seconde, Clyde a resserré son emprise. Il avait l'air surpris, peiné. Il m'a lâchée. J'ai commencé à tousser, à suffoquer. Emma Lemay se tenait derrière, le revolver pointé sur lui ; toutes ces années de mauvais traitements avaient débordé d'un seul coup. Elle n'a pas flanché, n'a pas baissé les yeux.

Furieux, il s'est retourné contre elle, et elle a tiré une deuxième fois, en plein visage.

« Un troisième coup de feu, et c'en était fini de Clyde Rangor.

38

LE MOBILE.

Désormais, Loren avait un mobile. Si la vidéo pouvait fournir une indication, Charles Talley, une belle ordure selon tous les critères, avait non seulement couché avec la femme de Matt Hunter – Loren était quasiment certaine que c'était Olivia Hunter, sous cette perruque blonde – mais, qui plus est, il s'était donné la peine d'envoyer les images à Matt.

Pour le narguer.

Le mettre en colère.

Bref, le défier.

Ça tombait sous le sens.

Sauf que, dans cette affaire, beaucoup trop de choses tombaient sous le sens à première vue. Généralement, ça ne durait que quelques minutes. Comme l'histoire de Max Darrow, roulé par une prostituée. Comme le meurtre de Charles Talley, œuvre d'un mari jaloux selon toute apparence ; seulement, dans ce cas, comment expliquer le lien avec Emma Lemay, le FBI du Nevada et tout ce qu'elle avait appris dans le bureau de Joan Thurston ?

Son portable s'est mis à vibrer. Numéro masqué.

— Allô ?

— C'est quoi, ce message à toutes les patrouilles à propos de Matt Hunter ?

Lance Banner.

— Ça t'arrive de dormir, parfois ? a-t-elle demandé.

— Pas en été. Je préfère hiberner. Comme les ours. Alors, que se passe-t-il ?

— Nous le recherchons.

— Arrête avec tous ces détails, Loren. Non, franchement, j'ai du mal à suivre.

— C'est une longue histoire, Lance, et j'ai eu une longue nuit.

— L'appel a été diffusé principalement tout autour de Newark.

— Oui, et alors ?

— Est-ce que quelqu'un a jeté un coup d'œil chez la belle-sœur de Hunter ?

— Je ne crois pas.

— C'est comme si j'y étais, a dit Banner.

39

NI MATT NI OLIVIA NE BOUGEAIENT. Son récit l'avait vidée, ça se voyait. Il a failli se lever pour se rapprocher d'elle, mais elle l'a arrêté d'un geste de la main.

— J'ai vu une vieille photo d'Emma Lemay, un jour. Elle était très belle. Et intelligente aussi. Si quelqu'un avait la volonté de rompre avec cette existence, c'était bien Emma. Seulement, c'est impossible. J'avais vingt-trois ans, Matt, et déjà l'impression que ma vie était terminée. On était là toutes les deux, moi en train de tousser et de cracher, Emma, le revolver à la main. Elle a attendu plusieurs minutes que je reprenne mon souffle. Puis elle s'est tournée vers moi et, le regard limpide, a dit : « Il faut cacher le corps. »

« Je me souviens d'avoir secoué la tête. J'ai répondu que je n'avais rien à voir là-dedans. Elle ne s'est pas fâchée, n'a pas élevé la voix. C'était très étrange. Elle paraissait tellement… sereine.

— Elle venait d'assassiner son bourreau, a commenté Matt.

— Ça en faisait partie, oui.

— Mais ?

— On aurait dit qu'elle attendait ce moment-là. Elle savait que ce jour arriverait. J'ai suggéré d'appeler la police. Très calmement, avec sang-froid, Emma a refusé. Elle avait toujours le revolver, mais elle ne m'a pas menacée avec. « On pourrait invoquer la légitime défense, ai-je insisté. Leur montrer les bleus sur mon cou. » Et puis, il y avait Cassandra.

Matt a remué sur le lit. Olivia s'en est aperçue et a souri.

— Oui, je sais. Quelle ironie, hein ? La légitime défense. Comme dans ton cas. Nous nous sommes trouvés tous les deux à la même croisée des chemins. Peut-être que tu n'as pas eu le choix, cerné par tous ces gens. Mais quoi qu'il en soit, tu venais d'un monde différent. Tu faisais confiance à la police et pensais que la vérité triompherait. Nous, c'était une tout autre paire de manches. Emma avait tiré sur Clyde à trois reprises, une fois dans le dos et deux fois en face. Personne ne croirait à la thèse de la légitime défense. Et même si on nous écoutait, il faut savoir que Clyde gagnait beaucoup d'argent pour le compte de son cousin gangster, Busher. Qui n'allait pas nous laisser nous en sortir si facilement.

— Alors, qu'avez-vous fait ?

— Moi, j'étais perdue. Emma m'a expliqué la situation. Il n'y avait pas trente-six solutions. Et c'est là qu'elle a abattu sa carte maîtresse.

— Laquelle ?

— Elle m'a dit : « Et si tout se passe bien ? »

— Comment ça ?

— Si la police nous croit et que le cousin de Clyde nous fiche la paix ?

— Je ne comprends pas, a fait Matt.

— Où en serions-nous, Emma et moi ? Où en serions-nous, si jamais ça marchait ?

Il a réalisé alors.

— Vous en seriez exactement au même point.

— Tout à fait. C'était notre chance, Matt. Clyde avait cent mille dollars planqués dans sa maison. Emma a proposé de les partager avec moi. Puis on se séparerait pour repartir de zéro. Ailleurs. Elle avait déjà une destination en tête. Depuis des années elle avait envie de partir. Elle n'en avait jamais eu le courage. Comme moi. Comme nous toutes.

— Maintenant, il le fallait.

Olivia a hoché la tête.

— Si nous cachions Clyde, les flics penseraient qu'ils avaient pris la fuite ensemble. On rechercherait un couple. Ou alors on croirait qu'ils avaient été tués tous les deux. J'ai dit : « Et moi ? Les amis de Clyde me connaissent. Ils me poursuivront. Et comment expliquer la mort de Cassandra ? »

« Mais Emma avait déjà tout prévu. Elle m'a dit : "Donne-moi ton portefeuille." Elle a sorti ma carte d'identité – à l'époque, au Nevada, on n'exigeait pas la photo – et l'a fourrée dans la poche de Cassandra. "Quand est-ce qu'elle rentre, Kimmy ?" m'a-t-elle demandé. "Pas avant trois jours." On avait largement le temps, selon elle. Puis elle a ajouté : "Écoute-moi. Ni toi ni Cassandra n'avez de véritable famille. La mère de Cassandra l'a mise à la porte. Elles ne se parlaient plus depuis des années." Je ne comprenais pas. "J'y pensais depuis longtemps, a poursuivi Emma. Chaque fois qu'il levait la main sur moi. Chaque fois qu'il m'étouffait jusqu'à ce que je m'évanouisse. Chaque fois qu'il me demandait pardon, me jurait qu'il m'aimait et ne recommencerait plus. Chaque fois qu'il m'affirmait qu'il me retrouverait et me tuerait si jamais je le quittais. Et si je tuais Clyde, prenais l'argent et me réfugiais quelque part où je serais en sécurité ? Si j'essayais de me racheter, après tout ce que j'avais fait subir aux filles ? Toi aussi, tu as dû y songer, pas vrai, Candi ? À prendre le large ?"

— Et tu y avais songé, a observé Matt.

Olivia a levé l'index.

— À une différence près. Comme je te l'ai déjà dit, j'avais le sentiment que ma vie était finie. Je m'évadais dans la lecture. J'avais besoin de rêver à autre chose. Cette nuit à Vegas, je ne cherche pas à en faire tout un plat, mais j'y repensais, Matt. Je repensais à ce que j'avais ressenti auprès de toi. Au monde dans lequel tu vivais. Je me souviens de tout ce que tu m'avais raconté – sur ta famille, ton enfance, tes amis, tes études. Et ce que tu ne sais pas, ce que tu as encore du mal à comprendre, c'est que tu décrivais un univers que je n'osais même pas m'imaginer.

Matt se taisait.

— Après cette nuit-là, tu n'as pas idée du nombre de fois où j'ai pensé à essayer de te retrouver.

— Pourquoi tu ne l'as pas fait ?

Elle a secoué la tête.

— Toi, mieux que quiconque, tu devrais savoir ce que c'est de traîner un boulet.

Il a acquiescé en silence.

— Peu importe, a repris Olivia. C'était trop tard, de toute façon. Enfin, boulet ou pas, il fallait agir, en effet. On a donc concocté un plan. Pour commencer, on a enroulé le corps de Clyde dans une couverture et on l'a mis à l'arrière de la voiture. On a cadenassé l'Enclos. Emma connaissait un endroit où Clyde avait balancé au moins deux cadavres. C'était dans le désert. Nous l'avons enterré dans ce coin perdu, loin de toute présence humaine. Puis Emma a téléphoné au club. Elle s'est arrangée pour que les filles fassent des heures sup ; comme ça, personne ne pourrait rentrer à l'Enclos.

« Nous nous sommes arrêtées chez elle pour nous doucher. Une fois sous le jet d'eau chaude, j'ai pensé que ça devrait me faire tout drôle, de laver le sang, un peu comme lady Macbeth.

Elle a souri faiblement.

— Et pas du tout ? a demandé Matt.

— Je venais d'enterrer un homme dans le désert. La nuit, les chacals allaient s'en faire un festin. Ils disperseraient ses os. C'est ce qu'Emma m'a expliqué. Et ça ne m'a fait ni chaud ni froid.

Elle l'a regardé avec dans l'œil une lueur de défi.

— Qu'as-tu fait ensuite ?

— Tu ne devines pas ?

— Dis-moi.

— Je… enfin, Candace Potter n'était rien. Personne à prévenir en cas de mort accidentelle. En tant qu'employeur de Candace, Emma a appelé la police. Elle leur a raconté qu'une de ses filles avait été assassinée. La police est arrivée. Emma leur a montré le corps de Cassandra. Avec ma carte d'identité dans la poche. Emma a identifié le corps, confirmant qu'il s'agissait d'une de ses danseuses, Candace Potter, alias « Sucre Candi ». Elle n'avait pas de famille. Les flics ne se sont pas posé de questions. Qui aurait eu l'idée de creuser plus loin ? Emma et moi nous sommes partagé l'argent. Je me suis retrouvée avec plus de cinquante mille dollars. Tu imagines ? Et comme toutes les filles du club avaient de faux papiers, ça ne m'a pas été difficile de me dégoter une nouvelle carte d'identité.

— Donc, tu as pris la clé des champs ?

— Oui.

— Et Cassandra ? s'est enquis Matt.

— Quoi, Cassandra ?

— Personne ne s'est demandé ce qui lui était arrivé ?

— Les filles allaient et venaient tout le temps. Emma a dit à tout le monde qu'elle était partie – elle avait eu la trouille, après le meurtre de Candace. Deux autres filles ont pris peur et se sont sauvées aussi.

Matt a secoué la tête, s'efforçant de faire fonctionner son cerveau.

— Quand je t'ai rencontrée, tu t'es présentée sous le nom d'Olivia Murray.

— Oui.

— Alors tu as repris ce même nom ?

— C'était la seule fois que je m'en étais servie. Avec toi, ce fameux soir. Tu as lu *Un raccourci dans le temps* ?

— Oui, bien sûr. En primaire, je crois.

— Quand j'étais gamine, c'était mon livre préféré. L'héroïne s'appelait Meg Murray. Je lui ai emprunté son nom de famille.

— Et Olivia ?

Elle a haussé les épaules.

— Ça sonnait comme l'exact contraire de Candi.

— Que s'est-il passé après ?

— Emma et moi avons conclu un pacte. Nous sommes convenues de ne révéler la vérité à personne – sous aucun prétexte –, car si l'une de nous deux parlait, ça risquait de conduire l'autre à la mort. Nous avons fait un serment. Un serment solennel, tu comprends ?

Que voulez-vous répondre à cela ?

— Et ensuite, tu es allée en Virginie ?

— Oui.

— Pourquoi ?

— Parce que c'est là que vivait Olivia Murray. Loin

338

de Vegas ou de l'Idaho. Je me suis fabriqué un passé. J'ai suivi des cours à l'université. Je n'étais pas inscrite officiellement, mais à l'époque la sécurité était beaucoup moins stricte que maintenant. J'allais m'asseoir dans les amphis. Je traînais à la bibliothèque et dans la cafétéria. Je rencontrais des gens. Ils me prenaient pour une étudiante. Quelques années plus tard, j'ai fait semblant d'avoir décroché un diplôme. J'ai trouvé un boulot. Jamais je n'ai regardé en arrière ni pensé à Candi. Candace Potter était morte.

— Et puis j'ai fait mon entrée en scène, hein ?

— C'est un peu ça, oui. Tu sais, je n'étais qu'une gamine et j'avais peur. Je me suis enfuie pour vivre ma vie. Une vraie vie. Pour ne rien te cacher, les hommes ne m'intéressaient pas. Tu as fait appel à DataBetter, tu te souviens ?

— Je me souviens.

— Voilà, c'était ça, ma vie, et je n'en voulais pas d'autre. Mais quand je t'ai vu... je ne sais pas. Peut-être que j'ai eu envie de revivre la soirée où l'on s'était rencontrés. De revivre un rêve insensé. Toi, tu n'es pas heureux d'habiter ici, Matt. Tu ne te rends pas compte que cette maison, cette ville, c'est le paradis.

— C'est pour ça que tu veux déménager ?

— Avec toi, a-t-elle répondu, le regard implorant. Ne vois-tu pas ? Je n'ai jamais cru au mythe de l'âme sœur. Quand on sait ce que j'ai vécu... mais si ça se trouve, nos blessures jouent en notre faveur. Nos souffrances nous aident à avoir un meilleur jugement. On apprend à se battre pour quelque chose que les autres considèrent comme un fait acquis. Tu m'aimes, Matt. Tu ne pensais pas sérieusement que je pouvais te tromper. C'est la raison pour laquelle tu as continué à creuser – car malgré tout ce que je te raconte là, tu es le seul à me connaître vraiment. Le seul. Oui, je veux déménager et fonder une famille avec toi. C'est mon vœu le plus cher.

Matt a ouvert la bouche. Aucun son n'en est sorti.

— C'est bon, a-t-elle repris avec un petit sourire. Ça fait beaucoup à ingurgiter d'un coup.

— Non. C'est juste que…

Il n'arrivait pas à s'exprimer. La tempête émotionnelle faisait rage ; il fallait attendre qu'elle se calme.

— Que s'est-il passé, alors ? a-t-il demandé. Comment, après tant d'années, ont-ils fait pour te retrouver ?

— C'est moi, a-t-elle répliqué. C'est moi qui les ai trouvés.

Matt allait poser une autre question lorsque les phares d'une voiture ont zébré le mur. Il a levé la main pour intimer le silence à Olivia. Tous deux ont dressé l'oreille. Bien que faible, le ronronnement d'un moteur à l'arrêt était parfaitement audible.

Ils se sont regardés. Matt s'est approché de la fenêtre et a risqué un coup d'œil dehors.

La voiture était garée en face. Les phares se sont éteints. Quelques secondes plus tard, le moteur s'est tu également. Matt a reconnu le véhicule tout de suite : il y était monté quelques heures plus tôt.

C'était le monospace de Lance Banner.

40

LOREN A FAIT IRRUPTION DANS LA SALLE D'INTERROGA-
TOIRE.

Celia était occupée à examiner ses ongles.

— L'avocat n'est toujours pas là.

Loren s'est contentée de la dévisager. Elle s'est
demandé un instant ce qu'on ressentait quand on avait le
physique de Celia Shaker, et tous les hommes à ses
pieds. Sa mère était un peu comme ça, mais lorsqu'on
était Celia Shaker, quel effet cela faisait-il ? Était-ce un
bien ou un mal ? Avait-on tendance à se reposer sur ces
atouts-là au détriment de tous les autres ? Ce n'était
sûrement pas le cas de Celia, et ça la rendait d'autant
plus dangereuse.

— Devinez ce qu'on a trouvé dans votre ordinateur.

Celia a cillé. Ça a suffi. Elle était au courant. Loren a
sorti la photo de Charles Talley. Plus quelques plans
fixes tirés de la vidéo. Elle a placé le tout sur la table,
devant Celia. Qui les a à peine regardés.

— Je ne parlerai pas.

— Mais vous seriez d'accord pour hocher la tête ?

— Comment ?

— Je parle. Vous pouvez hocher la tête au fur et à mesure, si ça vous chante. Car les choses me semblent claires, à présent.

Loren s'est assise et, joignant les mains, les a posées sur la table.

— Les gars du labo m'ont dit que ces images provenaient d'un téléphone portable. D'après nous, voilà comment les choses se sont passées. Charles Talley avait tout d'un psychopathe. Ça, nous le savons. Il a un passé criminel chargé de violence et de perversité. Bref, il a rendez-vous avec Olivia Hunter. Pourquoi, je ne le sais pas encore. Peut-être nous le direz vous, quand votre avocat sera là. Peu importe. En tout cas, il pousse le vice jusqu'à envoyer une photo et une vidéo à notre ami commun, Matt Hunter. Matt vous transmet ces images. Vous, en bonne professionnelle que vous êtes, identifiez Charles Talley et le localisez à l'hôtel *Howard Johnson*, près de l'aéroport de Newark. Ou bien vous découvrez que c'est Olivia Hunter qui est descendue là-bas. L'un ou l'autre.

— Ce n'est pas ça, a coupé Celia.

— Mais ça y ressemble. Je ne connais pas les détails, et ça ne m'intéresse pas de savoir pourquoi ni comment Hunter a fait appel à vous. Ce qui est clair, c'est ce qu'il a fait. Il vous a communiqué ces images. Vous avez retrouvé Charles Talley. Vous vous êtes rendus tous les deux à son hôtel. Hunter a eu une altercation avec Talley. Il a été blessé, et Talley a trouvé la mort.

Celia a regardé ailleurs.

— Vous n'avez rien à ajouter ? a demandé Loren.

Son portable s'est remis à sonner. Elle l'a sorti, l'a ouvert d'un coup sec, a dit :

— Oui ?

— Ici le gentil Lance des familles.

— C'est à quel sujet ?

— Devine où je suis.

— Devant chez Marsha Hunter ?

— Gagné ! Maintenant, devine qui a garé sa voiture dans son allée.

Loren s'est redressée.

— Tu as demandé des renforts ?

— Ils arrivent.

Elle a refermé son téléphone. Celia l'observait.

— C'est à propos de Matt ?

Loren a hoché la tête.

— Nous allons l'interpeller.

— Il va craquer.

Loren a haussé les épaules.

Celia s'est mordillé un ongle.

— Vous avez tout faux.

— Comment ça ?

— Vous croyez que Charles Talley a envoyé ces images à Matt.

— Et ce n'est pas lui ?

Celia a secoué la tête avec lenteur.

— Qui est-ce, alors ?

— Bonne question.

Loren s'est rassise. Elle a repensé à la photo, celle de Charles Talley. Il levait la main, presque comme s'il était gêné qu'on le photographie. Il n'avait pas pu le faire lui-même.

— Peu importe. D'ici quelques minutes, Matt sera placé en garde à vue.

Celia s'est mise à arpenter la pièce. Elle a croisé les bras.

— Et si ces images, c'était un coup monté.

— Quoi ?

343

— Voyons, Loren. Servez-vous de votre tête. Vous ne trouvez pas que tout cela s'enchaîne un peu trop commodément ?

— Comme la plupart des affaires de meurtre.

— À d'autres !

— Quand on tombe sur un homme mort, on se penche sur sa vie amoureuse. Une femme morte, on interroge le mari ou l'amant. La plupart du temps, c'est aussi simple que ça.

— Sauf que Charles Talley n'était pas l'amant d'Olivia Hunter.

— Vous avez découvert ça comment ?

— Ce n'est pas moi qui l'ai découvert. C'est Matt.

— J'attends toujours le comment.

— Ces images sont truquées.

Loren a ouvert la bouche, avant de se raviser. Elle préférait attendre la suite.

— C'est pour ça que Matt est passé à mon bureau ce soir. Pour les faire agrandir. Elles n'étaient pas ce qu'elles semblaient être. Il s'en est rendu compte quand il s'est mis à pleuvoir.

Se laissant aller en arrière, Loren a posé ses mains à plat sur la table.

— Vous feriez mieux de m'expliquer depuis le début.

Celia s'est emparée de la photo de Charles Talley.

— OK, vous voyez cette fenêtre, avec de la pluie sur le carreau… ?

41

LA VOITURE DE LANCE BANNER ÉTAIT TOUJOURS GARÉE en face de chez Marsha.

— Tu le connais ? a demandé Olivia.

— On a été à l'école ensemble. Il est dans la police municipale.

— Il vient t'interroger sur l'agression ?

Matt n'a pas répondu. Mais puisqu'ils avaient arrêté Celia, ça semblait logique. La police voulait un rapport complet. Ou alors, le nom de Matt en tant que victime ou témoin avait été diffusé sur les ondes, et Lance l'avait entendu. À moins que ce ne soit du harcèlement pur et simple.

D'une manière ou d'une autre, il n'y avait pas de quoi s'affoler. Si jamais Lance se présentait à la porte, Matt l'enverrait paître. C'était son droit. On n'arrêtait pas une victime parce qu'elle n'avait pas rempli une déposition à temps.

— Matt ?

Il s'est tourné vers Olivia.

— Tu disais que ce n'étaient pas eux qui t'avaient retrouvée. Que c'était l'inverse.

— Oui.

— Je ne comprends pas très bien.

— On en arrive au plus dur.

Il a cru – non, espéré – qu'elle plaisantait. Pourtant, il essayait de s'accrocher, de rationaliser, de compartimenter… quand il ne se bloquait pas.

— J'ai raconté beaucoup de bobards, a-t-elle poursuivi. Mais celui-là, c'est le pire de tous.

Matt ne bougeait pas de la fenêtre.

— Comme je te l'ai expliqué, j'étais devenue Olivia Hunter. Candace Potter était morte. Sauf… sauf une partie d'elle, à laquelle je n'ai pas tout à fait réussi à renoncer.

Elle s'est interrompue.

— Qu'est-ce que c'est ? a demandé Matt doucement.

— Quand j'avais quinze ans, je suis tombée enceinte.

Il a fermé les yeux.

— J'avais tellement peur que je l'ai caché jusqu'à ce qu'il soit trop tard. Le jour où j'ai perdu les eaux, la femme qui m'hébergeait m'a amenée chez un médecin. On m'a fait signer tout un tas de papiers. Il y a eu de l'argent versé, je crois, je ne sais pas combien. Moi, je n'ai jamais vu cet argent. Le médecin m'a endormie. J'ai accouché. Et, quand je me suis réveillée…

Sa voix s'est brisée. Elle a eu un léger haussement d'épaules comme pour dominer son émotion.

— Je n'ai jamais su si c'était une fille ou un garçon.

Matt avait l'œil rivé sur la voiture de Lance. Quelque chose au fond de lui venait de se fissurer.

— Et le père ?

— Il s'est enfui en apprenant que j'étais enceinte. Ça

346

m'a complètement démolie. Deux ans après, il s'est tué dans un accident de voiture.

— Et tu n'as aucune idée de ce qui est arrivé au bébé ?

— Aucune. Quelque part, ça m'arrangeait. Même si j'avais voulu intervenir, je ne pouvais pas… pas dans ma situation. Mais ça ne veut pas dire que je m'en fichais. Que je ne me suis jamais demandé ce qu'elle était devenue.

Il y a eu un moment de silence. Matt a pivoté vers sa femme.

— Tu as dit « elle ».

— Comment ?

— À l'instant. D'abord, tu avoues ne pas savoir si c'était une fille ou un garçon. Puis tu te demandes ce qu'*elle* a pu devenir.

Olivia se taisait.

— Depuis quand sais-tu que c'est une fille ?

— Quelques jours seulement.

— Et comment l'as-tu découvert ?

Olivia a sorti une feuille de papier.

— Tu as entendu parler de groupes de soutien en ligne ?

— Non, je ne crois pas.

— Ce sont des tableaux d'affichage où des enfants adoptés peuvent mettre une annonce pour essayer de retrouver leurs parents biologiques, et *vice versa*. Je les ai toujours consultés. Par simple curiosité. Je ne pensais pas trouver quoi que ce soit. Candace Potter était morte depuis longtemps. Même s'il avait voulu la rechercher, son enfant aurait fini par le savoir. Et de toute façon, je ne pouvais rien dire. J'étais liée par le pacte. Entrer en contact avec moi aurait mis mon enfant en danger.

— Pourtant, tu regardais quand même les annonces ?

— Oui.

— Tous les combien ?

— Est-ce important, Matt ?

— Sans doute pas.

— Tu ne comprends pas pourquoi j'ai fait ça ?

— Je pense que si, a-t-il répondu, à moitié sincère. Alors, que s'est-il passé ?

Olivia lui a tendu la feuille de papier.

— Je suis tombée sur ceci.

La feuille était froissée, comme si on l'avait pliée et dépliée à de nombreuses reprises. À en juger par la date, l'annonce remontait à quatre semaines. Elle disait :

Ceci est un message urgent qui doit rester strictement confidentiel. Notre fille a été adoptée il y a dix-huit ans au cabinet du Dr Eric Tequesta à Meridian, Idaho, un 12 février. Sa mère biologique, qui est décédée, se nommait Candace Potter. Nous n'avons aucune information sur le père.

Notre fille est très malade. Elle a désespérément besoin d'une greffe de rein. Pour une question de compatibilité, nous recherchons quelqu'un de sa famille proche. S'il vous plaît, si vous êtes un proche parent de la défunte Candace Potter, contactez-nous au...

Matt lisait et relisait l'annonce.

— Il fallait que je fasse quelque chose, a murmuré Olivia.

Hébété, il a hoché la tête.

— J'ai envoyé un e-mail aux parents. Dans un premier temps, je me suis fait passer pour une ancienne amie de Candace Potter, mais ils n'ont rien voulu me dire. Je ne savais pas quoi faire. Alors je leur ai réécrit en disant que j'étais de la famille. C'est là que les choses ont pris une tournure bizarre.

— Comment ça ?

— Je pense... je ne sais pas... tout à coup, les parents se sont méfiés. Nous avons donc décidé de nous rencontrer. On a fixé le jour et le lieu.

— À Newark ?

— Oui. Ils ont même réservé une chambre à mon nom. Je devais m'y installer et attendre qu'ils me recontactent. Finalement, un homme m'a appelée et m'a ordonné de me rendre dans la chambre 508. Quand j'y suis arrivée, il a insisté pour fouiller mon sac. C'est là, je suppose, qu'il a dû me prendre mon téléphone. Ensuite, il m'a dit d'aller me changer dans la salle de bains, d'enfiler une robe et une perruque. Je ne comprenais pas pourquoi, mais d'après lui on devait aller quelque part et il ne fallait pas qu'on nous reconnaisse. J'avais trop peur pour ne pas obéir. Lui aussi a mis une perruque, une perruque noire. Quand je suis sortie, il m'a fait asseoir sur le lit. Il s'est approché de moi, exactement comme tu l'as vu faire sur la vidéo. Puis il a déclaré qu'il savait qui j'étais. Si je voulais sauver ma fille, je devais transférer de l'argent sur son compte à lui. Dans les plus brefs délais.

— Tu l'as fait ?

— Oui.

— Combien ?

— Cinquante mille dollars.

Il a hoché la tête avec un calme feint. Tout l'argent qu'ils avaient mis de côté.

— Et après ?

— Il a dit qu'il lui en fallait plus. Cinquante mille de plus. J'ai dit que je ne les avais pas. Nous nous sommes disputés. Pour finir, je lui ai promis plus d'argent une fois que j'aurais vu ma fille.

Matt a détourné les yeux.

— Quoi ? a-t-elle demandé.

— Tu ne t'es pas posé de questions ?

— À propos de ?

— Pour savoir si tout ça n'était pas une arnaque.

— Bien sûr que si, a acquiescé Olivia. J'avais lu un papier sur des escrocs qui prétendaient recueillir des informations sur les soldats disparus au Vietnam. Ils demandaient de l'argent aux familles soi-disant pour continuer les recherches. Et les gens avaient tellement envie d'y croire qu'ils ne voyaient pas l'imposture.

— Bon, et ensuite ?

— Candace Potter était morte. Qui aurait eu l'idée de vouloir arnaquer une morte ?

— Quelqu'un a dû comprendre que tu étais en vie.

— Comment ?

— Je ne sais pas, moi. Peut-être qu'Emma Lemay a parlé.

— Admettons. Et puis ? Personne n'était au courant, Matt. À Vegas, je ne l'avais dit qu'à mon amie Kimmy, mais même elle, elle n'avait pas toutes les données : la date de naissance, la ville dans l'Idaho, le nom du médecin. Moi, je ne me suis rappelé le nom de ce médecin qu'en voyant l'annonce. Les seuls à connaître tout cela sont ma fille et ses parents adoptifs. Et même si c'était un coup monté, avec l'histoire de la perruque et tout, j'étais obligée de jouer le jeu. D'une façon ou d'une autre, ma fille était impliquée, forcément. Ne vois-tu pas ?

— Si.

Il voyait aussi des failles dans son raisonnement, mais ce n'était pas le moment de chipoter.

— Et ensuite ?

— Comme je tenais absolument à voir ma fille, nous avons décidé d'un rendez-vous. C'est là que je suis censée lui remettre le reste de la somme.

— Quand ?

— Demain, à minuit.

— Où ça ?

— À Reno.

— Dans le Nevada ?

— Oui.

Encore le Nevada…

— Tu connais un dénommé Max Darrow ?

Elle n'a pas répondu.

— Olivia ?

— C'est l'homme à la perruque noire. Celui que j'ai rencontré. Je le connaissais d'avant. Il venait souvent au club.

Matt ne savait que penser.

— C'est où, à Reno ?

— Au 488, Center Lane Drive. J'ai le billet d'avion. Darrow m'a dit de n'en parler à personne. Si je n'y suis pas… je ne sais pas, Matt. Ils ont menacé de se venger sur elle.

— Sur ta fille ?

Olivia a hoché la tête. Elle avait les larmes aux yeux.

— J'ignore ce qui se passe. J'ignore si elle est malade, s'ils l'ont kidnappée ou si elle est dans le coup. Mais elle existe, elle est vivante, et il faut que je la retrouve.

Matt n'arrivait plus à suivre. Son portable a sonné. Machinalement, il a voulu l'éteindre, puis il a changé d'avis. À cette heure-ci, ça devait être Celia. Peut-être avait-elle besoin de lui. Il a jeté un regard sur l'écran. Numéro masqué. Le commissariat ?

— Allô ?

— Matt ?

Il a froncé les sourcils. On aurait dit la voix de Midi.

— C'est vous, Ike ?

— Matt, je viens juste de parler à Celia.

— Quoi ?

— Je pars à l'instant chez le procureur, a déclaré Midi. Ils veulent l'interroger.

— Elle vous a appelé ?

— Oui, mais à mon avis, c'est surtout vous que ça concerne.

— De quoi parlez-vous ?

— Elle voulait vous avertir.

— De quoi ?

— Une petite seconde, j'ai tout noté. OK, tout d'abord, vous lui avez demandé des renseignements sur un type nommé Max Darrow. Il a été assassiné. On l'a retrouvé tué de deux balles à Newark.

Matt a regardé Olivia. Elle a dit :

— Qu'est-ce qui se passe ?

Midi n'avait pas fini.

— Pire, Charles Talley est mort aussi. Son corps a été découvert au *Howard Johnson*. On a trouvé sur lui un coup-de-poing américain ensanglanté. Les tests ADN sont en cours. Et si ce n'est fait, ils auront très bientôt les photos téléchargées depuis votre téléphone portable.

Matt se taisait.

— Vous comprenez ce que je vous dis là, Matt ?

Il comprenait, oui. Ils n'avaient pas perdu leur temps. Et la conclusion était limpide : Matt Hunter, déjà condamné pour avoir tué un homme dans une bagarre, reçoit ces images provocantes sur son portable. À l'évidence, Charles Talley est en train de se taper sa femme. Matt engage un détective privé pour localiser le couple. Il fait irruption dans l'hôtel. Il y a au moins un témoin : le veilleur de nuit. Plus les caméras de surveillance. Plus des pièces à conviction. Et son ADN sur le cadavre.

Il y avait des lacunes dans le dossier. Il pourrait leur montrer le ciel gris derrière la fenêtre, leur parler de la sécheresse. Il ne savait pas l'heure de l'assassinat de Talley, mais avec un peu de chance, à cette heure-là il était dans l'ambulance ou à l'hôpital. Le chauffeur de taxi pourrait lui fournir un alibi. Ou sa propre femme.

Comme s'ils allaient en tenir compte.

— Matt ?

— Quoi ?

— La police doit vous rechercher.

Il a jeté un regard par la fenêtre. Une voiture de police venait de s'arrêter à côté du monospace.

— Je crois qu'ils m'ont déjà trouvé.

— Vous voulez que j'arrange une reddition pacifique ?

Une reddition pacifique. Faites confiance aux autorités. Suivez la loi.

Ç'avait déjà si bien marché la première fois, non ?

Chat échaudé…

Et même en admettant qu'il arrive à prouver son innocence, ils seraient obligés de tout expliquer, y compris le passé d'Olivia. Ne parlons pas du fait que Matt s'était juré, *juré*, de ne plus jamais retourner en prison. Olivia était bel et bien coupable d'un crime. Elle avait, dans le meilleur des cas, aidé à dissimuler un cadavre. Sans oublier que Max Darrow, assassiné lui aussi, la faisait chanter. De quoi auraient-ils l'air, hein ?

— Ike ?

— Oui.

— S'ils apprennent que vous m'avez contacté, vous allez vous faire épingler pour complicité.

— Mais non, Matt, pas du tout. Je suis votre avocat, je vous expose les faits et vous incite à vous rendre. Ce que vous allez faire ensuite… c'est vous que ça regarde. Je n'ai aucune prise là-dessus. Je ne puis qu'exprimer ma profonde consternation. Vu ?

Vu. Matt a jeté un autre coup d'œil par la fenêtre. Une seconde voiture de police venait d'arriver. Il a repensé à la prison. Dans le reflet de la vitre, il a aperçu le fantôme de Stephen McGrath. Stephen lui a adressé un clin d'œil. Matt a senti sa poitrine se contracter.

— Merci, Ike.

— Bonne chance, vieux.

Midi a raccroché. Matt s'est tourné vers Olivia.

— Que se passe-t-il ?

— Il faut qu'on parte d'ici.

42

LANCE BANNER S'EST APPROCHÉ de la porte d'entrée de
Marsha Hunter.

Il était accompagné de deux uniformes fatigués. Les
deux hommes arboraient une barbe naissante, à
mi-chemin entre la nécessité de se raser et le look
branché, marquant la fin d'une ronde de nuit sans
histoires. C'étaient de jeunes gars, relativement
nouveaux dans la maison. Ils marchaient en silence. Il
les entendait respirer bruyamment. Tous deux avaient
pris du poids, ces derniers temps. Lance n'aurait pas su
dire pourquoi les nouvelles recrues avaient toutes
tendance à faire du lard au cours de leur première année
dans la police, mais c'était comme ça et il n'avait pas
d'exemple en tête qui puisse prouver le contraire.

Lance était partagé. Depuis sa prise de bec avec Matt,
il avait réfléchi. Quel que soit son crime, et ce que Matt
était devenu aujourd'hui, Hunter ne méritait pas d'être
harcelé d'une façon aussi grossière et stupide. Car il
était stupide, à coup sûr, de chercher à intimider celui

qu'on considérait comme un intrus, tel un shérif plouc dans un mauvais film.

La veille au soir, Matt s'était moqué de ses velléités de jouer les redresseurs de torts dans cette ville chère à son cœur. Il n'avait pas compris. Lance n'était pas naïf. Il savait qu'il n'existait pas de champ de force pour protéger ce fertile espace suburbain. C'était bien ça, le problème. On bosse dur pour se construire un avenir. On se regroupe avec des gens ayant les mêmes idées pour fonder une communauté qui marche. Et on se bat pour la préserver. Si jamais il y a des ennuis en perspective, on ne laisse pas pourrir la situation. On réagit. On anticipe. C'est ce qu'il avait fait avec Matt Hunter. C'est ce que des hommes comme Lance Banner faisaient pour leur ville natale. Ils étaient les soldats, les sentinelles qui veillaient dans la nuit afin que les autres, y compris la famille de Lance, puissent dormir tranquilles.

Du coup, lorsque ses collègues s'étaient mis à parler de faire quelque chose, lorsque sa propre femme, Wendy, qui était allée à l'école avec la jeune sœur de Matt – « la reine des salopes », comme elle l'appelait –, avait protesté à l'idée qu'un type condamné pour meurtre emménage dans leur quartier, lorsqu'un membre du conseil municipal avait exprimé l'inquiétude numéro un des banlieusards – « Vous ne vous rendez pas compte, Lance, des répercussions sur les prix de l'immobilier ! » –, il était passé à l'acte.

Et maintenant, il ne savait pas trop s'il le regrettait ou non.

Il a repensé à sa conversation avec Loren Muse. Avait-il perçu les prémices d'une psychose chez le jeune Matt Hunter ? Définitivement, non. Hunter avait été un môme hypersensible. Lance le revoyait en larmes au cours d'une partie de base-ball parce qu'il avait loupé la balle renvoyée trop haut. Son père était venu le consoler, pendant que Lance s'étonnait qu'on puisse être aussi chochotte. Mais – et ça contredisait directement la thèse de Loren sur les signes précoces d'un trouble psychique – un homme pouvait changer. Tout ne se jouait pas avant cinq ans, comme elle l'avait soutenu.

Le hic, c'est que le changement s'opérait toujours, *toujours*, dans le mauvais sens.

Si on découvre un jeune psychotique, jamais il ne virera de bord pour devenir quelqu'un de productif. Jamais. Mais on peut trouver plein de gars, de braves gars élevés dans le respect des valeurs et l'amour du prochain, de gentils gars qui abhorraient la violence et voulaient rester dans le droit chemin… et qui ont fini par commettre des horreurs.

Allez donc savoir pourquoi. Quelquefois, comme dans le cas de Hunter, c'était une simple affaire de malchance, seulement, tout est une question de hasard, non ? Votre éducation, votre patrimoine génétique, vos expériences, vos conditions de vie – tout ça, c'est de la roupie de sansonnet. Matt Hunter s'était retrouvé au mauvais moment au mauvais endroit. Mais ça n'avait plus d'importance. Ça se voyait dans ses yeux, à sa façon de marcher, aux fils d'argent dans ses cheveux, à sa manie de ciller, à son sourire crispé.

Il y a des gens qui se trimbalent la poisse toute leur vie. Elle leur colle aux basques et ne les lâche plus.

C'est peut-être simpliste, pourtant ces gens-là, on n'en veut pas dans son entourage.

Lance a frappé à la porte de Marsha Hunter. Les deux uniformes se tenaient derrière lui, l'un à gauche, l'autre à droite. Le soleil commençait à se lever. Ils ont écouté, guettant un quelconque signe de vie.

Rien. Pas un bruit.

Il a avisé la sonnette. Lance savait que Marsha Hunter avait deux enfants. Si jamais Matt n'était pas là, il s'en voudrait de les avoir réveillés, mais il n'avait guère le choix. Il a pressé la sonnette et l'a entendue carillonner.

Toujours rien.

À tout hasard, Lance a poussé la porte dans l'espoir qu'elle n'était pas verrouillée. Elle l'était.

L'agent à sa droite s'est dandiné d'un pied sur l'autre.

— On l'enfonce ?

— Pas tout de suite. On n'est même pas sûrs qu'il soit là.

Il a sonné à nouveau, gardant le doigt sur le bouton jusqu'à ce que le carillon retentisse une troisième fois.

Le flic à sa gauche a déclaré :

— Monsieur ?

— Attendons encore une seconde.

Comme en réponse, la lumière s'est allumée dans l'entrée. Lance a essayé de regarder à travers les gros carreaux de verre, mais la vision était trop déformée. Le visage collé aux carreaux, il tentait de repérer une trace de mouvement.

— Qui est-ce ?

C'était une voix de femme, une voix hésitante… ce qui était compréhensible, vu les circonstances.

— Lance Banner, police de Livingston. Pouvez-vous m'ouvrir, s'il vous plaît ?

— Qui ?

— Lance Banner, police de Livingston. Ouvrez la porte, s'il vous plaît.

— Une minute.

Ils ont attendu. Lance continuait de scruter l'intérieur à travers le verre opaque. Une vague silhouette a descendu l'escalier. Sans doute Marsha Hunter. Son pas était aussi hésitant que sa voix. Il a entendu le bruit d'un verrou qu'on tire, le cliquetis d'une chaîne, et la porte s'est ouverte.

Marsha Hunter portait un vieux peignoir éponge serré à la taille. On aurait dit un peignoir d'homme. L'espace d'un éclair, Lance s'est demandé s'il avait appartenu à son défunt mari. Ses cheveux étaient en désordre. Elle n'était pas maquillée, naturellement, et bien que Lance l'ait toujours trouvée jolie, il s'est dit qu'une petite touche par-ci par-là ne lui ferait pas de mal.

Son regard a glissé sur lui, sur les deux agents qui l'escortaient.

— Qu'est-ce que vous voulez, à une heure pareille ?

— Nous cherchons Matt Hunter.

Ses yeux se sont étrécis.

— Je vous connais, vous.

Lance n'a rien dit.

— Vous avez entraîné mon fils, au foot, l'an passé. Vous avez un garçon du même âge que Paul.

— Oui, madame.

— Mon nom est Marsha Hunter, a-t-elle rectifié d'un ton cassant.

— Je sais.

— Nous sommes voisins, enfin !

Marsha a de nouveau regardé les deux agents en uniforme.

— Vous savez bien que je vis seule avec deux petits garçons. Alors pourquoi cette opération commando ?

— Il faut absolument qu'on parle à Matt Hunter.

— Maman ?

Lance a reconnu le gamin dans l'escalier. Marsha l'a considéré d'un œil torve avant de se tourner vers son fils.

— Va au lit, Ethan.

— Mais, maman…

— J'arrive tout de suite. Retourne te coucher.

Elle a pivoté vers Lance.

— Ça m'étonne que vous ne soyez pas au courant.

— Au courant de quoi ?

— Matt ne vit pas ici, a-t-elle dit. Il habite à Irvington.

— Sa voiture est devant chez vous.

— Oui, et alors ?

— Alors, il est là ou pas ?

— Que se passe-t-il ?

Une autre femme est apparue dans l'escalier.

— Qui êtes-vous ? a demandé Lance.

— Mon nom est Olivia Hunter.

— Autrement dit, madame Matt Hunter ?

— Pardon ?

Marsha a lancé un regard à sa belle-sœur.

— Il voulait savoir pourquoi ta voiture était garée devant chez nous.

— À cette heure-ci ?

Olivia Hunter a entrepris de descendre les marches. Sans se presser. C'était peut-être ça, l'indice. Ou alors sa tenue. Car elle était habillée comme en plein jour. Chemisier sans manches et pantalon kaki. Ni pyjama, ni robe de chambre, ni chemise de nuit. À cette heure-ci.

Ça n'avait pas de sens.

Un coup d'œil appuyé sur Marsha Hunter, et Lance a compris. Quelque chose dans l'expression de son visage. Bon sang, comment avait-il pu être aussi stupide ? La lumière, la descente de l'escalier, et cette lenteur délibérée, là, tout de suite…

Il s'est tourné vers les deux flics.

— Allez voir dans le jardin. Dépêchez-vous.

— Attendez ! a crié Olivia. Qu'est-ce qu'ils vont faire dans le jardin, ces deux-là ?

Les flics sont partis au trot – l'un vers la gauche, l'autre vers la droite. Lance a regardé Marsha. Elle a soutenu son regard sans ciller.

Soudain, ils ont entendu une femme hurler.

Matt a remercié Midi avant de raccrocher.

— Que se passe-t-il ? a demandé Olivia.

— Il faut qu'on parte d'ici. C'était Midi. Charles Talley et Max Darrow sont morts tous les deux.

— Oh, mon Dieu !

— Et, sauf erreur de ma part, a-t-il ajouté avec un geste en direction de la fenêtre, ces gars-là viennent m'arrêter pour ces deux meurtres.

Olivia a fermé les yeux.

— Qu'est-ce que tu comptes faire ?

— Me tirer d'ici.

— *Nous* tirer d'ici, tu veux dire.

— Non.

— Je viens avec toi, Matt.

— Ce n'est pas toi qu'on recherche. Ils n'ont rien contre toi. Au pire, ils penseront que tu as trompé ton mari. Tu n'as qu'à refuser de répondre à leurs questions, ils ne pourront pas te retenir.

— Et toi, tu vas prendre la fuite, c'est ça ?

— Je n'ai pas le choix.

— Où iras-tu ?

— Je vais voir. Mais on ne pourra pas communiquer. Ils vont surveiller la maison, mettre nos téléphones sur écoute.

— Il nous faut un plan, Matt.

— J'ai une idée. On se retrouve à Reno.

— Quoi ?

— Demain soir, à minuit. Rendez-vous au 488, Center Lane Drive.

— Tu crois qu'il reste encore une chance pour que ma fille…

— J'en doute, a répondu Matt. Seulement je doute aussi que Talley et Darrow aient monté ça tout seuls.

Olivia hésitait.

— Qu'y a-t-il ?

— Comment vas-tu faire pour traverser le pays d'ici demain soir ?

— Je ne sais pas. Si je n'y arrive pas, on trouvera autre chose plus tard. Écoute, il n'est pas top, ce plan, mais on n'a pas trop le temps de réfléchir.

Elle a fait un pas en avant. À nouveau, il l'a ressenti dans sa poitrine, ce léger frémissement. Jamais elle ne lui avait paru aussi belle, aussi vulnérable.

— Est-ce que tu as le temps de me dire que tu m'aimes toujours ?

— Je t'aime. Plus que jamais.

— Vraiment ?

— Vraiment.

— Même après… ?

— Même après.

Elle a secoué la tête.

— Tu es trop bien pour moi.

— Ouais. Je sais.

Olivia a ri à travers ses sanglots. Il l'a prise dans ses bras.

— On en reparlera. Pour le moment, on va retrouver ta fille.

Quand elle avait dit que ça valait le coup de se battre pour cette vie-là… Ces paroles résonnaient en lui avec plus de force encore que ses aveux. Il allait se battre. Il allait se battre pour eux deux.

Olivia a hoché la tête en essuyant ses larmes.

— Je n'ai que vingt dollars sur moi. Tiens.

Il a pris l'argent. Ils ont jeté un œil par la fenêtre. Lance Banner se dirigeait vers la porte d'entrée, flanqué de deux flics en uniforme. Olivia s'est placée devant Matt, comme pour le protéger des balles.

— File par-derrière. Je vais réveiller Marsha pour lui dire ce qui se passe. On va tâcher de les retenir.

— Je t'aime, a-t-il répété.

Elle lui a décoché un sourire oblique.

— C'est bon à savoir.

Ils ont échangé un baiser, bref et fervent.

— Fais très attention à toi.

— Promis.

Il est descendu et a gagné la cuisine. Olivia était déjà dans la chambre de Marsha. Ce n'était pas très sympa de la mêler à tout ça, mais pouvaient-ils faire autrement ?

On a frappé à la porte.

Pas le temps. Matt avait une ébauche de plan. Ils n'étaient pas très loin de la réserve d'eau d'East Orange, qui était en fait une forêt. Matt l'avait sillonnée en tous sens, lorsqu'il était enfant. Une fois là-dedans, il ne serait pas facile à repérer. Il pourrait rattraper la route de Short Hills, et ensuite, eh bien, il suffit de dire qu'il aurait besoin d'une aide extérieure.

Il savait où aller.

La main sur le bouton de la porte de derrière, Matt a entendu Lance Banner appuyer sur la sonnette. Il a tourné le bouton et poussé la porte. Quelqu'un était déjà là, sur le point de pénétrer dans la cuisine. Il a failli sauter en l'air.

— Matt ?

C'était Kyra.

— Matt, qu'est-ce qui… ?

Un doigt sur les lèvres, il lui a fait signe d'entrer.

— Qu'est-ce qui se passe ? a chuchoté Kyra.

— Et toi, qu'est-ce que tu fais debout ?

— Je… (Elle a haussé les épaules.) J'ai vu les voitures de police. Que se passe-t-il ?

— C'est une longue histoire.

— L'enquêtrice qui est venue hier. Elle m'a posé des questions sur toi.

— Je sais.

Ils ont entendu Marsha crier :

— Minute !

Kyra a écarquillé les yeux.

— Tu veux t'enfuir ?

— Je te l'ai dit, c'est une longue histoire.

Il a croisé son regard. Qu'allait-elle faire ? Il n'avait pas envie de l'impliquer. Si elle se mettait à hurler, il comprendrait. Ce n'était qu'une gamine. Elle n'avait aucun rôle à jouer là-dedans, aucune vraie raison de lui faire confiance.

— Vas-y, a soufflé Kyra.

Il n'a pas attendu. Il n'a pas remercié. Il s'est rué dehors. Kyra a suivi, prenant le chemin de sa chambre au-dessus du garage. Matt a aperçu la balançoire qu'il avait montée avec Bernie une éternité auparavant. Ce jour-là, il faisait une chaleur à crever. Les deux frères avaient tombé leur chemise. Marsha était restée sur la terrasse avec les bières. Bernie voulait installer une tyrolienne, mais Marsha s'y était opposée, à juste titre, d'après Matt, protestant que c'était dangereux.

Les souvenirs qui vous viennent à l'esprit…

Le jardin était trop dénudé – ni arbres, ni buissons, ni rocaille. Bernie l'avait nettoyé dans la perspective d'installer une piscine – encore un rêve, bien que mineur, qui était mort avec lui. Il y avait des bases blanches délimitant un terrain de base-ball et deux petits buts de foot. Il s'est avancé. Kyra est rentrée dans le garage.

Soudain, Matt a entendu du bruit.

— Attendez !

C'était la voix d'Olivia. Elle avait crié exprès pour l'avertir.

— Qu'est-ce qu'ils vont faire dans le jardin, ces deux-là ?

Ce n'était pas le moment de tergiverser. Il était à découvert. Prendre ses jambes à son cou ? Il n'avait guère le choix et il a sprinté vers le jardin des voisins. Il a évité les parterres de fleurs, ce qui était plutôt incongru, vu sa situation, et s'est hasardé à regarder en arrière.

Un policier venait de surgir dans le jardin de Marsha.

Zut !

Il n'avait pas été repéré. Pas encore. Il a cherché une cachette des yeux. Les voisins avaient une cabane à outils. D'un bond, il s'est réfugié derrière, s'est plaqué contre le mur, comme il avait vu faire au cinéma. Geste totalement inutile, du reste. Il a glissé la main dans sa ceinture.

Le pistolet était là.

Matt a risqué un coup d'œil.

Le flic était là, qui le regardait.

Du moins, c'est l'impression qu'il a eue. Matt s'est reculé précipitamment. Le flic l'avait-il vu ? Difficile à dire. Il s'attendait à une exclamation : « Ça y est, il est là, dans le jardin d'à côté, derrière la cabane à outils ! »

Il ne se passait rien.

Il aurait voulu regarder encore une fois.

Mais il n'osait pas.

Il restait là sans bouger.

Puis il a entendu une autre voix, le second flic sans doute :

— Sam, tu vois quelque… ?

La voix s'est tue abruptement, comme si on avait coupé le son.

L'oreille aux aguets, Matt retenait sa respiration. Des pas ? Avait-il entendu des pas ? Il n'en était pas sûr. Et s'il jetait un coup d'œil ? S'ils arrivaient dans sa direction, ça ne changerait pas grand-chose. D'une façon ou d'une autre, il était fait comme un rat.

C'était beaucoup trop calme, à côté.

Si les flics l'avaient recherché activement, ils seraient en train de s'interpeller. Ce silence, il n'y voyait qu'une explication, une seule.

Il avait été repéré. Ils se rapprochaient, en douce.

À nouveau, Matt a dressé l'oreille.

Quelque chose a tinté. Comme sur le ceinturon d'un policier.

Plus de doute possible – ils venaient le chercher. Son cœur s'est emballé. Il le sentait cogner dans sa poitrine. Arrêté… Encore une fois. Il s'est imaginé la suite : les gestes brutaux, les menottes, l'arrière du fourgon…

La prison.

L'angoisse l'a saisi. Ils arrivaient pour l'embarquer et le mettre au trou. On ne l'écouterait pas. On l'enfermerait. Il avait déjà été condamné. Un autre homme était mort après une bagarre avec Matt Hunter. Peu importe le reste. Cette fois-ci, c'était la balle de match.

Et Olivia, que deviendrait-elle s'il se faisait prendre ?

Il ne pourrait même pas s'expliquer car, s'il disait toute la vérité, elle allait finir en prison. Et s'il redoutait une chose encore plus que sa propre incarcération…

Sans savoir comment, Matt s'est retrouvé avec le Mauser à la main.

Du calme. Il n'est pas question de tirer sur qui que ce soit.

Mais il pouvait bien recourir à la menace, non ? Sauf que les flics étaient plusieurs, et d'autres n'allaient pas tarder à les rejoindre. Eux aussi allaient dégainer leurs armes. Et ensuite ? Est-ce que Paul et Ethan étaient réveillés ?

Il s'est glissé tout au fond derrière la cabane et a jeté un œil dehors.

Les deux flics étaient à moins de deux mètres de lui.

Ils l'avaient repéré, aucun doute, et se dirigeaient droit sur lui.

Pas moyen de s'échapper.

Matt a resserré les doigts sur la crosse du pistolet. Il s'apprêtait à jaillir de sa cachette quand quelque chose dans le jardin de Marsha a attiré son regard.

C'était Kyra.

Elle avait dû tout observer depuis le début. Elle se tenait devant la porte du garage. Il a cru entrevoir un petit sourire sur ses lèvres. Il en a presque secoué la tête.

Kyra s'est mise à hurler.

Son cri a déchiré l'air et résonné dans ses oreilles. Les deux flics ont fait volte-face. Elle a hurlé de plus belle. Alors ils ont couru vers elle.

Matt n'a pas hésité. Profitant de cette manœuvre de diversion, il a détalé dans l'autre sens, en direction des bois. Il a bondi sans se retourner, jusqu'à ce qu'il soit à l'abri sous les arbres.

43

LES PIEDS POSÉS SUR SON BUREAU, Loren Muse a décidé d'appeler la veuve de Max Darrow.

Il était trois ou quatre heures du matin dans le Nevada – elle ne savait jamais si le décalage était de deux ou de trois heures –, mais une femme dont le mari venait de se faire occire ne devait pas dormir sur ses deux oreilles.

Elle a composé le numéro et est tombée sur le répondeur. Une voix d'homme a annoncé : « Max et Gertie ne peuvent pas prendre votre appel. On est sûrement à la pêche. Laissez-nous un message, OK ? »

Cette voix d'outre-tombe lui a fait marquer une pause. Max Darrow, ancien flic à la retraite, était un être humain. Élémentaire, pourtant on a quelquefois tendance à l'oublier. On est obnubilé par les faits, par la reconstitution du puzzle. Or, un homme a perdu la vie dans cette histoire. Gertie va être obligée de changer son annonce. Max et elle n'iront plus à la pêche ensemble. Détail insignifiant à première vue, mais c'était une vie, une lutte, un monde qui venait de voler en éclats.

Loren a laissé un message avec son numéro de téléphone et a raccroché.

— Alors, sur quoi travaillez-vous ?

C'était Adam Yates, le chef du FBI de Vegas. Après leur entrevue avec Joan Thurston, il était venu avec elle au bureau du procureur du comté. Loren a levé les yeux sur lui.

— J'ai appris des choses étranges.

— Telles que ?

Loren lui a rapporté son entretien avec Celia Shaker. Yates s'est emparé d'une chaise et s'est assis, sans la quitter du regard. Il était de ces hommes qui aiment les conversations les yeux dans les yeux.

Quand elle a eu terminé, il a froncé les sourcils.

— Je ne vois pas ce que ce type, Hunter, vient faire là-dedans.

— Il sera bientôt en garde à vue. On en saura sûrement plus à ce moment-là.

Yates a hoché la tête, toujours les yeux dans les yeux.

— Quoi ? a fait Loren.

— Cette affaire, a-t-il répondu d'une voix douce, signifie beaucoup pour moi.

— Pour une raison particulière ?

— Vous avez des enfants ? a-t-il demandé.

— Non.

— Vous êtes mariée ?

— Non.

— Vous êtes lesbienne ?

— Nom de Dieu, Yates !

Il a levé la main.

— C'était idiot, désolé.

— Pourquoi toutes ces questions ?

— Vous n'avez pas de gosses. Je doute que vous puissiez comprendre.

— Vous êtes sérieux, là ?

Nouveau geste conciliant.

— Ce n'est pas ce que j'ai voulu dire. Je suis sûr que vous êtes quelqu'un de bien.

— Trop aimable, merci.

— C'est juste que… quand on a des gosses, ce n'est pas pareil.

— Faites-moi une faveur, Yates. Épargnez-moi le couplet « avoir des enfants, ça vous change ». Le peu d'amis que j'ai me le serinent déjà bien assez.

— Ce n'est pas ça.

Il y a eu un silence.

— En fait, je crois que les célibataires font de meilleurs flics. Ils peuvent se concentrer plus facilement.

— À ce propos…

Elle a fait mine de se plonger dans ses papiers.

— Je peux vous demander quelque chose, Muse ?

Elle n'a pas répondu.

— Quelle est la première personne à laquelle vous pensez en vous réveillant ?

— Pardon ?

— OK. C'est le matin : vous ouvrez les yeux, vous sortez du lit. À qui pensez-vous en premier ?

— Dites-le-moi, vous.

— Ma foi, sans vouloir vous offenser, la réponse est : vous-même. Il n'y a aucun mal à ça. Vous pensez à vous. C'est normal. Comme toutes les personnes seules. À votre réveil, vous vous demandez ce que vous allez faire de cette journée. Oui, bon, vous vous occupez peut-être d'un parent âgé ou autre. Mais le problème est le suivant : quand on a un enfant, on n'est plus jamais le numéro un. Quelqu'un compte plus que vous. Ça change votre vision du monde. Forcément. Protéger et servir, ça vous connaît. Mais quand on a une famille…

— Où voulez-vous en venir ?

Adam Yates a enfin baissé les yeux.

— J'ai un fils, Sam. Il a quatorze ans. À l'âge de trois ans, il a attrapé une méningite. On a cru qu'il allait mourir. Il était à l'hôpital, dans ce lit immense, trois fois trop grand pour lui. On avait l'impression qu'il allait l'avaler. Et moi, j'étais assis à côté de lui et je voyais son état empirer.

Il a repris sa respiration, dégluti avec effort. Loren ne le pressait pas.

— Au bout d'une heure ou deux, j'ai pris Sam dans mes bras. Je n'ai pas dormi. Je ne l'ai pas reposé. Je l'ai tenu tout contre moi. Trois jours entiers, d'après ma femme. Je ne sais pas. Je savais seulement que si je gardais Sam dans mes bras, si je ne le quittais pas des yeux, la mort ne réussirait pas à me l'enlever.

Yates a eu l'air de se perdre dans ses pensées.

Loren a murmuré :

— Je ne vois toujours pas où vous voulez en venir.

— À ceci, a-t-il rétorqué d'une voix redevenue normale.

À nouveau, il a planté son regard dans celui de Loren. Ses pupilles formaient deux minuscules points noirs.

— Ils ont menacé ma famille.

Yates a porté la main à son visage, puis l'a laissée retomber, comme s'il ne savait pas très bien où la mettre.

— Au tout début, quand j'ai commencé à enquêter sur cette affaire, ils ont pris pour cible ma femme et mes gosses. Vous comprenez mieux, maintenant.

Loren a ouvert la bouche.

Le téléphone sur le bureau s'est mis à sonner. Elle a décroché.

— On a perdu Matt, a annoncé Lance Banner.

— Quoi ?

— Cette gamine qui vit chez eux. Kyra quelque chose. Elle s'est mise à hurler et… Enfin, sa femme est là. Elle dit que c'est elle qui avait pris la voiture et qu'elle ne sait pas où il est.

— Elle vous fait marcher.

— Je sais.

— Amenez-la.

— Elle refuse de venir.

— Pardon ?

— On n'a rien contre elle.

— Elle est notre témoin direct dans une affaire de meurtre.

— Elle se planque derrière la loi : soit on l'arrête, soit on la laisse partir.

Le portable de Loren a gazouillé. Elle a regardé le numéro qui s'affichait à l'écran. C'était celui du domicile de Max Darrow.

— Je te rappelle.

Elle a raccroché le combiné de son poste fixe et pris son mobile.

— Inspecteur Muse.

— Gertie Darrow à l'appareil. Vous m'avez laissé un message ?

On entendait des larmes dans sa voix.

— Toutes mes condoléances.

— Merci.

— Je suis désolée de vous déranger dans un moment aussi pénible, mais il faut absolument que je vous pose une ou deux questions.

— Je comprends.

— Je vous remercie, a répliqué Loren, attrapant un stylo. Savez-vous ce que votre mari faisait à Newark, madame Darrow ?

— Non.

Elle a prononcé ce mot comme s'il s'était agi de l'aveu le plus douloureux de sa vie.

— Il m'avait dit qu'il allait voir un ami en Floride. Pour une partie de pêche.

— Je vois. Il avait pris sa retraite, n'est-ce pas ?

— Oui, c'est ça.

— Pouvez-vous me dire s'il travaillait sur quelque chose ?

— Je ne comprends pas. Qu'est-ce que ça a à voir avec le meurtre ?

— Simple routine…

— Allons, inspecteur Muse, l'a-t-elle interrompue, élevant la voix d'un cran. N'oubliez pas que mon mari était dans la police. On n'appelle pas les gens à une heure pareille pour une histoire de routine.

— J'essaie de trouver un mobile, a avoué Loren.

— Un mobile ?

— Oui.

— Mais… L'autre officier. Celui qui m'a téléphoné en premier. L'inspecteur Wine.

— Oui. Nous sommes collègues.

— D'après lui, Max était dans une voiture, il…

La voix s'est étranglée, mais elle a réussi à finir sa phrase.

— … il avait le pantalon baissé.

Loren a fermé les yeux. Ainsi, Wine lui avait déjà tout déballé. Dans cette société de communication, on n'épargnait plus personne, même pas les veuves.

— Madame Darrow ?

— Oui ?

— À mon avis, c'était un coup monté. Il n'y avait pas de prostituée. Votre mari a été assassiné pour une autre raison. Liée, je pense, à une de ses anciennes enquêtes.

C'est pour ça que je vous le demande : travaillait-il sur quelque chose ?

Il y a eu un court silence. Puis :

— Cette fille.

— Comment ?

— Je le savais. J'en étais sûre.

— Pardonnez-moi, madame Darrow, j'ai du mal à vous suivre, là.

— Max ne parlait jamais de son boulot. Il n'en rapportait jamais à la maison. Et il était à la retraite. Elle n'avait aucune raison de venir le solliciter.

— Qui ?

— Je ne connais pas son nom. Une petite jeune. Vingt ans, à tout casser.

— Que voulait-elle ?

— Je vous l'ai dit, je ne sais pas. Max... après son départ, était comme fou. Il s'est remis à fouiller dans ses vieux dossiers.

— Avez-vous une idée de ce qu'il y avait dans ces dossiers ?

— Non.

Puis :

— Vous croyez vraiment qu'il pourrait y avoir un rapport avec le meurtre ?

— Oui, madame. Un rapport direct. Le nom de Clyde Rangor ne vous évoque rien ?

— Non, je regrette.

— Et celui d'Emma Lemay ? Ou de Charles Talley ?

— Non.

— Candace Potter ?

Silence.

— Madame Darrow ?

— J'ai déjà vu ce nom-là.

— Où ?

— Un dossier, sur son bureau. Peut-être il y a un mois. J'ai juste vu le mot Potter. Ça m'est resté parce que c'était le nom du méchant dans *La vie est belle*, de Capra. Vous vous souvenez ? M. Potter ?

— Savez-vous où se trouve ce dossier maintenant ?

— Je vais fouiller dans ses tiroirs, inspecteur. Si je le retrouve, je vous rappellerai.

44

EN PRISON, MATT AVAIT APPRIS COMMENT VOLER UNE VOITURE. Du moins, c'est ce qu'il pensait.

Il y avait un gars nommé Saul, deux cellules plus loin, qui prenait son pied à conduire des voitures volées. Or il faisait partie des gens les plus fréquentables parmi la faune de la prison. Il avait ses démons – relativement inoffensifs, comparés à d'autres –, mais ses démons ont causé sa perte. La première fois, il avait été arrêté pour vol de voiture à dix-sept ans. La deuxième fois, il en avait dix-neuf. Au cours de sa troisième virée, Saul avait perdu le contrôle du véhicule et tué quelqu'un. Vu qu'il était récidiviste, il a été condamné à perpétuité.

— Les trucs qu'on voit à la télé ? disait Saul. De la merde, sauf si on recherche un modèle précis. Autrement, on ne force pas la serrure. On n'utilise pas d'instruments. Et on ne démarre pas en réunissant les fils de contact. De toute façon, ça ne marche que sur les vieilles bagnoles. Et, avec toutes leurs alarmes, le temps que tu bidouilles le démarreur, tu risques de te retrouver enfermé à l'intérieur.

— Alors que faut-il faire ? avait demandé Matt.

— Se servir des clés. Tu ouvres la portière comme un être civilisé. Et tu pars avec la voiture.

Matt a esquissé une moue.

— C'est tout ?

— Non, ce n'est pas tout. Ce que tu fais : tu vas sur un parking bondé. Le bon plan, c'est les centres commerciaux, mais gaffe aux vigiles. Les grands hypers, c'est encore mieux. Tu trouves un endroit où on ne fait pas trop attention à toi. Et tu te balades en passant la main sur les pneus avant ou sous les pare-chocs. C'est là que les gens laissent leurs clés. Ou alors dans un joli magnet sous la bande de protection latérale côté conducteur. Pas tous, remarque. Disons, un sur cinquante. C'est déjà ça. À force, tu finis par tomber sur une clé. Et voilà.

Matt hésitait. L'info remontait à plus de neuf ans et n'était peut-être plus d'actualité. Il marchait depuis une bonne heure – d'abord à travers les bois, et maintenant en évitant les routes principales. Arrivé au coin de Livingston Avenue, il a sauté dans un bus se rendant au centre universitaire de Bergen à Paramus. Le trajet a duré environ une heure. Matt a dormi pendant tout le temps.

Le centre universitaire de Bergen était fréquenté par des gens venant de différentes banlieues. Les étudiants arrivaient, insouciants, au volant de leur voiture. La sécurité était quasi inexistante. Matt a commencé ses recherches. Ça lui a pris presque une heure, mais, comme Saul l'avait promis, la chance lui a souri finalement sous la forme d'une Isuzu blanche avec un quart de réservoir d'essence. Pas mal. Les clés avaient été cachées dans un magnet au-dessus du pneu avant. Matt est monté et a pris la direction de la route 17. Il ne connaissait pas très bien le comté de Bergen. Il aurait peut-être été plus rationnel de passer par le pont de Tappan Zee, cependant il a choisi le trajet qui lui était familier, *via* le pont George-Washington.

Il se rendait à Westport, dans le Connecticut.

En arrivant au pont, il a eu peur que le préposé au péage le reconnaisse ; il est même allé jusqu'à arracher son bandage pour le remplacer par une casquette des New York Rangers trouvée sur le siège arrière. Mais tout s'est passé sans encombre. Il a allumé la radio, d'abord 1010 WINS, puis CBS 880. Dans les polars au cinéma, on diffuse toujours des bulletins d'informations annonçant que la police recherche un fugitif. Mais ni l'une ni l'autre station n'a fait mention de lui… pas plus que de Max Darrow ou de Charles Talley.

Il avait besoin d'argent. Il avait besoin d'un endroit pour dormir. Il avait besoin de médocs. La douleur, évincée par la décharge d'adrénaline, revenait en force. Ces dernières vingt-quatre heures, il n'avait dormi qu'une heure en tout et pour tout, et la nuit d'avant, à cause des images reçues sur son téléphone portable, n'avait pas été de tout repos non plus.

Matt a recompté son argent. Trente-huit dollars. Avec ça, il n'irait pas loin. Il ne pouvait pas retirer de liquide au distributeur, ni utiliser ses cartes de crédit. La police serait capable de le localiser. *Idem* s'il s'adressait à des amis proches ou à des membres de sa famille – de toute façon il n'avait pas grand monde sur qui réellement compter.

Il y avait toutefois quelqu'un… la dernière personne sur terre que la police irait soupçonner.

Après avoir quitté l'autoroute à la sortie de Westport, il a ralenti. Bien qu'il n'ait jamais été invité ici, il connaissait l'adresse. À sa libération, il était passé plusieurs fois devant ce carrefour sans avoir le courage de tourner.

Il a pris à droite, encore à droite, et s'est engagé lentement dans une rue tranquille, bordée d'arbres. Son pouls a recommencé sa folle sarabande. Il a jeté un coup d'œil dans l'allée : une seule voiture, la sienne. Il a hésité à appeler sur son portable, mais non, la police risquait de le repérer. Il n'avait qu'à frapper à la porte. Pour finir, il a opté pour la solution la plus raisonnable. Il a fait demi-tour et, ayant avisé une cabine, s'est arrêté pour téléphoner.

Sonya McGrath a répondu dès la première sonnerie.

— Allô ?

— C'est moi, a-t-il dit. Vous êtes seule ?

— Oui.

— J'ai besoin de votre aide.

— Où es-tu ?

— À cinq minutes de chez vous.

Matt s'est garé dans l'allée devant chez les McGrath.

Il y avait un panier de basket à côté du garage. Le filet n'avait pas dû être changé depuis des lustres. Il détonnait dans le décor, ce vieux panier rouillé devant une maison luxueuse et entretenue avec soin. L'espace d'un instant, Matt s'est arrêté pour le contempler. Stephen McGrath était là. Il tirait avec aisance, l'œil rivé sur l'anneau métallique. Matt a même aperçu la couture au centre du ballon. Stephen souriait.

— Matt ?

Il s'est retourné. Sonya McGrath se tenait sur le perron. Elle a suivi la direction de son regard, et son visage s'est allongé.

— Dis-moi.

Matt s'est exécuté. Tout en parlant, il s'est rendu compte qu'elle avait l'air toujours aussi mal en point. Il l'avait déjà vue encaisser des coups comme celui-ci. Chaque fois, elle reprenait le dessus, suffisamment, sinon à cent pour cent. Mais aujourd'hui, son visage gardait sa pâleur effarante. Matt s'en est aperçu, seulement il ne pouvait plus s'arrêter. Il parlait, parlait, lui expliquant ce qu'il faisait là ; à un moment, il a presque eu l'impression de vivre hors de son corps, de flotter, de s'entendre débiter son laïus, de voir l'effet que ça devait faire à Sonya. Mais il était incapable de se taire. Une petite voix dans sa tête lui ordonnait de la fermer. Il ne lui prêtait pas attention. Il continuait à ramer, dans l'espoir qu'il finirait bien par arriver quelque part.

À l'arrivée, une fois que tout a été dit, son récit se résumait à ceci : une autre bagarre, un autre mort.

Quand enfin sa logorrhée s'est tarie, Sonya McGrath s'est contentée de le dévisager pendant quelques secondes. Matt a senti qu'il se ratatinait sous ce regard implacable.

— Tu veux que je t'aide ? a-t-elle demandé.

Dit comme ça, tout net, sans détour, ces mots avaient l'air non seulement ridicules, a-t-il réalisé, mais scandaleux. Obscènes.

Il ne savait pas quoi faire.

— Clark est au courant de nos rendez-vous.

Matt allait lui dire qu'il était désolé, et puis ça lui a paru déplacé. Du coup, il a préféré se taire.

— Il croit que j'ai besoin de réconfort. En un sens, il n'a pas tort, mais à mon avis il ne s'agit pas de ça. J'avais besoin de faire mon travail de deuil. Je pense que j'avais besoin de te pardonner. Or je n'y arrive pas.

— Je vais y aller, a-t-il coupé.

— Tu devrais te rendre à la police, Matt. Si tu es innocent, ils…

— Ils quoi ? a-t-il interrompu, plus sèchement qu'il ne l'aurait voulu. J'ai déjà donné de ce côté-là, vous ne vous en souvenez pas ?

— Si.

Sonya McGrath a incliné la tête.

— Mais étais-tu innocent, Matt ?

Il s'est tourné vers le panier de basket. Le ballon à la main, Stephen s'est arrêté en plein tir et a attendu sa réponse.

— Je regrette, a lâché Matt, leur tournant le dos à l'un et à l'autre. Il faut que j'y aille.

45

LE PORTABLE DE LOREN MUSE S'EST MIS À SONNER. C'était la veuve de Max Darrow qui la rappelait.

— J'ai trouvé quelque chose, a-t-elle annoncé.

— Quoi ?

— Ça ressemble au rapport d'autopsie de Candace Potter. Enfin, c'est un rapport d'autopsie. Signé par l'ancien médecin légiste. Je me souviens de lui. Il était très gentil.

— Et qu'est-ce que ça raconte ?

— Beaucoup de choses. Taille, poids. Vous voulez que je vous lise tout ?

— La cause du décès ?

— Strangulation. Coups violents et traumatisme crânien, aussi.

Ça collait avec ce qu'ils savaient déjà. Alors, qu'est-ce que Max Darrow avait découvert, après tant d'années ? Pourquoi s'était-il rendu à Newark, auprès d'Emma Lemay, alias sœur Mary Rose ?

— Vous avez un fax, madame Darrow ?

— Il y en a un dans le bureau de Max.

— Pourriez-vous me faxer ce rapport ?

— Bien sûr.

Loren lui a donné son numéro.

— Inspecteur Muse ?

— Oui ?

— Êtes-vous mariée ?

Loren a ravalé un soupir. D'abord Yates, et maintenant Gertie Darrow.

— Non, je ne suis pas mariée.

— Et vous ne l'avez jamais été ?

— Non. Pourquoi cette question ?

— J'ai cru l'autre enquêteur. M. Wine, c'est ça ?

— C'est exact.

— Quand il m'a parlé de Max dans la voiture avec une femme… eh bien, de petite vertu, comme on disait dans le temps.

— Je vois.

— Je voulais juste que vous le sachiez.

— Que je sache quoi, madame Darrow ?

— Que Max n'a pas toujours été un bon mari, vous me comprenez ?

— Je pense que oui.

— Ce que j'essaie de vous dire, c'est que Max a déjà fait ça par le passé. Pareil, dans une voiture. Plus d'une fois. C'est pour ça que j'y ai cru facilement. Je voulais vous le signaler. Au cas où votre piste ne marcherait pas.

— Merci, madame.

— Bon, je vais vous le faxer tout de suite.

Sur ce, elle a raccroché. Se levant, Loren a attendu à côté du fax.

Adam Yates est revenu avec deux Coca. Il lui en a proposé un, mais elle a secoué la tête.

— Euh ! ce que j'ai dit tout à l'heure, à propos du célibat…

— N'en parlons plus, a répondu Loren. J'ai compris le message.

— Tout de même, c'était stupide de ma part.

— Là-dessus, je suis d'accord avec vous.

— Où en êtes-vous, au fait ?

— Max Darrow a consulté le rapport d'autopsie de Candace Potter.

Yates a froncé les sourcils.

— Qu'est-ce que ça vient faire ici ?

— Aucune idée, mais je doute que ce soit une coïncidence.

Le téléphone a sonné, le fax s'est mis à crépiter. La première feuille est sortie lentement. Il n'y avait pas de page de titre. Tant mieux, Loren détestait le gâchis. Elle a attrapé le papier, cherchant la conclusion. À vrai dire, elle ne lisait pas grand-chose d'autre dans les rapports d'autopsie. Le poids du foie et du cœur pouvait peut-être intéresser certains ; elle, ce qui l'intéressait, c'étaient les faits directement liés à l'enquête.

Adam Yates lisait par-dessus son épaule. Tout avait l'air normal.

— Vous voyez quelque chose ? a-t-elle demandé.

— Non.

— Moi non plus.

— C'est sûrement une impasse.

— Il y a des chances.

Une autre feuille est sortie. Ils se sont replongés dans la lecture.

Yates a pointé le doigt sur un paragraphe dans la colonne de droite.

— C'est quoi, ça ?

Il y avait une croix au milieu de la description du corps.

Loren a lu tout haut :

— Absence d'ovaires, testicules rentrés, probablement un cas de SIA.

— SIA ?

— Syndrome d'insensibilité aux androgènes, a expliqué Loren. J'avais une copine à la fac qui avait ça.

— Est-ce pertinent ? s'est enquis Yates.

— Je ne sais pas trop. Les femmes frappées du SIA ont l'air de femmes tout à fait ordinaires et sont officiellement considérées comme telles. Elles peuvent se marier et adopter des enfants en toute légalité.

— Mais ?

— En clair, ça signifie que, d'un point de vue génétique, Candace Potter était un homme. Elle avait des testicules et des chromosomes XY.

Il a fait une grimace.

— Quoi, un transsexuel ?

— Non.

— C'était un mec, alors ?

— Génétiquement parlant, oui. Mais ça s'arrête là. Très souvent, une femme SIA ne se rend compte de sa différence qu'au moment de la puberté, quand elle est censée avoir ses règles. Ce n'est pas si rare que ça. Il y a eu une Miss États-Unis Junior qui était porteuse de ce syndrome. Beaucoup de gens pensent que la reine Élisabeth et Jeanne d'Arc l'étaient également, ainsi qu'une tripotée de top models, enfin, ce ne sont que des suppositions. D'une manière ou d'une autre, ça n'empêche pas de mener une vie parfaitement normale. Au fond, si Candace Potter se prostituait, aussi tordu que ce raisonnement puisse paraître, c'était tout bénéfice pour elle.

— Bénéfice, comment ça ?

Loren a levé les yeux sur Yates.

— Une femme SIA ne peut pas tomber enceinte.

46

MATT EST REPARTI. SONYA MCGRATH EST RENTRÉE DANS LA MAISON. Leur relation, si on pouvait employer ce mot, était terminée. Ça faisait bizarre, mais en même temps, malgré l'honnêteté et l'émotion pure, un édifice bâti sur tant de souffrance ne pouvait que s'effondrer. Ses fondations étaient beaucoup trop fragiles. Ils n'étaient que deux êtres humains aspirant à l'impossible.

Sonya allait-elle appeler la police ? Était-ce si important que ça ?

Il avait commis une sacrée bêtise en venant ici.

Matt avait mal, très mal. Et il avait besoin de repos. Mais le temps pressait. Tant pis, il ferait avec. Il a vérifié la jauge d'essence. Le réservoir était quasiment vide. Il s'est arrêté à la station voisine et a dépensé le reste de son argent liquide pour faire le plein.

Tout en roulant, il songeait à la bombe qu'Olivia venait de faire exploser au-dessus de sa tête. Si étrange ou naïf que cela puisse paraître, il ne voyait pas ce que ça changeait entre eux. Il aimait sa femme. Il aimait quand elle fronçait les sourcils en se regardant dans une glace ;

quand elle souriait à demi en pensant à quelque chose de drôle ; quand elle roulait les yeux devant ses allusions un peu lourdes ; quand elle repliait ses jambes sous elle en lisant ; quand elle inspirait bruyamment, tel un personnage de dessin animé, dans un moment d'exaspération ; quand ses yeux s'embuaient pendant qu'ils faisaient l'amour ; quand son cœur à lui se mettait à battre plus fort en l'entendant rire ; quand il la surprenait en train de l'étudier, à son insu, pensait-elle ; quand elle fermait les yeux, tout doucement, en écoutant une chanson préférée à la radio ; quand elle lui prenait la main, n'importe où, sans la moindre gêne ni hésitation ; il aimait le contact de sa peau, le frisson qui le parcourait lorsqu'elle le touchait ; il aimait quand elle basculait une jambe par-dessus son corps au cours d'une grasse matinée ; quand elle se blottissait contre son dos en dormant ; quand elle l'embrassait sur la joue en descendant du lit de bon matin, après s'être assurée que les couvertures n'avaient pas glissé.

Qu'est-ce qui avait changé, là-dedans ?

La vérité n'était pas toujours synonyme de délivrance. On ne pouvait tourner la page sur son passé. Il ne lui avait pas, par exemple, parlé de son séjour en prison dans le but de mettre en lumière le « véritable Matt » ou de « franchir un palier dans leur relation de couple ». Il l'avait fait parce qu'elle aurait fini par le savoir. Et ça n'avait aucune espèce d'importance. S'il ne le lui avait pas dit, leur amour s'en serait-il trouvé amoindri ?

Ou était-il en train d'essayer de se rassurer à tout prix ?

Il s'est arrêté à un distributeur pas très loin de chez Sonya. La question ne se posait plus. Il avait besoin d'argent. Si elle appelait la police, ils sauraient de toute façon qu'il était passé par ici. Mais le temps de localiser son retrait d'argent liquide, il aurait déjà pris le large. Il ne voulait pas utiliser ses cartes de crédit dans une station-service, trop risqué : on pourrait relever son numéro d'immatriculation. Alors que là, il suffisait de retirer de l'argent et de filer.

La machine autorisait un retrait de mille dollars au maximum. Il les a pris.

Ensuite, il s'est mis à réfléchir au moyen de se rendre à Reno.

Loren conduisait. Adam Yates était assis à la place du passager.

— Redites-moi ça, a-t-il demandé.

— J'ai une source. Un dénommé Len Friedman. Il y a un an, on a découvert deux corps de femmes dans une impasse à putes, deux jeunes Noires, à qui on avait tranché les mains pour qu'on ne puisse pas les identifier grâce aux empreintes digitales. Mais l'une des filles avait un curieux tatouage, un logo de l'université de Princeton, à l'intérieur de la cuisse.

— Princeton ?

— Oui.

Il a secoué la tête.

— Bref, nous avons mis ça dans les journaux. Le seul à se manifester a été ce Len Friedman. Il voulait savoir si elle n'avait pas également un pétale de rose tatoué sur le pied droit. Comme ce détail-là n'avait pas été divulgué, le moins qu'on puisse dire, c'est que ça a éveillé notre curiosité.

— Vous avez cru qu'il était l'assassin.

— C'est un peu normal, non ? Mais il s'est avéré que les deux femmes étaient strip-teaseuses – danseuses érotiques, comme les appelle Friedman – au *Bunny Blue*, un bouge de Newark. Friedman est un spécialiste de la question. C'est son hobby. Il collecte les posters, les bios, les infos personnelles, les vrais noms, les tatouages, les cicatrices, les taches de naissance, tout. C'est une véritable banque de données. Vous avez eu l'occasion de vous balader dans Vegas Strip, non ?

— Bien sûr.

— Vous savez donc qu'on y distribue des cartes avec de la pub pour des strip-teaseuses, des prostituées et autres.

— Je vous signale que j'habite là-bas.

Elle a hoché la tête.

— Eh bien, Friedman les collectionne. Comme les cartes de base-ball. Il recueille des renseignements sur les filles. Il part pendant des semaines pour aller les voir sur place. Il écrit sur ce sujet ce que certains considèrent comme des monographies. Il collectionne aussi des pièces historiques. Il possède un soutien-gorge ayant appartenu à Gypsy Rose Lee. Il a des objets qui ont plus d'un siècle.

Yates a esquissé une grimace.

— Il doit mettre une sacrée ambiance dans les soirées.

Loren a souri.

— Vous n'avez pas idée.

— Qu'entendez-vous par là ?

— Vous verrez.

Ils se sont tus.

Puis Yates a repris :

— Encore une fois, je regrette sincèrement. Mes paroles, tout à l'heure.

Loren a balayé ses excuses d'un geste de la main.

— Vous avez combien de gosses, au juste ?

— Trois.

— Filles, garçons ?

— Deux filles, un garçon.

— Quel âge ?

— Mes filles ont seize et dix-sept ans. Sam en a quatorze.

— Seize et dix-sept ans, a répété Loren. Aïe !

Yates a souri.

— Vous n'avez pas idée.

— Vous avez des photos ?

— Jamais sur moi.

— Ah bon ?

Il a changé de position sur son siège. Loren lui a jeté un regard du coin de l'œil. On aurait dit tout à coup qu'il venait d'avaler un parapluie.

— Il y a six ans environ, je me suis fait voler mon portefeuille. Pour un responsable du FBI, c'est le pompon, je sais. Ça m'a rendu fou. Pas à cause de l'argent ou des cartes de crédit. Non, tout ce que j'avais en tête, c'est qu'un fumier avait en sa possession les photos de mes gosses. Mes gosses. Il a probablement pris l'argent et balancé le portefeuille aux ordures. Mais admettons qu'il ait gardé les photos. Par curiosité. Peut-être, je ne sais pas, les regardait-il avec convoitise. Peut-être même qu'il leur caressait le visage du bout des doigts.

Loren a froncé les sourcils.

— Qui c'est, déjà, qui met une sacrée ambiance dans les soirées ?

Yates a eu un rire sans joie.

— Voilà pourquoi je n'ai jamais de photos sur moi.

Ils ont quitté Northfield Avenue dans West Orange. La ville avait bien vieilli. Dans la plupart des nouvelles banlieues, le paysage avait l'air factice, comme agrémenté d'implants capillaires. À West Orange, on trouvait des pelouses luxuriantes et du lierre aux murs. Les arbres étaient grands et massifs. Les maisons – rien à voir avec des pavillons standards – lorgnaient toutes du côté du style gothique, proche de la côte, de l'architecture méditerranéenne. Elles étaient un peu défraîchies, ayant connu leur heure de gloire, mais dans l'ensemble, ça fonctionnait plutôt bien.

Un tricycle était renversé dans l'allée. Loren s'est garée juste derrière. Ils sont descendus ensemble. Dans le jardin, quelqu'un avait installé un de ces filets destinés à récupérer les balles perdues. Deux gants de base-ball gisaient en position fœtale dans l'herbe.

— Votre source habite ici ? a demandé Yates.

— Comme je l'ai déjà dit, vous n'avez pas idée.

Il a haussé les épaules.

Une femme qui semblait être l'incarnation même de la fée du logis leur a ouvert la porte. Elle arborait un tablier à carreaux et un sourire que Loren associait généralement à la ferveur religieuse.

— Len est en bas, dans son cabinet de travail, a-t-elle annoncé.

— Merci.

— Voulez-vous une tasse de café ?

— Ça va, merci.

— Maman !

Un garçon d'une dizaine d'années a fait irruption dans la pièce.

— On a des invités, Kevin.

Kevin a souri comme sa mère.

— Kevin Friedman.

Il a tendu la main et regardé Loren bien en face. Sa poignée de main était ferme. Puis il s'est tourné vers

Yates, qui a eu l'air déconcerté. Il lui a serré la main et s'est présenté à son tour.

— Ravi de vous connaître, a dit Kevin. Maman et moi sommes en train de faire un cake à la banane. Vous en voulez une tranche ?

— Peut-être tout à l'heure, a répondu Loren. Nous, euh…

— C'est par là, a indiqué Fée du Logis.

— Oui, merci.

Ils ont poussé la porte du sous-sol.

— Qu'est-ce qu'ils ont fait à ce garçon ? a marmonné Yates. Mes gosses ne me disent même pas bonjour à moi, alors les inconnus, vous pensez !

Loren a étouffé un rire.

— Monsieur Friedman ? a-t-elle appelé.

Il est venu à leur rencontre. Ses cheveux semblaient avoir blanchi un peu plus depuis la dernière fois qu'elle l'avait vu. Il portait un gilet bleu clair boutonné jusqu'en bas et un pantalon kaki.

— Ça me fait bien plaisir de vous revoir, inspecteur Muse.

— De même.

— Et votre ami ?

— Adam Yates, responsable du bureau du FBI à Las Vegas.

Le regard de Friedman s'est éclairé.

— Vegas ! Soyez le bienvenu. Venez donc vous asseoir, et on va voir si je peux vous être utile.

Il a ouvert une porte avec une clé. À l'intérieur… eh bien, à l'intérieur se trouvait le temple du strip-tease. Il y avait des photos aux murs. Des documents de toutes sortes. Des culottes et des soutiens-gorge encadrés. Des boas et des éventails de plumes. De vieilles affiches, une avec Lili St Cyr et sa « danse du bain à bulles », une autre avec Dixie Evans, « la Marilyn Monroe du strip-tease » qui se produisait au théâtre Minsky-Adams à Newark. Loren et Yates en sont restés bouche bée.

— Vous savez ce que c'est ?

Friedman a désigné un gros éventail en plumes qu'il conservait dans un cube en verre, comme dans les musées.

— Un éventail ? a hasardé Loren.

Il a ri.

— Ce n'est pas un simple éventail. Appeler ça un éventail, ce serait – Friedman a paru réfléchir – comme appeler la Déclaration d'indépendance un bout de parchemin. Non, l'éventail que voici a été utilisé par la grande Sally Rand au *Paramount Club* en 1932.

Il a attendu une réaction qui n'est pas venue.

— Sally Rand a inventé la danse de l'éventail. Elle l'a même exécutée dans un film de 1934, *Boléro*. Cet éventail a été fabriqué avec de vraies plumes d'autruche. Vous imaginez un peu ? Et le fouet qui est là-bas ? Il a appartenu à Bettie Page, surnommée la Reine du Ligotage.

Loren n'a pas résisté.

— Par sa mère ?

Visiblement déçu, Friedman a froncé les sourcils. Loren a levé la main en un geste d'excuse. Il a soupiré et s'est approché de son ordinateur.

— Je suppose que ceci concerne une danseuse érotique de la région de Vegas ?

— Ça se pourrait, a dit Loren.

S'installant devant l'ordinateur, il a pianoté sur le clavier.

— Vous avez un nom ?

— Candace Potter.

Il a suspendu son geste.

— La victime du meurtre ?

— Oui.

— Ça fait dix ans qu'elle est morte.

— Nous sommes au courant.

— La plupart des gens pensent qu'elle a été tuée par un certain Clyde Rangor, a commencé Friedman. Lui et son amie Emma Lemay avaient un flair extraordinaire pour dénicher des filles. Ils dirigeaient un des meilleurs clubs pour messieurs, bon marché mais avec un choix démentiel.

Loren a décoché un regard à Yates. Il secouait la tête, incrédule ou dégoûté, difficile à dire. Friedman l'a remarqué également.

— Il y a bien des gens qui participent à des courses de stock-cars, a-t-il grommelé avec un haussement d'épaules.

— Eh oui, quel gâchis, a opiné Loren. Quoi d'autre ?

— Certaines rumeurs couraient sur Clyde Rangor et Emma Lemay.

— Ils maltraitaient les filles ?

— Ça, oui. Enfin, quoi, ils étaient liés à la mafia. Malheureusement, c'est assez courant dans le métier. Et ça nuit à l'esthétique de l'ensemble, si vous voulez mon avis.

— Hmm ! a fait Loren.

— Mais même les voleurs ont un certain code de l'honneur. Or, il semblerait qu'ils l'aient transgressé.

— De quelle façon ?

— Vous avez vu les nouveaux spots publicitaires pour Las Vegas ? a demandé Friedman.

— Je ne crois pas.

— Ceux qui disent : « Ce qui se passe à Vegas ne sort pas de Vegas » ?

— Oh, attendez ! s'est exclamée Loren. Oui, j'ai vu ça.

— Eh bien, les clubs pour messieurs appliquent cette devise-là à la lettre. On ne parle pas. Point barre.

— Et Rangor et Lemay ont parlé ?

Le visage de Friedman s'est assombri.

— Pire que ça. Je…

— Assez, a coupé Yates.

Loren s'est tournée vers lui.

— Écoutez, a-t-il poursuivi en consultant sa montre. Tout cela est très intéressant, mais nous avons très peu de temps. Que pouvez-vous nous dire au sujet de Candace Potter en particulier ?

— Je peux poser une question ? s'est enquis Friedman.

— Allez-y.

— Elle est morte depuis un bon moment déjà. Y aurait-il du nouveau dans l'affaire la concernant ?

— Ça se pourrait bien, a répliqué Loren.

Les mains jointes, Friedman attendait qu'elle parle. Elle a décidé alors de risquer le coup.

— Saviez-vous que Candace Potter était peut-être… (Elle a opté pour un terme plus courant, quoique inexact)… hermaphrodite ?

Ça lui a coupé le sifflet.

— Waouh ! Vous en êtes sûre ?

— J'ai vu le rapport d'autopsie.

— Attendez ! s'est écrié Friedman comme un rédacteur en chef dans un vieux film aurait crié : « Stoppez l'impression ! » Vous avez le rapport d'autopsie ?

— Oui.

Il s'est humecté les lèvres, s'efforçant de cacher son anxiété.

— Y aurait-il moyen par hasard d'avoir une copie ?

— On devrait pouvoir arranger ça, a acquiescé Loren. Qu'avez-vous d'autre sur elle ?

Friedman s'est remis à taper.

— Les informations sur Candace Potter sont plutôt maigres. Elle était connue sous son nom de scène Sucre Candi, ce qui, il faut l'avouer, est assez lamentable pour une danseuse exotique. C'est *too much*, vous ne trouvez pas ? Trop mièvre. Un nom réussi, vous savez ce que c'est ? Tenez, Jenna Jameson, par exemple. Vous avez certainement entendu parler d'elle. Jenna avait commencé comme danseuse avant de se recycler dans le porno. Elle a emprunté son nom, Jameson, à une bouteille de whisky irlandais. C'est tout de même plus classe, non ?

— Effectivement, a répondu Loren, histoire de dire quelque chose.

— Le numéro de Candi n'était pas follement original non plus. Elle apparaissait avec une robe rayée et une énorme sucette. Sucre Candi ! Vous parlez d'un cliché !

Il a secoué la tête à la manière d'un professeur lâché par son meilleur élève.

— Du point de vue professionnel, mieux vaut retenir son numéro en duo, où elle figurait sous le nom de Brianna Piccolo.

— Brianna Piccolo ?

— Oui. Elle travaillait avec une autre danseuse, une Noire sculpturale nommée Kimmy Dale. Kimmy, elle, avait pris le pseudo de Gayle Sayers.

Loren venait de comprendre. Yates aussi.

— Piccolo et Sayers ? Vous plaisantez.

— Ben non. Brianna et Gayle avaient calqué leur chorégraphie sur le scénario du film *Brian's Song*. Gayle disait, en larmes : « J'aime Brianna Piccolo », vous savez, comme Billy Dee sur l'estrade, dans le film.

Puis Brianna était couchée, malade, dans son lit. Elles s'aidaient à se déshabiller. Pas de sexe. Rien. Juste une recherche artistique. Ça plaisait beaucoup aux fétichistes des rapports interraciaux, ce qui, soyons honnêtes, est pratiquement le cas de tout le monde. C'était à mon sens l'une des plus belles professions de foi politiques dans le domaine de la danse exotique, une affirmation précoce de la sensibilité raciale. Je n'y ai pas assisté en personne, mais si j'ai bien compris, il s'agissait d'une peinture émouvante de la situation socio-économique…

— Émouvante, oui, l'a interrompu Loren. Je vois ça. Autre chose ?

— Mais oui, bien sûr, que désirez-vous savoir ? Le numéro de Sayers-Piccolo faisait généralement l'ouverture du spectacle de la comtesse Allison Beth Weiss IV, plus connue sous le nom d'Altesse Juive. Son spectacle – tenez-vous bien – s'intitulait *Dites à maman que c'est casher*. Vous en avez sûrement entendu parler.

Une odeur de cake à la banane s'était infiltrée dans le sous-sol. Une odeur délicieuse, même dans cette atmosphère à vous couper l'appétit. Loren s'est efforcée de ramener Friedman au sujet qui les intéressait.

— Tout ce qui concerne Candace Potter. Et qui pourrait nous éclairer sur son sort.

Friedman a haussé les épaules.

— Elle et Kimmy Dale n'étaient pas seulement partenaires sur scène, elles étaient colocataires dans la vie. C'est Kimmy qui a payé l'enterrement pour éviter à Candi d'être ensevelie dans la fosse commune. Candi est enterrée à Notre-Dame de Coaldale, il me semble. Je suis allé me recueillir sur sa tombe. C'est très émouvant, comme expérience.

— Je pense bien. Est-ce que vous suivez les

danseuses exotiques une fois qu'elles ont quitté la profession ?

— Évidemment, a-t-il rétorqué sur le ton du prêtre à qui on aurait demandé s'il lui arrivait d'aller à la messe. C'est souvent la partie la plus intéressante. Vous n'imaginez pas la diversité des chemins qu'elles peuvent emprunter dans la vie.

— Bon, alors qu'est devenue cette Kimmy Dale ?

— Elle danse toujours. C'est une vieille routière, en quelque sorte. Elle n'est plus aussi belle qu'avant. Kimmy a mangé son pain blanc, si vous me permettez l'expression. Mais elle a toujours un public. Ce qu'elle a perdu, disons, côté fermeté ou élasticité, elle l'a gagné en expérience. Seulement, elle n'est plus à Las Vegas.

— Et où est-elle maintenant ?

— Aux dernières nouvelles, elle était à Reno.

— Autre chose ?

— Je ne crois pas.

Soudain, Friedman a fait claquer ses doigts.

— Attendez une minute, j'ai quelque chose à vous montrer. J'en suis assez fier.

Trois fichiers métalliques étaient alignés dans un coin. Len Friedman a ouvert le deuxième tiroir du fichier du milieu et s'est mis à fourrager dedans.

— Le numéro de Piccolo et Sayers. Ceci est une pièce rare. Ce n'est qu'une reproduction en couleur d'un Polaroid, et j'aimerais vraiment trouver mieux.

Il s'est raclé la gorge tout en poursuivant ses fouilles.

— Vous pensez, inspecteur Muse, que je pourrais avoir une copie de ce rapport d'autopsie ?

— Je vais voir ce que je peux faire.

— Ça va m'aider dans mes recherches.

— Vos recherches, oui.

— Ça y est, je l'ai !

Il a sorti une photo et l'a placée sur la table. Yates l'a regardée et a hoché la tête. Puis il s'est tourné vers Loren et a vu son expression.

— Qu'y a-t-il ?

Pas ici, se disait-elle. Pas un mot. Elle a contemplé fixement la défunte Candace Potter, alias Sucre Candi, alias Brianna Piccolo, alias la victime du meurtre.

— C'est elle, Candace Potter ? a-t-elle réussi à articuler.

— Oui.

— Vous en êtes sûr ?

— Absolument.

Yates lui a lancé un regard interrogateur. Loren a fait mine de l'ignorer.

Candace Potter. Si c'était réellement Candace Potter, alors elle n'était pas victime d'un meurtre. Elle n'était même pas morte du tout. Elle était vivante et bien portante et habitait à Irvington, New Jersey, avec son ex-détenu de mari.

Ils avaient eu tout faux depuis le départ. Le lien, ce n'était pas Matt Hunter. Enfin, Loren commençait à y voir un peu plus clair.

Car Candace Potter avait encore une fois changé de nom.

Aujourd'hui, elle s'appelait Olivia Hunter.

47

ADAM YATES ESSAYAIT DE GARDER SON SANG-FROID.

Ils étaient revenus sur la pelouse devant la maison. Il avait eu chaud. Quand cette pipelette de Friedman avait évoqué la loi du silence, eh bien, ç'aurait pu être la fin de tout : la carrière de Yates, son mariage, voire sa liberté. Tout.

Il fallait qu'il reprenne les choses en main.

Il a attendu que Loren Muse et lui aient regagné la voiture. Puis, aussi calmement que possible, il a demandé :

— Alors, de quoi s'agit-il ?

— Candace Potter est toujours en vie.

— Pardon ?

— Elle est en vie et en bonne santé, mariée à Matt Hunter.

En écoutant les explications de Loren, Yates a senti ses tripes se nouer. Quand elle a eu terminé, il a demandé à revoir le rapport d'autopsie. Elle le lui a tendu.

— On n'a pas de photos de la victime ?

— Le dossier est incomplet. Ce sont les pages qui intéressaient directement Max Darrow. À mon avis, il a découvert la vérité… que Candace Potter n'avait pas été assassinée. C'est peut-être lié au fait que la véritable victime était une femme SIA.

— Et pourquoi Darrow s'y serait-il intéressé maintenant ? Au bout de dix ans, hein ?

— Je ne sais pas. Mais on doit parler à Olivia Hunter.

Adam Yates a hoché la tête, réfléchissant fébrilement. Il avait du mal à s'y retrouver. Olivia Hunter était Sucre Candi, l'effeuilleuse décédée. À tous les coups, elle avait été présente ce fameux soir.

Et il était même probable, fort probable, qu'elle détienne la vidéocassette.

Conclusion, il devait éliminer Loren Muse de l'équation. Tout de suite.

Yates a consulté de nouveau le rapport d'autopsie tandis que Muse conduisait. La taille, le poids, la couleur des cheveux correspondaient au signalement, pourtant la vérité sautait aux yeux. La véritable victime était Cassandra Meadows. Morte et enterrée depuis tout ce temps. Il aurait dû s'en douter. Elle n'était pas suffisamment futée pour disparaître dans la nature.

Len Friedman n'avait pas tort quand il avait parlé du sens de l'honneur des voleurs. Yates avait misé là-dessus, ce qui, avec le recul, se révélait d'une stupidité crasse. Ces gens-là respectaient la confidentialité non pas en raison d'un quelconque code de l'honneur, mais par goût du profit. Si on passait pour quelqu'un d'indiscret, on perdait sa clientèle. Sauf que Clyde Rangor et Emma Lemay avaient trouvé le moyen de gagner encore plus d'argent. En faisant fi du prétendu « honneur ».

Durant toutes ces années – pas souvent, c'est vrai –,

Yates avait trompé Bess. Sans y attacher une grande importance. Sans se chercher des justifications non plus : « Le sexe est une chose, faire l'amour en est une autre. » De ce côté-là, avec Bess, ça marchait bien, merci. Même après tout ce temps. Seulement un homme, ça a des appétits. Regardez dans les bouquins d'histoire : c'est un fait acquis. Un grand homme n'était jamais sexuellement monogame. C'était aussi simple et aussi complexe que ça.

D'ailleurs, où était le mal ? Était-ce un crime, par exemple, de visionner à l'occasion un film classé X ? Une cause de divorce ? Une trahison ?

Bien sûr que non.

Recourir aux services d'une prostituée n'était, au fond, guère différent. C'était un stimulus, rien de plus. Comme le fait de regarder des images. Beaucoup de femmes comprenaient ça. Yates aurait même pu l'expliquer à Bess.

S'il n'y avait eu que ça.

Rangor et Lemay… puissent-ils rôtir en enfer !

Voilà dix ans qu'il recherchait Rangor, Lemay, Cassandra et cette maudite vidéocassette. Et maintenant, il y avait un hic. Deux d'entre eux au moins étaient morts. Et Candace Potter était soudain de la partie.

Que savait-elle, au juste ?

Il s'est éclairci la voix et a jeté un coup d'œil à Loren Muse. Première étape : lui retirer l'enquête. Mais comment s'y prendre ?

— Vous dites que vous avez connu Matt Hunter ?

— Oui.

— Vous êtes mal placée, alors, pour interroger sa femme.

Loren a froncé les sourcils.

— Parce que je l'ai connu ?

— Oui.

— Cela date de l'école élémentaire, Adam. Je ne lui ai plus parlé depuis l'âge de dix ans.

— Tout de même. Il existe un lien.

— Et puis ?

— La défense pourrait s'en servir.

— Comment ?

Yates a secoué la tête.

— Qu'est-ce qu'il y a ?

— Vous m'avez l'air d'une bonne enquêtrice, Muse. Mais de temps en temps, votre naïveté me sidère.

Ses mains se sont crispées sur le volant. Il savait bien que ses paroles l'avaient piquée au vif.

— Retournez au bureau, a-t-il lancé. À partir de maintenant, Cal et moi allons mener les investigations.

— Cal ? L'espèce de gros abruti qu'on a croisé ce matin devant le bureau de Joan Thurston ?

— C'est un agent hors pair.

— Je n'en doute pas une seconde.

Ils se sont tus. Loren réfléchissait, cherchant une échappatoire. Yates, lui, attendait ; il savait désormais comment procéder.

— J'ai une idée, a déclaré Loren. Je vous conduis chez Hunter et je reste dehors, au cas où…

— Non.

— Mais je veux…

— Vous voulez ? l'a-t-il interrompue. Auriez-vous oublié à qui vous parlez, inspecteur Muse ?

Loren fulminait en silence.

— Ceci est maintenant une enquête fédérale. La plupart des faits nous ramènent dans le Nevada. Ce qui dépasse donc clairement les limites d'un État et, *a fortiori*, les frontières ridicules d'un comté. Votre compétence à vous s'arrête aux frontières du comté.

Vous pigez ? Il y a le comté, puis l'État, puis la fédération. Si vous voulez, je peux vous le démontrer sur un graphique. Ce n'est pas vous qui commandez ici, c'est moi. Vous allez retourner au bureau et, si je le juge nécessaire, je vous tiendrai au courant des prochaines étapes de l'investigation. Me suis-je bien fait comprendre ?

Loren s'est efforcée de parler posément :

— Sans moi, vous n'auriez même pas su qu'Olivia Hunter était Candace Potter.

— Je vois. C'est donc ça, votre problème, Muse ? Une question d'amour-propre ? Vous voulez les lauriers ? Très bien. Je mettrai une étoile d'or à côté de votre nom sur le tableau, si tel est votre souhait.

— Ce n'est pas ce que j'ai voulu dire.

— Pourtant, c'est exactement comme ça que je l'ai perçu. Naïve et vaniteuse : une combinaison d'enfer.

— Ce n'est pas juste.

— Ce n'est pas…

Yates a éclaté de rire.

— Vous plaisantez ou quoi ? Juste ? Quel âge avez-vous, Muse, douze ans ? Il s'agit d'une enquête fédérale portant sur une affaire de meurtre et de racket, et vous, ce qui vous préoccupe, c'est comment je traite une petite enquêtrice de comté ? Ramenez-moi tout de suite à votre bureau et… (Assez de bâton, une carotte maintenant)… si vous voulez participer, votre prochaine mission sera de vous rencarder sur l'autre prostituée, la Noire avec qui elle cohabitait.

— Kimmy Dale.

— C'est ça. Trouvez-moi où elle est, quelle est son histoire, tout. Toutefois, vous ne la contacterez pas sans m'avoir prévenu au préalable. Si ça vous déplaît, je vous ferai retirer l'enquête. Compris ?

Elle a répondu comme si elle avait eu des clous plein la bouche :

— Compris.

Il était sûr qu'elle allait marcher car elle avait envie de rester dans le circuit. Elle accepterait de travailler en coulisse dans l'espoir de pouvoir regagner le devant de la scène. À dire vrai, Muse était une excellente enquêtrice. Yates comptait bien essayer de la débaucher, une fois que cette histoire serait terminée. Il la flatterait, lui attribuerait toute la réussite, et avec un peu de chance, si excellente soit-elle, elle n'irait pas regarder les détails de trop près.

Du moins, il l'espérait.

Car jusqu'à présent, tous ceux qui étaient morts n'étaient pas innocents : ils avaient cherché à lui nuire. Loren Muse, c'était différent. Il ne voulait pas lui faire de mal. Mais c'était un principe vieux comme le monde : lorsqu'on en arrivait à « eux ou moi », le « moi » finissait par l'emporter.

Loren Muse s'est garée sur le parking et est descendue sans mot dire. Yates l'a laissée partir, drapée dans sa dignité. Puis il a appelé Cal Dollinger, le seul homme à qui il pouvait confier ce genre d'information. Ce qu'il n'avait pas raconté à Loren, c'était le rôle de Cal dans le cauchemar qu'il avait vécu. Cal aussi avait refusé de quitter l'hôpital. Son plus vieil ami était resté assis sur une chaise métallique devant la porte de Sam pendant trois jours d'affilée, sans parler, juste histoire de monter la garde et de s'assurer qu'Adam n'avait besoin de rien.

— Tu veux que j'y aille seul ? a demandé Cal.

— Non. On se retrouve devant chez Hunter, a dit Yates doucement. On récupère la cassette. Et on règle ça une bonne fois pour toutes.

48

OLIVIA HUNTER AVAIT TENU BON JUSQU'À CE QUE MIDI l'arrache des griffes de Lance Banner. Mais une fois chez elle, dans sa maison, elle avait craqué. Elle pleurait sans bruit. Les larmes ruisselaient sur ses joues. Elle était incapable de se contenir. Étaient-ce des larmes de joie, de soulagement ou de peur, elle n'aurait su le dire. Une seule chose était sûre : essayer d'endiguer le flot serait peine perdue.

Il fallait qu'elle bouge.

Sa valise étant restée au *Howard Johnson*, elle en a refait une. Le temps pressait. La police viendrait la relancer. Et exigerait des explications.

Elle devait partir pour Reno.

Les larmes coulaient toujours, ce qui ne lui ressemblait guère, mais bon, c'était compréhensible. Elle était physiquement et moralement épuisée. D'une part, elle était enceinte, d'autre part, elle s'inquiétait pour sa fille adoptée. Et pour finir, après tout ce temps, elle avait relaté à Matt la vérité sur son passé.

Le pacte n'avait plus lieu d'être. Olivia l'avait rompu

en répondant à cette annonce sur Internet ; pis que ça, elle était directement responsable de la mort d'Emma Lemay. Emma avait fait beaucoup de mal dans sa vie. Elle avait causé beaucoup de souffrances. Néanmoins elle avait sincèrement cherché à se racheter. Olivia ignorait quelle place était la sienne dans le Grand Livre du Ciel, mais si quelqu'un à ses yeux méritait la rédemption, c'était bien Emma Lemay.

Une chose dont elle n'arrivait pas à se remettre, la chose qui avait déclenché ce déluge de larmes, c'était l'expression de Matt lorsqu'elle avait fini par lui avouer son histoire.

Elle avait imaginé tout, sauf ça.

Il aurait dû être perturbé. Et il l'était sûrement. Ce n'était pas possible autrement. Depuis leur rencontre à Vegas, Olivia avait toujours aimé cette façon qu'il avait de la regarder, comme si Dieu n'avait rien créé de plus fascinant ou – à défaut de terme exact – de plus pur. Ce regard-là, elle s'attendait à le voir changer, une fois que Matt connaîtrait la vérité. Ses yeux d'un bleu délavé auraient dû devenir plus durs, plus froids.

Il n'en avait rien été.

Le changement tant redouté ne s'était pas produit. Matt avait appris que sa femme était une menteuse, qu'elle avait fait des choses que la plupart des hommes auraient condamnées sans appel. Et il avait réagi avec un amour inconditionnel.

Au fil des ans, Olivia avait acquis suffisamment de recul pour se rendre compte que son enfance brisée lui avait inculqué, comme à tant d'autres filles avec qui elle avait travaillé, un certain penchant pour l'autodestruction. Les hommes qui avaient grandi dans des conditions semblables, ballottés d'une famille d'accueil à une autre dans des circonstances qu'on pourrait qualifier de

« défavorables », réagissaient généralement avec violence. Maltraités, ils manifestaient leur rage en frappant à leur tour, avec brutalité.

Les femmes, c'était différent. Elles recouraient à des formes de cruauté plus subtiles ou bien, le plus souvent, dirigeaient leur rage vers l'intérieur : ne pouvant punir quelqu'un d'autre, elles se punissaient elles-mêmes. Ç'avait été vrai pour Kimmy. Et pour Olivia... non, pour Candi.

Jusqu'à ses retrouvailles avec Matt.

Peut-être était-ce dû à ses années de prison. Peut-être, comme elle l'avait dit, était-ce à cause de leurs blessures à chacun. Matt était l'homme le plus génial qu'elle eût jamais rencontré. Il ne s'arrêtait pas à des détails mesquins. Il vivait dans le moment présent, ne se préoccupait que de l'essentiel. Jamais il ne s'embarrassait du superflu. Ce qui l'aidait, elle, à voir au-delà... du moins, en elle-même.

Matt ne voyait pas la laideur en elle – toujours pas ! –, donc cela n'existait pas.

Mais tandis qu'elle remplissait sa valise, la vérité nue et implacable s'est fait jour dans son esprit. Malgré les années, malgré les faux-semblants, Olivia avait conservé son penchant pour l'autodestruction. Comment l'expliquer autrement ? Comment expliquer son inconscience... d'avoir recherché Candace Potter sur Internet ?

Voyez les dégâts qu'elle avait causés. À Emma, naturellement. À elle-même, certes, mais surtout au seul homme qu'elle ait jamais aimé.

Pourquoi s'était-elle obstinée à fouiller le passé ?

Parce que c'était plus fort qu'elle. On a beau étudier sous tous les angles les arguments en faveur du choix, de l'adoption, de la vie – depuis le temps, Olivia l'avait fait *ad nauseam* –, on en arrive toujours à une vérité incontournable : tomber enceinte est l'ultime croisée des chemins. Quoi qu'on décide, on s'interrogera forcément sur la route qu'on n'a pas choisie. Même si elle avait été très jeune, même si garder l'enfant aurait été impensable, même si d'autres avaient décidé à sa place, il ne se passait pas un jour sans qu'Olivia se pose et se repose cette question.

Aucune femme n'est capable de prendre la chose à la légère.

Tout à coup, on a frappé à la porte.

Olivia a attendu. On a frappé une nouvelle fois. Comme il n'y avait pas de judas, elle est allée à la fenêtre la plus proche et, écartant le rideau, a risqué un coup d'œil au dehors.

Deux hommes se tenaient sur son perron. Le premier avait l'air de sortir d'un catalogue de LL Beane 1. Le second, lui, était immense. Il portait un costume mal ajusté, mais à en juger par sa carrure, aucun costume n'aurait pu lui aller. Il avait les cheveux coupés ras comme à l'armée et pas de cou.

Le colosse s'est tourné vers la fenêtre et a intercepté son regard. Il a poussé son compagnon du coude. Celui-ci s'est retourné aussi.

— FBI. Nous aimerions vous parler quelques instants.

— Je n'ai rien à dire.

Monsieur LL Beane s'est avancé vers elle.

— Ce n'est pas très raisonnable de votre part, madame Hunter.

— Pour toutes questions, adressez-vous à mon avocat, Ike Kier.

L'homme a souri.

— On va peut-être reformuler notre demande.

Le ton de sa voix n'a pas plu à Olivia.

— Mon nom est Adam Yates, responsable du bureau du FBI à Las Vegas. Et voici – il a désigné son collègue – l'agent fédéral Cal Dollinger. Nous aimerions beaucoup parler à Olivia Hunter ou, si elle préfère, nous pouvons arrêter une certaine Candace Potter.

À la mention de son ancien nom, Olivia a senti ses jambes se dérober sous elle. Un sourire a fendu le visage massif du colosse, qui avait l'air de prendre plaisir à la scène.

— À vous de décider, madame Hunter.

Il n'y avait plus le choix. Elle était prise au piège.

— Puis-je voir vos papiers, s'il vous plaît ?

Le colosse s'est approché de la fenêtre. Olivia a réprimé l'envie de faire un pas en arrière. Il a sorti sa plaque et l'a collée contre la vitre avec une force qui l'a fait sursauter. L'autre, le dénommé Yates, a fait pareil. Les deux insignes paraissaient authentiques, même si elle savait à quel point il était facile de se procurer des faux.

— Glissez votre carte professionnelle sous la porte. Je voudrais appeler votre bureau pour m'assurer de votre identité.

Le colosse, Dollinger, a haussé les épaules. Sans se départir de son sourire crispé, il a ouvert la bouche pour la première fois :

— Mais bien sûr, Candi.

Elle a dégluti. Tirant une carte de son portefeuille, il l'a glissée sous la porte. Aucune raison d'aller plus loin, la carte était frappée d'un sceau et avait l'air vraie ; qui plus est, Cal Dollinger n'avait pas hésité une seconde. Selon la carte, il était bel et bien agent fédéral attaché au bureau de Las Vegas.

Elle a ouvert la porte. Adam Yates est entré le

premier. Cal Dollinger s'est baissé comme s'il pénétrait dans un tipi. Il est resté dans l'entrée, les mains jointes devant lui.

— Quel beau temps, n'est-ce pas ? a dit Yates.

Dollinger a fermé la porte.

49

LOREN MUSE FULMINAIT.

Elle avait failli appeler Ed Steinberg pour se plaindre de la façon dont on l'avait traitée, puis elle s'était ravisée. La petite qui ne sait pas se débrouiller toute seule… Qui va pleurer dans le giron de son boss… Non, ce n'était pas un bon plan.

Elle travaillait toujours sur l'affaire. Parfait, elle ne demandait rien d'autre. Un pied dans la porte. Elle a entrepris de se renseigner sur Kimmy Dale, la colocataire. Ça n'a pas été bien difficile. Kimmy avait été fichée pour prostitution. Contrairement à ce qu'on pouvait penser, la prostitution était interdite par la loi dans le comté de Clark, là où se trouvait Las Vegas.

Un ancien contrôleur judiciaire de Dale, un vétéran nommé Taylor, était arrivé au bureau de bonne heure. Il se souvenait d'elle.

— Que puis-je vous dire ? Kimmy Dale a un lourd passé familial, mais qui ne l'a pas, ici ? Vous écoutez des fois Howard Stern à la radio ?

— Bien sûr.

— Vous l'avez déjà entendu, quand il reçoit une strip-teaseuse ? Il demande toujours, en plaisantant : « Tu as été violée à quel âge, la première fois ? » Le problème, c'est qu'elles répondent. Elles sont là à raconter que c'est génial de se désaper, c'est un choix personnel, et patati et patata, mais il y a toujours quelque chose derrière. Vous comprenez ce que je veux dire ?

— Tout à fait.

— Bon, alors Kimmy Dale était un cas comme les autres. Elle a fugué de chez elle et a commencé le strip-tease vers les quatorze, quinze balais.

— Savez-vous où elle est maintenant ?

— Elle a déménagé à Reno. J'ai son adresse, si vous voulez.

— Je veux bien, oui.

— La dernière fois que j'ai eu de ses nouvelles, elle bossait dans une boîte appelée *La Chatte en folie*, qui, croyez-le ou non, est beaucoup moins classe que son nom le laisse entendre.

La Chatte en folie… Yates ne lui avait-il pas dit que c'était là que travaillait Charles Talley ?

— Jolie ville, Reno, poursuivait Taylor. Pas comme Vegas. Mais ne vous méprenez pas, j'adore Vegas. On l'adore tous. C'est moche et pourri et infesté de gangsters, mais on ne part pas. Vous comprenez ce que je veux dire ?

— Je vous appelle de Newark, dans le New Jersey, a-t-elle répliqué. Donc, oui, je comprends ce que vous voulez dire.

Taylor a rigolé.

— Bon, bref, Reno est une ville sympa pour y vivre en famille. Il fait beau parce que c'est au pied de la sierra Nevada. Autrefois, c'était la capitale du divorce aux États-Unis, et aujourd'hui, la ville compte plus de millionnaires par habitant que n'importe quel autre endroit du pays. Vous n'y avez jamais été ?

— Non.

— Vous êtes mignonne ?

— À croquer.

— Venez donc à Vegas. Je vous ferai visiter la région.

— Je saute dans le prochain avion et j'arrive.

— Attendez, vous n'êtes pas une féministe enragée, au moins ?

— Uniquement quand je manque de sommeil.

— C'était pour quoi, au fait ?

Son portable s'est mis à sonner.

— Je vous rappellerai plus tard, OK ? Merci, Taylor.

— On descendra au *Mandala Bay*. Je connais quelqu'un. Ça va vous plaire.

— D'accord, à bientôt, bye.

Elle a raccroché et pressé la touche « Marche » du portable.

— Allô ?

Sans préambule, mère Katherine a lancé :

— Elle a été assassinée, n'est-ce pas ?

Loren allait tenter d'esquiver une fois de plus, mais quelque chose dans la voix de la mère supérieure lui a fait comprendre qu'elle perdrait son temps.

— Oui.

— Dans ce cas, il faut que je vous voie.

— Pourquoi ?

— Je n'avais pas le droit d'en parler avant. Sœur Mary Rose a été très claire là-dessus.

— Très claire sur quoi ?

— Venez dans mon bureau dès que possible, Loren. Je dois vous montrer quelque chose.

— Que puis-je pour vous, agent Yates ? a demandé Olivia.

Posté à la porte, Cal Dollinger a balayé la pièce des yeux. Adam Yates s'est assis, les coudes sur les cuisses.

— Vous avez beaucoup de livres.

— Quel sens de l'observation !

— Ils sont à vous ou à votre mari ?

Olivia a posé ses mains sur ses hanches.

— Je vois où vous voulez en venir, alors que les choses soient claires. La plupart des livres sont à moi. Ce sera tout ?

Yates a souri.

— Vous êtes très drôle. Elle est drôle, hein, Cal ?

Dollinger a hoché la tête.

— En général, les putes et les effeuilleuses sont plutôt aigries. Mais pas elle. Elle, c'est un vrai rayon de soleil.

— De soleil, en effet, a acquiescé Yates.

Olivia n'aimait pas la tournure que prenait la conversation.

— Que voulez-vous ?

— Vous avez falsifié votre propre décès, a dit Yates. C'est considéré comme un crime.

Olivia se taisait.

— La fille qui est morte, a-t-il poursuivi. Comment s'appelait-elle ?

— Je ne vois pas de quoi vous parlez.

— Elle s'appelait Cassandra, n'est-ce pas ?

Yates s'est penché légèrement.

— C'est vous qui l'avez assassinée ?

Olivia n'a pas bronché.

— Que voulez-vous ?

— Vous le savez.

Yates a serré, puis desserré les poings. Elle a jeté un

regard en direction de la porte. Cal Dollinger demeurait de marbre.

— Je regrette, a-t-elle répondu, je ne sais pas.

Yates s'est forcé à sourire.

— Où est la cassette ?

Olivia s'est raidie. Elle a revu la caravane. Au début, quand Kimmy et elle avaient emménagé, il y régnait une horrible puanteur, comme si de petits animaux étaient morts à l'intérieur. Kimmy avait acheté une espèce de pot-pourri capiteux... beaucoup trop parfumé. Pour tenter de masquer quelque chose qui ne partirait jamais réellement. Cette odeur, elle pouvait presque la sentir maintenant. Elle revoyait le corps recroquevillé de Cassandra. Et elle s'est souvenue de la peur qui déformait les traits de Clyde Rangor lorsqu'il avait demandé : « *Où est la cassette ?* »

Elle s'est efforcée de raffermir sa voix.

— Je ne sais pas de quoi vous parlez.

— Pourquoi vous être enfuie et avoir changé de nom ?

— Je voulais repartir de zéro.

— Tout simplement ?

— Oh non, a dit Olivia, rien n'a été simple là-dedans.

Elle s'est levée.

— Et je ne répondrai pas à d'autres questions sans la présence de mon avocat.

Yates l'a regardée.

— Asseyez-vous.

— Je veux que vous partiez, l'un et l'autre.

— J'ai dit : asseyez-vous.

Elle a risqué un autre coup d'œil sur Cal Dollinger. Le regard dénué d'expression, il continuait à jouer les statues. Alors elle a obéi. Elle s'est rassise.

— J'allais dire : « Vous avez une belle vie ici, ce

416

serait dommage de tout gâcher », a repris Yates. Mais je ne suis pas sûr que ça marcherait. Votre quartier est un cloaque. Votre maison, un taudis. Votre mari est un ancien taulard recherché pour un triple meurtre.

Son sourire s'est épanoui.

— On aurait pu croire que vous en avez profité à fond, de ce nouveau départ, Candi. Or, curieusement, c'est tout le contraire.

Il cherchait délibérément à la faire sortir de ses gonds. Olivia refusait d'entrer dans son jeu.

— J'aimerais que vous partiez maintenant.

— Ça vous est égal, qu'on apprenne votre secret ?

— Partez, je vous prie.

— Je pourrais vous arrêter.

C'est là qu'Olivia a décidé de prendre le risque et qu'elle a tendu les deux mains, comme pour se faire passer les menottes. Yates n'a pas bougé. Il pouvait l'arrêter, bien sûr. Elle ne connaissait pas bien la loi ni les délais de prescription, mais il était évident qu'elle s'était rendue coupable d'entrave à la justice dans une affaire de meurtre en se substituant à la victime. Voilà qui devait suffire largement pour se faire coffrer.

Cependant, ce n'était pas ce que voulait Yates.

La voix implorante de Clyde : « *Où est la cassette ?* »

Yates voulait autre chose. Ce pour quoi Cassandra était morte. Ce pour quoi Clyde Rangor l'avait tuée. Elle l'a regardé en face. S'il paraissait calme extérieurement, ses mains se serraient et se desserraient.

Olivia a attendu une seconde de plus avant de laisser retomber ses bras.

— Je ne suis pas au courant de cette histoire de cassette.

Ç'a été au tour de Yates de la dévisager. Il a pris son temps.

— Je vous crois, a-t-il opiné finalement.

Étrangement, la façon dont il a prononcé ces mots l'a effrayée plus que tout le reste.

— Vous allez venir avec nous, a-t-il ajouté.

— Où ?

— Au poste.

— Pour quel motif ?

— Il vous faut la liste par ordre alphabétique ?

— Je voudrais téléphoner à mon avocat.

— Vous l'appellerez du commissariat.

Elle ne savait pas trop comment réagir. Dollinger s'est avancé. Comme elle reculait d'un pas, le colosse a demandé :

— Vous préférez que je vous traîne dehors avec des menottes ?

Olivia s'est arrêtée.

— Ce ne sera pas nécessaire.

Ils se sont dirigés vers la porte. Yates ouvrait la marche. Cal Dollinger restait à côté d'elle. Olivia a scruté la rue. La bouteille de bière géante se dressait dans le ciel. Inexplicablement, sa vue l'a réconfortée. Yates les a devancés ; il est monté dans la voiture et a mis le contact. Puis il s'est retourné vers Olivia et, soudain, l'image lui est revenue.

Elle venait de le reconnaître.

Les noms s'effaçaient facilement, mais les visages demeuraient ses prisonniers à vie. Quand elle dansait, c'était devenu un moyen de s'étourdir. Elle étudiait les visages. Les mémorisait, les classait par degrés d'intérêt ou d'ennui, essayait de se rappeler s'ils étaient déjà venus, et combien de fois. C'était une sorte de gymnastique mentale, une manière de faire diversion.

Adam Yates était venu dans la boîte de Clyde.

Olivia avait dû hésiter, ou peut-être Cal Dollinger

était-il particulièrement sensible aux changements d'atmosphère. Alors qu'elle s'apprêtait à prendre ses jambes à son cou, il a posé une main ferme sur son bras. Et il a exercé une pression au-dessus du coude, juste pour attirer son attention. Elle a tenté de se dégager, mais autant vouloir dégager son bras d'un bloc de béton.

Elle était coincée.

Ils étaient déjà presque à la voiture. Dollinger a pressé le pas. Le regard d'Olivia, qui fouillait la rue, s'est arrêté sur Lawrence. Il se tenait au carrefour avec un homme qu'elle ne connaissait pas. Tous deux titubaient, un sac de papier brun à la main. Lawrence l'a regardée et a esquissé un petit geste de salut.

Elle a articulé silencieusement : « Aide-moi. »

Il n'a pas bronché et est resté sans réaction. L'autre homme a lâché une plaisanterie. Lawrence a ri à gorge déployée en se tapant sur la cuisse.

Il ne l'avait pas vue.

Ils étaient arrivés à la voiture. L'esprit d'Olivia était en effervescence. Elle ne voulait pas monter avec eux. Elle s'est efforcée de ralentir, alors Dollinger l'a pincée douloureusement au bras.

— Avance.

Il a ouvert la portière. Elle s'est arc-boutée, seulement il était trop fort pour elle. Il l'a poussée sur la banquette arrière.

— Yo, t'as pas un dollar ?

Le colosse a jeté un rapide coup d'œil. C'était Lawrence. Dollinger lui a tourné le dos, nullement disposé à lui filer la pièce, mais Lawrence l'a agrippé par l'épaule.

— J'ai faim, mec. T'as pas un dollar ?

— Dégage.

Lawrence a posé les deux mains sur la poitrine du colosse.

— Tout ce que je veux, c'est un dollar, mec.

— Lâche-moi.

— Un dollar. C'est trop de…

C'est là que Dollinger a lâché le bras d'Olivia.

Elle n'a pas hésité bien longtemps. Lorsque Dollinger a empoigné Lawrence par les pans de sa chemise, elle était prête. Elle a bondi et s'est mise à courir.

— Sauve-toi, Liv !

Elle ne se l'est pas fait dire deux fois.

Relâchant Lawrence, Dollinger a fait volte-face. Lawrence lui a sauté sur le dos. Dollinger s'est secoué comme si le clochard avait été une puce. Du coup, Lawrence a eu un réflexe insensé : il l'a frappé avec le sac en papier brun. Olivia a entendu le cliquetis de la bouteille de bière à l'intérieur. Dollinger s'est retourné ; son coup de poing a atteint Lawrence au sternum. Celui-ci s'est effondré comme une masse.

— Halte ! a crié Dollinger. FBI !

Cause toujours, mon grand.

La voiture a démarré dans un crissement de pneus. Olivia a jeté un coup d'œil en arrière.

Dollinger était en train de la rattraper. Il tenait une arme à la main.

Elle avait peut-être cinquante mètres d'avance. La peur lui donnait des ailes. Et puis, c'était son quartier, non ? Donc, elle avait un avantage sur lui. Elle a coupé par une ruelle latérale déserte. Dollinger suivait toujours, il gagnait même du terrain et ne semblait nullement décontenancé.

Elle a accéléré, s'aidant de ses bras.

Une balle a sifflé à côté d'elle. Puis une autre.

Oh, mon Dieu ! Il était en train de tirer !

Il fallait qu'elle sorte de cette ruelle, qu'elle trouve des gens. Il n'allait quand même pas lui tirer dessus devant une foule de gens ?

Pas sûr…

Elle a bifurqué vers la rue. La voiture était là. Yates fonçait droit sur elle. Olivia a roulé par-dessus une voiture en stationnement et atterri sur le trottoir. Ils étaient face à l'ancienne fabrique de Pabst Blue Ribbon, qui vivait ses derniers jours, en attendant d'être supplantée par un énième centre commercial anonyme. En cet instant, la ruine abandonnée lui est apparue comme un refuge.

Attendez, où était la vieille gargote ?

Elle a tourné à gauche. C'était dans la deuxième ruelle. Elle s'en souvenait. Olivia n'osait pas se retourner, mais elle entendait des pas derrière elle. Il se rapprochait.

— Halte !

Va te faire foutre ! La gargote. Merde, où est passée cette gargote ?

Elle a pris à droite.

Ça y est, la voilà !

Elle s'est ruée. Elle avait la main sur la poignée quand Dollinger a tourné au coin. Olivia a tiré sur la porte et s'est écroulée à l'intérieur.

— Au secours !

Il y avait un seul homme là-dedans, occupé à nettoyer les verres derrière le bar. Il l'a regardée, surpris. Se relevant, Olivia a vite poussé le verrou.

— Eh ! s'est écrié le barman. C'est quoi, ce cirque ?

— Quelqu'un veut me tuer.

La porte a tremblé.

— Ouvrez ! FBI !

Olivia a secoué la tête. Le barman a hésité, puis lui a

désigné l'arrière-salle d'un mouvement du menton. Elle s'y est précipitée. L'homme a sorti un fusil de chasse. Au même moment, Dollinger enfonçait la porte.

La stature de l'intrus a laissé le barman sans voix.

— Nom d'un petit bonhomme !

— FBI ! Lâchez-moi ça.

— Doucement, mon pote…

Pointant son arme sur lui, Dollinger a tiré à deux reprises.

Le barman est tombé, laissant une traînée de sang sur le mur derrière lui.

Oh, mon Dieu ! Oh, mon Dieu ! Oh, mon Dieu !

Olivia a failli hurler.

Non. Vas-y. Dépêche-toi.

Elle a pensé au bébé qu'elle portait. Ça lui a redonné des forces. Elle s'est précipitée dans l'arrière-salle que le barman lui avait indiquée.

Un coup de feu a éraflé le mur le plus proche. Olivia a plongé à terre.

Elle a rampé jusqu'à la porte de derrière, un lourd battant en métal. La clé était dans la serrure. En un seul geste, elle a ouvert la porte et tordu la clé si violemment que celle-ci s'est cassée. Elle a réémergé au soleil. La porte a claqué avant de se refermer automatiquement derrière elle.

Elle l'a entendu tirer sur la poignée. Comme ça ne marchait pas, il s'est mis à cogner. Mais cette fois, le battant n'allait pas céder facilement. Olivia est repartie en courant, évitant les rues principales, guettant l'apparition de Yates au volant de sa voiture et de Dollinger à pied.

Elle n'a vu ni l'un ni l'autre. Il était grand temps de déguerpir de ce coin.

Elle a à moitié marché et à moitié couru sur trois

kilomètres. Un bus est passé. Olivia est montée, sans se soucier de savoir où il allait. Elle est descendue au centre d'Elizabeth. Une file de taxis attendait devant la station.

— Pour aller où ? lui a demandé le chauffeur.

Elle a essayé de reprendre son souffle.

— À l'aéroport de Newark, s'il vous plaît.

50

EN TRAVERSANT LA FRONTIÈRE DE LA PENNSYLVANIE dans l'Isuzu blanche, Matt songeait avec incrédulité à la quantité de choses acquises en prison et qu'il avait toujours jugées inutiles. Certes, la prison n'est pas la meilleure école du crime, comme d'aucuns ont tendance à le croire. Car il ne faut pas oublier que ses occupants se sont tous fait prendre, donc leur prétendue expertise en la matière avait dû connaître quelques défaillances.

Et puis, il n'avait jamais écouté avec attention. Les activités criminelles ne l'intéressaient guère. Neuf ans durant, il s'en était tenu à sa décision d'éviter tout ce qui était tant soit peu contraire à la loi.

Aujourd'hui, ce n'était plus pareil.

La méthode de la voiture volée de Saul avait porté ses fruits. À présent, d'autres leçons entendues derrière les barreaux lui revenaient en mémoire. Il s'est arrêté sur le parking d'un supermarché à une sortie de la route 80. Le parking n'était pas surveillé, ça ne l'a pas étonné. Il n'avait pas l'intention de voler une autre voiture, juste une plaque d'immatriculation. Une plaque d'immatriculation avec la lettre P. Coup de chance, dans le parking réservé au personnel, il y avait une voiture avec une plaque commençant par la lettre P. Une voiture appartenant à un membre du personnel, c'était parfait. Il était onze heures du matin. Le propriétaire ne serait pas de retour avant plusieurs heures.

Il a fait un saut dans un Home Depot pour acheter du ruban adhésif noir, le genre qu'on utilise pour réparer un fil de téléphone. Après s'être assuré que personne ne le regardait, il en a arraché un bout et l'a fixé à la lettre P, la transformant en un B. De près, on voyait bien la super-cherie, mais ça devrait faire l'affaire et le conduire là où il voulait aller.

À Harrisburg, en Pennsylvanie.

Il n'avait pas le choix. Il devait se rendre à Reno. Autrement dit, prendre l'avion. Il savait que c'était risqué. Les tuyaux glanés en prison pour éviter de se faire repérer, même s'ils avaient fait leurs preuves en leur temps, dataient d'avant le 11-Septembre. La surveil-lance s'était considérablement renforcée depuis, même s'il existait toujours des moyens. Il suffisait de bien réfléchir, de faire vite et de compter sur sa bonne étoile.

Première étape, brouiller les pistes. Il a appelé d'une cabine téléphonique à la frontière du New Jersey pour réserver un vol au départ de Newark et à destination de Toronto. Peut-être allait-on localiser son appel et le prendre pour un amateur. Peut-être pas. Il a raccroché, changé de cabine et refait une réservation. Il a noté le numéro du dossier et secoué la tête.

Ça n'allait pas être facile.

Matt s'est engagé sur le parking de l'aéroport de Harrisburg. Il avait toujours le Mauser M2 dans sa poche. Pas question de l'emporter. Il l'a fourré sous le siège du passager car, si tout se déroulait comme prévu, il se pourrait qu'il revienne. L'Isuzu lui avait rendu un sacré service. Il aurait aimé écrire un mot à son propriétaire, lui expliquer ce qu'il avait fait et pourquoi. Avec un peu de chance, il en aurait l'occasion, un jour prochain.

De là à ce que son plan fonctionne…

Mais avant tout, il avait besoin de dormir. Il a acheté une casquette de base-ball dans la boutique de souvenirs. Ensuite, il a trouvé un siège libre dans la zone des arrivées, a enfoncé la casquette sur ses yeux, croisé les bras et fermé les paupières. Plein de gens dormaient dans les aéroports. Pourquoi viendrait-on l'embêter, lui ?

Matt s'est réveillé une heure plus tard, complètement dans le cirage. Il est monté à l'étage des départs, s'est acheté du Tylenol et du Motrin extraforts, a avalé trois de chaque. Puis il s'est lavé dans les toilettes.

Au comptoir de vente des billets, il y avait la queue. Tant mieux, à condition d'être dans les temps. Il préférait que le personnel soit débordé. Lorsque son tour est venu, l'hôtesse lui a souri distraitement.

— Chicago, s'il vous plaît, vol 188.

— Ce vol part dans vingt minutes, a-t-elle dit.

— Je sais. Mais il y avait des embouteillages et…

— Vos papiers, je vous prie.

Il lui a tendu son permis de conduire. Elle a tapé : « Hunter, M. » Le voilà, le moment de vérité. Matt s'est figé. Elle a froncé les sourcils, pianoté sur les touches. Il ne s'est rien passé.

— Vous n'êtes pas là-dessus, monsieur Hunter.

— C'est bizarre.

— Vous avez votre numéro de réservation ?

— Bien sûr.

Il a donné le numéro qu'on lui avait attribué par

téléphone. Elle a entré les lettres YTIQZ2. Matt retenait son souffle.

La femme a poussé un soupir.

— Je vois.

— Ah oui ?

Elle a secoué la tête.

— Ils se sont trompés, à la centrale de réservation. Ils vous ont inscrit en tant que Mike, et non Matt. Et sous le nom de Huntman, au lieu de Hunter.

— Ce sont des choses qui arrivent, a soupiré Matt.

— Plus souvent que vous ne le croyez.

— Ça ne m'étonne pas.

Ils ont échangé un sourire de commisération. Elle a imprimé son billet et encaissé l'argent. Matt l'a remerciée en souriant et s'est dirigé vers l'avion.

Il n'existait aucun vol direct Harrisburg-Reno ; c'était peut-être aussi bien. Il ignorait dans quelle mesure le gouvernement fédéral avait accès au système informatique des compagnies aériennes, cependant deux vols courts valaient sûrement mieux qu'un seul vol long. Le terminal informatique allait-il relever son nom dans l'instant ? Matt en doutait… mais bon, c'était peut-être juste un vœu pieux de sa part. En toute logique, l'opération devrait prendre un certain temps : recueillir l'information, la traiter, la faire parvenir à qui de droit. Plusieurs heures, dans le meilleur des cas.

D'ici là, il serait déjà à Chicago.

En théorie, ç'avait l'air béton.

Lorsqu'il a atterri sans encombre à l'aéroport O'Hare de Chicago, son cœur s'est remis à battre. Il a débarqué, s'efforçant de passer inaperçu, cherchant des yeux une issue possible au cas où il y aurait un cordon de police à la porte des arrivées. Mais personne ne s'est précipité sur lui. Il a poussé un long soupir. Ainsi, on ne l'avait pas localisé… pas encore. Le plus délicat, cependant, restait à venir. Le vol pour Reno durait plus longtemps. S'ils arrivaient à percer sa combine, ils auraient largement le temps de l'épingler.

Il a donc décidé de changer de tactique.

Nouvelle queue, nouvelle attente au comptoir de la compagnie. Toujours à son avantage, sans doute. Matt a rejoint la file sinueuse entre les cordons de velours. Et il observait les hôtesses, pour repérer celle qui avait l'air le plus fatiguée ou le plus complaisante. Il a fini par la trouver, tout au bout à droite. Elle semblait s'ennuyer à mourir. Elle examinait les papiers d'identité d'un œil éteint. Elle n'arrêtait pas de soupirer. Et de regarder autour d'elle. Elle devait avoir une vie privée, a songé Matt. Peut-être qu'elle s'était disputée avec son mari ou avec sa fille adolescente, allez savoir.

Ou alors, elle est très futée, Matt, et elle a juste un visage fatigué.

De toute façon, le choix était limité. Quand son tour est venu, comme son hôtesse n'était pas libre, il a fait mine de chercher quelque chose, cédant la place à la famille qui attendait derrière lui. Il a répété ce manège encore une fois, puis son hôtesse a dit :

— Suivant.

Il s'est approché aussi discrètement que possible.

— Mon nom est Matthew Huntler.

Il lui a donné le bout de papier avec le numéro de réservation. Elle s'est mise à taper.

— Chicago-Reno/Tahoe, monsieur Huntler.

— Oui.

— Papiers d'identité, s'il vous plaît.

C'était la partie la plus difficile. Il avait tout organisé. M. Huntler était membre de leur club de grands voyageurs : Matt l'y avait inscrit quelques heures auparavant.

Les ordinateurs ne font pas dans la subtilité. Les êtres humains, quelquefois, si.

Il a posé son portefeuille devant elle. Elle ne l'a même pas regardé. Elle était toujours occupée à taper. Avec un peu de chance, il échapperait peut-être au contrôle d'identité.

— Pas de bagages à enregistrer ?

— Pas aujourd'hui, non.

Elle a hoché la tête sans cesser de pianoter. Puis elle s'est tournée vers ses papiers. Matt a senti son estomac se nouer. Il s'est rappelé un e-mail que Bernie lui avait envoyé quelques années plus tôt.

Voici un test amusant. Lisez cette phrase :
LES DONNÉES FINALISÉES SONT LE PRODUIT D'ANNÉES D'ÉTUDES SCIENTIFIQUES ALLIÉES À DES ANNÉES D'EXPÉRIENCE.
Et maintenant comptez les D qu'elle contient.

Matt en avait compté quatre. La véritable réponse était sept. On ne voit pas toutes les lettres. Ce n'est pas dans notre structure mentale. Il avait tablé là-dessus. Hunter, Huntler. Qui allait remarquer la différence ?

La femme a demandé :

— Hublot ou couloir ?

— Couloir.

Il avait réussi. Au contrôle, ç'a été encore plus facile ; l'agent de sécurité l'a regardé, a regardé sa photo, mais n'a pas relevé le fait que sur ses papiers on lisait « Hunter », alors que la carte d'embarquement mentionnait « Huntler ». Des coquilles, il y en a tout le temps. Quand on voit passer des centaines, des milliers de cartes d'embarquement chaque jour, on ne s'arrête pas à ces menus détails.

Une fois de plus, Matt est monté dans l'avion parmi les derniers. Il a gagné son siège côté couloir, s'est installé, a fermé les yeux et ne s'est réveillé que quand le pilote a annoncé leur descente sur Reno.

La porte du bureau de mère Katherine était close.

Cette fois, Loren n'a eu aucune réminiscence. Elle a cogné et a empoigné le bouton. Lorsque mère Katherine a dit « Entrez ! », elle était déjà pratiquement à l'intérieur.

La mère supérieure tournait le dos à la porte. Elle ne s'est pas retournée à l'arrivée de Loren. Elle a simplement demandé :

— Vous êtes sûre et certaine que sœur Mary Rose a été assassinée ?

— Oui.

— Et vous savez qui a fait ça ?

— Pas encore.

Mère Katherine a hoché lentement la tête.

— Avez-vous appris sa véritable identité ?

— Oui, a répondu Loren. Ç'aurait été plus facile si vous me l'aviez dit.

Elle s'attendait à ce que mère Katherine proteste, mais non.

— Je ne pouvais pas.

— Pourquoi ?

— Malheureusement, ce n'était pas à moi de le faire.

— Elle vous l'a dit ?

— Pas exactement. Mais j'en savais suffisamment.

— Comment l'avez-vous découvert ?

La vieille religieuse a haussé les épaules.

— Il y avait des incohérences dans ses déclarations concernant son passé.

— Vous le lui avez signalé ?

— Non, jamais. Et elle n'a pas voulu me révéler son vrai nom. Selon elle, ç'aurait mis d'autres personnes en danger. Je savais seulement que c'était sordide. Sœur Mary Rose souhaitait tourner la page. Elle avait décidé de se racheter. Et elle l'a fait. Elle a beaucoup apporté à cette école, à ces enfants.

— Financièrement ou en tant qu'enseignante ?

— Les deux.

— Elle vous a remis de l'argent ?

— À la paroisse, a rectifié mère Katherine. Oui, elle a fait don d'une somme considérable.

— De l'argent sale, on dirait.

Mère Katherine a souri.

— En existe-t-il d'autre ?

— Donc, l'histoire du massage cardiaque… ?

— J'étais au courant, pour les implants. Elle m'en avait parlé. Elle m'a dit aussi que si quelqu'un apprenait qui elle était réellement, on la tuerait.

— Mais vous n'avez pas pensé à ça.

— Ç'avait l'air d'une mort naturelle. J'ai jugé préférable de ne pas m'en mêler.

— Qu'est-ce qui vous a fait changer d'avis ?

— Les rumeurs.

— Comment ça ?

— L'une de nos sœurs m'a confié qu'elle avait vu un homme dans la chambre de sœur Mary Rose. J'ai eu des soupçons, bien sûr, mais je ne pouvais rien prouver. Et puis, je devais penser à la réputation de notre école. Ce qu'il me fallait, c'était une enquête discrète, et qui ne m'oblige pas à trahir la confiance de sœur Mary Rose.

— Donc, vous avez fait appel à moi.

— Oui.

— Et maintenant que vous savez qu'elle a été assassinée ?

— Elle a laissé une lettre.

— Pour qui ?

Mère Katherine lui a montré l'enveloppe.

— Pour une dénommée Olivia Hunter.

Adam Yates paniquait.

Il s'est garé à bonne distance de l'ancienne brasserie et a attendu que Cal fasse le ménage. Tous les indices seraient détruits. L'arme de Cal ne pouvait être identifiée. Les plaques minéralogiques de leur véhicule ne mèneraient nulle part. Un maboul quelconque pourrait bien reconnaître un colosse poursuivant une femme, mais il n'y aurait aucun moyen de faire le rapprochement avec le barman abattu.

Peut-être.

Non, pas peut-être. Il en avait vu d'autres. Le barman avait menacé Cal avec son fusil. Il y aurait ses empreintes digitales sur la crosse. Ils se débarrasseraient de l'arme. Et d'ici quelques heures, ils seraient hors des frontières de l'État.

Oui, ils allaient s'en sortir.

Lorsque Cal s'est assis sur le siège du passager, Adam a grogné :

— Tu as tout foiré.

— C'est vrai, a opiné Cal.

— Tu n'aurais pas dû tirer sur elle.

Encore une fois, Cal a hoché la tête.

— C'était une erreur, a-t-il reconnu. Mais nous ne pouvons pas la laisser filer. Une fois que son passé aura refait surface…

— On n'y coupera pas, de toute façon. Loren Muse est au courant.

— D'accord, mais sans Olivia Hunter, ça n'aboutira pas. Si elle est prise, elle cherchera à se défendre. Et on sera obligés de replonger dans ce qui est arrivé il y a dix ans.

Yates a senti comme un gouffre s'ouvrir en lui.

— Je ne veux pas faire de mal à qui que ce soit.

— Adam ?

Il a regardé le colosse.

— Il est trop tard pour ça, a soupiré Dollinger. Rappelle-toi, c'est eux ou nous.

Yates a hoché la tête.

— Il faut que nous retrouvions Olivia. Je dis bien « nous ». Car si elle tombe dans d'autres mains…

— Elle risque de parler, a achevé Yates.

— Exactement.

— Bon, on la convoque comme témoin oculaire. On donne l'ordre de surveiller les aéroports et les gares les plus proches, mais surtout qu'on ne fasse rien sans nous en avertir.

— C'est déjà fait, a acquiescé Cal.

Adam Yates réfléchissait à la meilleure marche à suivre.

— Retournons au bureau du procureur. Peut-être que Loren a déniché quelque chose d'utile sur cette Kimmy Dale.

Ils roulaient depuis cinq minutes quand le téléphone a sonné. Cal a répondu.

— Agent Dollinger ! a-t-il aboyé.

Il a écouté avec attention.

— Laissez-la atterrir. Faites-la suivre par Ted. En aucun cas, je répète, en aucun cas il ne faut l'aborder. J'arrive par le prochain vol.

Il a mis fin à la communication.

— Qu'est-ce que c'est ?

— Olivia Hunter. Elle est déjà dans un avion pour Reno.

— Encore Reno, a fait Yates.

— Patrie des feus Charles Talley et Max Darrow.

— Et peut-être de la cassette.

Yates a bifurqué à droite.

— Toutes les pistes semblent mener dans l'Ouest, Cal. À mon avis, il faut qu'on aille à Reno.

51

LE CHAUFFEUR DE TAXI TRAVAILLAIT pour une compagnie appelée Reno Tours. Il s'est arrêté, s'est mis en position parking et, pivotant sur son siège, a examiné Olivia de pied en cap.

— Vous êtes sûre que c'est là, madame ?

Olivia était sans voix.

— Madame ?

Une croix richement ornée se balançait sur le rétroviseur. Des cartes de prières tapissaient la boîte à gants.

— C'est le 488, Center Lane Drive ? a-t-elle demandé.

— Oui.

— Alors c'est ici.

Olivia a fouillé dans son sac. Lui a tendu l'argent. Il lui a remis un prospectus.

— Vous n'êtes pas obligée de faire ça, a-t-il dit.

Le prospectus était religieux, avec « Jean 3-16 » en couverture. Elle a esquissé un sourire.

— Jésus vous aime, a repris le chauffeur.

— Merci.

— Je vous emmène n'importe où ailleurs. Où vous voulez. Vous n'aurez rien à payer.

— Ça ira.

Olivia est descendue du taxi. L'homme l'a suivie d'un regard accablé. Elle lui a adressé un petit signe de la main. L'enseigne fluo fatiguée disait :

La Chatte en folie – Danseuses nues

Son corps a été secoué d'un tremblement. Un vieux réflexe. Elle n'était jamais venue ici, mais elle connaissait cet endroit. Elle connaissait les camionnettes pourries qui encombraient le parking. Elle connaissait les hommes qui entraient là-dedans sans se poser de questions, les lumières tamisées, la surface collante de la barre de danse. Elle s'est dirigée vers la porte, sachant déjà ce qu'elle allait trouver à l'intérieur.

Matt avait peur de la prison – peur d'y retourner. Ici, juste en face, il y avait sa prison à elle.

Longue vie à Sucre Candi.

Olivia Hunter avait essayé d'exorciser Candace Potter, dite « Sucre Candi », bien des années auparavant. Et voilà que celle-ci opérait un retour en force. Les spécialistes se trompent : on peut effacer son passé. Olivia le savait. Elle pouvait enfermer Candi dans un placard et jeter la clé. Elle y était presque parvenue – elle y serait parvenue complètement –, mais elle avait beau pousser, un obstacle empêchait la porte de se refermer.

Cet obstacle, c'était sa fille.

Un frisson glacé lui a parcouru l'échine. Seigneur Dieu, était-il possible que sa fille travaille là-dedans ?

S'il vous plaît, faites que ce ne soit pas le cas.

Il était seize heures. Olivia avait encore plein de temps devant elle avant son rendez-vous de minuit. Elle pourrait aller ailleurs, dans un Starbucks, par exemple, ou peut-être trouver un motel et essayer de dormir un peu. Elle avait somnolé dans l'avion, pourtant quelques heures de sommeil supplémentaires ne seraient certainement pas du luxe.

En débarquant, Olivia avait avant toute chose téléphoné au siège du FBI et demandé à parler à Adam Yates. Lorsqu'on lui avait passé le bureau du chef, elle avait raccroché.

Yates ne lui avait donc pas menti. Dollinger non plus, sûrement.

Ça voulait dire que deux agents du FBI avaient tenté de la tuer.

Il n'y aurait pas d'arrestation. Elle en savait trop. Quoi que Yates et Dollinger puissent manigancer – quoi qu'il puisse y avoir sur cette cassette –, ils veilleraient à ce que personne d'autre ne soit mis au courant de son existence.

Les dernières paroles de Clyde lui sont revenues à l'esprit : « *Dis-moi où elle est...* »

Les choses commençaient à s'éclaircir. Il y avait eu des rumeurs, selon lesquelles Clyde réalisait des enregistrements à des fins de chantage. Il avait dû faire chanter la personne qu'il ne fallait pas : Yates ou l'un de ses proches. Et ça l'avait conduit jusqu'à la malheureuse Cassandra. Était-ce elle qui détenait ces cassettes ? Figurait-elle dedans ?

Plantée devant la pancarte « Buffet *La Chatte en folie* 4,99 $ », Olivia a hoché la tête.

Voilà. Ce ne pouvait être que ça. Elle s'est approchée de la porte d'entrée.

Elle ferait mieux d'attendre, de revenir.

Non.

Elle a eu droit à un coup d'œil curieux, à la porte. Les

femmes ne viennent pas seules dans ces endroits-là. De temps en temps, il arrive qu'un homme amène une copine. Une copine qui voudrait se la jouer branchée. Ou qui aurait des tendances homosexuelles. Mais une femme seule, c'était du jamais-vu.

Quelques têtes se sont tournées à son entrée, mais pas tant que ça, au fond. Ici, les gens étaient lents à réagir. L'atmosphère était moite, alanguie. L'éclairage, faible. Les mâchoires pendaient. La plupart des clients ont dû croire à une danseuse qui prenait sa pause, ou alors à une lesbienne venue attendre que son amie ait terminé son numéro.

La sono jouait *Don't You Want Me Baby* de Human League, un morceau déjà catalogué comme classique du temps d'Olivia. Ça devait être le quart d'heure rétro. Elle aimait bien cette chanson. Dans une boîte comme celle-ci, les paroles étaient censées aguicher les sens, mais si l'on écoutait attentivement, Phil Oakey, le chanteur, évoquait surtout le choc douloureux d'une rupture amoureuse. Le refrain n'avait rien de lascif. Il était d'une incrédulité déchirante.

Olivia s'est installée dans un box du fond de la salle. Il y avait trois danseuses sur scène. Deux d'entre elles regardaient dans le vide. La troisième travaillait un client, mimant la passion, l'invitant à glisser des billets de un dollar dans son string. L'homme s'est exécuté. En observant le public, elle s'est rendu compte que rien n'avait changé depuis dix ans. Les hommes étaient les mêmes. Des visages inexpressifs. Des sourires figés. Certains tentaient de prendre un air désinvolte ; ils plastronnaient pour montrer qu'ils étaient au-dessus de tout ça. D'autres éclusaient leurs bières avec agressivité, fixant les filles d'un regard ouvertement hostile, comme pour exiger une réponse à l'éternelle question : « Tout ça pour ça ? »

Les filles sur scène étaient jeunes et droguées. Ça se voyait. Son ancienne colocataire, Kimmy, avait deux frères qui avaient fait une overdose. Kimmy était opposée à tout usage de drogue. Du coup, Olivia… non, Candi, s'était mise à boire, mais Clyde l'avait obligée à arrêter quand elle s'était mise à tituber en dansant. Clyde Rangor en thérapeute de la désintoxication… Bizarre, mais c'était ainsi.

L'odeur de graillon du fameux buffet imprégnait l'air, collait à la peau. Elle se demandait qui pouvait bien manger ça. Des ailes de poulet datant de l'administration Carter. Des hot-dogs plongés dans l'eau jusqu'à ce que… enfin, qu'on les sorte. Des frites tellement grasses qu'il était pratiquement impossible de les attraper. De gros hommes faisaient le tour des plats, empilant des montagnes de nourriture sur leurs assiettes en plastique. Olivia avait l'impression de voir leurs artères s'épaissir à vue d'œil dans la pénombre.

Certaines boîtes de strip-tease se faisaient appeler des « clubs pour messieurs » ; les hommes d'affaires y portaient des costumes et ne se mélangeaient pas à la racaille. *La Chatte en folie* n'avait pas cette prétention-là. Ici, les tatouages étaient plus nombreux que les dents. Il y avait des bagarres. Les videurs avaient plus de cran que de muscles, vu que les muscles, c'était de la frime, et ils n'hésitaient pas à employer la méthode forte.

Aucunement intimidée, Olivia se demandait toutefois ce qu'elle faisait là. Les filles sur scène ont entamé leur rotation. L'une des danseuses s'est retirée, remplacée par une gamine pétillante. Mineure, à tous les coups. Elle était tout en jambes, se balançant sur de hauts talons à la manière d'un jeune poulain. Son sourire avait presque l'air authentique ; il devait lui rester encore une étincelle de vie.

— Vous désirez quelque chose ?

La serveuse contemplait l'étrange phénomène qu'était Olivia d'un œil méfiant.

— Un Coca, s'il vous plaît.

Elle est partie. Olivia continuait à observer la gamine. Quelque chose chez elle lui a fait penser à la pauvre Cassandra. Son âge, peut-être. Sauf que Cassandra avait été beaucoup plus jolie. Soudain, alors qu'elle regardait les trois danseuses évoluer sur scène, une question évidente lui est venue à l'esprit.

Et si l'une de ces trois-là était sa fille ?

Elle a scruté leurs visages en quête d'une quelconque ressemblance. Au premier abord, elle n'en voyait pas, mais ça ne voulait rien dire. La serveuse a apporté le Coca. Olivia l'a laissé sur la table. Pas question de boire dans un de ces verres-là.

Dix minutes plus tard, les filles ont tourné à nouveau. Une autre est entrée en scène. Elles devaient fonctionner par équipes de cinq ou six : trois filles sur scène, deux ou trois dans les coulisses, ce qui permettait d'assurer une rotation régulière. Olivia a pensé à Matt. Comment ferait-il pour arriver jusqu'ici ? Il semblait tellement sûr de lui – était-ce une façade, histoire de la rassurer ?

La danseuse numéro deux était en train de travailler un type affublé d'un postiche tellement mal fichu qu'on l'aurait cru zippé. Elle devait lui servir le vieux couplet, comme quoi elle faisait ce job pour payer ses études. Pourquoi les mecs, ça les émoustillait à ce point d'avoir affaire à une étudiante ? Était-ce pour le plaisir d'avoir quelques grammes de pureté dans un monde de brutes ?

La danseuse présente sur scène à son arrivée a

réémergé des coulisses. Elle s'est approchée d'un homme qui avait une aile de poulet coincée entre les dents. Il l'a recrachée, s'est essuyé les mains sur son jean. La fille l'a pris par la main, et ils ont disparu dans un coin. Olivia aurait voulu les suivre. Elle aurait voulu choper toutes ces filles et les traîner dehors, au soleil.

Assez !

Elle a fait signe à la serveuse pour qu'elle lui apporte l'addition. Celle-ci s'est détachée d'une bande d'indigènes rigolards.

— Trois cinquante, a-t-elle dit.

Se levant, Olivia a fouillé dans son sac, en a tiré un billet de cinq. Elle allait le remettre à la serveuse, elle allait quitter cet horrible bouge, quand les danseuses ont changé encore une fois. Une nouvelle fille est sortie des coulisses.

Olivia s'est figée. Puis un petit gémissement, un gémissement de pure détresse, s'est échappé de ses lèvres.

— Ça ne va pas, mademoiselle ? a demandé la serveuse.

La danseuse a traversé la scène, prenant la place de la numéro trois.

C'était Kimmy.

— Mademoiselle ?

Les jambes d'Olivia la tenaient à peine. Elle s'est rassise.

— Je voudrais un autre Coca, s'il vous plaît.

Elle n'avait pas touché au premier, mais si la serveuse a trouvé ça étrange, elle n'en a rien laissé paraître. Olivia regardait fixement la scène. Un tourbillon d'émotions l'envahissait. Des regrets, bien sûr. Une profonde tristesse de savoir que Kimmy dansait toujours. Des remords pour tout ce qu'elle avait dû abandonner en partant. Mais de la joie également, la joie de revoir sa vieille amie. Ces dernières semaines, Olivia avait visité deux ou trois sites sur Internet, pour voir si Kimmy était encore dans le circuit. N'ayant rien trouvé, elle s'était prise à espérer que celle-ci s'en était sortie. À présent, elle venait de comprendre : la cote de Kimmy était trop basse pour lui valoir ne serait-ce qu'une mention.

Olivia était tétanisée.

Contrairement à ce qu'on aurait pu penser, il n'était pas difficile de nouer des relations dans cette existence. En général, les filles s'entendaient plutôt bien entre elles. Elles étaient en quelque sorte des camarades de régiment, se liant d'amitié tout en essayant de rester en vie. Mais il n'y avait eu personne comme Kimmy Dale. Kimmy avait été sa meilleure amie, la seule à lui manquer, la seule qui vivait toujours dans ses pensées, la seule à qui elle regrettait de ne plus pouvoir parler. Kimmy la faisait rire. Kimmy l'avait empêchée de toucher à la cocaïne. Kimmy gardait une arme dans leur caravane, l'arme qui, en fin de compte, avait sauvé la vie à Olivia.

Elle a souri dans l'obscurité. Kimmy Dale, madame Antidope, sa partenaire de danse, sa confidente.

La tristesse et le remords sont revenus en force.

Les années n'avaient pas été clémentes, surtout à l'égard de Kimmy Dale. Sa peau était flasque. Elle avait des rides autour de la bouche et des yeux. Ses cuisses étaient truffées de bleus. Et elle était trop maquillée, tels ces vieux « crampons » qu'elles avaient tant redouté de devenir. Ç'avait été leur pire crainte : terminer parmi les vieux « crampons » qui ne se résignaient pas à raccrocher leur string.

La chorégraphie de Kimmy n'avait guère changé : toujours les mêmes pas, mais en plus ralenti, en plus léthargique. Les mêmes cuissardes noires qu'elle affectionnait tant. Il fut un temps où elle chauffait la salle comme personne – elle avait un sourire à tomber par terre –, seulement elle ne jouait plus. Olivia s'est rencognée dans son box.

Kimmy me croit morte.

Comment réagirait-elle à cette… cette apparition ? Olivia se demandait que faire. Devrait-elle se manifester ou rester dans l'ombre, attendre une demi-heure de plus pour pouvoir s'éclipser quand Kimmy ne serait plus là pour la voir ?

Elle regardait son amie en réfléchissant à la bonne attitude à prendre. Ça paraissait évident. Le passé était en train de refaire surface. Son pacte avec Emma était rompu. Yates et Dollinger savaient qui elle était. Elle n'avait plus de raison de se cacher. Plus personne à protéger et peut-être, seulement peut-être, quelqu'un à sauver.

Au moment où Kimmy achevait son numéro, Olivia a fait signe à la serveuse.

— La danseuse qui est sur la droite.

— La Noire ?

— Oui.

— On l'appelle Magie.

— OK, d'accord. Je voudrais une séance privée avec elle.

La serveuse a haussé un sourcil.

— Dans les coulisses, vous voulez dire ?

— Exact. Une chambre particulière.

— C'est cinquante dollars.

— Pas de problème.

Olivia avait retiré du liquide à Elizabeth. Pour la peine, elle a donné dix dollars de plus à la fille.

La serveuse a glissé le billet dans son décolleté.

— C'est au fond à droite. La deuxième porte. Avec la lettre B. Je vous envoie Magie d'ici cinq minutes.

Ça a duré plus longtemps que prévu. Il y avait un canapé et un lit dans la pièce. Mais Olivia a attendu debout. Elle tremblait comme une feuille. Des gens passaient derrière la porte. Dans la sono, Tears for Fears affirmaient que chacun voulait régner sur le monde. Sans blague.

On a frappé à la porte.

— Vous êtes là ?

Cette voix. Impossible de se tromper. Olivia s'est essuyé les yeux.

— Entrez.

La porte s'est ouverte.

— Bon, alors, pour les tarifs…

Kimmy s'est arrêtée net.

L'espace de quelques secondes, elles sont restées là, face à face, laissant libre cours à leurs larmes. Puis Kimmy a soufflé, incrédule :

— Pas possible…

Candi – et non Olivia – a fini par hocher la tête.

— C'est moi.

— Mais…

Portant la main à sa bouche, Kimmy a éclaté en sanglots. Candi a ouvert les bras. Kimmy a failli s'écrouler. Candi l'a rattrapée, l'a serrée contre elle.

— Tout va bien, a-t-elle soufflé doucement.

— Ce n'est pas possible…

— Tout va bien, a répété Olivia en caressant les cheveux de son amie. C'est moi. Je suis revenue.

52

L'AVION DE LOREN FAISAIT ESCALE À HOUSTON.

Elle avait acheté le billet avec son argent personnel. Elle prenait un énorme risque – le genre de risque qui pouvait bel et bien lui coûter son poste et l'obliger à s'exiler en Arizona ou au Nouveau-Mexique –, mais les faits étaient là. Steinberg devait respecter la règle du jeu. Elle comprenait cela, l'acceptait même, dans une certaine mesure.

Mais l'un dans l'autre, c'était la seule solution.

Yates, un haut responsable du FBI, avait une idée derrière la tête.

Ce qui avait éveillé ses soupçons, c'était son attitude soudain odieuse après leur visite à Len Friedman. Il avait joué les imbéciles coléreux – ce qui n'était pas rare chez les grosses légumes du FBI –, sauf que là, ça sonnait faux. Elle avait trouvé qu'il forçait la note. Il feignait de maîtriser la situation, or elle l'avait senti paniqué. La peur irradiait presque de sa personne.

À l'évidence, Yates ne voulait pas qu'elle parle à Olivia Hunter.

Pourquoi ?

D'ailleurs, à la réflexion, qu'est-ce qui avait déclenché cette crise d'hystérie ? Elle s'est rappelé quelque chose qui s'était passé dans le sous-sol de Friedman – un épisode insignifiant, à première vue. Yates avait insisté pour changer de sujet quand Friedman avait mentionné ce que Rangor et Lemay faisaient subir à leur clientèle. Sur le coup, cette interruption l'avait agacée, sans plus. Mais à voir la façon dont il l'avait débarquée de l'enquête, on obtenait…

Oui, bon, pour l'instant, rien du tout.

Après son entrevue avec mère Katherine, Loren avait appelé Yates sur son téléphone portable. Elle était tombée sur le répondeur. Elle avait essayé de joindre Olivia Hunter chez elle. Pas de réponse non plus. Et puis, un rapport était arrivé par radio, sur un meurtre à Irvington, dans un estaminet proche de chez les Hunter. On n'en savait guère plus, sinon qu'il y avait des rumeurs à propos d'un type baraqué pourchassant une femme.

Un type baraqué. Cal Dollinger, que Yates avait emmené pour interroger Olivia Hunter, était un type baraqué.

Encore une fois, en soi cela ne signifiait pas grand-chose.

Mais ajouté aux éléments en sa possession…

Elle a appelé Steinberg.

— Savez-vous où est Yates ? lui a-t-elle demandé.

— Non.

— Moi, si. J'ai interrogé ma source à l'aéroport.

L'aéroport de Newark se trouvait, après tout, sur le territoire du comté d'Essex. Le bureau avait plusieurs contacts sur place.

— Lui et son Goliath sont dans un avion à destination de Reno-Tahoe.

— Et en quoi est-ce censé m'intéresser ?

— J'aimerais les suivre.

— Redites-moi ça ?

— Yates est en train de mijoter quelque chose.

Elle a relaté à Steinberg tout ce qu'elle savait. Elle le voyait presque, fronçant les sourcils.

— Voyons un peu si j'ai bien compris, a résumé son chef. Vous pensez que Yates est mêlé à l'affaire, hein ? Adam Yates, un éminent agent du FBI ? Correction : un haut responsable du FBI, qui chapeaute toutes leurs activités dans le Nevada. Et vous vous fondez sur : *a*, son humeur ; *b*, l'info selon laquelle un individu de haute taille a été aperçu à proximité de la scène du crime à Irvington ; et *c*, le fait qu'il a repris l'avion pour rentrer chez lui. On a fait le tour ?

— Vous auriez dû le voir souffler le chaud et le froid, chef.

— Mmm ?

— Il voulait me retirer l'enquête et m'éloigner d'Olivia Hunter. Je vous le dis, Yates n'est pas net, chef. Je le sens.

— Et vous savez ce que je vais vous répondre, n'est-ce pas ?

Loren le savait, oui.

— Il faut recueillir des preuves.

— Gagné.

— Rendez-moi un service, chef.

— Lequel ?

— Vérifiez l'histoire de Yates, comme quoi Rangor et Lemay avaient accepté de témoigner devant les instances fédérales.

— Que je vérifie quoi ?

— Voyez si c'est vrai.

— Quoi, d'après vous, il l'aurait inventé ?

— Ça ne mange pas de pain de vérifier.

Il a hésité.

— Je doute que ça marche. Je suis juste un procureur de comté. Et ces gens-là ne sont pas très bavards.

— Demandez à Joan Thurston, alors.

— Elle va me prendre pour un cinglé.

— Si ce n'est déjà fait.

— Évidemment, dit comme ça…

Il s'est éclairci la voix.

— Encore une chose.

— Oui, chef.

— Vous avez l'intention de commettre une bêtise ?

— Qui, moi ?

— Je suis votre patron, et vous savez que vous n'aurez pas ma bénédiction. Mais si c'est en dehors de vos horaires de travail et que je ne suis pas au courant…

— N'ajoutez rien.

Elle a raccroché. La solution, Loren le savait, se trouvait à Reno. Charles Talley travaillait à *La Chatte en folie* à Reno. Kimmy Dale aussi. En ce moment même, Yates et Dollinger se rendaient là-bas. Elle a donc pris sa journée, réservé un billet d'avion et foncé à l'aéroport. Avant d'embarquer, elle a passé un dernier coup de fil. Len Friedman était toujours dans son bureau au sous-sol.

— Salut ! C'est au sujet de l'autopsie de Sucre Candi que vous allez m'envoyer ?

— Elle est à vous si vous répondez à quelques questions supplémentaires. Vous avez dit quelque chose du genre : ce qui se passe à Vegas ne sort pas de Vegas.

— Oui.

— Quand j'ai demandé si ça signifiait que Clyde

Rangor et Emma Lemay dénonçaient leurs clients, vous avez répondu : « Pire. »

Il y a eu un silence.

— Que vouliez-vous dire par là, monsieur Friedman ?

— C'est quelque chose que j'ai entendu, rien de plus.

— Quoi ?

— Que Rangor avait monté une arnaque.

— Genre chantage ?

— Dans ce goût-là, oui.

Il s'est tu.

— De quelle façon ? a-t-elle questionné.

— Il enregistrait des cassettes.

— De ?

— De ce que vous pensez.

— De ses clients en train de coucher avec des femmes ?

Nouveau silence.

— Monsieur Friedman ?

— Oui, a-t-il dit. Mais…

— Mais quoi ?

Sa voix s'est faite douce.

— Je ne suis pas sûr qu'on puisse appeler ça des femmes.

Elle a froncé les sourcils.

— Des hommes ?

— Non, il ne s'agit pas de ça. Écoutez, je ne sais même pas si c'est vrai. Les rumeurs ont la vie dure.

— Et vous croyez que c'est le cas ici ?

— Je vous dis que je ne sais pas. C'est tout.

— Mais ces rumeurs, vous les avez entendues, n'est-ce pas ?

— Oui.

— Et que disaient-elles ? a insisté Loren. Qu'y avait-il sur ces cassettes ?

53

MATT EST DESCENDU DE L'AVION et s'est hâté de sortir de l'aéroport. Personne ne l'a intercepté. Il a ressenti une bouffée d'excitation. Il avait réussi. Il était arrivé à Reno avec plusieurs heures d'avance.

Il a attrapé un taxi.

— 488, Center Lane Drive.

Le trajet s'est déroulé en silence. Une fois à la bonne adresse, Matt a contemplé *La Chatte en folie* par la vitre. Il a réglé la course et s'est dirigé vers la porte d'entrée.

Logique, songeait-il.

Alors qu'il ne s'était pas vraiment attendu à tomber sur une boîte de strip-tease, il n'en était pas étonné non plus. Quelque chose avait échappé à Olivia dans tout ça. Il comprenait. Il comprenait même pourquoi. Elle voulait retrouver son enfant, et ça l'avait un peu aveuglée. Elle ne voyait pas ce qui sautait pourtant aux yeux : on était bien au-delà d'une histoire d'adoption ou même d'une arnaque pour extorquer de l'argent.

Tout remontait aux images sur le téléphone portable. Quand on est une famille avec une fille malade, on ne cherche pas à rendre un mari jaloux. Quand on est un truand alléché par l'appât du gain, on ne s'emploie pas à briser un mariage.

Non, il y avait autre chose là-dessous. Matt ne savait pas bien quoi, mais ça devait être grave – suffisamment grave pour pousser la personne qui avait orchestré tout cela à les attirer dans un endroit comme celui-ci.

Il est entré, s'est trouvé une table dans un coin. Puis il a scruté la salle dans l'espoir d'apercevoir Olivia. Elle n'était pas là. Trois filles ondulaient lentement sur la scène. Il a tenté d'imaginer sa ravissante femme – celle-là même qu'on se sentait privilégié d'approcher, si par hasard on avait cette chance – à la place de l'une d'entre elles. Curieusement, ça n'a pas été difficile. Après les incroyables aveux d'Olivia, tout semblait se tenir à présent. C'est pour ça qu'elle aspirait tant à ce que d'autres auraient taxé de médiocrité : un foyer, une famille, la vie de banlieue. Elle désirait ardemment ce qui est à la fois notre quotidien et notre rêve. Matt le comprenait mieux maintenant. Cela prenait du sens à ses yeux.

Cette vie… Elle avait raison : cette vie qu'ils essayaient de construire ensemble valait le coup de se battre.

Une serveuse a surgi à côté de lui. Matt a commandé un café, qui s'est révélé étonnamment bon. Il l'a bu en regardant les filles et en s'efforçant de mettre les faits bout à bout. Sans grand résultat, à vrai dire.

Se levant, il a demandé s'il y avait un taxiphone. Le videur, un gros au visage grêlé, lui a indiqué la direction avec son pouce. Matt avait toujours une carte téléphonique sur lui, encore un reliquat de ce qu'il avait appris en taule. En fait, il était possible de localiser une carte, d'établir d'où elle venait et même qui l'avait achetée. En cherchant bien, s'entend. Le meilleur exemple, c'est quand l'accusation a pu identifier un appel effectué à l'aide d'une carte de téléphone dans l'affaire de l'attentat d'Oklahoma. Mais ça a pris du temps. Et même si elle pouvait servir de pièce à conviction, Matt ne s'en souciait plus guère.

Son téléphone portable était éteint. Si on le gardait allumé, il existait trop de moyens de se faire repérer, même sans l'utiliser. Ce n'était pas un mythe. Il a composé le numéro commençant par 800, puis son code, puis le numéro de la ligne privée de Midi au cabinet.

— Ike Kier.

— C'est moi.

— Ne dites rien si vous ne voulez pas qu'on vous entende.

— Dans ce cas, c'est à vous de parler, Ike.

— Olivia va bien.

— Est-ce qu'ils l'ont gardée ?

— Non. Elle est… euh ! partie.

C'était une bonne nouvelle.

— Et ?

— Ne quittez pas.

Midi a passé le combiné à quelqu'un d'autre.

— Salut, Matt.

C'était Celia.

— J'ai parlé à ta copine l'enquêtrice. J'espère que ça ne t'ennuie pas trop. Ils m'avaient mise au pied du mur.

— Pas de problème.

— Je n'ai rien dit qui puisse te nuire.

— T'inquiète, a-t-il répondu.

Il était en train d'observer la porte d'entrée du club. Celia lui parlait d'autre chose, de Talley et Darrow, mais il y a eu comme un soudain rugissement dans ses oreilles.

En voyant la personne qui venait d'entrer dans la salle, Matt a failli lâcher le téléphone.

La nouvelle arrivante n'était autre que Loren Muse.

Loren a brandi sa plaque sous le nez du gros bonhomme de l'entrée.

— Je cherche une de vos danseuses. Son nom est Kimmy Dale.

Le gros s'est contenté de la dévisager.

— Vous m'avez entendue ?

— Ouais.

— Eh bien, alors ?

— Sur votre plaque, c'est marqué New Jersey.

— Ça n'empêche que je suis toujours officier de police.

L'homme a secoué la tête.

— Vous êtes hors de votre juridiction.

— Vous êtes quoi, vous ? Avocat ?

Il a pointé le doigt sur elle.

— Elle est bonne, celle-là. Allez, au revoir.

— Je viens de vous dire que je cherche Kimmy Dale.

— Et moi, je vous dis que vous n'avez aucun pouvoir ici.

— Vous préférez que je revienne avec un de vos compatriotes ?

Il a haussé les épaules.

— Si ça peut vous calmer, chérie, faites donc, ne vous gênez pas.

— Je pourrais vous créer des ennuis.

— Alors là…

Il a souri et désigné son propre visage.

— … là, j'ai peur.

Le portable de Loren s'est mis à sonner. Elle s'est

écartée d'un pas. La musique beuglait. Elle a collé le téléphone à son oreille droite et enfoncé un doigt dans la gauche. Et, comme pour mieux se concentrer, elle a plissé les yeux.

— Allô ?

— J'ai un marché à te proposer.

Matt Hunter…

— Je t'écoute.

— Je me rends à toi et à toi seule. On va quelque part et on attend au moins jusqu'à une heure du matin.

— Pourquoi une heure du matin ?

— Tu penses que c'est moi qui ai tué Darrow et Talley ?

— En tout cas, tu es recherché pour interrogatoire.

— Ce n'est pas ce que je te demande. Je te demande si tu penses que je les ai tués.

Loren a froncé les sourcils.

— Non, Matt. Je crois que tu n'as rien à voir là-dedans. En revanche, ta femme, si. Je connais son vrai nom. Je sais qu'elle est en fuite et se cache depuis longtemps. À mon avis, Max Darrow a dû découvrir qu'elle était en vie. Ils sont partis à sa recherche, et toi, tu t'es retrouvé au milieu.

— Olivia est innocente.

— Ça, a répliqué Loren, j'en suis moins sûre.

— Ma proposition tient toujours. Je me rends, nous allons quelque part ailleurs et discutons de tout ça jusqu'à une heure du matin.

— Quelque part ailleurs ? Tu ne sais même pas où je suis !

— Si, a rétorqué Matt. Je sais exactement où tu es.

— Comment ça ?

Elle a entendu un clic. Zut ! il avait raccroché. Elle allait appuyer sur la touche de rappel automatique quand

elle a senti une tape sur son épaule. Elle s'est retournée.
Il était là, devant elle, comme s'il venait de se matéria-
liser d'un coup de baguette magique.

— Alors ? a dit Matt. J'ai eu raison de te faire
confiance ?

54

DÈS L'ATTERRISSAGE DE L'AVION, Cal Dollinger a pris la tête des opérations. Yates en avait l'habitude. La plupart des gens le considéraient à tort comme le cerveau, et Dollinger comme la force à l'état brut. En réalité, leur relation tenait davantage d'une alliance politique. Adam Yates était le candidat aux mains propres. Cal Dollinger opérait en coulisse et ne rechignait pas devant le sale boulot.

— Vas-y, a dit Dollinger. Appelle.

Yates a appelé Ted Stevens, l'agent qu'ils avaient chargé de suivre Olivia Hunter.

— Salut, Ted, vous êtes toujours sur le coup ?

— En plein.

— Où est-elle ?

— Vous n'allez pas me croire. À sa descente d'avion, Mme Hunter s'est rendue directement dans une boîte de strip-tease du nom de *La Chatte en folie*.

— Elle y est encore ?

— Non, elle est repartie avec une strip-teaseuse

noire. Je les ai suivies jusqu'à une espèce de trou à rats à l'ouest de la ville.

Stevens lui a donné l'adresse, que Yates a répétée pour Dollinger.

— Donc, Olivia Hunter se trouve toujours dans la roulotte de cette strip-teaseuse ?

— Oui.

— Il y a quelqu'un avec elles ?

— Non, juste elles deux.

Yates a regardé Dollinger. Ils en avaient discuté, de la façon dont ils allaient gérer ça pour pouvoir mettre leur plan à exécution.

— OK, merci, Ted, vous pouvez les laisser maintenant. Rendez-vous dans dix minutes au bureau de Reno.

— Vous avez quelqu'un qui va reprendre la filature ? a demandé Stevens.

— Ce n'est pas nécessaire, a répondu Yates.

— C'est quoi, l'histoire ?

— Olivia Hunter a travaillé dans des clubs pour le compte de Moumoute. Nous avons réussi à la retourner hier.

— Elle sait beaucoup de choses ?

— Suffisamment, a opiné Yates.

— Qu'est-ce qu'elle fait avec la Black ?

— Elle nous a promis de convaincre une danseuse nommée Kimmy Dale, qui travaille à *La Chatte en folie*, de se mettre à table à son tour. D'après elle, Dale en connaît un bout. Du coup, on lui a donné du mou pour voir si elle tient sa promesse.

— On dirait bien que oui.

— En effet.

— Donc, ça roule.

Yates a jeté un coup d'œil à Dollinger.

— Du moment que Moumoute n'est pas au courant,

oui, je pense que ça roule. Bon, je vous retrouve au bureau dans dix minutes, Ted. On aura l'occasion d'en reparler.

Yates a pressé la touche « Arrêt ». Ils étaient en train de traverser le hall de l'aéroport, direction la sortie. Lui et Dollinger marchaient épaule contre épaule, comme ils le faisaient depuis la petite école. Ils habitaient dans la même rue à Henderson, à l'extérieur de Las Vegas. Leurs femmes, qui avaient partagé la même chambre sur le campus, étaient inséparables. Le fils aîné de Dollinger était le meilleur ami d'une des filles de Yates, Anne. Tous les matins, il la conduisait au lycée.

— Il doit bien exister un autre moyen, a dit Yates.

— Il n'y en a pas.

— On franchit une limite là, Cal.

— On en a déjà franchi d'autres.

— Pas comme ça.

— Non, pas comme ça, a acquiescé Cal. Nous avons nos familles.

— Je sais.

— Fais le calcul. D'un côté, une personne. Une seule. Candace Potter, ex-effeuilleuse, probablement une ancienne pute shootée à la coke, liée avec des truands comme Clyde Rangor et Emma Lemay. Ça, c'est l'un des termes de l'équation, OK ?

Yates a hoché la tête, devinant déjà la suite.

— De l'autre côté, deux familles. Deux maris, deux femmes, trois gosses chez toi, deux chez moi. Toi et moi, on n'est peut-être pas si innocents. Mais eux le sont. Alors, soit nous éliminons une pute – ou deux, si je n'arrive pas à l'éloigner de cette Kimmy Dale –, soit nous brisons sept autres vies, des vies dignes de ce nom.

Yates courbait la tête.

— C'est eux ou nous, a repris Dollinger. En l'occurrence, la question ne se pose même pas.

— Je devrais venir avec toi.

— Non. Il faut que tu sois au bureau avec Ted. En train de concocter le scénario de l'assassinat. Comme ça, quand on aura découvert le corps de Hunter, on pensera tout naturellement à la vengeance de la mafia.

Ils ont émergé à l'air libre. La nuit commençait à tomber.

— Je suis désolé, a fait Yates.

— Tu m'as sorti du pétrin un sacré nombre de fois, Adam.

— Il y a forcément une autre solution, a répété Yates. Dis-moi qu'il y a une autre solution.

— Va au bureau, a répondu Dollinger. Je t'appellerai quand tout sera terminé.

55

L'ODEUR DE POT-POURRI IMPRÉGNAIT LA ROULOTTE DE KIMMY.

Chaque fois qu'elle avait senti cette odeur au cours des dix dernières années, Olivia s'était retrouvée transportée dans cette caravane à la sortie de Vegas. La nouvelle habitation de Kimmy embaumait exactement comme la précédente. Olivia avait l'impression de faire un saut dans le temps.

S'il y avait une voie ferrée à proximité, ce quartier était situé du mauvais côté des rails. La peinture de la caravane s'écaillait comme si elle était en pleine mue. Les fenêtres manquantes étaient bouchées avec du contre-plaqué. La voiture rouillée de Kimmy était tapie dans un coin tel un chien abandonné. L'allée était recouverte de sable souillé d'huile de vidange. Toutefois, à part la susdite odeur, l'intérieur était propre et décoré – ainsi s'exprimait-on dans les magazines – avec goût. Aucun luxe, bien sûr. Mais quelques petites touches par-ci par-là. De jolis coussins. Des bibelots.

Bref, un vrai chez-soi.

Kimmy a attrapé deux verres et une bouteille de vin. Elles se sont assises sur le futon, et Kimmy les a servies. Olivia a vidé son verre d'un seul trait. L'air conditionné ronronnait. Kimmy a posé son verre à côté d'elle. Avec douceur, elle a placé ses deux mains sur les joues d'Olivia.

— Je n'arrive pas à y croire, a-t-elle chuchoté.

Alors Olivia lui a tout raconté.

Cela a pris un moment. Elle a commencé par son malaise au club, le retour à la caravane, le cadavre de Cassandra, l'agression de Clyde. Kimmy était suspendue à ses lèvres. Elle ne pipait mot. De temps à autre, elle versait une larme, et tremblait. Mais elle n'a pas interrompu son récit.

Quand Olivia a mentionné l'annonce sur Internet à propos de sa fille, elle a vu Kimmy se raidir.

— Qu'y a-t-il ?

— Je l'ai rencontrée.

Olivia a senti son estomac se nouer.

— Ma fille ?

— Elle est venue ici, a dit Kimmy. Chez moi.

— Quand ?

— Il y a deux mois.

— Je ne comprends pas. Elle est venue ici ? Pourquoi ?

— Elle recherchait sa mère biologique. Par curiosité, tu sais, comme font les gosses. Je lui ai expliqué le plus gentiment possible que sa mère était morte, mais elle le savait déjà. Si j'ai bien tout saisi, elle voulait retrouver Clyde pour te venger.

— Comment était-elle au courant, pour Clyde ?

— Elle a dit… attends que je réfléchisse une seconde, elle a dit qu'elle était allée voir le flic qui avait mené l'enquête.

— Max Darrow ?

— Oui, un nom de ce genre. Elle est allée le voir. Il lui a raconté que Clyde était soupçonné du meurtre, mais que personne ne savait où il était.

Kimmy a poussé un soupir.

— Toutes ces années. Ce fils de pute était mort depuis toutes ces années ?

— Oui, a opiné Olivia.

— C'est comme apprendre la mort de Satan, tu sais. Elle savait.

— Comment elle s'appelle, ma fille ?

— Elle ne me l'a pas dit.

— Elle avait l'air malade ?

— Malade ? Oh, je vois. À cause de cette annonce sur le Net. Non, elle m'a paru en pleine forme.

Kimmy a souri.

— Elle est mignonne. Pas flashy, non. Mais elle a du peps, comme toi. Je lui ai donné une photo. De nous deux, tu sais, dans le numéro Sayers-Piccolo. Tu t'en souviens ?

— Oui. Oui, je m'en souviens.

Kimmy a secoué la tête.

— J'ai toujours du mal à croire que tu sois là. C'est un peu comme un rêve. J'ai peur que tu t'évanouisses et que je me réveille dans ce nid à cafards sans toi.

— Je suis là, a confirmé Olivia.

— Et tu es mariée. Et enceinte.

Sans cesser de secouer la tête, Kimmy l'a gratifiée d'un sourire éblouissant.

— Je n'arrive pas à le croire.

— Kimmy, tu connais un certain Charles Talley ?

— Tu veux dire Chally ? Une brute épaisse, celui-là. Il travaille au club.

— Quand est-ce que tu l'as vu pour la dernière fois ?

— Je n'en sais rien. Ça fait bien une semaine. (Elle a froncé les sourcils.) Pourquoi ? Qu'est-ce qu'il vient faire là-dedans, ce bâtard ?

Olivia n'a pas répondu.

— Candi ! Qu'est-ce qu'il y a ?

— Ils sont morts.

— Qui ?

— Charles Talley et Max Darrow. Ils étaient mêlés à ça. Je ne sais pas comment. L'apparition de ma fille a dû leur mettre la puce à l'oreille. À tous les coups, ils ont publié cette annonce pour me retrouver.

Olivia a plissé le front. Quelque part, ce raisonnement lui semblait bancal, mais elle a préféré poursuivre :

— Darrow voulait de l'argent. Je lui ai donné cinquante mille dollars. Charles Talley était dans le coup aussi.

— Ça ne tient pas debout, ton histoire.

— J'étais censée rencontrer quelqu'un ce soir. Quelqu'un qui devait me montrer ma fille. Sauf que Chally et Darrow sont morts tous les deux. Et il y a des gens qui continuent à chercher une cassette.

Le visage de Kimmy s'est allongé.

— Une cassette ?

— Quand Clyde m'a battue, il n'arrêtait pas de demander : « Où est la cassette ? » Et aujourd'hui encore…

— Attends une seconde.

Kimmy a levé la main.

— Clyde t'a demandé ça ?

— Oui.

— C'est pour ça qu'il a tué Cassandra ? Pour retrouver une cassette vidéo ?

— Je pense que oui. Ça le rendait dingue de ne pas savoir où elle était.

463

Kimmy s'est mise à se ronger les ongles.

— Kimmy ?

Mais sa vieille amie s'est levée sans mot dire et s'est approchée d'un placard dans le coin.

— Que se passe-t-il ? a interrogé Olivia.

— Je sais pourquoi Clyde voulait la cassette, a lâché Kimmy avec un calme soudain.

Elle a ouvert la porte du placard.

— Et je sais où elle est.

56

MATT A ESCORTÉ LOREN VERS UN BOX SOMBRE tout au fond de la salle. Au moment où ils s'asseyaient, ABC s'est mis à chanter *The Look of Love*. Ils étaient dans une quasi-obscurité. Les strip-teaseuses semblaient soudain très loin.

— Tu n'es pas armée, n'est-ce pas ? s'est enquis Matt.

— Je n'ai pas eu le temps de demander une autorisation de port d'arme.

— Tu es venue de ton propre chef.

— Et alors ?

Il a haussé les épaules.

— Si je voulais, je pourrais t'assommer et filer d'ici.

— Je suis plus coriace qu'il n'y paraît.

— Je n'en doute pas. Petite, tu l'étais déjà.

— Contrairement à toi.

Il a hoché la tête.

— Alors, que sais-tu au sujet de ma femme ?

— Toi d'abord, Matt.

— Moi, j'ai déjà prouvé ma bonne volonté, a-t-il répondu. Pas toi.

— C'est vrai.

Loren n'a pas hésité très longtemps. Elle était sincèrement convaincue de son innocence, et si elle se trompait, les faits parleraient d'eux-mêmes. Il ne s'en tirerait pas avec de beaux discours. Un ex-détenu n'avait pas ce genre de privilège.

— Je sais que le véritable nom de ta femme est Candace Potter.

Matt l'a écoutée, en ponctuant son exposé de questions et de commentaires. Quand Loren en est arrivée au rapport d'autopsie, il s'est redressé, les yeux écarquillés.

— Redis-moi ça.

— Max Darrow a coché le paragraphe où il était mentionné que la victime était atteinte du SIA.

— Ce qui, d'après toi, est une sorte d'hermaphrodisme ?

— Oui.

Matt a hoché la tête.

— C'est donc comme ça qu'il l'a découvert.

— Qu'il a découvert quoi ?

— Que Candace Potter était en vie. Tu comprends, ma femme a eu une fille à l'âge de quinze ans. Le bébé a été adopté à la naissance.

— Et Darrow l'a su, on ne sait comment.

— Tout à fait.

— Du coup, il s'est rappelé le rapport d'autopsie. Si Candace Potter a pu tomber enceinte…

— C'est que ce n'est pas elle qui a été assassinée, a achevé Matt.

— Ta femme est censée rencontrer sa fille ce soir, ici ?

— Oui, à minuit.

— D'où le marché que tu m'as proposé, a acquiescé Loren. Ton histoire de une heure du matin. C'est pour permettre à ta femme d'être à l'heure à son rendez-vous.

— Absolument.

— C'est très gentil à toi, de te sacrifier comme ça.

— Oui, je suis la générosité même, sauf que…

Matt s'est interrompu.

— Nom d'un chien, réfléchis à ce qu'on est en train de dire. C'est un piège. Forcément.

— Je ne te suis pas très bien.

— OK, imagine que tu es Max Darrow. Tu viens de réaliser que Candace Potter est vivante, qu'elle est en fuite. Comment ferais-tu pour la retrouver après tout ce temps ?

— Je ne sais pas.

— Tu t'arrangerais pour qu'elle se manifeste, non ?

— Peut-être bien.

— Comment ? En lui forçant la main. En passant une annonce, comme quoi sa fille, qu'elle a perdue de vue depuis longtemps, est à l'article de la mort. Quand on est flic, on peut obtenir des renseignements sur l'hôpital, la ville, le médecin. Quitte à les avoir par la fille elle-même.

— Hum, c'est hasardeux, a fait Loren.

— De quel point de vue ?

— Comment peut-on être sûr qu'elle garde un contact quelconque avec son ancienne existence, qu'elle cherche son enfant ?

Matt a réfléchi.

— Je ne sais pas trop. Mais bon, ça ne suffit pas. Parallèlement, tu suis toutes les vieilles pistes. Tu reprends le dossier de A à Z. Si elle est dehors, si elle possède un ordinateur comme tous les habitants du monde civilisé, il se peut que, par curiosité, elle

« google » son ancien nom. Ce sont des trucs qui arrivent, non ?

Loren a froncé les sourcils. Matt aussi. La même chose continuait à les troubler.

— Ces images sur mon téléphone portable, a-t-il dit.

— Oui, eh bien ?

Il était en train de chercher ses mots quand la serveuse a surgi devant leur box.

— Vous désirez autre chose ?

Sortant son portefeuille, Matt en a tiré un billet de vingt dollars.

— Vous connaissez Kimmy Dale ?

Elle a hésité.

— Je veux seulement un oui ou un non. Vingt dollars.

— Oui.

Il lui a tendu le billet et en a sorti un autre.

— Elle est ici ?

— Juste oui ou non, c'est tout ?

— Parfaitement.

— Non.

Il lui a donné l'argent. Trois autres billets ont fait leur apparition.

— Ils sont pour vous si vous me dites où elle est.

La serveuse a réfléchi. Matt gardait l'argent bien en vue.

— Elle doit être rentrée chez elle. J'ai trouvé ça bizarre, parce qu'elle est censée travailler jusqu'à onze heures, mais elle est partie en courant il y a une heure avec une dame.

Loren s'est tournée vers lui. Matt n'a pas bronché. Il a sorti un nouveau billet de vingt, plus une photo d'Olivia.

— C'est elle, la dame qui accompagnait Kimmy ?

L'air soudain effrayée, la serveuse n'a pas répondu.

Ce n'était pas utile. Loren était déjà debout. Matt a laissé tomber les dollars et lui a emboîté le pas.

— Qu'est-ce qu'il y a ?

— Allez, viens ! a-t-elle lancé. J'ai l'adresse de Kimmy Dale.

Kimmy a glissé la cassette dans le magnétoscope.

— J'aurais dû m'en douter, a-t-elle fait remarquer.

Assise sur le futon, Olivia attendait.

— Tu te souviens du placard dans la cuisine ? a demandé Kimmy.

— Oui.

— Trois ou quatre semaines après ton… assassinat, j'ai acheté un gros bidon d'huile végétale. Je suis montée sur l'escabeau pour le ranger sur l'étagère du haut, et là, derrière la porte, j'ai trouvé ça… (Elle a pointé le menton sur l'écran du téléviseur)… fixé avec du Scotch.

— Tu l'as visionnée ?

— Oui, a-t-elle murmuré. J'aurais dû… je ne sais pas, m'en débarrasser. La donner à la police.

— Pourquoi tu ne l'as pas fait ?

Kimmy a simplement haussé les épaules.

— Qu'y a-t-il là-dessus ?

Plutôt que de lui expliquer, Kimmy a désigné l'écran.

— Regarde.

Se redressant, Olivia leur a resservi du vin. Kimmy faisait les cent pas en se tordant les mains. Elle-même ne regardait pas. Pendant quelques secondes, il n'y a eu que des parasites. Puis un décor familier est apparu à l'écran.

Une chambre à coucher.

C'était filmé en noir et blanc. Avec la date et l'heure

affichées dans un coin. Un homme était assis au bord du lit. Elle ne l'a pas reconnu.

Une voix masculine a chuchoté :

— Voici M. Alexander.

M. Alexander, à supposer que ce soit son vrai nom, a commencé à se déshabiller. Une femme a émergé côté jardin et a entrepris de l'aider.

— Cassandra, a reconnu Olivia.

Kimmy a hoché la tête.

Olivia a froncé les sourcils.

— Clyde filmait les clients ?

— Oui, mais avec un bonus.

— Quel genre de bonus ?

Sur l'écran, les deux protagonistes étaient nus. Cassandra était en train de chevaucher l'homme, le dos arqué, la bouche grande ouverte. On entendait même ses prétendus cris d'extase – aussi crédibles que si elle avait pris une voix de personnage de dessin animé.

— Je crois que j'en ai assez vu, a dit Olivia.

— Non, a répliqué Kimmy. Moi, je ne le crois pas.

Elle a appuyé sur la touche d'avance rapide. L'action s'est emballée. On a changé de position, plusieurs fois, très vite. Le tout n'a pas duré longtemps. L'homme s'est rhabillé en accéléré. Lorsqu'il a eu quitté la pièce, Kimmy a relâché la touche. L'enregistrement est reparti à la vitesse normale.

Cassandra s'est avancée vers la caméra et a souri à l'objectif. Olivia a senti son souffle ralentir.

— Regarde-la, Kimmy. Elle était si jeune.

Interrompant son va-et-vient, Kimmy a posé un doigt sur ses lèvres, puis a indiqué l'écran.

— Et voici un souvenir pour M. Alexander, a annoncé le présentateur invisible.

Olivia a grimacé. On aurait cru Clyde Rangor essayant de déguiser sa voix.

— Tu t'es bien amusée, Cassandra ?

— Je me suis beaucoup amusée, a-t-elle répondu d'un ton parfaitement monocorde. M. Alexander a été formidable.

Il y a eu une brève pause. Cassandra s'est humecté les lèvres et a jeté un œil vers quelqu'un qui se trouvait hors champ, comme si elle attendait un signal. Qui n'a pas tardé.

— Quel âge as-tu, Cassandra ?

— J'ai quinze ans.

— Tu en es sûre ?

Elle a hoché la tête. Toujours hors champ, on lui a remis une feuille de papier.

— J'ai eu quinze ans la semaine dernière. Voici mon extrait de naissance.

Elle a tendu le papier vers l'objectif. Au début, l'image était floue, puis celui qui filmait a effectué la mise au point. Le gros plan a duré au moins trente secondes. Née au centre médical de la Charité à El Dorado, Kansas. De parents prénommés Mary et Sylvester. Les dates étaient clairement visibles.

— M. Alexander voulait une fille de quatorze ans, a récité Cassandra, comme si elle lisait son texte pour la première fois. Mais finalement, il a bien voulu de moi.

L'image s'est brouillée.

Olivia se taisait. Kimmy aussi. Il lui a fallu un moment pour réaliser pleinement ce que Clyde Rangor avait en tête.

— Bon Dieu ! a-t-elle soufflé.

Kimmy a hoché la tête.

— Clyde ne les faisait pas chanter avec de simples prostituées, a repris Olivia. Il leur refilait des mineures.

Avec extrait de naissance à l'appui. Soi-disant que les michetons réclamaient eux-mêmes des gamines à peine pubères. De toute façon, même si on affirme avoir cru que la fille avait plus de dix-huit ans, ça reste un crime grave. Ce type, ce M. Alexander, il ne risquait pas seulement d'être découvert et mis à l'index. Il risquait la ruine. Il risquait la taule.

Nouveau hochement de tête de Kimmy.

L'image est redevenue nette : un autre homme est apparu à l'écran.

— Voici M. Douglas, a chuchoté la voix.

Olivia a senti son sang se glacer dans ses veines.

— Oh non !

— Candi ?

Elle s'est rapprochée du téléviseur. Cet homme. L'homme sur le lit. Aucun doute possible : M. Douglas était Adam Yates. Olivia le fixait, hypnotisée. Cassandra est entrée dans la chambre. Elle l'a aidé à se déshabiller. C'était donc ça. Voilà pourquoi Clyde avait tellement paniqué. Il avait piégé un haut fonctionnaire fédéral. Chose qu'il ignorait sûrement – même Clyde Rangor n'aurait pas été aussi bête –, et lorsqu'il avait essayé de le faire chanter, ça a dû mal tourner pour lui.

— Tu le connais ? a demandé Kimmy.

— Oui. Je viens de faire sa connaissance.

La porte de la caravane s'est ouverte avec fracas. Elles ont pivoté toutes les deux en direction du bruit.

Kimmy a crié :

— Mais qu'est-ce qui… ?

Cal Dollinger a fermé la porte. Puis il a sorti son arme.

57

LOREN AVAIT LOUÉ UNE VOITURE.

— Alors, s'est enquis Matt, comment ça fonctionnait, à ton avis ? Darrow menait le bal ?

— C'est l'explication la plus logique, a-t-elle acquiescé. Darrow découvre que ta femme a eu une fille. Il se souvient du rapport d'autopsie et commence à comprendre ce qui s'est réellement passé. Il sait qu'il y a eu de l'argent en jeu. Alors il engage un gros bras pour l'aider dans sa tâche.

— Autrement dit, Charles Talley.

— Talley, oui.

— Et tu penses qu'il a retrouvé Olivia quand elle a répondu à cette annonce sur le Net ?

— Oui, sauf que…

Loren a marqué une pause.

— Quoi ?

— Ils ont trouvé Emma Lemay d'abord.

— Sœur Mary Rose.

— Oui.

— Comment ?

— Je ne sais pas. Peut-être qu'elle a voulu se racheter. J'ai su toute l'histoire par la mère supérieure. Depuis son changement d'identité, sœur Mary Rose menait une vie pieuse et exemplaire. Peut-être a-t-elle vu l'annonce également.

— Et elle aurait voulu aider ?

— Ce qui expliquerait ce coup de fil de six minutes chez ta belle-sœur.

— Elle a essayé de prévenir Olivia ?

— Possible, je n'en sais rien. En tout cas, ils ont dû retrouver Emma Lemay d'abord. Le médecin légiste m'a dit qu'on l'avait torturée. Sans doute voulaient-ils de l'argent. Ou les coordonnées de ta femme. Quoi qu'il en soit, Emma Lemay en est morte. Et quand j'ai commencé à m'informer sur sa véritable identité, ça a déclenché le signal d'alarme.

— Et ce type du FBI, Yates. Il l'aurait entendu ?

— Oui. Ou alors, il était déjà au courant pour Lemay. Si ça se trouve, il s'en est servi comme d'une couverture pour débarquer sur place et se mêler à l'enquête.

— Tu penses qu'il a quelque chose à cacher ?

— Une de mes sources m'a parlé d'enregistrements vidéo impliquant des filles mineures. Il n'est pas sûr que ce soit vrai. Mais si c'est le cas, oui, je crois que Yates est mouillé là-dedans. Il m'a retiré l'enquête parce que j'étais sur le point de brûler. Lui aussi est à Reno actuellement.

Matt a jeté un regard sur la route.

— C'est encore loin ?

— La prochaine rue.

La voiture venait à peine de tourner quand Loren a repéré Cal Dollinger à côté d'une caravane. Courbé en deux, il regardait par la fenêtre. Elle a écrasé la pédale du frein.

— Bon sang !

— Quoi ?

— Il nous faut une arme.

— Pourquoi ? Que se passe-t-il ?

— C'est le gorille de Yates, là-bas. Près de la fenêtre.

Dollinger s'est redressé. Avec une rapidité surprenante pour quelqu'un de son gabarit, il a gagné la porte, l'a poussée et a disparu à l'intérieur.

Matt n'a pas hésité une seconde.

— Attends, où vas-tu ?

Il s'est précipité vers la caravane.

Olivia était là. Il venait de l'apercevoir à travers la vitre.

Tout à coup, elle a levé les mains. Il y avait une autre femme avec elle – Kimmy Dale, sans doute. Elle a ouvert la bouche pour hurler.

Dollinger a tiré.

Oh non !…

Kimmy est tombée. Olivia a plongé à terre. Matt n'a pas ralenti l'allure. Dollinger se tenait devant la fenêtre. Conscient que tout se jouait à une fraction de seconde près, Matt a profité de son élan pour bondir à travers la vitre, le menton rentré, les avant-bras en guise de bélier.

La vitre a volé en éclats sans opposer de résistance.

Matt a atterri en ramenant ses jambes sous lui, et là encore, il n'a pas eu d'hésitation. Le pistolet à la main, Dollinger le regardait, bouche bée. Ne voulant pas perdre cet avantage, Matt lui a sauté à la gorge.

Il a eu l'impression de se heurter à un bloc de béton. Dollinger a à peine vacillé.

— Sauve-toi ! a crié Matt.

Revenu de sa surprise, Dollinger a pointé son arme sur lui. Matt lui a saisi le poignet à deux mains. Mais il ne faisait pas le poids. De sa main libre, Dollinger lui a porté un coup dans les côtes. Matt a senti l'air déserter ses poumons. Il n'avait qu'une envie : s'écrouler et se tordre par terre de douleur.

Seulement il ne l'a pas fait.

Olivia était là.

Du coup, il s'est cramponné au poignet avec tout ce qui lui restait de force.

Le poing de Dollinger l'a atteint au sternum. Les yeux de Matt se sont emplis de larmes. Il a vu des taches noires. Il était en train de perdre connaissance, en train de lâcher prise.

— Pas un geste ! Police ! Jetez votre arme !

C'était Loren Muse.

Dollinger l'a relâché. Matt a glissé sur le sol. Pas pour longtemps. Il a levé les yeux. Une drôle d'expression sur le visage, Dollinger a regardé autour de lui.

Loren demeurait invisible.

Matt savait ce qui allait se passer. Dollinger se demanderait pourquoi elle ne se montrait pas. Alors il comprendrait qui c'était, que Loren arrivait tout juste de Newark et n'avait pas l'autorisation d'utiliser son arme en dehors du comté.

Ni l'autorisation de se déplacer avec une arme. Dollinger allait se rendre compte que Loren n'était pas armée. Que c'était du pur bluff de sa part.

Olivia était en train de ramper vers Kimmy Dale. Matt s'est retourné, leurs regards se sont croisés. « Va-t'en », a-t-il articulé en silence. Il a jeté un coup d'œil sur Dollinger.

Ce dernier venait de comprendre.

Il a braqué son arme sur Olivia.

— Non ! a crié Matt en poussant sur ses jambes comme si c'étaient des pistons.

Des bagarres, il en avait connu quelques-unes dans sa

vie. Il savait que le gros pulvérisait presque toujours le petit. Sauf qu'il ne cherchait pas à avoir le dessus. Ce qu'il voulait, c'était sauver sa femme. Tenir suffisamment longtemps pour lui permettre de s'échapper.

De plus, il savait encore une chose.

L'homme le plus fort, le plus baraqué, a les mêmes points sensibles que le commun des mortels.

La paume en avant, Matt a bondi et frappé Dollinger droit à l'aine. Le colosse a grogné, s'est plié en deux. Au passage, il a empoigné Matt. Ce dernier a essayé de se redresser, mais Dollinger était beaucoup trop grand.

Les points sensibles. Viser les points sensibles.

Il lui a envoyé un coup de tête. Son crâne est entré en collision avec le nez de Dollinger, qui a hurlé et s'est relevé. Matt a regardé sa femme.

Bon sang, qu'est-ce qu'elle… ?

Olivia ne s'était pas enfuie. Il n'en croyait pas ses yeux. Accroupie devant son amie, elle était en train de palper sa jambe, fébrilement, comme si elle voulait arrêter une hémorragie.

— Va-t'en ! a-t-il crié.

Dollinger s'est ressaisi et le canon de son pistolet a pivoté vers Matt.

Derrière eux, Loren Muse a poussé un cri et sauté sur le dos de Dollinger, cherchant à l'atteindre au visage. Il a reculé, le nez et la bouche en sang, et l'a désarçonnée tel un cheval sauvage. En tombant, elle s'est cognée au mur. Matt a bondi sur ses pieds.

Viser les…

Il a visé les yeux, mais sa main a glissé et atterri sur le cou du colosse.

Comme l'autre fois.

Comme des années plus tôt, sur un campus dans le

Massachusetts, avec un garçon nommé Stephen McGrath.

Matt s'en moquait.

Il a serré de toutes ses forces. Le pouce au creux de la gorge, il a pressé, encore et encore.

Les yeux de Dollinger sont sortis de leurs orbites. Mais sa main droite était libre maintenant. Il a levé son arme vers la tête de Matt. Qui a ôté une main pour essayer de dévier le coup. Le coup est parti tout de même. Matt a ressenti une brûlure au-dessus de sa hanche.

Sa jambe a fléchi. Sa main s'est détachée du cou de Dollinger.

Le doigt sur la détente, Dollinger a regardé Matt dans les yeux.

Un coup de feu a claqué dans la caravane.

Les yeux de Dollinger ont sailli un peu plus. La balle l'avait touché à la tempe. Le colosse s'est effondré lentement. Matt a fait volte-face : sa femme tenait un petit pistolet à la main.

Il s'est rué vers elle. Ils ont regardé Kimmy. Elle ne saignait pas de la jambe, mais juste au-dessus du coude.

— Tu t'en es souvenue, a fait Kimmy.

Olivia a souri.

— Souvenue de quoi ? a demandé Matt.

— Je te l'avais déjà dit, a répondu Olivia, Kimmy gardait toujours un pistolet dans sa botte. Le tout était de le repêcher.

58

LOREN MUSE ÉTAIT ASSISE EN FACE DE HARRIS GRIMES, le directeur adjoint du bureau du FBI à Los Angeles. C'était l'un des plus hauts responsables de la sécurité nationale dans la région, et il n'était pas content.

— Vous vous rendez compte qu'Adam Yates est un ami à moi ?

— C'est la troisième fois que vous me le dites, a rétorqué Loren.

Ils s'étaient installés dans une chambre du centre médical de Washoe, à Reno. Plissant les yeux, Grimes a mordillé sa lèvre inférieure.

— Auriez-vous l'esprit d'insubordination, Muse ?

— Je vous ai expliqué trois fois ce qui est arrivé.

— Eh bien, recommencez.

Elle s'est exécutée. Il y avait beaucoup à dire, ça lui a donc pris un bon bout de temps. L'affaire n'était pas terminée. Yates avait disparu. Personne ne savait où il était. Mais Dollinger était mort. Et Loren découvrait que lui aussi jouissait d'une bonne réputation auprès de ses collègues.

Se levant, Grimes s'est frotté le menton. Dans la pièce, trois autres agents, tous avec des calepins, tête baissée, étaient en train de noircir du papier. Ils étaient au courant, maintenant. Personne ne voulait y croire, mais la cassette vidéo avec Yates et Cassandra se passait de commentaires. À leur corps défendant, ils commençaient à se rallier à son hypothèse. Sauf qu'ils n'aimaient pas ça.

— Vous n'avez aucune idée de l'endroit où on peut trouver Yates ? lui a demandé Grimes.

— Non.

— Il a été vu pour la dernière fois dans nos bureaux ici, à Reno, un quart d'heure avant l'incident au domicile de Mme Dale. Il avait rendez-vous avec l'agent Ted Stevens, qui avait eu pour mission de filer Olivia Hunter dès son arrivée à l'aéroport.

— Ça aussi, vous me l'avez déjà dit. Bon, je peux y aller maintenant ?

Lui tournant le dos, Grimes l'a congédiée d'un geste de la main.

— Disparaissez. Hors de ma vue.

Loren est descendue au service des urgences. Olivia était assise à côté du bureau d'accueil.

— Ça va ? a questionné Loren.

— Ça va. (Elle a esquissé un faible sourire.) Je suis passée voir Kimmy.

Olivia s'en était sortie sans une égratignure. Kimmy Dale finissait de se préparer au fond du couloir. Elle avait le bras dans une attelle. L'os n'était pas touché, mais les tissus et le muscle avaient sérieusement souffert. C'était douloureux et exigerait des heures de rééducation. Hélas ! en ces temps où les gens se faisaient éjecter de l'hôpital – six jours après qu'on lui avait ouvert la poitrine, Bill Clinton était en train de lire dans

480

son jardin –, une fois l'interrogatoire terminé, on avait dit à Kimmy qu'elle pouvait rentrer chez elle, à condition de « rester en ville ».

— Où est Matt ? a demandé Loren.

— Il vient de sortir du bloc.

— Ça s'est bien passé ?

— Le chirurgien m'a dit qu'il n'y aurait pas de problème.

La balle du pistolet de Dollinger avait effleuré le col du fémur juste au-dessous de l'articulation. Il avait fallu lui mettre quelques vis. Une intervention bénigne, d'après les médecins. Il serait debout dans quarante-huit heures.

— Vous devriez aller vous reposer, a proposé Olivia.

— Je ne peux pas, a répliqué Loren. Je suis trop à cran.

— Oui, moi aussi. Dans ce cas, vous pourriez rester avec Matt, si jamais il se réveille. Moi, je raccompagne Kimmy et je reviens tout de suite.

Loren a pris l'ascenseur jusqu'au troisième étage. Elle s'est assise près du lit de Matt en songeant à l'enquête, à Adam Yates, à l'endroit où il pourrait se trouver et à ce qu'il pourrait faire.

Quelques minutes plus tard, Matt a cillé puis ouvert les yeux.

— Tiens, le héros est réveillé, a dit Loren.

Il a souri et tourné la tête vers la droite.

— Olivia ?

— Elle est en bas avec Kimmy.

— Est-ce que Kimmy… ?

— Elle va bien. Olivia la raccompagne, c'est tout.

Il a fermé les yeux.

— J'ai quelque chose à te demander.

— Si tu te reposais un peu ?

Matt a secoué la tête. Sa voix était faible.

— J'aurais besoin de relevés téléphoniques.

— Maintenant ?

— Le téléphone portable. La photo. La vidéo. Ça ne colle toujours pas. Pourquoi Yates et Dollinger auraient-ils fait ça ?

— Ce n'étaient pas eux. C'était Darrow.

— Pourquoi…

Ses paupières ont tressailli.

— Dans quel but ?

Loren a réfléchi à la question. Brusquement, Matt a rouvert les yeux.

— Quelle heure est-il ?

Elle a consulté sa montre.

— Onze heures et demie.

— Du soir ?

— Évidemment.

Soudain, elle s'est souvenue du rendez-vous de minuit. À *La Chatte en folie*. Elle a attrapé le téléphone et appelé l'accueil des urgences.

— Ici l'inspecteur Muse. J'étais là il y a quelques instants avec une femme nommée Olivia Hunter. Elle attendait une patiente nommée Kimmy Dale.

— Oui, a confirmé la réceptionniste, je vous ai vue.

— Elles sont toujours là ?

— Qui, Mme Dale et Mme Hunter ?

— Oui.

— Non, elles sont parties pratiquement en même temps que vous.

— Parties ?

— En taxi.

Loren a raccroché.

— Elles sont parties.

— Passe-moi le téléphone, a réclamé Matt, toujours allongé sur le dos.

Elle a placé l'appareil à côté de son oreille. Il lui a donné le numéro du portable d'Olivia. Au bout de la troisième sonnerie, il a entendu la voix de sa femme.

— C'est moi, a-t-il dit.

— Tu vas bien ?

— Où es-tu ?

— Tu sais où.

— Tu crois toujours…

— Elle a appelé, Matt.

— Quoi ?

— Elle a appelé sur le portable de Kimmy. Ou quelqu'un a appelé pour elle. Elle a dit que le rendez-vous était maintenu, mais pas de flics, pas de mari, personne. On y va, là.

— Olivia, c'est sûrement un piège. Et tu le sais.

— Tout se passera bien.

— Loren arrive tout de suite.

— Non. S'il te plaît, Matt. Je sais ce que je fais. S'il te plaît.

Et elle a raccroché.

59

LORSQU'ELLES SONT ARRIVÉES, LE GROS BONHOMME à l'entrée a pointé le doigt sur Kimmy.

— Tu es partie trop tôt. Faut que tu rattrapes tes heures.

Elle lui a montré son attelle.

— Je suis blessée.

— Et alors, ça t'empêche de te mettre à poil ?

— Tu rigoles ou quoi ?

— Est-ce que j'ai l'air de rigoler ? Y a des gars que ça émoustille, ces trucs-là.

— Un bras dans le plâtre ?

— Ben oui. Y en a qui flashent sur les amputées.

— Je n'ai pas été amputée.

— Y en a, c'est les pets. Plus c'est fort, mieux c'est.

Le gros s'est frotté les mains.

— J'en ai même connu un, son truc, c'étaient les pieds crasseux. Tu vois un peu ?

— Charmant.

— C'est qui, ta copine ?

— Personne.

Il a haussé les épaules.

— Y a une fliquette du New Jersey qui te cherchait tout à l'heure.

— Je sais. Ça s'est arrangé.

— Je veux que tu y ailles. Avec ton attelle.

Kimmy a regardé Olivia.

— Je pourrai mieux surveiller, comme ça. Sans qu'on me remarque.

Olivia a hoché la tête.

— C'est toi qui vois.

Kimmy a disparu dans les coulisses. Olivia s'est installée à une table. Elle ne faisait pas attention à la salle, ne scrutait pas le visage des danseuses pour tenter de reconnaître sa fille. Sa tête bourdonnait. Une tristesse immense, telle une lourde chape de plomb, pesait sur ses épaules.

Laisse tomber, songeait-elle. Va-t'en.

Elle était enceinte. Son mari se trouvait à l'hôpital. Sa vie était là-bas désormais. Ici, c'était le passé. Elle aurait tort de le remuer.

Pourtant, elle ne bougeait pas.

Pourquoi les victimes de la maltraitance prenaient-elles toujours le chemin de l'autodestruction ? C'était plus fort qu'elles. Peu importaient les conséquences, peu importait le danger. Ou peut-être, comme dans son cas à elle, était-ce pour des raisons inverses : la vie avait beau les malmener, il leur restait toujours un fond d'espoir.

Une chance minuscule de retrouver la fille dont elle était séparée depuis tant d'années.

La serveuse s'est approchée de la table.

— C'est vous, Candace Potter ?

Elle n'a pas hésité.

— Oui, c'est moi.

— J'ai un message pour vous.

Elle lui a tendu un papier. Le message était simple et bref :

Va dans la chambre B, tout de suite.
Attends dix minutes.

Elle avait l'impression de marcher sur des échasses. La tête lui tournait. Son estomac faisait le Yo-yo. Elle a bousculé un homme et dit :

— Excusez-moi.

— Tout le plaisir est pour moi, poulette ! a-t-il répondu.

Ses compagnons se sont esclaffés.

Olivia a trouvé le chemin des coulisses.

Elle a poussé la porte avec la lettre B et a pénétré dans la pièce où elle était déjà venue quelques heures plus tôt. Son portable s'est mis à sonner.

— Ne raccroche pas.

C'était Matt.

— Tu es au club ?

— Oui.

— Ne reste pas là-bas. Je crois savoir ce qui se passe…

— Chut !

— Quoi ?

Olivia avait fondu en larmes.

— Je t'aime, Matt.

— Olivia, quoi que tu penses, je t'en supplie, ne…

— Je t'aime plus que tout au monde.

— Écoute-moi. Ne reste pas…

Elle a coupé la communication et éteint son téléphone. Puis elle s'est tournée vers la porte et elle a attendu. Cinq minutes se sont écoulées. Elle demeurait debout, immobile, le regard fixe. On a alors frappé à la porte.

— Entrez, a-t-elle dit.

La porte s'est ouverte.

60

EN DÉPIT DE TOUS SES EFFORTS, Matt était incapable de se lever.

— Vas-y ! a-t-il gémi à l'intention de Loren.

Elle a contacté par radio la police de Reno avant de se précipiter vers sa voiture. Elle était presque arrivée à *La Chatte en folie* quand son portable a gazouillé.

— Muse ! a-t-elle aboyé.

— Vous êtes toujours à Reno, hein ?

Adam Yates semblait avoir du mal à articuler.

— Oui.

— Et tout le monde applaudit votre génie ?

— C'est plutôt l'inverse.

Yates a ri brièvement.

— On m'aimait bien, hélas !

Il avait bu, c'était clair.

— Dites-moi où vous êtes, Adam.

— Je ne vous ai pas raconté d'histoires. Vous le savez, n'est-ce pas ?

— Bien sûr, Adam, je le sais.

— Quand j'ai dit qu'ils avaient menacé ma famille,

je n'ai jamais parlé de menace physique. Mais ma femme. Mes gosses. Mon boulot. Cette cassette, c'était comme une bombe. Une bombe au-dessus de nos têtes, vous pigez ?

— Oui, a acquiescé Loren.

— J'avais une couverture à l'époque, je me faisais passer pour un riche agent immobilier. Du coup, Clyde Rangor a pensé que j'étais la cible idéale. J'ignorais totalement que cette fille était mineure. Il faut que vous me croyiez.

— Où êtes-vous, Adam ?

Il n'a pas relevé la question.

— Quelqu'un a téléphoné pour réclamer de l'argent en échange de la cassette vidéo. Cal et moi, on est allés voir Rangor. On lui a mis la pression. Enfin, ne nous mentons pas, c'est Cal qui lui a mis la pression. C'était quelqu'un de bien, mais de violent. Une fois, il a battu un suspect à mort. Je l'ai tiré d'affaire. On s'est sortis mutuellement du pétrin. Ça crée des liens, ça. Il est mort, n'est-ce pas ?

— Oui.

— Merde.

Il s'est mis à pleurer.

— Cal a frappé Emma Lemay. Un grand coup de poing en plein dans le rein. C'était son avertissement. Quand nous sommes arrivés, je croyais qu'on allait discuter et tout, or le voilà qui attrape Lemay et se met à la battre comme plâtre. Rangor, ça ne l'a pas dérangé. Il avait l'habitude de la tabasser. Plutôt elle que lui, hein ?

Loren était déjà à l'entrée du parking.

— Là-dessus, Rangor a pissé dans son froc. Littéralement, j'entends. Il a couru chercher la cassette, mais elle n'y était plus. Ça devait être la fille, d'après lui. Celle qui était sur la vidéo. Cassandra, elle s'appelait.

C'était elle qui l'avait volée. Il a promis de la récupérer. Cal et moi, on croyait lui avoir flanqué la trouille de sa vie. On croyait qu'il filerait doux, à présent. Seulement, il a disparu, et Lemay et cette fille, Cassandra, avec. Les années ont passé. Moi, j'y pensais toujours. Oui, j'y pensais tous les jours. Quand nous avons eu un appel du CIPJ. Le corps de Lemay avait été retrouvé. Et tout a resurgi. Exactement comme je m'y attendais.

— Il n'est pas trop tard, Adam.

— Si, il est trop tard.

Elle s'est garée sur le parking.

— Vous avez des amis.

— Je sais. Je les ai contactés. C'est pour ça que je vous appelle.

— Comment ?

— Grimes va enterrer la cassette.

— De quoi vous parlez ?

— Si elle voit le jour, ça va bousiller ma famille. Et les autres gars qui sont là-dessus. Ce n'étaient que des michetons, c'est tout.

— On ne peut pas l'enterrer comme ça.

— Personne n'en a plus besoin. Grimes et ses hommes vont m'arranger ça. Simplement, ils auront besoin de votre coopération.

Soudain, elle a compris ce qu'il avait l'intention de faire. La panique l'a saisie.

— Adam, attendez... écoutez-moi.

— Cal et moi serons tombés au champ d'honneur.

— Non, Adam. Il faut que vous m'écoutiez.

— Grimes prendra les mesures nécessaires.

— Pensez à vos gosses...

— Justement. Nos familles en bénéficieront pleinement.

— Adam, mon père...

Les joues de Loren étaient trempées de larmes.

— Il s'est suicidé. Je vous en prie, vous n'imaginez pas ce que ça va leur faire…

Mais il n'écoutait pas.

— Surtout, gardez ça pour vous, OK ? Vous êtes une excellente enquêtrice. L'une des meilleures. S'il vous plaît, pour mes mômes.

— Bon sang, Adam, écoutez-moi !

— Au revoir, Loren.

Il a raccroché. Loren Muse a garé la voiture. Elle est descendue, pleurant, pestant contre les cieux et, à distance, elle a cru entendre claquer un coup de feu.

61

LA PORTE S'EST OUVERTE. OLIVIA N'A PAS BRONCHÉ.

Quand Kimmy est entrée, les deux femmes se sont dévisagées sans un mot. Toutes deux avaient les larmes aux yeux. Comme la première fois, quelques heures auparavant.

Sauf que la donne avait changé.

— Tu savais, a soufflé Kimmy.

Olivia a secoué la tête.

— J'ai cru deviner.

— Comment ?

— Tu as fait comme si tu ne te souvenais pas de Max Darrow. Pourtant, c'était un de tes anciens clients. Mais surtout, tout le monde a cru que c'était Darrow qui avait passé cette annonce sur Internet. Or il ne pouvait pas savoir que j'allais tomber dessus. Seule une amie proche, ma meilleure amie, aurait su que je continuerais à mener des recherches pour retrouver mon enfant.

Kimmy s'est avancée dans la pièce.

— Tu m'as laissée tomber, Candi.

— Je sais.

— On était censées partir ensemble. Je t'ai parlé de mes rêves. Tu m'as parlé des tiens. On s'est toujours entraidées, tu te rappelles ?

Olivia a hoché la tête.

— Tu m'avais promis.

— C'est vrai.

— Toutes ces années, a dit Kimmy, j'ai cru que tu étais morte. Je t'ai enterrée, tu le sais ? C'est moi qui ai tout payé. Je t'ai pleurée pendant des mois et des mois. J'ai fait des trucs à Max pour rien – tout ce qu'il me demandait – tout, pourvu qu'il retrouve ton assassin.

— Comprends-moi. Je ne pouvais pas te le dire. Emma et moi…

— Tu quoi ? a crié Kimmy.

L'écho s'est réverbéré dans le silence.

— Tu as fait une promesse ?

Olivia n'a pas répondu.

— Je suis morte quand tu es morte. Tu le sais, ça ? Les rêves. L'espoir de refaire ma vie. Tout ça est mort avec toi. J'ai tout perdu. Depuis tout ce temps.

— Comment…

— … j'ai découvert que tu étais en vie ?

— Oui.

— Deux jours après que cette fille est venue me voir, Max a débarqué chez moi. Disant que ce n'était pas réellement ta fille… que c'est lui qui l'avait envoyée. Juste pour me tester.

Olivia s'efforçait de comprendre.

— Te tester ?

— Il savait qu'on avait été proches. Et il croyait que je savais où tu étais. Alors, il a monté ce coup-là. Il m'a envoyé une fille qui s'est fait passer pour la tienne, puis il a attendu pour voir si j'allais t'appeler ou quoi. Mais tout ce que j'ai fait, c'est d'aller pleurer sur ta tombe.

— Je suis tellement, tellement désolée, Kimmy.

— Imagine un peu, OK ? Imagine ça quand Max arrive chez moi et me montre le rapport d'autopsie. D'après lui, la fille souffrait d'une malformation et ne pouvait pas avoir de gosses. Il m'a expliqué que tu n'étais pas morte, et tu sais ce que j'ai fait ? J'ai secoué la tête. Je ne l'ai pas cru. Tout simplement. Jamais, lui ai-je dit, Candi ne m'aurait fait ça. Jamais elle ne m'aurait abandonnée comme ça. Mais il m'a montré les photos de la morte. C'était Cassandra. Alors j'ai commencé à piger. Peu à peu, les choses sont devenues claires.

— Et tu as voulu te venger, a conclu Olivia.

— Oui, je… enfin, oui. Mais tout est allé de travers, tu comprends.

— C'est toi qui as aidé Darrow à me retrouver, qui as eu l'idée de mettre cette annonce sur Internet. Tu savais que j'allais mordre à l'hameçon.

— Oui.

— Et tu as organisé cette rencontre. À l'hôtel.

— Je n'étais pas toute seule. S'il n'y avait eu que moi…

Kimmy s'est interrompue, les yeux dans le vague.

— J'étais tellement mal, tu sais.

Olivia a hoché la tête en silence.

— Ben oui, je voulais ma revanche. Et je voulais des thunes, un gros paquet de thunes. À moi la nouvelle vie. Cette fois, c'était mon tour. Seulement, une fois que Max et Chally sont partis dans le Jersey…

Kimmy a fermé les yeux comme si le son de sa propre voix lui écorchait les oreilles.

— … tout a déraillé, et voilà.

— Tu voulais me nuire, a murmuré Olivia.

Kimmy n'a pas protesté.

— Alors, pour commencer, tu t'en es prise à mon couple, avec ce coup de fil à mon mari.

— En fait, l'idée venait de Max. Il pensait se servir de son propre téléphone, puis il s'est dit que ce serait encore mieux d'utiliser le tien. Si jamais ça tournait mal, tu comprends, c'est Chally qu'on verrait à l'image. C'est lui qui porterait le chapeau. Mais avant tout, il avait besoin que Chally lui file un coup de main.

— Avec Emma Lemay.

— Exact. Chally n'était qu'une brute, tout en muscles et pas de cervelle. Max et lui sont donc partis là-bas pour essayer de faire parler Emma. Seulement elle n'a pas flanché. Malgré tout ce qu'ils lui ont fait. Alors, à force de pousser le bouchon, ils l'ont poussé trop loin.

Olivia a cillé.

— Alors, ceci... (Elle a balayé la pièce d'un geste circulaire)... c'était censé être ton heure de gloire, hein, Kimmy ? Tu m'as pris mon argent. Tu m'as brisé le cœur en me faisant miroiter une rencontre imaginaire avec ma fille. Et maintenant ?

Kimmy est restée silencieuse pendant quelques secondes. Puis :

— Je ne sais pas.

— Mais si, tu sais, Kimmy.

Elle a secoué la tête, sans grande conviction.

— Darrow et Chally ne m'auraient pas laissé la vie sauve, a repris Olivia.

— Darrow, a répondu Kimmy doucement, n'avait pas son mot à dire là-dessus.

— Tu l'as tué ?

— Oui.

Elle a souri.

— Sais-tu combien de fois ce fils de pute a baissé son froc en voiture avec moi ?

— C'est pour ça que tu l'as abattu ?

— Non.

— Pourquoi, alors ?

— Il fallait en finir, a répliqué Kimmy. Et je devais frapper la première.

— Tu penses qu'il t'aurait tuée ?

— Pour un paquet de fric pareil, Max Darrow aurait tué père et mère. Moi, ça m'a fait mal quand j'ai appris la vérité… ou plutôt, j'étais en état de choc. Je croyais qu'il m'avait suivie. En réalité, Max avait son propre plan. Du coup, j'ai dû réagir.

— Que veux-tu dire par là ?

— Écoute…

Kimmy paraissait au bord de l'épuisement.

— Laisse tomber, OK ? Max n'aimait pas les témoins. Et moi, je n'étais qu'une pute sans foi ni loi. Penses-tu qu'il aurait pris ce risque ?

— Et Charles Talley ?

— Ton mari a réussi à le localiser. Ils se sont colletés, et Chally s'est barré. Il m'a appelée. J'avais une chambre à l'étage du dessous, tu saisis. Il était paniqué, surtout à l'idée de voir les flics débarquer. Il était en liberté conditionnelle. Une infraction de plus, et il était bon pour la prison à vie. Il était prêt à tout pour y échapper. Je lui ai demandé de m'attendre dans l'escalier.

— Et tu as fait en sorte que Matt soit soupçonné du meurtre.

— Ça, c'était le plan initial de Max : piéger à la fois Chally et ton mari. Tant qu'à faire, je m'y suis tenue, a-t-elle ajouté avec un haussement d'épaules.

Olivia a regardé sa vieille amie. Elle a fait un pas vers elle.

— J'ai pensé à toi, tu sais.

— Je sais, a opiné Kimmy. Mais ce n'était pas assez.

— J'avais peur. D'après Emma, si nous étions découvertes, ça allait très mal finir pour tout le monde. On nous réclamerait la cassette. Or nous ne l'avions pas. Alors on nous tuerait.

— Regarde-moi, a dit Kimmy.

— Je te regarde.

Elle a sorti un pistolet.

— Regarde ce que je suis devenue.

— Kimmy ?

— Quoi ?

— Ça n'a pas été une décision volontaire de ma part. J'ai cru que j'allais mourir.

— Maintenant, je le sais.

— Et je suis enceinte.

Kimmy a hoché la tête.

— Ça aussi, je le sais.

Le pistolet a tremblé dans sa main.

Olivia s'est rapprochée encore.

— Tu ne tueras pas le bébé.

Le visage de Kimmy s'est assombri. Sa voix était à peine audible.

— C'est cette cassette…

— Quoi, cette cassette ?

Soudain, Olivia a compris.

— Oh ! Oh non !…

— Cette maudite cassette ! a gémi Kimmy, en larmes. C'est ça qui a causé la mort de Cassandra. C'est ça qui a tout déclenché.

— Oh, mon Dieu !

Olivia a dégluti.

— Ce n'est pas Cassandra qui l'avait volée à Clyde. C'est toi.

— Je l'ai fait pour nous, Candi. Tu ne comprends pas ? a-t-elle imploré. C'était notre ticket de sortie. On allait toucher un gros paquet de fric. On aurait pris le large, toi et moi… comme on en avait toujours rêvé. Ç'aurait été notre tour. Et puis, je suis rentrée à la maison, et on t'avait assassinée…

— Pendant tout ce temps, toutes ces années…

Olivia en avait le cœur serré.

— Tu t'es sentie responsable de ma mort.

Kimmy a acquiescé faiblement.

— Je suis désolée, Kimmy.

— Ça m'a fait un mal de chien quand j'ai su que tu étais en vie. Tu comprends ça ? Je t'aimais tellement.

Olivia comprenait. Il n'y a pas que les morts qu'on pleure, on pleure sur son propre sort, on pleure les rêves qui ne se réaliseront jamais. On se croit coupable de la mort de sa meilleure amie. On vit dix ans avec ce sentiment de culpabilité, et puis, un beau jour, on découvre que tout cela n'était qu'un leurre…

— On peut tout arranger, a dit Olivia.

Kimmy s'est redressée.

— Regarde-moi.

— Je voudrais t'aider.

On a cogné à la porte.

— Ouvrez ! Police !

— J'ai tué deux hommes, a chuchoté Kimmy.

Soudain, elle a eu un sourire… un sourire béat qui a ramené Olivia dix ans en arrière.

— Regarde ma vie. C'est mon tour, n'oublie pas. Mon tour de m'évader.

— Kimmy, je t'en prie…

Elle a alors abaissé son arme et tiré dans le plancher. Il

y a eu un instant de panique, puis la porte s'est ouverte à la volée. Kimmy a fait volte-face, pointant le pistolet vers l'entrée. Olivia a hurlé :

— Non !

L'air a explosé sous les détonations. Kimmy a tourné sur elle-même, telle une marionnette, avant de s'affaisser sur le sol. Tombant à genoux, Olivia a pris la tête de son amie dans ses mains. Elle s'est penchée vers son oreille.

— Ne me laisse pas !

Mais le tour de Kimmy était enfin venu.

62

DEUX JOURS PLUS TARD, dans son appartement en rez-de-jardin, Loren Muse était en train de se préparer un sandwich jambon-fromage. Elle a attrapé deux tranches de pain, les a posées sur son assiette. À côté, sa mère regardait *Entertainment Tonight*. Loren a entendu le thème musical familier. Elle a plongé le couteau dans la mayonnaise et a commencé à l'étaler quand soudain elle a fondu en larmes.

Loren sanglotait sans bruit. Elle a attendu de se calmer, de pouvoir parler à nouveau.

— Maman ?

— Je regarde mon émission.

Loren est venue se placer derrière elle. Carmen piochait dans un paquet de Fritos. Ses pieds enflés reposaient sur un coussin sur la table basse. Loren a senti la fumée de la cigarette, écouté le souffle rauque de sa mère.

Adam Yates s'était suicidé. Grimes ne pourrait pas maquiller le suicide en meurtre. Les deux filles, Ella et Anne, et le garçon, Sam – celui-là même qu'Adam avait tenu dans ses bras à l'hôpital pour éloigner le spectre de la mort –, finiraient par savoir la vérité. Pas à propos de la cassette, non. Malgré les craintes de leur père, ce n'étaient pas ces images-là qui viendraient hanter leur sommeil la nuit.

— J'ai toujours rejeté la faute sur toi, a lâché Loren.

Aucune réponse. Seule la télévision meublait le silence.

— Maman ?

— Je t'ai entendue.

— L'homme que je viens de rencontrer, il s'est suicidé. Il avait trois gosses.

Carmen a fini par se retourner.

— Tu comprends, si je t'ai accusée, toi, c'est parce que sinon…

Le souffle lui a manqué.

— Je sais, a dit Carmen doucement.

— Comment se fait-il…

La voix de Loren a déraillé. Les larmes coulaient librement sur ses joues.

— Comment se fait-il que papa ne m'aimait pas suffisamment pour vouloir rester en vie ?

— Oh ! ma chérie…

— Tu étais sa femme, il aurait pu te quitter. Moi, j'étais sa fille.

— Il t'aimait énormément.

— Mais pas assez pour vouloir vivre.

— Ça n'a rien à voir, a répliqué Carmen. Il souffrait beaucoup. Personne ne pouvait l'aider. Tu es ce qu'il a connu de meilleur dans sa vie.

— Et toi…

Loren s'est essuyé la figure avec sa manche.

— Tu m'as laissée rejeter la faute sur toi.

Carmen se taisait.

— Tu cherchais à me protéger.

— Il te fallait un coupable.

— Pendant toutes ces années… tu as encaissé sans rien dire.

Loren a songé à Adam Yates, à son amour pour ses enfants, un amour qui pourtant n'avait pas suffi non plus. Elle a séché ses larmes.

— Je devrais les appeler.

— Qui ?

— Ses enfants.

Carmen a hoché la tête et lui a ouvert ses bras.

— Demain, OK ? Maintenant, viens ici. Viens t'asseoir à côté de moi.

Loren s'est perchée sur le canapé. Sa mère s'est rapprochée.

— Ça va aller.

Elle a jeté le châle afghan sur sa fille. Un spot publicitaire est apparu à l'écran. Loren s'est blottie contre l'épaule de Carmen. Elle sentait la cigarette froide, mais c'était une odeur rassurante. Carmen lui a caressé les cheveux. Loren a fermé les yeux. Quelques secondes plus tard, sa mère s'est mise à zapper.

— Il n'y a rien de bien ce soir.

Sans rouvrir les yeux, Loren a souri et s'est lovée encore plus près.

Ce même jour, Matt et Olivia ont pris l'avion pour rentrer chez eux. Matt s'appuyait sur une canne. Il boitait, mais ça n'allait pas durer. En descendant d'avion, il a suggéré :

— Je crois que je devrais y aller tout seul.

— Non, a répondu Olivia, on y va ensemble.

Il n'a pas discuté.

Ils sont sortis à Westport, se sont arrêtés dans la même rue. Ce matin-là, il y avait deux voitures dans l'allée. Matt a jeté un coup d'œil sur le panier de basket. Aucune trace de Stephen McGrath. Pas aujourd'hui.

Ils se sont approchés de la porte. Olivia lui tenait la main. Il a sonné. Une minute a passé. Puis Clark McGrath est venu ouvrir.

— Qu'est-ce que vous foutez là ?

Derrière lui, Sonya a demandé :

— Qui est-ce, Clark ?

En le voyant, elle s'est arrêtée net.

— Matt ?

— J'ai serré trop fort, a dit Matt.

Tout était silencieux alentour. Pas de vent, pas de voitures qui passaient, pas de piétons. Juste eux quatre, plus un fantôme peut-être.

— J'aurais pu lâcher. J'avais trop peur. Je croyais que Stephen faisait partie de la bande. Et une fois que nous sommes tombés, je ne sais plus. J'aurais pu faire autrement. Je me suis accroché trop longtemps. Je m'en rends compte aujourd'hui. Et je ne saurais vous dire combien je regrette.

Clark McGrath s'est empourpré.

— Tu imagines que ça va tout régler, hein ? a-t-il riposté d'un ton cinglant.

— Non. Je sais bien que non. Ma femme attend un enfant. Du coup, je comprends mieux. Mais il faut que ça cesse, ici et maintenant.

— De quoi tu parles, Matt ? est intervenue Sonya.

Il a brandi une feuille de papier.

— Qu'est-ce que c'est ?

— Un relevé téléphonique.

Quand Matt s'était réveillé à l'hôpital, il avait demandé à Loren de le lui procurer. Il n'avait qu'un vague soupçon, sans plus. Seulement quelque chose dans la vengeance de Kimmy... il avait l'impression qu'elle n'aurait pas pu orchestrer ça toute seule. Car le but de l'opération avait été de détruire non seulement Olivia...

... mais également Matt.

— Ce relevé provient de chez un dénommé Max Darrow, qui habitait Reno, dans le Nevada, a-t-il expliqué. Il a appelé votre mari huit fois au cours de la semaine écoulée.

— Je ne comprends pas.

Sonya s'est tournée vers son mari.

— Clark ?

Clark avait fermé les yeux.

— Max Darrow était dans la police, a poursuivi Matt. Lorsqu'il a découvert qui était Olivia, forcément, il a enquêté sur elle, sur sa nouvelle vie. Et il a appris qu'elle était mariée à un ancien condamné de droit commun. Il a pris contact avec vous. J'ignore combien vous l'avez payé, monsieur McGrath, mais ça tombait sous le sens. D'une pierre deux coups. Comme la complice de Darrow l'a avoué à ma femme, il avait son propre plan. Un plan qu'il avait conçu avec vous.

Sonya a balbutié :

— Clark ?

— Il devrait être en prison ! a-t-il éructé. Au lieu de déjeuner avec toi.

— Qu'est-ce que tu as fait, Clark ?

Matt s'est avancé vers eux.

— C'est fini maintenant, monsieur McGrath. Je vais vous demander pardon encore une fois pour ce qui est arrivé. Je sais que vous ne me l'accorderez pas. Je peux comprendre. Je regrette infiniment, pour Stephen. Mais il y a une chose que vous comprendrez aussi, à mon avis.

Il a fait un pas de plus. Les deux hommes se trouvaient pratiquement nez à nez.

— Si vous vous approchez encore de ma famille, a déclaré Matt, je vous tuerai.

Et il a tourné les talons.

Olivia s'est attardée une seconde. Elle a regardé d'abord Clark McGrath, puis Sonya, comme pour mieux enfoncer le clou. Après quoi, elle a pris la main de son mari et s'est éloignée sans un regard en arrière.

63

LONGTEMPS, ILS ONT ROULÉ EN SILENCE. L'autoradio diffusait *O*, de Damien Rice. Se penchant en avant, Olivia a coupé le son.

— Ça fait bizarre, a-t-elle dit.

— Je sais.

— Alors quoi, on continue comme si de rien n'était ?

Matt a secoué la tête.

— Je ne crois pas.

— On recommence de zéro ?

Il a de nouveau secoué la tête.

— Je ne crois pas.

— Enfin, du moment qu'on a tiré les choses au clair.

Il a souri.

— Tu sais quoi ?

— Quoi ?

— Tout se passera bien.

— Bien, ça ne me suffit pas.

— À moi non plus.

— Tout se passera à merveille, a décrété Olivia.

Ils se sont garés devant chez Marsha. Elle est sortie en

courant à leur rencontre, les a serrés tous les deux dans ses bras. Paul et Ethan ont suivi. Kyra, les bras croisés, est restée sur le pas de la porte.

— Mon Dieu ! s'est exclamée Marsha. Que vous est-il arrivé ?

— On a plein de choses à te raconter.

— Ta jambe…

Matt l'a interrompue d'un geste.

— Tout va bien.

— La canne, c'est cool, oncle Matt, a dit Paul.

— Ouais, supercool, a confirmé Ethan.

Ils se sont dirigés vers la porte. Matt s'est rappelé alors que Kyra l'avait aidé à s'échapper.

— Au fait, merci d'avoir crié.

Elle a rougi.

— Je t'en prie.

Kyra a emmené les garçons dans le jardin. Matt et Olivia se sont lancés dans les explications. Marsha écoutait attentivement. Ils lui ont tout raconté. Tout. Et elle semblait leur en savoir gré. Lorsqu'ils ont eu terminé, elle a déclaré :

— Je vais préparer le déjeuner.

— Tu n'es pas obligée…

— Assis, tous les deux !

Ils ont obtempéré. Le regard d'Olivia s'est perdu au loin. Matt voyait bien qu'il restait encore un trou béant.

— J'ai déjà appelé Celia, a-t-il murmuré.

— Merci.

— On la retrouvera, ta fille.

Olivia a hoché la tête, mais le cœur n'y était pas.

— J'aimerais aller sur la tombe d'Emma. Pour lui rendre un dernier hommage.

— Je comprends.

— Je n'arrive pas à croire qu'elle a fini si près de nous.

— Que veux-tu dire ?

— Ça faisait partie de notre pacte. Nous connaissions nos identités respectives, bien sûr. Mais nous ne sommes jamais entrées en contact. Je pensais qu'elle était toujours dans son couvent de l'Oregon.

Matt a senti un frisson lui parcourir l'échine. Il s'est redressé.

— Qu'est-ce qu'il y a ? s'est étonnée Olivia.

— Tu ne savais pas qu'elle était à St Margaret ?

— Non.

— Pourtant, elle t'a téléphoné.

— Quoi ?

— D'après les relevés du téléphone, sœur Mary Rose t'avait appelée.

Olivia a haussé les épaules.

— Elle aurait pu retrouver mes coordonnées. Connaissant mon nom. Peut-être qu'elle a essayé de me joindre pour me mettre en garde.

Matt a secoué la tête.

— Six minutes.

— Comment ?

— Le coup de fil a duré six minutes. Et elle n'a pas appelé chez nous. Elle a appelé ici.

— Je ne comprends pas.

— C'est moi qu'elle a appelée.

Ils se sont retournés. Kyra venait d'entrer dans la pièce. Marsha se tenait derrière elle.

— Je ne savais pas trop comment vous le dire, a ajouté la jeune fille.

Matt et Olivia étaient cloués sur place.

— Ce n'est pas toi qui as rompu le pacte, Olivia, a repris Kyra. C'est sœur Mary Rose.

— Je ne...

— Je savais depuis toujours que j'avais été adoptée.

Olivia a porté la main à sa bouche.

— Oh, mon Dieu !...

— Et, une fois que j'ai commencé à chercher, j'ai découvert très vite que ma mère biologique avait été assassinée.

Un son indistinct a échappé à Olivia. Médusé, Matt ne bougeait pas.

Olivia, pensait-il, était originaire de l'Idaho. Et Kyra venait d'un de ces États du Midwest commençant par un I...

— Mais je voulais en savoir davantage. J'ai donc retrouvé le policier qui avait enquêté sur le meurtre.

— Max Darrow, a fait Matt.

Kyra a hoché la tête.

— Je lui ai expliqué qui j'étais. Il avait l'air sincèrement disposé à m'aider. Il a noté toutes les informations : lieu de naissance, nom du médecin, tout. Il m'a donné l'adresse de Kimmy Dale. Je suis allée la voir.

— Attends, a coupé Matt, je croyais que Kimmy avait dit...

Kyra l'a regardé, mais il n'a pas insisté. La réponse était évidente : Darrow avait manipulé Kimmy pour rester maître de la situation. Pourquoi lui révéler l'existence d'une fille ? Déjà qu'elle était émotionnellement instable, Kimmy risquait de changer de camp en apprenant qu'il s'agissait bel et bien de l'enfant naturelle de Candi, sa chair et son sang en quelque sorte.

— Excuse-moi, a dit Matt. Continue.

Lentement, Kyra s'est tournée vers Olivia.

— Je suis donc allée chez Kimmy, dans sa roulotte. Elle a été très gentille. Le fait de lui avoir parlé m'a donné envie d'en savoir encore plus sur toi. Je voulais...

je sais ce que vous allez penser, mais je voulais retrouver ton assassin. J'ai creusé, j'ai posé des questions. Et j'ai reçu ce coup de fil de sœur Mary Rose.

— Comment… ?

— À mon avis, elle essayait d'aider quelques-unes de ses anciennes pensionnaires. Histoire de se racheter auprès d'elles. Elle avait entendu parler de moi, de mes recherches. Du coup, elle m'a appelée.

— Elle t'a appris que j'étais toujours en vie ?

— Oui. J'étais en état de choc. Moi qui te croyais morte. Si je suivais ses indications, m'a expliqué sœur Mary Rose, je pourrais peut-être te retrouver. Mais il fallait qu'on reste prudentes. Moi, je ne voulais pas te mettre en danger. Je voulais juste… avoir l'occasion de te connaître.

Matt a regardé Marsha.

— Tu étais au courant ?

— Depuis hier seulement.

— Et comment as-tu atterri ici ?

— Un coup de chance, a répondu Kyra. Je cherchais un moyen de me rapprocher de toi. Sœur Mary Rose avait entrepris des démarches pour me faire embaucher chez DataBetter. Puis nous avons appris que Marsha avait besoin d'une fille au pair. Sœur Mary Rose a donc appelé quelqu'un à St Philomena et lui a donné mon nom.

Matt se souvenait maintenant que Marsha avait rencontré Kyra par l'intermédiaire de son église paroissiale. Qui aurait songé à mettre en doute la recommandation d'une bonne sœur ?

— Je voulais te le dire, poursuivait Kyra, les yeux rivés sur Olivia et sur elle seule. En fait, j'attendais le moment propice. Puis sœur Mary Rose m'a téléphoné. Comme vous le savez déjà. Il y a trois semaines. Selon elle, c'était trop tôt – je ne devais rien faire tant qu'elle ne m'aurait pas recontactée. J'avais peur, mais je lui faisais confiance. Je l'ai donc écoutée. Je ne savais même pas qu'elle avait été tuée. L'autre soir, quand vous êtes arrivés si tard tous les deux, je m'étais décidée à parler. C'est pour ça que je suis revenue du garage. Seulement Matt, lui, était en train de se sauver.

Olivia avait beaucoup de mal à recouvrer sa voix.

— Alors tu es… tu es ma… ?

— Fille. Oui.

Elle a esquissé un pas hésitant vers Kyra, a tendu la main. Puis, se ravisant, elle l'a laissée retomber.

— Ça va, Kyra ? a-t-elle hasardé.

Le sourire de Kyra rappelait d'une manière poignante celui de sa mère. Matt se demandait comment il avait fait pour ne pas le remarquer plus tôt.

— Ça va, a-t-elle répondu.

— Tu es heureuse ?

— Oui.

Olivia s'est tue. Kyra s'est approchée d'elle.

— Sérieusement, je vais bien.

Alors Olivia s'est mise à pleurer.

Matt a détourné les yeux. Cela ne le regardait pas. Il entendait des sanglots, des murmures comme quand on cherche à se réconforter mutuellement. Il pensait aux distances, à la douleur, à la prison, à la maltraitance, aux années, et à ce qu'Olivia avait dit à propos de cette vie, cette vie toute simple, qui méritait qu'on se batte pour elle.

Épilogue

VOTRE NOM EST MATT HUNTER.

Un an a passé.

Lance Banner vous a présenté ses excuses. Pendant quelques mois, il a gardé ses distances, puis un jour, à un barbecue de quartier, le voilà qui vous demande de l'aider à entraîner l'équipe de basket. Votre neveu Paul, vous rappelle-t-il avec une tape dans le dos, en fait partie. Alors, c'est oui ?

C'est oui.

Vous avez fini par l'acheter, cette maison à Livingston. Vous travaillez chez vous, en tant que consultant juridique pour Carter Sturgis. Ike Kier est de loin votre plus gros client. Et il paie bien.

Toutes les charges contre Celia Shaker ont été levées. Elle a ouvert sa propre agence de détectives privés. Ike Kier et Carter Sturgis lui confient un maximum de boulot. Actuellement, elle emploie trois enquêteurs à temps plein.

Votre belle-sœur Marsha a une relation stable avec un certain Ed Essey. Ed travaille dans l'industrie… Vous n'avez jamais bien compris ce qu'il faisait. Ils envisagent de se marier bientôt. Il a l'air gentil, Ed. Vous tâchez de vous persuader que vous l'aimez bien, sans grand succès. Mais bon, il aime Marsha et prendra soin d'elle. Il sera probablement le seul père dont Paul et Ethan se souviendront. Ils sont trop jeunes pour se rappeler Bernie. C'est peut-être dans l'ordre des choses, néanmoins ça vous tue. Vous vous efforcerez d'être toujours présent dans leur vie ; cependant, vous ne serez plus qu'un oncle. C'est vers Ed que Paul et Ethan se tourneront en premier.

La dernière fois que vous êtes allé là-bas, vous avez cherché des yeux la photo de Bernie sur le frigo. Elle y était toujours, mais ensevelie sous des photos plus récentes, des bulletins scolaires et des dessins.

Vous n'avez plus jamais entendu parler de Clark et Sonya McGrath.

Leur fils Stephen vient parfois vous rendre visite. Moins souvent que dans le passé. Et certains jours, vous êtes même content de le voir.

Après la signature de l'achat de votre nouvelle maison, Loren Muse est passée vous voir. Vous vous installez tous les deux dans le jardin, une Corona à la main.

— Te voilà de retour à Livingston, dit-elle.

— Ouais.

— Heureux ?

— Ce n'est pas une ville qui peut me rendre heureux, Loren.

Elle acquiesce.

Il y a encore une chose qui vous tracasse.

— Que va-t-il arriver à Olivia ? lui demandez-vous.

Loren plonge la main dans sa poche et sort une enveloppe.

— Rien.

— Qu'est-ce que c'est ?

— Une lettre de sœur Mary Rose, née Emma Lemay. C'est mère Katherine qui me l'a donnée.

Vous vous redressez. Elle vous la tend. Vous vous mettez à lire.

— Emma Lemay a tout pris sur elle, explique Loren. Elle et elle seule a tué Clyde Rangor. Elle et elle seule a dissimulé son cadavre. Elle et elle seule a menti aux autorités sur l'identité de la victime du meurtre. Elle affirme que Candace Potter n'était au courant de rien. Je t'ai résumé en gros.

— Tu crois que ça va marcher ?

Loren hausse les épaules.

— Qui va dire le contraire ?

Vous la remerciez.

Loren hoche la tête et repose sa bière.

— Et ces relevés du téléphone, Matt, tu veux m'en parler ?

— Non.

— Tu penses que je ne sais pas à qui Darrow téléphonait à Westport dans le Connecticut ?

— Peu importe. Tu ne peux rien prouver.

— Va savoir. McGrath a dû lui envoyer de l'argent. Il pourrait y avoir une piste.

— Lâche l'affaire, Loren.

— Vouloir se venger n'est pas une défense.

— Lâche l'affaire.

Elle reprend sa bière.

— Je n'ai pas besoin de ton autorisation.

— C'est juste.

Loren laisse vagabonder son regard.

— Si seulement Kyra avait révélé la vérité à Olivia dès le départ…

— Elles seraient probablement toutes deux mortes à l'heure qu'il est.

— Pourquoi tu dis ça ?

— Emma Lemay a téléphoné à Kyra pour lui recommander le silence. À mon avis, elle avait une bonne raison de le faire.

— Laquelle ?

— Emma – sœur Mary Rose – devait savoir qu'ils n'étaient pas loin.

— Tu es en train de me raconter qu'elle a payé de sa personne pour protéger les autres ?

Vous haussez les épaules. Vous vous demandez comment ils ont fait pour retrouver Lemay. Pourquoi Lemay, si elle s'était doutée de quelque chose, n'avait pas pris la fuite. Comment elle avait supporté la torture sans trahir Olivia. Elle pensait peut-être qu'un ultime sacrifice mettrait fin à toute l'affaire. Elle ne pouvait savoir qu'ils passeraient une annonce par le biais d'un site consacré à l'adoption. Elle devait croire que le seul lien, c'était elle. Et que si ce lien-là était rompu – définitivement rompu –, ils n'auraient aucun moyen de localiser Olivia.

La vérité, vous ne la connaîtrez jamais.

Le regard de Loren se perd au loin.

— Retour à Livingston, répète-t-elle.

Tous deux, vous secouez la tête. Tous deux, vous sirotez votre bière.

Au cours de l'année, Loren vient vous voir régulièrement. Si le temps le permet, vous vous asseyez dehors. Ce jour-là, un an plus tard, le soleil est haut dans le ciel. Loren et vous êtes étendus sur des transats. Chacun avec une cannette de Sol à la main. D'après Loren, c'est meilleur que la Corona.

Vous buvez une gorgée et acquiescez.

Comme à son habitude, Loren regarde autour d'elle, secoue la tête et entonne son leitmotiv familier :

— Retour à Livingston.

Vous êtes dans votre jardin. Votre femme Olivia est là, en train de planter des fleurs. Votre fils Benjamin est sur une natte à côté d'elle. Ben a trois mois. Il gazouille comme un bienheureux. On l'entend à l'autre bout du jardin. Kyra est là aussi, qui aide sa mère. Ça fait un an qu'elle vit chez vous. Elle a prévu de rester jusqu'à l'obtention de son diplôme.

Et vous, Matt Hunter, vous les regardez. Vous les regardez tous les trois. Olivia sent votre regard sur elle. Elle lève la tête et sourit. Kyra fait pareil. Votre fils émet un nouveau gazouillis.

Vous éprouvez une sensation de légèreté dans la poitrine.

— Eh oui ! dites-vous à Loren avec un sourire imbécile. Retour à Livingston.

Remerciements

Une fois de plus, un signe de gratitude à Carole Baron, Mitch Hoffman, Lisa Johnson, Kara Welsh, et tout le monde chez Dutton, NAL et Penguin Group USA ; Jon Wood, Malcolm Edwards, Susan Lamb, Jane Wood, Juliet Ewers, Emma Noble et l'équipe d'Orion ; Aaron Priest et Lisa Erbach Vance pour les choses habituelles.

Je remercie tout spécialement Harry Reid, sénateur du Nevada, qui me fait sans cesse découvrir la beauté de son État et de ses habitants, même si, pour les besoins de l'intrigue, je les ai arrangés à ma propre sauce.

L'auteur souhaite également remercier les personnes suivantes pour leur assistance technique :

• Christopher J. Christie, procureur fédéral pour l'État du New Jersey ;

• Paula T. Dow, procureur du comté d'Essex (New Jersey) ;

• Louie F. Allen, enquêteur principal, bureau du procureur du comté d'Essex (New Jersey) ;

• Carolyn Murray, première adjointe du procureur du comté d'Essex (New Jersey) ;

• Elkan Abramowitz, avocat d'exception ;

- David A. Gold, chirurgien d'exception ;
- Linda Fairstein, femme d'exception à bien des égards ;
- Anne Armstrong-Coben, directrice médicale à Covenant House, Neward, et femme d'exception tout court ;
- et, pour ce troisième (et dernier) roman, Steven Z. Miller, chef du service des urgences pédiatriques à l'hôpital pour enfants de New York-Presbyterian. Tu m'as enseigné bien plus que la médecine, mon ami. Tu me manqueras toujours.

Passé trouble

Harlan COBEN

Juste un regard

Thriller

(Pocket n° 12897)

Et si votre vie n'était qu'une vaste imposture ? Si l'homme que vous aviez épousé dix ans auparavant n'était pas celui que vous croyez ? Si tout votre univers s'effondrait brutalement ? Pour Grace Lawson, il aura suffit d'un seul regard sur une vieille photo prise vingt ans plus tôt, et porteuse d'une incroyable révélation, pour que tout s'écroule. Ses souvenirs, son mariage, ses amis : tout n'était qu'un tissu de mensonges. Un cauchemar qui ne fait que commencer...

Il y a toujours un Pocket à découvrir

Message d'outre-tombe

HARLAN
COBEN

Ne le dis à personne...

POCKET

Thriller

(Pocket n° 11688)

Huit ans après le meurtre de sa femme, David reçoit un mail anonyme que seule celle qu'il aimait aurait pu lui envoyer. Quelques jours plus tard, le visage d'Elizabeth apparaît sur son écran, filmé en temps réel. David n'a d'autre choix que de se rendre au rendez-vous fixé par son mystérieux correspondant... fou d'espoir à l'idée que sa femme pourrait être encore en vie.

Il y a toujours un Pocket à découvrir

Basket, chantage et corruption

(Pocket n° 12544)

La superstar du basket, Greg Downing, a disparu. L'agent sportif et ex-joueur Myron Bolitar a pour mission de le retrouver. Pour cela, il réintègre une équipe professionnelle, les Dragons du New Jersey, et se voit obligé de replonger dans un passé douloureux. Aidé de ses deux complices, le flamboyant Win et la belle Esperanza, Myron tente de résoudre cette épineuse enquête : la partie s'annonce très serrée, riche en sueurs en série…

Il y a toujours un Pocket à découvrir